암 병 동 II

솔제니친

일신서적출판사

차 례

암병동 II

21. 망령이 사라지다

오레크는 병동 입구에서 그 아가씨와 마주치게 되었다. 오레크는 한 발짝 다가서서 문을 열어주었다. 그 아가씨는 몸을 앞으로 수그린채 달려왔기 때문에 만약 옆으로 물러서지 않았더라면 정면 충돌하고 말았을지도 모른다.

오레크는 그 아가씨를 찬찬히 살펴보았다. 초콜릿색 머리에는 파란색 베레모를 쓰고 있었다. 그리고 독특한 코트를 입었으며 깃에는 길쭉한 옷이 단추로 채워져 있었다.

이 아가씨가 루사노프의 딸이었다는 것을 알았더라면 병실로 돌아가버 렸을 것이다. 그러나 몰랐기 때문에 그대로 산책을 나섰다.

아비에타는 2층 병실로 올라가는 허가를 어렵지 않게 얻었다. 루사노프는 무척 쇠약해 있었는데, 오늘은 목요일 —— 면회일이었기 때문이다. 아가씨는 코트를 벗고 포도주빛 스웨터 위에 흰 가운을 입고 있었다. 그것은 어린 애라도 답답할 정도로 몸에 꼭 끼는 가운이었다.

파벨 니콜라예비치는 어제 세 번째 주사를 맞고 난 후 몹시 지쳐 있어서 왠만한 일이 아니고서는 침대에서 일어나려 하지 않았다. 이제는 자다가 몸을 뒤척이지도 않았으며 안경도 쓰지 않았고 남의 얘기에 귀를 기울이지도 않았다. 평소의 고집은 어디론가 사라져버리고 병에만 몸을 내맡기고 있는 것 같았다. 처음에는 초조했고 다음에는 공포의 대상이었던 종양은 단단하게 주권을 선언하여 루사노프는 본인 자신이 아니라 종양이 미래의 열쇠를 쥐고 있었다.

파벨 니콜라예비치는 아비에타가 모스크바에서 돌아왔다는 것을 알고 있었으므로 오늘은 아침부터 면회 오기를 기다리고 있었다. 딸과 만나는 것은 즐거운 일이었으나 오늘은 그 기쁨에 약간의 불안도 섞여 있었다. 즉, 카파가 딸에게 미나이에게서 온 편지 내용이나 로지체프나 구준에 대한 일들을 빼놓지 않고 얘기해주기로 되어 있었던 것이다. 지금까지는 딸에게 얘기해도 소용없는 일이라고 생각했으나 경우에 따라서는 아비에타의 두뇌와 충고가 필요하기도 했다. 아비에타는 영리한 아이여서 전부터도 양친보다 두뇌 회전이 빨랐으나 아직도 불안은 남아 있었다. 이 문제를 딸은 어떻게 받아들일 것인가. 아버지의 기분을 이해해줄 것인가? 길러준 부모의 은혜도 모르고 부모를 원망하지는 않을까?

병실로 들어온 아비에타는 한손에 묵직한 봉지를 들고 있었으며 한 손으로는 흰 가운을 여미고 있었으나 걸음걸이는 무척 활달했다. 싱그럽고 젊음이 넘치는 얼굴에는 윤기가 넘쳤으며 중증환자의 침대로 다가가는 사람에게서 흔히 보는 동정의 빛은 조금도 보이지 않았다. 만약 딸이 그러한 표정을 짓고 있었더라면 파벨 니콜라예비치는 오히려 마음이 편치 않았을 것이다.

"아빠, 안녕하세요! 좀 어떠세요?" 딸은 시원시원하게 말하면서 아버지의 침대에 걸터앉아 텁수룩하게 수염이 자란 아버지의 볼에 가볍게 입을 맞추었다. "오늘 기분은 좀 어떠세요? 자세히 말해 주세요."

딸의 활기찬 모습과 질문에 얼마쯤 힘을 얻어 파벨 니콜라예비치는 생기를 되찾은 것 같았다.

"글쎄, 말해야 좋을까." 그는 자기 자신에게 물어보듯이 힘없는 소리로 말했다. "아직 종양은 작아지지 않았다. 아직도 말이다. 하지만 목은 전보다 좀 움직이기 수월해진 것 같아. 압박감이 덜해졌다고나 할지."

딸은 더 이상 묻지 않고 느닷없이, 그러나 아프지 않도록 아버지의 옷깃을 헤치고 마치 매일 진찰하는 의사 같은 눈으로 들여다보았다.

"대단하진 않은 것 같아요!" 그녀는 단정하듯이 말했다. "임파선이 많이 부은 것 같군요. 어머니는 너무 과장해서 편지를 쓰셔서 난 얼마나 놀랐는지 몰라요! 목은 좀 자유롭게 움직일 수 있다 하셨지요? 그러니까 주사가 효과가 있나봐요. 곧 작아질 거예요. 지금보다 반쯤 작아지면 퇴원할 수도 있을 거예요."

"암, 그렇구말구." 파벨 니콜라예비치는 한숨을 내쉬었다. "절반으로만 줄어들면 생활하는 데는 전혀 불편하지 않겠지."

"그러면 자택 치료도 할 수 있어요."

"집에까지 와서 주사를 놓아줄까?"

"해줄 거예요. 그러나 병원 사람들과 잘 사귀어 두세요. 그러면 주사 정도는 집에 와서 놓아줄 거예요. 그 문제는 나중에 생각하기로 해요!"

파벨 니콜라예비치는 한결 기분이 밝아졌다. 자택 치료가 가능하다는 것보다도 웬만한 장해에는 끄떡도 하지 않는 딸의 꿋꿋한 마음이 믿음직스러워서였다. 아비에타는 몸을 구부리고 있어서 진지하고 개방적인 딸의 표정은 안경을 쓰지 않고서도 잘 보였다. 매우 정력적이고, 생동감이 넘치며 그 어떤 사소한 부정에도 코를 실룩거렸고 눈썹을 잘 꿈벅거렸다. 누군가가 —— 고리키였던가 말한 적이 있었다. '아이가 부모보다 뛰어나지 않으면 자식을 낳은 보람이 없고 부모의 일생 또한 허사였다고 말하지 않을 수 없다.'라고. 그러니 파벨 니콜라예비치의 일생은 헛된 것은 아닌 것 같았다.

하지만 딸은 그 일을 이미 들어 알고 있을까. 딸이 물어온다면 뭐라고 대답할까. 루사노프는 여전히 마음이 불안했다.

그러나 딸은 그 문제는 말하지 않고 치료에 대해서 물어보거나 어떤 의사가 치료를 맡고 있는지 호기심을 나타내기도 했다. 그리고 머릿장 서랍을 열고 아버지가 무엇을 먹는지 살펴보고 상한 음식을 새로 갖고온 음식과 바꿔놓거나 했다.

"포도주를 갖고 왔어요. 글라스에 조금씩 따라 마시면 기분이 좀 가실

거예요. 그리고 연어 알도 갖고 왔어요, 아빠가 좋아하셨잖아요? 또 모
스크바의 귤도…….”

“고맙다.”

딸은 지껄이면서 병실 내부와 환자들을 둘러보더니 아버지를 보면서
이마에 주름을 지었다. 그것은 이곳이 지루하고 음산한 곳이지만 유머를
잊지 말고 힘을 내라는 몸짓 같았다.

이들 부녀간의 대화에 귀를 기울이는 사람은 없는 것 같았다. 딸은 아
버지에게 얼굴을 가까이 대고 낮은 목소리로 속삭이기 시작했다.

“정말 큰일이에요.” 아비에타는 곧 본론으로 들어갔다. “모스크바에서는
이미 뉴스의 단계는 지난 것 같았어요. 모두들 큰소리로 떠들어대고 있어요.
지난날의 재판에 대한 재심을 집단적으로 해야 한다느니 하면서.”

“집단적으로?”

“네, 마치 전염병처럼 퍼져가고 있어요. 역사의 발걸음을 역행시키려
하다니! 아무도 그럴 수는 없어요! 옛날에 한 재판이 옳으냐 그르냐는
차치해놓고 이제 와서 유형수를 사회에 복귀시키려 하다니. 그리고 예전의
생활로 되돌린다는 것은 무리한 얘기이고 본인에게도 잔혹하기 그지없는
짓이에요! 이미 죽은 사람도 있을 것이고 망령의 명예를 회복시켜서 어
쩌자는 거지요? 친척들에게 근거없는 희망을 갖게 하고 복수심만 부채
질하게 되지 않을까요? ……. 그리고 ‘명예 회복’이란 어떤 의미지요?
그렇다고 전혀 죄가 없다는 것은 아닐 거예요. 조금이라도 죄는 있을 테니까.”

아아, 얼마나 영리한 딸인가! 얼마나 열렬하게 바른 말을 하는가! 아직
중요한 얘기는 나오지 않았으나 파벨 니콜라예비치는 딸이 자기의 입장을
지지해줄 것이라 믿어 의심치 않았다. 알라가 아버지의 곁에서 떨어지리
라고는 생각할 수도 없었다.

“그런데 유형수 중에 실제로 돌아온 사람이 있다더냐, 모스크바에는?”

“네, 모스크바에도 돌아온 사람이 있었어요, 아주 기고만장해 가지고.
그때문에 비극적인 사건도 일어나고 있어요! 가령 아무 일도 없이 평화롭게

살고 있던 사람이 갑자기 법정에 불려나가기도 했어요. 무서운 일이에요
……."

파벨 니콜라예비치의 얼굴이 창백해졌다. 알라도 그것을 곧 알아차렸으나
이 딸은 일단 꺼낸 말은 끝까지 해야 직성이 풀리는 성미였다. 도중에서
그만두는 일이 없었다.

"……그래서 20년 전에 증언했던 것을 되풀이해서 말하게 했대요. 그때
일을 기억하고 있는 사람이 있을지 모르겠어요. 게다가 그것이 무슨 소용이
있겠어요? 만약 그토록 중대한 일이라면 명예 회복도 괜찮겠지만 법정에서
대결은 하게 하지 말았으면 좋겠어요! 사람의 신경만 건드려 놓으니까요.
그 사람은 집으로 돌아가자 목을 매달려 했대요!"

파벨 니콜라예비치의 몸에서는 식은땀이 흘렀다. 로지체프나 에리찬스
카야의 남편이나 그밖의 사람들과 법정에서 대질을 해야 하다니! 그런
일이 있을 것이라고는 꿈에도 생각해보지 않았었다!

"게다가 하지도 않은 일을 했다니. 누구의 강요로 그 얼간이들은 자백
했대요. 그것은 잘못이에요!" 알라의 유연한 두뇌는 문제를 여러 각도에서
포착하려고 했다. "그당시 실제로 일을 한 사람들은 염두에 두지도 않고
이런 소동을 일으키다니 바보 같은 짓 같아요. 생각해야 될 것은 그런 사
람들의 일이에요! 급격한 변화에 가장 많이 부대낄 사람은 바로 그런
사람들이니까요."

"엄마한테서 들었니?"

"네, 들었어요, 아빠. 이럴 때 아빠는 전혀 당황해할 필요가 없어요!"
확신에 찬 강한 손으로 딸은 아버지의 양 어깨를 꽉 잡았다. "제 생각을
말해 볼까요? 자진해서 정보를 제공하는 사람은 진보적이고 의식적인
사람이라고 생각해요! 그 사람은 사회를 위해서 그렇게 했을 것이므로
민중은 그것을 인정하고 높게 평가해줄 거예요. 구체적으로 개개의 경우에는
그런 사람들도 약간 잘못을 저질렀을지도 모르죠. 하지만 전혀 과오를 저
지르지 않은 사람이라면 아무 일도 하지 않은 사람 뿐일 거예요. 그러한

사람은 언제나 계급적 본능에 이끌렸던 거예요. 계급적 본능이 불이익을 주는 일은 결코 없어요."

"고맙다, 알라! 고마워." 파벨 니콜라예비치는 눈물이 글썽거리는 것을 느꼈다. 그 눈물은 맑고 기쁜 눈물이었다. "잘 말해주었다. 민중들은 틀림없이 평가해줄 것이다. 민중은 꼭 이해해줄 것이다. 민중이라고 하면 곧 밑바닥의 인간을 연상하는 것은 근래의 좋지 않은 습관이야."

아버지는 땀에 축축하게 젖은 손으로 싸늘한 딸의 손을 잡았다.

"젊은 사람들이 우리들을 이해해주고 지지해주는 것은 매우 중요한 일이다. 그런데 너는 어떻게 생각하지? 즉 법률적으로 말해서 지금도 우리 둘은……즉 가령 나를……그 위증이라는 것으로 해서……뭐라고 할까……끌려가기라도 할까?"

"걱정 마세요." 알라는 아주 시역시역하게 대답했다. "모스크바에서도 그런……걱정스런 일에 대해서 이야기를 나누는 것을 저는 곁에서 들은 적이 있어요. 그때 법률 전문가가 말했는데, 그 사람 말에 의하면 소위 위증죄란 최고가 2년형이고 그때부터 지금까지 특사가 두 차례나 있었으니까 누가 누구를 위증 혐의로 고발한다는 것은 있을 수 없다고 했어요! 그러니까 로지체프는 어쩔 수가 없어요. 아빠, 안심하세요!"

그 순간, 파벨 니콜라예비치는 종양의 통증이 말끔히 사라져버린 것 같은 착각에 사로잡혔다.

"너는 참 영리한 아이다!" 루사노프는 안도의 한숨을 내쉬면서 행복한 듯이 말했다. "모르는 것이 없다니까! 어디에서고 꼭 필요한 지식을 얻어다 준다니까. 네 덕분에 아빠는 힘이 솟구치게 되었구나!"

그는 두 손으로 딸의 손을 잡고 그 손에 입을 맞추었다. 파벨 니콜라예비치는 아버지로서는 순수한 인간이었다. 아이들의 이익은 언제나 자기의 이익보다 우선했었다. 자기는 충성심과 꼼꼼함과 인내심을 빼놓으면 별로 장점을 갖고 있지 못하다는 것을 잘 알고 있었다. 그러나 이 딸은 루사노프로서는 새벽 별 같았으며 그 빛을 받으면 마음속까지 훈훈해졌다.

알라는 연신 가운이 흘러내리는 것을 잡고 있는 것이 거추장스러워서 방긋 웃으면서 가운을 벗어서 아버지의 체온표가 걸려 있는 침대 머리에 내던졌다. 이 시각에는 의사나 간호사가 병실로 들어올 염려도 없었다.

알라는 포도주빛 스웨터 차림이 되었다. 아버지는 딸이 새 스웨터를 입고 있는 것을 처음 보았다. 소매에서 팔을 지나 가슴을 거쳐서 반대쪽 소매까지 밝고 흰 넓직한 지그재그 무늬가 흐르고 있었다. 그 대담한 지그재그 무늬는 알라의 대담한 동작과 잘 어울렸다.

아버지는 알라가 옷을 사는 데 돈을 쓰는 데는 단 한 번도 잔소리를 한 적이 없었다. 값비싼 수예품이나 수입품을 사들여서 알라는 언제나 자신에 찬 대담한 옷차림을 했다. 명석한 두뇌에 어울리는 눈이 번쩍 뜨일 만큼 언제나 매력을 과시했었다.

"그런데……." 하고 아버지는 나직한 목소리로 말했다. "내가 집에서 이리로 올 때 부탁한 것 알아봤는지 모르겠구나. 요즘 연설이나 논문에서 자주 쓰는 —— 개인 숭배라는 말……그게 도대체 무슨 뜻인지……."

파벨 니콜라예비치는 숨이 답답해져서 다음 말이 나오지 않았다.

"그래요, 아빠……아주 무서워요……. 작가 대회에서도 몇 번인가 그 말이 나왔어요. 재미 있는 것은 누구나 다 확실히 모르고 있는 것 같지만 모두들 알고 있다는 듯한 표정이었어요."

"그렇다면 그것은 분명히 모독이야! 도대체 어떻게 그런 일이 용납된단 말이지?"

"정말로 부끄러운 일이에요! 누군가 그 말을 쓰기 시작하자 순식간에 유행하게 되었어요.……하지만 '개인 숭배'라고 확실하게 말하면서도 동시에 '위대한 후계자(스탈린을 지칭함.)'라고도 말하고 있어요. 그러니까 조심하지 않으면 무엇이 어떻게 되는지 모르게 돼요……. 말하자면 유연한 자세를 취해야 해요, 아빠. 시대의 요구에 민감할 필요가 있어요. 아빠를 슬프게 해드리고 싶지는 않지만 우리는 좋고 싫고에 상관없이 새시대에 적응하지 않으면 안 돼요! 그러한 예는 모스크바에서 신물이 나도록 보아왔어요!

작가들과도 자주 만났는데 지난 2년 동안 작가들의 조직이 평온무사했다고 생각하세요? 천만에요. 처절할 정도로 더없이 복잡했어요! 하지만 작가들은 모두 경험이 풍부해서 매우 공부가 되었어요!"

아비에타가 여기에 앉아서 그 그칠줄 모르는 달변으로 과거의 어두운 망령을 쫓아주고, 밝은 앞날을 말해주는 15분 동안에 파벨 니콜라예비치는 눈에 띄게 원기를 회복했으며, 이제 그 지긋지긋한 종양에 대해서는 전혀 말하고 싶지도 않았으며 다른 병원으로 옮기는 문제에 대해 상의할 필요도 없을 것 같이 생각되었다. 지금은 오직 딸의 즐거운 이야기에 귀를 기울이고 딸이 발산하는 싱그러운 분위기를 호흡하는 것만으로도 족했다.

"좀더 얘기해주지 않겠니?" 하고 아버지는 졸랐다. "모스크바는 어떻더냐, 여행은 어떠했지?"

"아아!" 알라는 말이 등에를 쫓을 때처럼 고개를 저었다. "모스크바란 곳은 어떻게 말로는 전하기 어려운 곳이에요. 모스크바에서 살지 않고는 말할 수 없어요! 모스크바는 별천지니까요! 모스크바에 가는 것은 50년 후의 세계를 보는 것이나 마찬가지예요! 우선 첫째로 모스크바에서는 모두 텔레비전을 보고 있어요……."

"이곳에서도 머지 않아 볼 수 있을거야."

"머지 않아? 하지만 모스크바의 프로를 볼 수 없는 텔레비전은 아무런 가치가 없어요. 그것은 마치 웨일즈의 세계 같아요. 가만히 앉아 있어도 텔레비전을 볼 수 있으니까요! 하지만 좀더 일반적인 이야기를 하자면, 그곳에 가서 곧 알게 된 것이지만, 우리들의 생활 양식은 머지 않아 대폭 바뀔 것만 같았어요. 생활 혁명이 다가오고 있단 말이에요! 냉장고나 청소기는 말할 것도 없고 모든 것이 급격하게 변하리라고 봐요. 모스크바에서는 건물의 입구가 유리로 되어 있어요. 호텔의 테이블도 미국식이어서 아주 낮아요. 이 정도 높이밖에 되지 않아요. 처음에는 어쩐지 잘 익숙해지지 않았어요. 스탠드의 갓도 우리 집에 있는 것 같이 헝겊으로 만든 것은 이제 소시민의 취미에요. 모스크바에는 유리로 된 갓 뿐이에요. 침대도 등에 널빤지가 붙은 것은 시대에 뒤졌고, 다리가 짧고 폭이 넓은 소파라든가 등받이가 없는 긴 의자 뿐이에요……이런 식으로 방안의 모습도 달라졌어요. 그리고 생활 양식도 모두 달라져 가고 있어요……. 아빠는 상상조차 할 수 없을 거예요. 엄마하고도 얘기했지만 우리 집에도 여러 가지를 바꿔야 해요……. 여기서는 그런 것을 살 수 없으니까 모스크바에서 일일히 사들여야 하겠지만……. 물론 마음에 안 드는 유행도 없는 것은 아니에요. 가령 그 로큰롤이라는 댄스, 너무나 외설스러워서 흉내도 못내겠지만! 그리고 또 더부룩한 더벅머리가 유행하고 있어요. 막 잠자리에서 일어났을 때의 머리 같아요."

"그런 것들은 모두 서구 탓이야! 우리를 타락시키려는 거야!"

"그래요, 퇴폐적인 풍속이에요. 하지만 그런 것이 문화 영역에도 곧 반영해 버렸어요. 가령 시(詩). 어느 말 뼈다귀인지도 모를, 에푸투셴코라는 사람이 엉터리 같은 시를 쓰고 마구 손을 내저으면서 소리치는 거예요. 키가 후리후리한 남자인데, 그러면 젊은 아가씨들은 열광하지요……."

비밀스런 용건에서 일반적인 이야기로 화제가 옮겨짐에 따라서 아비에타는 점점 큰소리로 말하게 되어, 그 소리는 병실 안의 다른 환자들의 귀에까지 들리게 되었다. 그러나 그런 가운데서도 좀카는 하던 공부를 팽개쳐놓고 수술대로 끌려가는 아픔도 다 잊은 듯이 귀를 곤두세우고 아비에타의 말을 열심히 듣고 있었다. 다른 환자들은 전혀 관심을 기울이지 않거나 또는 침대에 없거나 했다. 그러나 또 한 사람, 바짐 자치르코는 이따금 책에서 눈을 들어 아비에타의 등쪽을 바라보았다. 새로운 스웨터 밑에서 튼튼한 다리처럼 등이 곡선을 그리고, 포도주빛 어깨 근처에 햇빛이 —— 열어놓은 창문으로 —— 비쳐들어 그 부분만 선명한 적갈색을 띠고 있었다.

"너에 대한 얘기도 듣고 싶구나!" 아버지가 재촉하듯이 말했다.

"아빠, 이번 여행은 대성공이었어요. 저의 시집이 출판 계획에 들어가게 되었어요! 내년 계획이긴 하지만……. 대개 그 정도는 시간이 걸린다나 봐요. 하지만 그래도 빠른 편이에요!"

"그게 정말이냐? 그렇다면 1년 후에는 너의 시집이……."

"네, 1년 후가 될지, 2년 후가 될지는 잘 모르겠지만……."

오늘은 기쁜 소식뿐이었다. 딸이 자기가 쓴 시를 모스크바로 가져갔다는 것을 알고는 있었지만 그 타이프 원고에서 알라 루사노프라는 이름이 들어 있는 책으로 되기까지는 너무나 먼 길처럼 생각하고 있었던 것이다.

"하지만 용케도 거기까지 이르게 되었구나."

알라는 자기 만족에 젖은 미소를 짓고 있었다. 그것은 주위의 사람들과 기쁨을 나누어 갖고 싶은 듯한 미소였다.

"물론, 느닷없이 출판국에 들어가서 원고를 내보이면 아무도 상대해주지 않아요! 저의 경우에는 안나 에브게니예브나가 M씨와 C씨를 소개해 주었어요. 제가 시를 두세 편 읽었더니 두 분 다 마음에 들어했어요—— 그러더니 누구에겐가 전화를 걸거나 소개장을 써주기도 해서 일이 잘 풀리게 되었던 거예요."

"그것 참 잘 되었구나." 파벨 니콜라예비치는 얼굴을 번쩍거리면서 머릿장 위에 있던 안경을 집어서 썼다. 마치 지금 당장이라도 그 기념할 만한 시집을 읽기라도 하려는 듯이.

좀카는 난생 처음으로 살아 있는 시인을 보았던 것이다. 그것도 여류 시인을. 소년은 입을 딱 벌리고 있었다.

"저는 작가들의 생활을 많이 보아 왔어요. 그러한 사람들의 인간 관계란 매우 단순 솔직했어요. 상을 탔던 유명한 작가라도 서로 이름을 마구 부르거나 했어요. 오만한 데가 전혀 없고 누구나 퍽 솔직했어요. 작가란 우리가 보기에는 구름 위에 사는 사람 같겠지요. 모두 창백한 얼굴을 하고 접근하기 어려운 사람이라 생각하기 쉽지만 천만의 말씀이에요! 생활의 즐거움이라는 것을 잘 알고 있었어요. 마시고, 먹고 차를 몰고 다니기를 좋아하고 언제나 그룹으로 행동해요. 서로 농담을 주고받고 웃거나 하면서 무척 명랑하게 살고 있다고 말할 수 있겠지요. 그리고 소설을 쓸 때는 별장에 틀어박혀 2, 3개월 지나면 '자, 다 됐다!'라고 말하는 거예요! 그처럼 독립된 생활이 무척 마음에 들었어요! 자유롭고, 뜻있고! 그래서 저도 열심히 노력해서 작가동맹에 들어가겠어요!"

"그럼 너는 직장은 어떻게 할 작정이냐?" 파벨 니콜라예비치는 약간 걱정이 되었다.

"아빠!" 아비에타는 목소리를 낮추었다. "신문 기자의 일이란 노예나 마찬가지예요. 이렇게 해라, 저렇게 해라 하는 지시에도 한 마디 항의도 하지 못하고, 유명 인사의 인터뷰 기사를 써야 해요. 작가와는 비교도 안 돼요……. 어떤 작가는 자기가 직업 작가가 되자 아내와 조카에게도 원고 쓰는 법을 가르쳐주었다 합니다. 그래서 지금은 세 사람이 쓰고 있다는 거예요!"

"그건 대단하군."

"그러면 돈을 많이 벌게 돼요!"

"알라, 하지만 걱정이다. 만일 잘 되지 않으면 어떻게 하지?"

"그런 걱정은 필요 없어요! 아빠는 잘 몰라서 그래요. 고리키는 이렇게 말했어요. 어떤 사람이라도 작가가 될 수 있다! 즉, 열심히만 하면 못할 것은 없어요. 최악의 경우에는 아동 문학가라도 되겠어요. 그거라면 누구나 될 수 있으니까."

"그렇다면 별로 지장은 없겠군." 파벨 니콜라예비치는 생각하고 또 생각했다. "물론 도덕적으로 건전한 인간이 문학계를 지배하는 것은 중요한 일이지."

"저의 이름은 음이 예뻐요! 그래서 별도로 펜 네임은 쓰지 않겠어요. 그리고 외모도 문학가로서는 나쁘지 않은 것 같구요!"

"아로치카! 그러나 만약 잘 되지 않을 경우에는? 한 사람 한 사람을 그럴 듯하게 묘사한다는 것은 쉬운 일이 아니야……."

"그런데 좋은 생각이 있어요! 저는 한 사람 한 사람을 구질구질하게 묘사하지는 않겠어요! 제가 생각하고 있는 새로운 수법은 집단 전체를 한꺼번에 묘사할 거예요. 아주 큼직큼직한 터치로. 인생이란 집단 생활 속에 있는 것이지 개인 속에 있는 것은 아닐 거예요."

"그야 그렇겠지."라고 파벨 니콜라예비치는 동의하지 않을 수 없었다. 딸은 지금 너무나 열중한 나머지 별로 신경을 쓰지 않지만 또 하나의 위험이 있었다. "하지만 평론가들이 혹평을 하면 어쩌지? 우리 나라에서는 평론가들의 비판을 받는다는 것은 사회 전체로부터 비판을 받게 되는 것이니까. 그건 위험한 일이야!"

그러나 아비에타는 초콜릿색 머리를 흔들면서 아마존처럼 미래를 응시하고 있었다.

"제가 심한 비판을 받을 일은 절대로 없어요. 저는 사상적으로 벗어나지 않을 테니까요. 예술적인 부분에 대해서 작가가 비판받은 적이 있었던가요? 가령 바바예프스키는 전에는 그처럼 칭찬을 들었던 것이 일단 나쁘다고 하니까 열렬한 애독자까지도 다 떨어져 나갔어요. 하지만 그것은 일시적인 현상이고 독자는 생각을 고쳐먹고 되돌아와요. 즉 그것은 인생에 흔히 있는 변동의 하나에 불과해요. 가령 전에는 '갈등이 있어서는 안 된다!'라고 했지만 지금은 '갈등이 없는 이론은 모순'이라고 말하고 있어요. 어떤 사람은 낡은 생각을 말하고 어떤 사람은 새로운 생각을 말한다고 한다면 무언가가 변하고 있다는 사실을 분명히 말해주는 거예요. 그런데 그러한 과정을 쑥 빼고 모두가 갑자기 새로운 생각을 말하기 시작하면 변동은 눈에 띄지 않게 돼요. 말하자면 가장 중요한 것은 시대에 민감해야 한다는 거예요! 그렇게 하면 평론가들한테 당하지도 않아요…….. 참 아빠, 책을 갖다달라 하셨지요? 조금 갖고 왔어요. 입원은 독서할 좋은 기회예요."

아비에타는 봉투 속에서 책을 꺼내기 시작했다.

"자 여기 있어요 《발틱의 봄》, 《그놈을 죽여라!》 이것은 시집인데 읽어보시겠어요?"

"《그놈을 죽여라!》라고? 그래 놓고 가."

"《이쪽은 벌써 아침이다》, 《지상의 빛》, 《세계의 근로자》, 《꽃피는 산들》
……."

"잠깐, 《꽃피는 산들》은 분명히 읽었어⋯⋯."

"아빠가 읽었던 책은 《꽃피는 대지》였어요. 그러나 이것은 《꽃피는 산들》이에요, 그리고 《청춘은 우리와 함께》. 이것이 좋아요, 이것을 먼저 읽어보세요. 제목만 보아도 힘이 솟아나실 거예요. 그런 것만 골라왔으니까요."

"고맙다."라고 파벨 니콜라예비치는 말했다. "그런데 눈물을 흘릴 만한 소설은 갖고오지 않았니?"

"눈물이 나올 만한 소설이라고요? 그런 것은 갖고오지 않았어요, 아빠. 하지만⋯⋯아빠의 기분이⋯⋯."

"이런 것들은 대체로 알 만한 내용이야." 파벨 니콜라예비치는 산더미처럼 쌓인 책을 손가락으로 탁 쳤다. "무언가 마음에 찡하는 것을 찾아서 갖다줄 수 없겠니?"

"알았어요." 아비에타는 곰곰이 생각했다. "울리는 소설로 찾아보겠어요." 딸은 돌아갈 채비를 했다.

그러나 멎지 않는 다리의 통증 때문인지 아니면 멋진 여류 시인한테 기가 죽은 탓인지 아까부터 구석진 침대에서 얼굴을 찌푸린채 안절부절 못하던 좀카가 겨우 결심을 한 듯, 긴장한 나머지 기침을 하면서 물었다.

"저 좀 물어보고 싶은 것이 있는데, 문학에 있어서의 성실성에 대해서 어떻게 생각하십니까?"

"뭐라구요?" 아비에타는 소년쪽으로 휙 돌아섰으나 그녀의 입가에는 예의 그 기쁨을 나누어주는 듯한 미소를 띠고 있었다. 좀카의 주눅이 든 듯한 기분은 그의 목쉰 소리에도 이미 잘 나타나 있었기 때문이었다. "그 악명 높은 성실성이 여기까지 파고들었다니⋯⋯. 잡지의 편집부가 그 성실성 때문에 전원 해고되었는데 또 여기서 그런 소리를 듣다니(1953년 12월, 문예지 〈노비 밀〉에 포메란체프의 논문 〈문학에서의 성실성〉의 게재되자 이것이 '주관주의'라는 비판을 받게 되자 편집장 등 여러 사람이 사표를 쓰게되었다.)!"

별로 지적이지도 않고 세련되지도 않은 좀카의 얼굴을 아비에타는 지그시 바라보았다. 이제 시간이 얼마 남지 않았으나 이 소년을 나쁜 영양하에 방치해 둘 수는 없을 것이다.

"그럼 잘 들어봐요!" 연단에서 연설을 하듯이 잘 울리는 큰 목소리로 아비에타는 말했다. "그 논문을 쓴 사람은 의식적으로 본말을 전도시켰거나, 또는 생각이 부족했던가의 어느 하나겠지요. 성실성이 문학 작품의 주요한 규범이 될 수는 없어요. 바르지 못한 생각이나 우리와는 인연이 먼 기분을 갖고 있는 사람일 경우, 성실성은 그 사람의 작품에 해로운 작용을 더욱 강화시킵니다. 주관적인 성실함은 생활 묘사의 진실성과 대립할지도 몰라요. 이 변증법 알겠어요?"

좀카는 이런 생각을 이해하기 어려웠던지 이마에 주름을 모았다.

"잘 모르겠는데요."라고 소년은 말했다.

"그럼 더 설명해 드리지요." 아비에타가 두 팔을 벌리자 하얀 지그재그 무늬가 가슴을 지나 한쪽 팔에서 다른 팔로 번개처럼 달렸다. "어두운 현실을 있는 그대로 묘사하는 것만큼 쉬운 일은 없어요. 하지만 눈에는 보이지 않는 미래의 싹을 독자에게 제시하기 위해서는 깊이 파헤쳐야 합니다."

"그 싹은……."

"네?"

"싹은 자연스럽게 자라도록 해야 합니다." 좀카는 당황해서 말했다. "깊게 파헤치면 죽어버립니다."

"그건 그렇겠지만 이것은 농사 얘기가 아니에요, 아시겠어요? 민중에게 진실을 말하는 것은 더 나쁘게 말하는 것도 아니고 결함을 파헤치는 것도 아니에요. 좋은 것도 용감하게 말하지 않으면 안 돼요 —— 그것을 더욱 좋은 것으로 하기 위해서! 이른바 '엄격한 진실'이란 그릇된 요구는 어디서 나왔는지 몰라요. 그리고 어찌하여 진실은 엄격해야 하는지 모르겠어요. 어째서 반짝이고 매력적이고 낙천적인 것이 되어야 하지요? 우리 나라의 문학은 모두 일종의 축제가 되어야 합니다! 사람은 누구든지 자기의 생활이 처참하게 묘사되면 화를 낼 것입니다. 생활을 문장으로 장식하듯이 아름답게 묘사하면 모두 기뻐합니다."

"그 의견에는 대체로 찬성할 수 있겠어요." 뒤쪽에서 맑고 상쾌한 목소리가 들려왔다. "그래요, 사람을 우울하게 해서 무엇하겠어요?"

아비에타는 물론 자기 편을 필요로 했던 것은 아니었다. 이제까지의 경험으로 보아 누군가 어떤 발언을 하면 그것은 반드시 아비에타에게 유리한 발언이었다. 그녀는 하얀 지그재그 무늬를 반짝이면서 창쪽을 돌아보았다. 아비에타와 같은 또래의 총명해보이는 청년이 새까만 샤프 펜슬끝으로 자기의 이빨을 톡톡 치고 있었다.

"그런데 문학의 목적은 무엇일까요?" 청년은 상대가 좀카인지 알라인지 확연치 않게 말했다. "문학의 목적이란 우리의 기분이 좋지 않을 때 우리를 즐겁게 해주는 것이지요."

"문학은 인생의 교사예요." 좀카가 신음하듯이 말하고 나서 창피하다는 듯이 얼굴을 붉혔다.

바짐은 고개를 좌우로 저었다.

"인생의 교사라구? 우리는 문학이 없이도 어떻게든 살아가고 있어요. 대체 작가라는 사람들은 그렇게 현명한 사람일까요? 우리 현장의 인간보다도?"

청년과 알라는 재빨리 시선을 움직이면서 서로를 관찰했다. 그 순간 두 사람은 서로 공통점이 있음을 발견했다. 나이도 비슷했고, 용모도 호감을 가질 만했다. 그러나 자기의 인생 코스에서 한 발짝도 이탈하려 하지 않았기 때문에 순간적인 시선 속에서 사랑의 모험 따위를 찾아볼 수는 없었다.

"문학의 역할은 일반적으로 지나치게 과대평가되고 있어요."라고 바짐은 생각에 잠겼다가 말했다. "별 가치가 없는 책이 평가받고 있어요. 가령 《가르간튀어와 판타그뤼엘》. 읽기 전에는 무슨 굉장한 이야기라고 생각했어요. 그래서 읽어보았더니 그저 에로 책이더군요. 정말 시간 낭비였어요."

"에로틱한 요소는 현대 작품에도 있어요. 하지만 쓸데없는 것이라고만은 할 수 없어요." 아비에타는 몹시 반발했다. "진보적인 사상성과 결부시키면 일종의 풍미를 더해주지요. 가령⋯⋯."

"그것은 쓸데없는 거예요." 바짐은 자신 있게 잘라 말했다. "활자는 성욕을 자극하기 위해서 있는 것은 아니에요. 흥분제라면 약방에서 팔고 있어요."

그리고 포도주빛 스웨터를 입은 여자는 더 이상 쳐다보지도 않고 그녀의 반론을 기다리지도 않고 독서에 열중하기 시작했다.

인간의 생각이 옳고 그른 두 개의 그룹으로 명확하게 구분되지 않고 뜻하지 않은 갖가지 뉘앙스의 미로를 헤매던 끝에 사상적인 혼라만 남기게 될 때 아비에타는 언제나 슬픈 기분이 되었다. 가령 지금도 그러했다. 아무래도 알 수가 없다. 저 청년은 나의 의견에 찬성하는 건가 반대하는 것인가. 끝까지 토론을 계속할 것인가, 아니면 여기서 그칠 것인가.

아비에타는 이쯤에서 그만두기로 하고 다시 좀카에게 말했다.

"아무튼 그런 거예요, 알겠어요? 지금 있는 그대로를 묘사하는 것은, 지금은 없지만 언젠가는 확실하게 있게 되는 것을 묘사하는 일에 비하면 훨씬 쉽지요. 오늘 우리가 소박한 눈으로 바라보고 있는 것은 반드시 진실한 것이라고는 말할 수 없어요. 진실이란 이러한 것, 내일 태어나는 것이에요. 그러니까 우리 나라의 훌륭한 내일을 쓰지 않으면 안 되는 거예요!"

"그렇다면 내일에는 무엇을 써야 하지요?" 머리가 둔한 소년은 이마에 주름을 모았다.

"내일이 되면? ……내일에는 내일 모레의 일을 쓰면 돼요."

얼마나 우둔한 소년인가, 이런 아이와 토론하고 있을 시간은 없다. 대중의 진실을 위하여 싸우는 투사로서 아비에타는 결론을 내렸다.

"어쨌든 그 논문은 해롭습니다. 논조가 허황되고 여러 작가의 불성실을 비난하는 그 태도가 무척 건방져요. 그런 식으로 작가를 경멸하는 것은 속물뿐이에요. 문제는 작가를 존중하는 거예요. 작가도 노동자니까! 불성실을 비난하려면 서구의 작가들을 비난하면 돼요. 그들은 매문없자(賣文業者)니까요. 또 그렇게 하지 않고서는 출판사가 책을 출판해주지 않아요. 거기서는 모든 것이 돈으로 따지니까요."

아비에타는 벌써 자리에서 일어나 통로에 선채 떠들고 있었다. 건강하고 균형이 잘 잡힌, 루사노프 가의 일원. 파벨 니콜라예비치는 좀카에게 한 딸의 강의를 만족스럽게 들었다.

알라는 아버지에게 입을 맞추고 작별의 뜻으로 한쪽 손을 펴보였다.

"그럼, 아빠 힘 내세요! 치료도 전투예요. 종양을 떼어 날려버리세요. 걱정할 것은 이제 아무것도 없으니까요!" 딸은 의미 있게 힘주어 말했다. "모든 것이 다 잘 될 거예요!"

22. 모래바닥에 잦아드는 강

1955년 3월 3일

친애하는 엘레나 알렉산드로브나, 니콜라이 이바노비치!

우선 그림 한 장을 보내드리겠습니다. 이것이 무엇을 의미하며 어디인지 알아맞춰 보시지요. 창문에는 쇠창살. 이것은 도난을 방지하기 위하여 아랫층에만 있는 창살인데 그 모양은 구석에서부터 퍼진 방사선 모양을 하고 있습니다. 방에는 침구 한 채씩이 딸린 몇 대의 침대. 어느 침대에나 겁에 질린 인간들. 아침부터 급식 외에는 사탕과 차. 이것은 아직 아침 식사 전이라서 먹으면 규칙 위반입니다. 오전중에는 답답한 침묵이 계속되고 어느 누구도 어떤 상대와 얘기하려 하지 않습니다. 그대신 밤이 되면 되살아난 듯이 와글와글 떠들게 됩니다. 통풍구를 열어놓아야 할 것인지, 닫아야 할 것인지, 누가 좋은 결과로 되고 누가 나쁜 결과로 될 것인지, 사마르칸트 회교 사원의 벽돌이 몇 장이나 되는지 등등에 대한 논쟁. 낮에는 개별적으로 불려나가서 높은 사람들의 질문에 대답하거나, 갖가지 치료를 받거나 가족들과 면회를 하기도 합니다. 그 다음에는 장기나 독서. 차입물이 있을 때는 받은 사람은 모두에게 골고루 나눠주며 돌아다닙니다. 특별식을 받는 사람도 있지만, 죽을 것으로 결정된 사람에게는 주지 않습니다. 나도 특별식을 받고 있으니 이것은 틀림없습니다. 이따금 일제히 검사가 실시될 때는 사물(私物)은 압수당하므로 그것을 감추기도 합니다. 또 산책할 권리를 쟁취하기 위하여 싸우지 않으면 안 됩니다. 목욕을 하는 것은 최대의 사건인 동시에 최대의 재난이기도 합니다. 물이 너무 뜨겁지는 않은지, 부족하지는 않은지, 어떤 내의를 줄까 등등. 가장 우스꽝스러운 것은 새로 들어온 사람이 이곳 생활에 대해서 잘 알지 못하여 바보스런 질문을 할 때입니다…….

어떠십니까? 짐작이 가시는지. 저의 얘기가 두서없다고 생각하실지 모르겠군요. 호송 중계 감옥이라면 침구가 딸린 침대가 있을 리 없고, 구치소라면 한밤중에 심문이 없는 것이 이상하지요. 이 편지는 우시 테레크 우체국에서 검열을 받을 테니 더 이상 비유적인 표현은 하지 않겠습니다.

아무튼 이곳은 그런 곳입니다. 제가 이미 5주간이나 살아온 암병동이란 곳은 어쩌면 예전 생활로 되돌아간 것이 아닐까, 그 생활은 끝이 없는 것은 아닐까 하고 생각할 때가 많이 있습니다. 가장 괴로운 것은 기한없이 무작정 이곳에 있어야 한다는 것입니다. 감독 조사국에서는 3주간의 휴가밖에 얻지 못했으니, 형식적으로는 이미 기한이 지났으므로 나는 도망죄로 재판에 회부되어도 할 말이 없습니다. 언제 퇴원할 수 있게 될지에 대해서는 아무도 무엇 하나 약속해주지 않습니다. 아마도 환자한테서 짜낼 수 있는 한 최대로 다 짜내어 피가 한 방울도 남아 있지 않게 되었을 때 내보내는 것이 병원측의 방침인 것 같습니다.

그 결과 2주간의 치료를 받고 나타난 최량의 상태, 당신들이 전번 편지에 '다행증(多幸症)' 같다고 말한 그 인생 복귀적인 기쁜 상태는 형적없이 사라져 버렸습니다. 그때 제가 우겨서라도 퇴원하지 못한 것이 유감스럽습니다. 저의 치료에 유익한 일은 이미 다 끝나버리고 해로운 일만 시작되고 있습니다.

X선 조사는 하루에 두 번씩인데 1회에 20분간, 300R입니다. 우시 테레크에서 이곳으로 올 때의 통증은 사라졌으나 새로 구토증이 시작되었습니다. X선 구토증이란. 어쩌면 주사 때문일지도 모릅니다. 원인 불명이니까요.

얼마나 불쾌한지 모르겠습니다. 일단 시작되면 몇 시간이고 계속됩니다! 물론 담배도 끊었지만 끊었다기보다는 자연히 피우지 않게 되었습니다. 무척 기분이 언짢아져서 산책도 할 수 없고 앉아 있을 수도 없습니다. 그래서 애써 편한 자세를 찾곤 합니다. 지금도 그런 상태에서 편지를 쓰고 있어서 글씨가 지저분해진 것을 양해하여 주십시오. 베개를 베지 않고 똑바로 누워서 발을 높게 고이고 침대 밖으로 머리를 조금 떨구면 아주 편해집니다.

X선 냄새로 가득찬 방사선실로 갈 때마다 토할 것만 같았습니다. 이럴 때는 소금에 절인 오이나 양배추가 좋은데 병원 구내에서는 물론 그런 것을 구할 수 없으며, 환자는 병원 밖으로 내보내지도 않습니다. '친척들에게 갖고오게 하면 된다!'는 것입니다. 친척이라니! ……저의 친척은 크라스노야르스크의 숲 속에서 네 발로 기어다니고 있지 않습니까! 이 가련한 죄수는 어찌해야 좋겠습니까? 장화를 신고 여자용 흰 가운에 군대용 혁대를 매고 병원 울타리의 반쯤 허물어진 곳을 빠져나가 길을 가로질러 한 5분쯤 걸어가면 시장이 있습니다. 시장 근처의 도로에서도, 시장 안에서도 누구 한 사람 저를 보고 웃거나 놀라는 사람은 없습니다. 모든 일에 익숙해진다는 것은 우리 국민의 정신적 건강을 말해주는 것일까요? 우울한 표정으로 시장을 걸어다니면서 죄수에게 허용되는 한 흥정을 하지요. 통통하게 살찐 노르스름한 닭고기를 보면 고양이 같은 목소리로 '아주머니 폐병에 걸린 병아리는 얼마요?' 하고 묻지요. 가진 돈은 얼마 없어도 물건이 손에 들어오는 것이 신기합니다. 저의 할아버지는 늘 이렇게 말씀하셨습니다. '티끌 모아 태산이 된다, 산의 높이는 머리 쓰기 나름이다.'라고.

할아버지는 매우 현명한 분이셨습니다.

어쨌든 오이만이 구세주입니다. 치료 초기에 보였던 식욕도 이제는 없어져 버렸습니다. X선 조사를 받기 시작하던 무렵에는 살이 쪘었는데 지금은 점점 야위어갑니다. 언제나 머리가 무겁고 한 번은 심한 현기증을 일으킨 적도 있습니다. 물론 종양의 크기는 전보다 절반 이하로 줄어들었고 그 언저리도 훨씬 부드러워져서 제가 직접 만져보아도 잘 알 수 없을 정도입니다. 그러나 그 사이에 혈액은 완전히 파괴되어, 지금 백혈구의 수를 늘리는 동시에 다른 무언가를 잃게 되는 특수한 약을 먹고 있습니다. 그 밖에도 백혈구 증가증을 유발시키기 위하여(의사는 그렇게 말했습니다. 무슨 말인지 잘 모르겠습니다만!)……우유를 주사하려 합니다! 이 얼마나 야만적인 치료입니까! 차라리 막 짜낸 우유를 한 잔 마시게 하는 것이 더 좋을 텐데! 그러니 그런 주사만은 절대로 맞지 않겠습니다.

그리고 또 수혈을 하겠다고 위협하고 있습니다. 역시 이것도 피할 작정입니다. 다행히 나의 혈액형은 O형이라서 헌혈자가 없었습니다.

그러다 보니 방사선 주임과는 사이가 나빠져서 얼굴을 마주치면 말다툼만 하게 됩니다 그 주임은 매우 완고한 여의사입니다. 얼마 전에는 나의 가슴을 만져보더니 '시네스트롤 반응'이 나타나지 않으니 제가 주사를 맞지 않고 있다는 것입니다. 저는 화를 내면서 주사를 맞고 있다고 속였습니다.

그런데 병실 담당 의사와는 좀처럼 다툴 수가 없었습니다. 왜냐하면 아주 상냥한 여의사거든요. 니콜라이 이바노비치 씨, 언젠가 당신은 '부드러운 말은 뼈를 부순다'는 말의 유래에 대해 설명해주지 않았습니까? 그러니 다시 한 번 설명해 주십시오! 그 여의사는 결코 큰소리로 말하지 않을뿐 아니라 얼굴을 찡그리지도 못합니다. 저의 의사에 반하는 일을 명할 때는 눈을 지그시 내리 감습니다. 그래서 저도 할 수 없이 따르게 마련입니다. 그리고 이 여의사와는 좀 얘기하기 어려운 사정도 있습니다. 아직 젊고 저보다 나이가 어려서 어떤 일에 대해서는 얘기하기를 꺼리고 있습니다. 그러니 제가 알아내려고 꼬치꼬치 캐묻기도 어려운 처지입니다. 미인인데다 무척 상냥한 여자입니다. 언젠가 자기는 결혼했다고 말했지만 그후 독신이란 것이 판명되었습니다. 독신이라 말하기 거북하여 거짓말을 한 모양입니다.

게다가 이 여자는 어린애 같은 데도 있어서 현재의 치료법을 굳게 믿고 있습니다. 그녀의 신념을 흔들어놓는다는 것은 저로서는 불가능한 일입니다. 허심탄회하게 치료법에 대해서 저와 이야기를 나눌 수 있는 의사는 한 사람도 없으며, 분별있는 동지로서 저와 교제해주는 의사도 없습니다. 할 수 없이

의사들이 주고받는 말에 귀를 기울여 추리해보고 의학 서적을 구해 읽고 제 스스로 저의 용태를 밝혀내지 않으면 안 됩니다.

그러나 태도를 결정한다는 것은 어려운 일입니다. 저는 어떻게 하는 것이 좋을까요? 가령 최근에는 쇄골 윗부분을 자주 촉진했는데 이것은 그곳에 종양이 전이되는 것은 아닌지, 그리고 또 X선을 몇 천, 몇 만 단위나 조사한다는 것은 종양의 재발을 막는 것이 목적인지, 아니면 다리를 놓을 때처럼 다섯 배나 열 배의 안전도를 확보하기 위해서인지, 비정하고 무차별한 치료법을 쓰지 않으면 목이 달아나니까 어쩔 수 없이 그 지시에 따르는 것은 아닐까. 하지만 저는 치료를 받지 않아도 될 것입니다! 그러한 악순환은 끊어버리는 것이 좋을 것입니다! 어쨌든 저는 진상을 알고 싶습니다 ……. 그런데 아무도 말해주지 않는 것입니다.

오래 살고 싶은 생각은 추호도 없습니다! 그러니 장래에 대한 계획을 세워본들 무슨 소용이 있겠습니까? 끊임없이 경호병의 감시를 받고, 또 끊임없이 통증을 느끼면서 살아왔으니까. 지금으로서는 잠시 동안이라도 경호병과 통증에서 해방되어 살아가고 싶습니다 —— 그것이 저의 유일한 소망입니다. 레닌그라드나 리우데 자네이루에라도 가고 싶다는 것이 아니라, 다만 그 소박한 고장으로, 우시 테레크로 돌아가고 싶을 뿐입니다. 곧 여름이 될 것입니다. 이번 여름에는 별 하늘 아래서 잠을 자고, 밤중에 눈을 뜨면 백조좌나 페가소스좌가 기운 것을 보고 시각을 알고 싶습니다. 이번 여름 탈주 방지용 라이트가 비치지 않는 그 별하늘을 바라볼 수만 있다면 두 번 다시 눈을 뜨지 못해도 좋습니다. 그리고 더위가 가시는 저녁 무렵, 당신과 함께(물론 주크나 토비크도 함께) 초원의 오솔길을 따라 추 강으로 가서 물이 무릎까지 차는 강바닥 모래에 걸터앉아 발을 물에 담근채 언제까지나 앉아서 강가의 왜가리와 눈싸움을 하고 싶습니다.

우리들의 추 강은 바다로도, 호수로도, 다른 큰 강으로도 흐르지 않습니다. 모래바닥으로 잦아드는 강! 어디로도 흘러가지 않고 맑은 물과 수력을 중도에서 다 소비해버리는 강. 이것이야말로 우리 죄수들의 생활과 얼마나 비슷합니까? 우리 또한 아무 일도 하지 못하고 말게 됩니다. 불명예스런 죽음을 강요당할 뿐이지요. 우리들의 최량의 부분, 우리가 아직 쇠퇴하지 않았던 시기라고 하면 그것은 말하자면 도도하게 흐르는 강줄기의 한 구간에 지나지 않으며 우리들의 추억, 우리들의 만남이나 대화나 협조로 이루어지는 것들은 두 손바닥으로 떠올린 물 만큼이나 사소한 일에 지나지 않습니다.

모래바닥에 잦아드는 강! ……. 그러나 그 최후의 한 구간 조차도 의사들은 저에게서 빼앗아가려 합니다. 무슨 해괴한 권리가 있기에(의사들은 그 권리에 대해서 조금도 반성하는 일이 없었습니다.) 제가 없는 곳에서 저를 대신해서 가령 호르몬 요법 같은 무서운 치료법을 결정합니까. 그것은 말하자면 시뻘겋게 달군 쇳덩이처럼 대기만 하면 끝장이 나며 죽을 때까지 불구자로 지내지 않으면 안 됩니다. 그것이 병원이 언제나 하는 일 중에서 가장 일상적인 일이라고 생각합니다.!

이미 오래 전부터 생각하고 있었으며 지금도 생각하고 있는 것이지만 도대체 생명의 값어치는 얼마나 될까요? 생명의 대가는 얼마나 지불해야 되는 것이며 어느 정도 이상은 허락되지 않는 것일까요?

'인간에게 가장 소중한 것은 생명이며 그것은 한 번밖에 주어지지 않는 것이다.'라고 학교에서는 가르칩니다. 그렇다면 어떠한 대가를 치르더라도 생명을 부지해야 하지만……. 우리들 많은 사람들이 수용소에서 배운 것은 배신하는 일, 의지할 곳 없는 선량한 사람을 파멸시키는 것은 너무나 값비싼 대가입니다. 그러나 아부나 추종이나 거짓의 경우에는 죄수들의 의견도 갖가지여서 그것은 적당한 대가이며 어쩔 수 없는 일이라고 말하는 사람도 있었습니다.

그렇다면 이런 것은 어떨까요? 생명을 유지하기 위하여, 생명에 색채나 향기나 감동을 주는 모든 것을 회상한다면 말입니다. 소화와 호흡과 근육 운동과 두뇌 활동밖에 없는 생활을 감수해야 합니다. 이것은 너무나 값비싼 대가가 아니었을까요? 이런 대가를 치루게 한다는 것은 일종의 모욕이 아닐까요? 그래도 치러야 할까요? 군대에서 7년, 수용소 생활 7년이 지난 후 남녀의 구분도 할 수 없게 된다는 것은 지나친 요구가 아닐까요?

　물론 저의 판단은 이미 결정되어 있습니다. 그들과 싸움을 하고서도 퇴원했어야 하는 건데, 그렇게 되면 병원의 진단서를 얻지 못하게 됩니다. 만능의 진단서, 유형수에게는 무엇보다도 필요한 진단서입니다. 그것이 없으면 감독 조사관이나 내무성 관리는 당장 내일이라도 나를 300킬로미터나 떨어진 황무지로 추방할지도 모릅니다. 그래서 장기 치료를 요한다는 진단서에 어디까지나 집착하고 있습니다. 연로한 죄수가 진단서를 포기한다고 하는 것은 도저히 생각할 수도 없습니다!

　그렇다면 다시 책략과 거짓과 속임수로 연장된 매일입니다. 이러한 생활을 평생토록 계속해야 한다고 생각하면 몸서리쳐집니다! 그러나 책략도 도가 지나치면 오히려 그것에 지쳐서 잘못을 저지르게 됩니다. 언젠가 보내주셨던 옴스크 대학의 조직 검사에 관한 편지, 그것이 재앙의 근원이었습니다. 그 편지는 즉각 카르테에 첨부되었는데, 얼마 후 방사선과 주임에게 속았다는 것을 알게 되었습니다. 그 편지가 없었더라면 의사는 지금도 아직 알지 못했을지도 모르는데, 지금은 결연히 호르몬 요법을 하겠다니 말입니다.

　우시 테레크로 돌아가면 종양의 전이를 방지하기 위하여 바곳 뿌리를 쓸 작정입니다. 맹독을 이용한 치료에는 어떤 고귀한 면도 있습니다. 독은 약효를 속이지 않고 나는 독이다! 조심하라! 그렇지 않으면! 하고 큰소리를 소리치지요. 우리는 그것을 알면서도 쓰고 있어요.

　지난 번 편지(묘하게도 빠르게 닷새만에 도착했습니다. 종전까지는 모두 여드레만에 왔었지만.)를 읽고 흥분했습니다. 뭐라구요? 그곳에 정말 측지학자의 탐험대가 온다구요? 트랜시트 앞에 설 수 있다면 얼마나 기쁘겠습니까? 단 1년간이라도 인간다운 일을 하고 싶습니다! 하지만 저를 채용해줄까요? 감독 조사국과 충돌할 것은 뻔합니다. 어쨌든 극비로 해야 합니다. 하지만 저는 낙인 찍힌 사람이라 어떻게 될지 모르겠군요.

　당신이 좋다고 말했던 《애수》나 《무방비 도시》는 관람할 수없을 겁니다. 우시 테레크에서는 재상연하지는 않을 것이고, 이곳 영화관에 가려면 퇴원한 후 어디서 숙박하면서 봐야 하는데 묵을 만한 곳이 전혀 없습니다. 그리고 사정사정하면서 퇴원시켜 달라고 애걸하기도 싫습니다.

돈을 빌려주시겠다 하시니 고맙습니다. 하지만 처음에는 거절할 생각이 었습니다. 전에는 돈을 빌리는 일은 극력 피해 왔으니까요. 그러나 내가 죽었을 경우 유산이 전혀 없지 않다는 생각이 들었습니다. 우시 테레크식의 양털가죽으로 만든 반외투가 있는데, 그것도 재산이니까요! 그리고 담요 대신 사용했던 길이 2미터의 검은색 비단, 멜리니추크 부부가 준 닭털 베개, 침대용으로 못질을 해서 연결시킨 세 개의 상자, 두 개의 프라이팬, 수용소에서 만든 조끼, 스푼 그리고 양동이도 있습니다! 사크사울(^{중앙아시아의 사막에 사는 무엽수로서 땔감})이 남아 있는 것, 도끼도! 석유 램프도! 아직 유서를 써두지 않은 것은 정말로 경솔한 일이었습니다.

그래서 150루블(그 이상은 필요치 않습니다!)만 보내주시면 크게 도움이 되겠습니다. 표백제와 소다, 그리고 계수나무를 찾아보라고 하셨더군요. 그밖에도 더 필요한 것이 있으면 말씀해 주십시오. 신형 다리미 같은 것은 어떨지요? 무엇이든지 가지고 갈테니 말씀하십시오.

니콜라이 이바노비치 씨, 당신의 기상 보고에 의하면 그곳은 아직 눈도 녹지 않고 좀 추운 모양이군요. 그러나 이곳은 봄날 같습니다. 정말 이해하기 어렵습니다.

날씨 얘기를 하다 보니 생각이 나는군요. 인나 슈트룸을 만나시거든 안부 전해 주시겠습니까? 이곳에 온 후 그녀에 대해서 자주 생각하곤 합니다 ……

아니 그런 소리는 하지 않는 것이 좋을지도 모르겠습니다……

무언지 알 수 없는 막연한 생각에 사로잡혀 고민하고 있습니다. 도대체 저는 무엇을 바라고 있는 것일까요? 어떤 권리를 갖고 싶은지 저도 잘 모르겠습니다.

그러나 '옛날에는 더 나빴다!'라는 위로의 말을 생각할 때마다 힘이 솟아납니다. 다른 사람들은 어떻든 우리는 죽지 않았으니까요! 아직도 이렇게 바둥거리고 있으니까요!

엘레나 알렉산드로브나는 이틀 밤 사이에 편지를 열 통이나 쓰셨다지요? 당신들처럼 다른 사람들에게 동정에 넘친 배려를 하는 분을 저는 본 적이 없습니다. 누가 이미 멀리 떠나가버린 사람을 생각하면서 이틀 밤이나 계속 잠도 못자면서 편지를 쓰겠습니까. 당신들에게 긴 편지를 쓰는 것은 무척 즐거운 일입니다. 이 편지를 소리내어 몇 번이고 읽어주시고, 또 한 구절 한 구절을 다시 읽고 모든 점에 대해서 회답해주시리라는 것을 저는 잘 알고 있습니다.

항상 평화롭고 밝게 지내시기를!.

당신들의 친구
오레크 올림

23. 우울하게 살 필요는 없다

3월 5일, 밖에서는 어둡고 싸늘한 이슬비가 계속 내렸고 병실에서는 큰 이동이 있었다. 어제 수술 동의서에 서명한 좀카는 외과 병동으로 옮겨갔고, 그 대신 두 사람의 새로운 환자가 들어왔다.

한 사람은 문가에 있는 좀카가 쓰던 침대를 차지했다. 그 환자는 키가 크고 등이 고양이처럼 굽어 있었으며 노인처럼 늙어 보였다. 그의 눈은 퉁퉁 부은 아래쪽 눈꺼풀이 쳐져 있어서 다른 사람들처럼 옆으로 길쭉하게 타원형이 아니라 원형을 이루고 있었다. 눈의 흰자위는 환자처럼 벌겋게 충혈되어 있었으며 밝은 황갈색 홍채(紅彩)도 축 처진 눈꺼풀 때문에 훨씬 커 보였다. 그 크고 둥근 눈으로 노인은 환자들 한 사람 한 사람의 특징을 찾아보기라도 하듯이 불쾌할 정도로 응시하고 있었다.

좀카는 지난 한 주 동안 병세가 악화되었다. 발의 통증은 너무 심해서 잠을 잘 수도 공부를 할 수도 없었으며, 신음 소리를 내어 주위의 환자들한테 폐를 끼치지 않으려고 억지로 참고 있었다. 그 고통이 너무 심해서 발은 이제 좀카의 인생에 있어서 없어서는 안 될 귀중품이 아니었으며 당장이라도 내버려야 할 귀찮은 짐처럼 느껴지는 것이었다.

그리하여 한 달 전에는 이 세상의 종말 같이 느껴졌던 수술도 지금은 구원처럼 여겨졌다. 가치 판단의 기준이란 이렇게 달라지는 것이다.

그러나 동의서에 서명하기 전에 병실 사람들과 상의하던 좀카는 오늘 짐을 챙기고 작별 인사를 하면서 위로와 격려의 말을 듣고 싶어했다. 그래서 바짐은 몇 번이나 했던 말을 다시 되풀이하지 않으면 안 되었다. 이번 수술로 일이 끝나는 좀카는 행운아라고. 그렇게 할 수만 있다면 자기는 기꺼이 수술을 대신 받고 싶은 심정이라고도 했다.

좀카는 지금도 수술을 받지 않았으면 했다.

"뼈를 톱으로 자르다니, 마치 장작을 자르듯이. 어떤 마취를 하더라도 소리는 들리나봐요."

그러나 바짐은 더 이상 장황한 말로 위로해주고 싶지 않았다.

"수술을 처음 받는 것도 아닐 테고, 다른 사람들도 참을 수 있는 일이라면 자네라고 못참을 건 없을 거야."

다른 경우나 마찬가지로 이 때도 바짐의 판단은 옳았으며 냉정했다. 청년은 자기 자신도 위로의 말을 듣고 싶지는 않았다. 위로에는 무언가 연약하고 종교적인 요소가 있었다.

바짐은 입원할 때와 같이 정신을 집중하여 예의 바른 나날을 보내고 있었으나 다만 산에서 햇빛에 그을은 얼굴이 누렇게 빛이 바래고 입술은 고통에 떨었고, 이마에는 초조와 걱정으로 주름이 더욱 늘어나게 되었다. 앞으로 8개월밖에는 더 살지 못한다고 말은 하면서도 말을 타거나 모스크바까지 날아가서 체레고로체프를 만났던 무렵이라면 마음속으로는 그래도 다시 일어설 수 있을 것이라고 믿고 있었을 것이다. 그러나 이곳에 입원한 것도 어언 한 달이 흘렀다. 그것은 8개월 중의 한 달이며 어쩌면 최초의 한 달이 아니라 석 달이나 넉 달째일지도 모른다. 아무튼 날이 갈수록 보행이 힘들어지고 이제 말을 타고 들판으로 가는 것은 상상도 할 수 없는 상태였다. 통증은 이미 서혜부(鼠蹊部)에까지 이르렀다. 갖고 왔던 여섯 권 중 세 권은 다 읽었으나 지하수의 방사능에서 광맥을 찾아낼 수 있다는 확신은 점점 희박해졌다. 그 유일했던 확신이 희박해짐에 따라 책 읽는 열의도 자꾸 식어져서 의문부호나 감탄부호를 써넣는 일도 줄어들게 되었다. 바짐은 전부터 하루가 24시간으로는 모자랄 정도로 바쁘게 지내는 것이 최량의 생활 태도라고 생각해 왔었다. 그러나 요즘에는 어쩐 셈인지 24시간으로도 충분할뿐 아니라 때로는 시간이 남아돌 정도였다. 말하자면 부족한 것은 시간이 아니라 수명이었다. 학습 능력은 형편없이 저하되고 있었다. 아침에 조용할 때 공부하기 위하여 일찍 일어나는 일도 드물어졌고, 침대에 드러누워 있었으며, 이대로 저항하지 않고 죽어버리는 것이 싸우는 것보다 편하지 않을까 하고 생각하거나 했다. 이 병실의 지저분한 환경, 시시한 대화로 해서 인생의 덧없음을 절실히 느끼게 되었다. 차라리 그럴 바에는 모든 인내심을 털어버리고 올가미를 향하여 짐승처럼 짖어대고 싶었다. '사람을 그만 조롱하고 내 다리를 풀어다오!'라고.

바짐의 어머니는 높은 분들의 응접실을 네 곳이나 돌아다녔으나 콜로이드 금을 입수할 수는 없었다. 그래도 말굽버섯을 구해 와서 하루 건너씩 달여주도록 잡역부에게 부탁한 후, 다시 콜로이드 금을 구하기 위해 높은 분을 찾아가려고 모스크바로 떠났다. 방사성 금이 어디엔가 존재하고 있을 텐데 아들의 전이가 서혜부 위까지 퍼져가는 것을 어머니로서는 그냥 보고만 있을 수는 없었다.

마지막 인사를 하기 위하여, 또는 상대방한테서 조언을 듣기 위하여 좀카는 코스토글로토프에게로 다가갔다. 코스토글로토프는 두 다리를 침대의 난간에 올려놓고 머리를 통로쪽으로 내려놓은 채 비스듬히 누워 있었다. 따라서 좀카가 보면 거꾸로 누워 있는 모양이었다. 그래서 그도 좀카의 얼굴을 거꾸로 보면서 한쪽 손을 내고 작은 목소리로 작별 인사를 했다.

폐의 아랫부분이 울려서 큰소리는 내기 어려웠다.

"좀카, 겁낼 것 없다. 레프 레오니도비치가 온 것을 보았다. 그 의사라면 수술을 빨리 끝내줄 거야."

"정말인가요?" 좀카의 표정이 한결 밝아졌다. "직접 보셨나요?"

"음."

"다행이군요! ……지금껏 수술을 연기하기를 잘한 것 같군요!"

긴 팔을 축 느러뜨린 듯한 이 키다리 외과 의사가 병동 복도에 나타나자 마치 한 달 동안이나 기다리고 있었거나 한 것처럼 힘이 솟아났었다. 만약 수술하기 전에 외과 의사들을 세워놓고 환자들에게 자기를 수술해줄 의사를 고르게 한다면 환자들은 너나 할것 없이 레프 레오니도비치에게 수술을 받겠다고 말했을 것이다. 그러나 본인은 몹시 따분해 보이는 표정으로 병동을 걸어다녔다. 그가 따분해보이는 것은 오늘 자기가 맡은 수술이 없기 때문이었다.

물론 좀카는 에브게냐 우스티노브나에게 불만이 있는 것은 아니었다. 깡마른 에브게냐 우스티브나도 훌륭한 외과 의사였으나 그 원숭이 같이 털이 숭숭 난 손 아래 누워 있으면 전혀 기분이 달라지는 것이었다. 결과가 어찌 되었든, 생명을 잃든, 생명을 건지든, 레프 레오니도비치는 절대로 실패하지 않을 것이라고 좀카는 무조건 굳게 믿고 있었다.

환자란 극히 짧은 기간 안에 외과 의사를 따르게 된다. 자기의 아버지보다 더 믿고 따른다.

"그렇게 훌륭한 외과 의산가?" 좀카가 쓰던 침대에 새로 들어온, 눈 언저리에 부기가 있는 환자가 낮은 소리로 물었다. 무척 놀란 듯한 그 노인은 추위를 잘 타는지 실내에서도 파자마 위에 무명 가운을 걸치고 있었다. 사방을 두리번거리는 그 모습은 한밤중에 혼자 있는데 갑자기 누가 문을 두드려 깜짝 놀라 침대에서 벌떡 일어나는 모습을 연상케 했다.

"네, 그래요!" 좀카는 마치 수술이 반은 끝난 듯이 밝은 표정으로 만족스럽게 말했다. "훌륭한 선생님이에요, 그런 분은 찾아보기 어려울 거예요! 노인도 수술을 받으시나요? 어디가 아프시지요?"

"똑같은 병이야." 좀카의 질문을 잘못 알아들었는지 새로 들어온 환자는 그렇게 대답했다. 그의 얼굴에는 좀카가 안도하는 기분은 조금도 나타나지 않고 크고 둥군 눈의 표정에는 아무런 변화도 보이지 않았다. 그의 눈은 무엇을 응시하는 것도 같고 아무것도 보고 있지 않은 것도 같았다.

좀카가 나가고 새로 들어온 환자는 새로운 시트를 깐 침대에 앉아 벽에 몸을 기대자 아무 말도 없이 큰 눈으로 두리번거렸다. 눈을 전혀 움직이지 않은채 어느 한 사람을 목표로 정하면 오래도록 뚫어지게 바라보고 있었다. 그리고는 다시 머리 전체를 돌려서 다른 목표를 바라보기 시작했다. 자기의 눈앞을 누가 지나가도 병실 안의 움직임이나 소리에는 아무런 반응도 나타내지 않았다. 전혀 입을 열지 않고 대답을 하거나 묻지도 않았다. 한 시간이 지났어도 이 노인에 대해서 알게 된 것은 페르가나(^{우주베크 공화국 동}_{남부에 위치한 도시.})에서 왔다는 것뿐이었다. 나중에 그의 이름이 슈르빈이라는 것은 간호사한테서 듣고 알게 되었다.

꼭 부엉이 같다고 루사노프는 생각했다. 조금도 움직이지 않는 그 눈은 꼭 부엉이 눈 같이 보였다. 음산하기만 한 병실에 이런 부엉이가 나타났다는 것은 더욱 음산한 분위기를 자아내게 했다. 이 노인은 벌써 아까부터 그 어두운 시선을 쏟으면서 불쾌하리만큼 오랫동안 쳐다보고 있었다. 이 병실에 있는 모든 환자들에게 무슨 원한이라도 있는 듯이 환자 한 사람 한 사람을 그런 눈초리로 응시했다. 병실 생활은 이미 종전처럼 마음 편한 분위기에서 벗어난 것만 같았다.

파벨 니콜라예비치는 전보다도 더 빈번하게 두통이 일어났으며 거기에 더하여 탈력감마저 느끼게 되었다. 그러나 다행스런 것은 죽음에 대한 위협에서 멀어지게 되었으며 죽음의 공포라고 생각한 것은 한낱 기우였던 것 같았다. 종양의 크기는 처음의 절반 정도로 줄어들었고 남아 있는 부분도 상당히 부드러워졌으며 저항감도 훨씬 줄어들어서 목 운동도 훨씬 자유로워졌다. 남은 것은 탈력감뿐이었다. 그러나 그 탄력감에는 그 어떤 쾌적한 느낌도 있었다. 조용히 누워서 《아가뇨크》나 《크로코딜》(를 다 읽을 거리 잡지)을 읽거나, 포도주를 홀짝홀짝 마시거나 맛있는 음식을 먹으면서 친구들과 얘기도 나누었다. 이제 라디오만 들을 수 있다면 집에서 생활하는 것과 다를 것이 없지 않은가. 다만 마음에 걸리는 것은 진찰할 때마다 돈초바가 손가락으로 집요할 정도로 아프도록 누르면서 겨드랑이밑을 촉진하는 것이었다. 그것은 무엇인가 찾고 있는 것 같았다. 이 병원에 한 달만 있게 되면 여의사가 무엇을 찾고 있는지 쉽게 추리할 수 있었다. 즉 제2의 새로운 종양을 찾고 있을 것이다. 처치실로 불려가서 침대에 눕히고는 손가락으로 아플 정도로 서혜부를 촉진할 때도 있었다.

"전이할 것 같습니까?" 파벨 니콜라예비치는 걱정스럽게 물었다. 종양의 기세가 꺾였다는 기쁨은 점차 사라지는 것 같았다.

"전이하지 않도록 치료를 계속하는 거예요!" 돈초바는 대수롭지 않다는 듯이 말했다. "그러니까 당분간 귀찮더라도 계속 주사를 맞아야 해요."

"앞으로 얼마나 더 맞아야 할까요?" 루사노프는 겁먹은 목소리로 물었다.

"그것은 곧 알게 될 거예요."

'의사는 항상 애매한 말 밖에는 하지 않는다.'

이미 열두 번이나 주사를 맞아서 몸은 몹시 쇠약해졌으며, 의사들은 혈액 검사의 결과에 대해서 고개를 갸우뚱하곤 했는데, 앞으로 얼마나 더 이런 상태를 참고 견뎌야 할 것인가. 이렇게도 안 되면 저렇게라도 하겠다는 듯이 병은 집요하게 자기를 주장하고 있었다. 종양의 기세는 꺾였으나 마음속 으로부터의 기쁨은 좀처럼 찾아오지 않았다. 파벨 니콜라예비치는 무료하게 하루하루를 보냈으며 누워서 지낼 때가 많아지게 되었다. 다행히도 요즘에는 오글로예트도 얌전해져서 소리를 지르거나 물어뜯듯 대들거나 하지 않게 되었다. 이제는 그도 허세를 부릴 수 없을 정도로 병마에 꺾인 것 같았다. 눈을 가늘게 뜨고 머리를 침대 밖으로 드리운채 장시간 말없이 누워 있는 일이 많았다. 파벨 니콜라예비치도 두통약을 먹고 젖은 수건으로 이마를 식히고 눈을 감아 빛을 피했다. 이렇게 해서 두 사람은 다투지도 않고 조용하게 몇 시간이고 누워 있는 것이었다.

요즈음 계단 층계참(산소 흡입기를 대고 있던 키가 작은 환자는 이미 시체실로 옮겨졌었다.)에는 큼직한 슬로건이 걸려 있었다. 빨간 무명 천에 흰 글씨로 쓴 길쭉한 현수막이었다.

'환자 여러분! 서로 병에 대한 이야기를 하지 맙시다!' 물론 이렇게 큰 천에 써서 눈에 잘 뜨이는 곳에 걸어놓는 것은 혁명 기념일이나 메이데이의 슬로건이 더 어울리겠지만 환자들의 생활에는 이러한 호소도 절실한 문제이며, 파벨 니콜라예비치는 이미 몇 번이나 이 문구를 구실로 환자들과의 지나친 대화를 경고하고 있었다.

'국가적인 견지에서 보자면 일반적으로 종양 환자는 한 곳에 모아두지 말고 여러 일반 병원에 분산 수용하는 것이 보다 합리적일 것이다. 서로 자기의 증상을 말하거나 하여 겁을 먹게 되는 일이 없을 것이니 그런 편이 오히려 인도적일 것이다.'

병실의 환자는 조금씩 교체되었으나 새로 들어온 사람 치고 명랑한 사람은 하나도 없었다. 항상 찌들고 피로한 사람만 들어왔다. 이미 목발이 필요없게 되어 곧 퇴원이 결정된 아흐마잔만이 이따금 흰 이빨을 드러내 보였지만 자기 이외의 아무도 기쁘게 해주지 못하고 오히려 방안 사람들의 부러움만 사게 할 뿐이었다.

그런데 오늘 침울한 표정의 환자가 들어온지 두 시간쯤 지나, 오후의 우울한 잿빛 속에서 모두들 자기의 침대에 누워서 비에 젖은 창유리 때문에 실내는 더욱 음침해졌으며 규정된 시각보다 일찍 전등을 켜거나, 아니면 일각이라도 더 빨리 밤이 되었으면 하고 생각하고 있을 때 갑자기 안내하는 간호사를 앞질러서 건강한 빠른 걸음으로 키가 그리 크지 않은 활달한 사나이가 병실 안으로 들어왔다. 들어왔다기보다는 돌진해 왔다. 그 서두르는 폼은 마치 환영하는 대열을 너무 기다리게 하면 죄스럽다는 듯한 모습이었다. 그는 환자들이 침울한 표정으로 누워 있는 것을 보자 깜짝 놀란 듯이 멈칫 걸음을 멈추었다. 그러더니 휘익 하고 휘파람을 불더니 정력적이고 선량한 듯한 어조로 나무라듯이 말했다.

"아니 왜 그렇게 기운들이 없어 보이지요? 왜들 그렇게 잔뜩 웅크리고 있지요?"

병실의 환자들은 그를 맞이할 준비가 전혀 되어 있지 않았는데도 사나이는 거의 군대식으로 인삿말을 했다.

"제 이름은 찰루이입니다, 막심 페트로비치 찰루이지요! 잘 부탁합니다! 이상 보고 끝!"

그 사나이의 얼굴에서는 암 환자 특유의 초췌한 빛은 전혀 찾아볼 수 없었으며 삶에 대한 기쁨과 확신에 찬 미소가 번지고 있었다. 환자 중의 몇 사람은 얼굴에 미소를 띠었고, 파벨 니콜라예비치도 표정이 한결 누그러졌다. 이 우울한 사람들 틈에 섞여 한 달을 지냈지만, 이렇게 인간다운 사람은 처음 대했다.

"자, 그럼." 누구에게 묻지도 않고 사나이는 얼른 자기의 침대를 찾아갔다. 그의 침대는 파벨 니콜라예비치 옆의 전에 무르살리모프가 쓰던 침대였다.

새로 들어온 환자는 파벨 니콜라예비치의 옆으로 들어가서 자기의 침대에 걸터앉았다. 침대가 삐걱거리며 소리를 냈다. 사나이는 마치 판정이라도 내리듯이 말했다.

"감가상각 60퍼센트. 의국장이 쥐덫은 놓지 않았었군."

그러더니 자기의 짐을 정리하기 시작했는데 정리할만한 짐은 아무것도 없었다. 그는 한쪽 주머니에서는 면도칼을 꺼냈고 다른쪽 주머니에서는 작은 상자를 꺼냈는데 그것은 담배가 아니라 새 트럼프였다. 그것을 꺼내더니 손가락으로 퉁기면서 영리해 보이는 눈으로 파벨 니콜라예비치에게 물었다.

"하십니까?"

"네, 가끔." 파벨 니콜라예비치가 말했다.

"프레퍼런스?"

"아니요, 대개는 나폴레옹을 하지요."

"나폴레옹 같은 것은 게임 축에도 들어가지 못하지요." 찰루이가 잘라 말했다. "그럼 슈토스는? 빈트는? 포커는?"

"전혀 하지 못해요!" 루사노프는 당혹해하면서 손을 저었다. "배울 여가가 없었소."

"그러면 여기 있는 동안 배우시지요." 찰루이는 신이 나서 말했다. "할 줄 모르면 배우기 싫어도 배워야 해요."

그러더니 큰 소리로 웃었다. 이 사나이는 얼굴에 비해 코가 큰 편이었다. 약간 빨갛고 부드러운 큰 코였다. 그러나 이 코로 해서 그 얼굴은 무척 정직하고 솔직하며 인상이 좋게 보였다.

"뭐니뭐니 해도 포커가 가장 재미 있지요!" 찰루이는 권위 있게 단언 했다. "더욱이 돈내기를 하면……."

그는 파벨 니콜라예비치가 놀이 친구가 되어줄 것을 조금도 의심하지 않는 것 같았다. 사나이는 같이 놀아줄 사람이 더 없을까 하고 주위를 둘러보았다. 그러나 호응해주는 사람은 아무도 없었다.

"나도! 나도 할 줄 압니다." 등 뒤에서 아흐마잔이 소리쳤다.

"좋아요." 찰루이가 말했다. "그러면 이 침대와 침대 사이에 걸쳐놓을 널빤지 같은 것을 구해오지 않겠소?"

찰루이가 고개를 돌려 슈르빈의 얼어붙은 듯한 시선과 마주치게 되었다. 저쪽에 있는 우즈베크 인이 빨간 두건을 쓰고 은실 같이 가는 턱수염을 기른 사나이를 바라보았다. 그때 양동이와 걸레를 든 넬랴가 느닷없이 바닥 청소를 하려고 들어왔다.

"홈!" 찰루이가 곧 농담조로 말했다. "아주 듬직한 아가씨군! 혹시 전에 만난 적이 없었던가? 함께 그네를 탄 적이 있었던 것 같은데?"

넬랴는 두툼한 입술을 삐죽 내밀었다. 이것은 이 처녀의 독특한 미소였다.

"지금이라도 늦지는 않았어요. 하지만 당신은 환자잖아요?"

"서로 배를 맞대면 어떤 병이든지 다 나을 수 있지. 찰루이는 자신 있게 말했다. "혹시 내가 무서운 건 아니겠지?"

"당신은 흡사 농사꾼 같군요!" 넬랴는 상대방을 흘끔거리며 말했다.

"멋대로 생각하라구!"하고 찰루이는 응수했다. "자, 그럼 빨리 바닥 청소나 하라구. 아가씨 궁둥이 구경이나 하게!"

"얼마든지 보라구요, 공짜니까." 넬랴는 이죽거리며 젖은 걸레를 철썩 하고 최초의 침대 밑으로 들이밀고 몸을 구부려 바닥을 닦기 시작했다.

어쩌면 이 사나이는 아무 데도 아프지 않는 것은 아닐까. 눈에 보이는 곳에는 종양 같은 것은 없었으며, 내부의 통증도 얼굴에 나타나 있지는 않았다. 아니면 의지의 힘으로 통증을 참고 있어서 이 병실에서는 볼 수 없었던 모범을, 우리 국민에게 어울리는 모범을 보여주고 있는 것일까? 파벨 니콜라예비치는 부러운 듯이 찰루이를 쳐다보았다.

"그런데 무슨 병이지요?" 상대방만이 알아들을 수 있는 작은 소리로 루사노프가 물었다.

"나 말이요?" 순간 찰루이는 움칠했다. "폴립(코속에 생기는 종기.)이에요."

폴립이 무엇인지 정확하게 알고 있는 환자는 아무도 없었지만 이 말을 종종 들은 적은 있었다.

"아프지는 않습니까?"

"아프기 시작해서 이곳으로 온 거지요. 잘라야 할 거라면 얼른 잘랐으면 좋겠는데."

"장소가 어디지요?" 더욱 존경의 마음을 담아 루사노프가 물었다.

"위(胃)인 것 같아요." 찰루이는 마치 남의 이야기를 하듯 말했다. "아마 위를 잘라낼 것 같아요. 위는 4분의 3 정도를 잘라내어도 괜찮다고 하더 군요."

그러더니 손바닥으로 자기의 배를 가르는 시늉을 해보이면서 장난스럽게 눈을 가늘게 떴다.

"그것 큰일이군요." 루사노프는 깜짝 놀라서 말했다.

"곧 좋아질 거예요! 술만 마실 수 있으면 되니까!"

"당신은 대단한 사람이군요. 그런데도 그렇게 침착한 것을 보면……."

"아니, 뭐." 정직한 눈, 붉고 큰 코를 가진 찰루이는 겸손하게 머리를 흔들었다. 마음을 편안하게 가져야 해요. 이것저것 따지지 않으면 고민도 덜하게 되지요. 당신도 마음을 느긋하게 갖는 것이 좋을 거요!"

아흐마잔이 베니아 판을 갖고 왔다. 그것을 루사노프와 찰루이의 침대 사이에 걸쳐놓자 놀음판으로는 아주 안성맞춤이었다.

"약간은 문화적으로 되었군." 아흐마잔이 기뻐하면서 말했다.

"전기불을 켜주게!"라고 찰루이가 말했다.

불이 켜졌다. 분위기는 더욱 즐거워졌다.

"한 사람 더 없을까?"

네 사람째는 좀체로 나타나지 않았다.

"그럼 우선 설명부터 해주지 그래요." 루사노프는 무척 기분이 좋아졌다. 건강한 사람처럼 두 발을 바닥에 내려놓고 앉았으며 목을 돌릴 때도 전보다 통증이 훨씬 줄어든 것 같았다. 눈앞에는 베니어 판이기는 해도 천장의 전등에 밝게 비친 작은 게임용 테이블이 있었다. 반들반들한 카드의 흰 바탕에 붉고 검은 그림이 돋보였다. 과연 찰루이가 말했던 대로 병을 고통스럽게 생각하지 않는다면 병이 도망쳐갈지도 모른다. 꾸물거릴 필요가 어디 있겠는가? 항상 어두운 기분으로 있을 필요가 어디 있겠는가?

"자, 빨리 합시다." 아흐마잔도 재촉했다.

"그럼." 하고 찰루이는 빠른 솜씨로 필요한 카드와 불필요한 카드를 마치 영화 필름을 다루듯이 척척 갈라냈다.

"사용하는 카드는 9에서 에이스까지요. 카드의 끗발은 클로버, 다이아몬드, 하트, 스페이스의 순이요." 그리고는 각 종류를 아흐마잔에게 보여주었다. "알겠소?"

"알겠어." 아흐마잔이 즐거운 듯이 대답했다.

겹친 카드 장을 꺾듯이 휘었다가 자르르 소리를 내거나 섞어가면서 설명을 계속했다.

"우선 다섯 장씩 나눠준 후 나머지는 여기에 놔두지. 다음에는 카드의 여러 가지 조합을 알아야 해. 가장 단단한 것이 원 페어." 찰루이는 그것을 만들어 보여주었다. "그리고 투 페어. 다음에는 스트레이트. 바로 이렇게. 아니면 또 이런 식으로도. 그리고 쓰리 카드, 또 풀 하우스……."

"찰루이 씨 계세요?" 문밖에서 부르는 소리가 났다.

"여기요, 내가 찰루이요."

"부인이 면회 왔습니다!"

"뭘 좀 가져왔을까……그럼 잠깐 쉽시다."

그는 힘차게 병실 밖으로 걸어나갔다.

병실 안은 조용해졌다. 이미 밤이 되었는지 전등이 켜져 있었다. 아흐 마잔은 자기의 침대로 돌아갔다. 바닥에 물을 튕기면서 넬랴는 돌아다녔고 모두 발을 침대 위로 드러올려야 했다.

파벨 니콜라예비치도 누웠다. 정신이 들어 보니 예의 그 부엉이가 이쪽을 보고 있었다. 그 비난에 찬 집요한 시선은 하나의 압력처럼 머리의 측면에 확실하게 느껴졌다. 그 압력을 누그러뜨리려고 루사노프가 물었다.

"당신은 어디가 나쁘지요?"

그러나 침울한 노인은 마치 아무런 질문도 받지 않은 것처럼 꼼짝도 하지 않고 벌겋게 흐려 있는 크고 둥근 눈으로 루사노프의 귀 언저리를 보고 있었다. 파벨 니콜라예비치는 그의 대답을 더 이상 기다리지 않고 트럼프 장을 모으기 시작했다. 그럴 때 나직한 목소리가 들려왔다.

"같은 병이지."

같은 병이라니 무슨 대답이 그 모양인가. 무례한 녀석 같으니라구…….

파벨 니콜라예비치는 노인이 있는 쪽은 보지도 않고 벌렁 드러누워 생각에 잠겼다.

찰루이의 출현으로 트럼프에 마음을 빼앗기고 있었으나 루사노프는 실은 신문을 기다리고 있었다. 오늘은 잊을 수 없는 날이었다. 매우 중요한 기념할 만한 날이어서 신문에는 이 나라의 장래를 암시하는 듯한 여러 가지 기사가 보도될 것이 틀림없었다. 국가의 장래는 곧 루사노프의 장래이기도 했다.

신문은 전페이지가 굵직한 검은 테두리로 둘러싸일까, 아니면 제1면만 그럴까, 인물 사진의 크기는 전면일까, 아니면 4분의 1면 뿐일까. 톱 타이틀이나 논설에는 어떤 표현이 사용될까. 2월의 정변 이후인 만큼 이것은 특히 중요했다. 파벨 니콜라예비치가 근무처에 있었다면 누구에게선가 정보를 입수할 수 있었겠으나 여기서는 신문밖에는 의지할 것이 없었다.

침대와 침대 사이에서 넬랴의 엉덩이가 어색하게 꿈틀거리고 있었다. 그러나 이 작업부의 바닥 청소는 요령이 좋았다. 이미 청소를 끝마치고 말아 놓았던 기다란 통로의 깔개를 다시 펴고 있었다.

그 깔개 위로 방사선실에서 돌아오던 바짐이 아픈 다리를 절룩거리며 아픔을 참느라고 입술을 잔뜩 일그러뜨리며 걸어왔다.

손에는 신문을 들고 있었다.

파벨 니콜라예비치는 청년을 불렀다.

"바짐, 이리 와서 앉게."

"바짐은 걸음을 멈추고 잠시 무언가 생각하더니 루사노프의 침대로 다가가서 환부가 스치지 않게 바지 가랭이를 잡으면서 걸터 앉았다.

바짐이 이미 신문을 펴보았다는 것은 한눈으로 알 수 있었다. 신문을 접은 것이 막 배달했을 때와는 달랐다. 파벨 니콜라예비치는 신문을 집어든 순간 제1면에는 굵은 먹 테두리도 없었으며 사진도 실려 있지 않았다. 그는 당황해서 신문을 넘기면서 2면, 3면을 살펴보았으나 사진은 아무 데도 실려 있지 않았다. 굵직한 테두리도, 굵은 제목도 눈에 띄지 않았다. 논설도 실려 있지 않은 것 같았다 !

"없단 말인가 ? 전혀 없단 말인가 ? "

무엇이 없다는 것인지는 말하지 않고 겁에 질린 사람처럼 루사노프는 물었다.

바짐이란 인물에 대해서 루사노프는 거의 아무것도 알지 못했다. 그도 당원이란 것은 알고 있었지만 너무 젊다. 지도적인 인물은 아니고 좁은 분야의 어떤 전문가일 것이다. 이 청년이 어떤 생각을 하고 있는지는 상상할

수도 없었다. 단 한 번 이 청년은 파벨 니콜라예비치를 기쁘게 해준 적이
있었다. 병실에서 강제 이주된 민족이 화제로 올랐을 때 지질학 책을 읽고
있던 바짐이 얼굴을 쳐들고 루사노프를 쳐다보더니 어깨를 흠칫하면서
루사노프에게 작은 목소리로 말했던 것이다.

"역시 무슨 이유가 있었을 것입니다. 아무런 이유도 없이 이주시키지는
않았을 테니까요."

그 한 마디로 바짐은 자기가 현명하고 확고한 인간임을 보여주는 것
같았다.

파벨 니콜라예비치의 직감은 옳았다! 지금, 바짐은 자기도 찾아본 듯
아무런 설명을 듣지 않았는데도 신문의 한 구석을 루사노프에게 손가락으로
가리켰다. 루사노프는 너무 흥분한 나머지 그것을 미처 보지 못했던 것이다.

그것은 극히 평범한 기사였다. 사진도 없었다. 아카데미 회원이 쓴 논
문이었다. 더욱이 그 논문의 내용은 3주기에 대한 것도 아니었다! '지금도
살아 계시며 미래에도 영원히 살아 계시리라.'는 문장도 아니었다! 제목은
'스탈린과 공산주의 건설의 제 문제.'

이것이 전부란 말인가. 그저 평범한 '제 문제'란 말인가. 건설에 관한
문제? 어째서 건설 문제일까. 식목에 대한 문제라도 상관없다는 투였다.
군사 문제는 어찌 되었는가, 철학 문제는 어디로 가버렸는가. 학문의 총수는
어찌 되었는가. 그리고 전국민의 애정은 어디로 사라졌단 말인가.

이마에 잔뜩 주름을 모으고 파벨 니콜라예비치는 안경 너머로 괴로운
듯 까무잡잡한 바짐의 얼굴을 바라보았다.

"도대체 어찌된 일일까……." 어깨 너머로 코스토글로토프의 동정을
살펴보았으나, 코스토글로토프는 자고 있는 것 같았다. 눈을 감고 여전히
침대 밖에 머리를 떨어뜨리고 있었다.

"두 달 전, 불과 두 달 전이 아니었던가. 기억하고 있겠지, 탄신 75주년!
모든 것이 예전 그대로였다. 큰 사진이 실려 있었지! '위대한 후계자'라고
큼직한 제목이 나붙었고! 그랬는데……이건?"

이것은 이미 위험하다는 것이 아니다. 살아 남은 자의 위험이 아니다. 이것이야 말로 배은망덕이다 ! 지금 루사노프의 마음을 아프게 하는 것은 무엇보다도 그 배은망덕이라는 것이었다. 마치 루사노프 자신의 개인적인 공적이나 완전무결함에 대해서 침을 뱉는 기분이었다. 만약 '몇 세기에 걸쳐서 울려퍼지던 영광'이 단 2년만에 허물어져 버렸다면, 그리고 직속 상사도, 그 상사의 상사도 모두 복종했던 '가장 사랑받고 가장 현명한 지도자'가 불과 24개월만에 여지없이 짓밟혔다면 앞으로는 무엇을 믿어야 좋다는 말인가. 정신적인 지주는 어디에 있단 말인가. 무엇을 의지하여 투병 생활을 계속한단 말인가.

"아니." 하고 바짐이 더욱 낮은 목소리로 말했다. "형식적으로 최근의 법령은 서거일을 기념일로 하지 않고 탄신일만 기념일로 하기로 결정했지만 그 논문으로 판단하자면 물론……."

그리고 그는 불쾌한 듯 고개를 저었다.

바짐 역시 이것을 일종의 모욕으로 느끼고 있었던 것이다. 그것은 무엇보다도 돌아가신 아버지에 대한 모욕인 것이다. 아버지가 스탈린을 얼마나 존경했는지 확실히 기억하고 있었다. 자기를 사랑하는 이상으로 스탈린을 사랑했다는 것은 말할 필요도 없다. 아버지는 자기 자신에 대해서는 전혀 욕심이 없었다. 그에 대한 사랑은 레닌에 대한 사랑보다도 더 강렬했었다. 어쩌면 아내나 자식들에 대한 사랑보다 더 컸을지도 모른다. 아버지는 가족들에 대해서는 냉정하게, 그리고 농담을 섞어 말했지만 스탈린에 대해서는 절대로 그렇게 말하지 않았으며 언제나 목소리가 떨렸다. 스탈린의 초상은 아버지의 서재에 한 장, 식당에 한 장, 아들의 방에도 한 장이 걸려 있었다. 아이들은 몇 학년이 되어도 매일같이 그 짙은 눈썹, 그 멋진 수염을, 그 무표정한 얼굴을 머리 위로 바라보았던 것이다. 그 얼굴은 공포나 가벼운 기쁨을 초월한 것처럼 보였으며, 모든 표정은 비로드처럼 검은 눈빛에 담겨져 있었다. 그리고 아버지는 스탈린이 연설을 할 때마다 우선 자기가 신문에서 그것을 읽고 난 다음 아이들에게 군데군데 중요한 대목을 읽어주고, 그 깊은 사상, 그 섬세한 말, 러시아 어의 훌륭함을 설명해주는 것이었다. 아버지가 세상을 떠난 후 장성한 바짐은 그러한 연설 내용이 무미건조하고 사상이 산만해서 좀더 짧았더라면, 그리고 길이에 비해서 사상이 빈약하다는 것을 알게 되었다. 그런 생각이 들기는 했어도 입밖에 내어 말할 수는 없었다. 오히려 어렸을 때부터 몸에 젖은 감탄의 마음을 표명하는 편이 훨씬 순수한 기분이 되는 것 같았다.

서거한 날의 일은 아직도 기억에 생생했다. 노인도, 젊은이도, 아이들도 울었다. 처녀들은 눈물을 줄줄 흘렸으며 청년들도 눈을 가리고 있었다. 한 인간이 죽은 것이 아니라 마치 세계에 커다란 균열이 생긴 것처럼 누구나 할 것 없이 눈물을 흘렸었다. 그날은 1년 중 가장 슬픈 날로서 영원히 인류의 기억 속에 새겨질 것이라고 생각되었었다.

그런데 오늘 3주기에 신문은 검은 테두리의 잉크 마저 아끼고 있었다. '2년 전의 서거 운운이라는 단순하고 따뜻한 말도 찾아볼 수 없었다. 전쟁 중의 병사들은 그 사람의 이름을 마지막 남기고 쓰러져 죽는다고 하지 않았던가.

그렇게 교육을 받았다는 것만의 이유라면 경의를 잃을 수도 있었겠으나 바짐의 이성적인 판단은 이 위대한 고인을 존경하라고 명하고 있었다. 그 사람은 명석했으며 내일이라는 날이 과거의 궤도에서 벗어나지 않을 것 이라는 확신을 갖고 있었다. 그 사람은 학문의 수준을 높이고, 급료나 주거에 대한 자질구레한 걱정꺼리에서 학자들을 해방시켜 주었다. 그리하여 학문 분야에서도 그 사람의 안정성이나 항구성을 필요로 하고 있었다. 즉 내일 이라도 변동이 일어나서 학자들을 뿔뿔이 흩어지게 하거나, 유익하고 흥미 깊은 일에서 떠나게 하는 일은 절대로 없었다. 사회 기구의 번거로운 일이나 미개한 사람들에 대한 교육이나 바보들에 대한 설득 등에서 학자들을 해 방시켜야 했던 것이다.

불쾌한 듯이 바짐은 아픈 다리를 침대 위에 올려놓았다.

그때 찰루이가 돌아왔다. 식료품이 들어 있는 큼직한 자루를 들고 흡족

해하는 것 같았다. 그는 루사노프의 맞은쪽에서 그 식료품을 머릿장 속에 넣으면서 기분 좋게 미소를 보였다.

"마지막 남아 있던 한 푼까지 다 털어서 사왔더군요. 혼자서는 도저히 다 먹을 수 없을 만큼!"

루사노프는 넋을 잃고 찰루이를 바라보았다! 그야말로 낙천가군! 정말 유쾌한 녀석이야!

"토마토 피클스……." 찰루이는 부대에서 계속 식료품을 꺼내어 손가락으로 병에서 토마토 한 조각을 꺼내어 입 안에 넣더니 눈을 가늘게 떴다. "아아 맛있어!, 다음은 송아지 고기. 바짝 타지도 않은 것이 알맞게 구어졌군." 고기를 한입에 넣고 맛을 보았다." "여자란 참으로 고마운 존재거든!"

그리고는 아무말도 하지 않고 몸으로 감추듯 하면서 반 리터 들이의 보드카 병을 머릿장에 넣었는데 루사노프는 그것을 잘 볼 수 있었다. 그는 루사노프에게 윙크를 보냈다.

"그런데 당신은 이 도시 사람인가요?"라고 파벨 니콜라예비치가 물었다.

"아니, 이곳 사람은 아닙니다. 하지만 이곳으로 자주 출장을 왔었지요."

"그렇다면 부인이 이 고장 사람인가요?"

그러나 찰루이는 그 질문을 듣지 못했는지 빈 부대를 버리러 갔다.

그는 다시 돌아와서 머릿장을 열고 눈을 가늘게 뜨고 바라보더니 토마토 한 쪽을 꺼낸 후 머릿장을 닫았다. 그리고 만족스럽게 머리를 가로저었다.

"그런데 어디까지 가르쳐주었었지? 계속합시다."

아흐마잔은 그 사이 네 사람째의 노름 상대를 찾아냈다. 그것은 층계참에 누워 있던 젊은 카자흐 사람으로, 아흐마잔은 아까부터 그 청년을 자기의 침대에 앉히고 열심히 몸짓 손짓을 해가면서 러시아 군대가 터키 군을 물리친 이야기를 러시아 어로 들려주고 있었다. 그는 어제 저녁 다른 병동에 가서 《프레브나 탈취》(1877~9년에 있었던 러시아 터키 전쟁 때의 유명한 전투.)라는 영화를 보았던 것이다. 지금 두 사람은 이곳에 와서 다시 두 대의 침대 사이에 베니어 판을 걸쳐놓았고,

찰루이는 싱글벙글하면서 익숙하고 민첩하게 트럼프를 치면서 포커의 규칙을 가르쳐주었다.

"다음에는 풀 하우스. 똑같은 짝 세 장과 원 페어. 알겠지, 체치메크(우즈베크 인을 홀대해서 부르는 말.)?"

"나는 체치메크가 아니오." 아흐마잔은 언짢아하지도 않고 대답했다. "체치메크에 있었던 것은 군에 입대하기 전이었어."

"좋아, 다음은 프레시다. 이것은 다섯 장 모두 똑같은 종류의 카드일 때. 다음은 포 카드, 이것은 넉 장은 똑같고 다섯 장째는 뭐든지 상관없어. 그리고 다음에는 스트레이트 프레시. 이것은 같은 종류의 9에서 킹까지의 스트레이트야. 이런 식으로……아니면 이렇게 해도 돼……더 센 것은 로열 스트레이트 프레시……."

금방 다 외울 수는 없겠지만 해보면 쉽게 알 수 있다고 찰루이는 말했다. 무엇보다도 기쁜 것은 이 사나이의 친절한 말투였으며 성의 있고 부드러운 목소리였다. 그것이 파벨 니콜라예비치의 마음을 푸근하게 해주었다. 이처럼 상냥하고 마음씨가 착한 사람을 이 큰 병실에서 만날 줄은 생각치도 못했었다! 이렇게 즐겁게 모여 있는 사이에 시간은 소리도 없이 흘러갔고 이러한 분위기 속에서 매일을 보낸다면 병에 대해서 걱정할 필요도 없지 않을까. 다른 불유쾌한 일들을 생각할 필요가 어디 있겠는가. 그래, 찰루이의 말이 옳았다.

규칙을 잘 지키게 될 때까지는 돈을 걸지 않고 하자고 루사노프가 말했을 때 갑자기 문간에서 누가 소리쳤다.

"찰루이 씨 안에 있습니까?"

"네, 여기 있소."

"부인이 면회 오셨습니다."

"제기랄! 왜 또 왔어." 내뱉듯이, 그러나 전혀 악의없이 찰루이는 말했다. "토요일엔 오지 말고 일요이에나 오라고 말했는데 왜 또 왔지……잠깐 나갔다 오겠어요."

찰루이는 밖으로 나가 게임은 다시 흐지부지되고 말았다. 아흐마쟌은 트럼프를 들고 카자흐 인과 함께 자기의 침대로 돌아가서 자기들끼리 연습을 시작했다.

파벨 니콜라예비치는 다시 종양과 3월 5일에 대해서 생각했다. 바로 옆에서는 적의에 찬 부엉이의 시선이 집요하게 느껴졌다. 맞은쪽을 보니 크게 뜬 오글로예트의 눈과 마주쳤다. 오글로예트는 자고 있지는 않았다.

코스토글로토프는 아까부터 전혀 잠을 자고 있지 않았다. 루사노프가 바짐과 신문을 뒤적이며 떠들고 있을 때도 그 말을 다 듣고 있었으나 눈을 뜨지 않았었다. 바짐이 뭐라고 말하는지 흥미를 느끼고 있었다. 지금은 굳이 신문을 보지 않더라도 모든 것은 명명백백했다.

가슴이 다시 두근거렸다. 심장의 고동이 높아지고 있었다. 절대로 열리지 않는 철문 안에서 심장이 두근거리고 있었다. 그런데 무슨 소리가 났다! 무언가가 흔들렸다! 그리고 경첩에서 녹이 떨어졌다.

세상 사람들의 말에 의하면 2년 전 오늘, 노인도 울고, 젊은 처녀도 울었으며, 온나라가 부모를 잃은 듯이 탄식하며 슬퍼했는데 그것이 코스토글로토프로서는 납득할 수 없었다. 그러한 광경을 도저히 상상할 수 없는 것은 자기들의 반응을 기억하고 싶어서였는지도 모른다. 갑자기 작업이 중단되고 바라크의 문은 열리지 않은채 죄수들은 갇혀 있었다. 그리고 언제나 들려오던 울타리 밖의 스피커도 잠잠했다. 이런 모든 것을 종합해 보면 무슨 곤란한 일이 생겨서 당국이 당황하고 있는 것이 분명했다. 당국이 당황해하는 것을 죄수들은 오히려 바라고 있었다. 작업도 안 하고 바라크 안에서 빈들거리며 밥을 먹을 수 있으니 이런 좋은 일이 어디 있겠는가. 처음에는 모두 잠만 잤으나 다음에는 놀라고, 기타나 반두라(우크라이나의 만돌린처럼 생긴 다현 악기.)를 연주했고 우왕좌왕하면서 진상을 알아보기 시작했다. 아무리 먼 변두리 땅으로 죄수를 보냈더라도 진상은 언제나 새어나오기 마련이었다! 조리사나 화부로부터 새어나온 진상은 퍼져나가기 마련인 것이다! 아직 확신할 수는 없지만 모두 바라크 안을 서성거리거나 침대에 걸터앉아서 이야기를 나누었다.

'쉬잇, 잘들 들으라구! 아무래도 식인종 두목이 죽은 것 같아……' '정말?''설마''아니 나는 믿어! 하기야 죽을 때도 됐지!'── 모두 웃음을 터뜨렸다! 그래, 더 신나게 기타도 치고 발랄라이카도 치라구! 바라크의 문은 하루 밤낮 동안 열리지 않았었다. 이튿날 아침, 시베리아에서는 아직도 추운 아침이었는데 수용소의 죄수 전원이 줄지어 섰고 소령도, 두 사람의 대위도, 중위들도 모두 참석했었다. 소령이 슬픔에 잠긴 목소리도 전원에게 전했다.

"어제 모스크바에서……충심으로 애도의 뜻을……"

그 순간 수염이 텁수룩하고 광대뼈가 튀어나온, 거칠고 험상궂은 죄수들의 얼굴이 드러내놓고 기쁜 표정을 짓지는 않았으나 어딘지 모르게 기뻐하고 있었다. 그 미소의 움직임을 보게 된 소령은 발끈 화를 내며 구령을 외쳤다.

"탈모!"

수백명의 죄수들은 움칠하며 모자를 벗었다. 하지만 모자를 벗는 것은 화나는 일이었다. 그러나 누구보다도 먼저 수용소의 광대이며 타고난 익살꾼이 인조 모피로 만든 속칭 '스탈린모'를 벗어서 그것을 하늘 높게 던져 올렸다! 명령에 따른 셈이다!

수백명의 죄수들은 그것을 보고 일제히 모자를 벗어 던졌다!

그러자 소령은 완전히 압도되어 버렸다.

그런 일이 있은 후 코스토글로토프는 알게 되었다. 노인도 울고 젊은 아가씨들도 울었으며 온나라가 어버이를 잃은 것처럼 슬퍼했다는 것을……

찰루이가 아까보다 한층 더 만족한 얼굴로 식료품이 가득 담긴 자루를 ──── 그러나 이번에는 다른 자루를 안고 돌아왔다. 누군가가 비웃었지만 찰루이는 조금도 언짢아하지 않고 누구보다도 먼저 웃었다.

"참 여자란 어쩔 수가 없단 말이야. 남자를 보살피는 것이 기뻐서 어쩔 줄 모르는 모양이야. 그것은 누구한테 폐가 되는 것도 아니고 ──. 아무리

귀부인이라도 여자라는 이름이 붙고 보면…… !"

그리고 웃음을 제지하기라도 하듯이 한손을 저으면서 큰소리로 웃었으나 그것은 오히려 병실 내의 환자들의 웃음을 자아내게 했다. 루사노프도 웃음을 참지 못했다. 그만큼 찰루이의 말은 생기가 있었다.

"그런데 어느쪽이 부인이지?" 하고 아흐마잔이 의아해하면서 물었다.

"그건 묻지 마시오." 찰루이는 한숨을 내쉬면서 식료품을 머릿장 속으로 옮기기 시작했다. "법률을 개혁해야 해요. 회교도들에게는 보다 인도적인 법률이 있는 것 같아. 작년 8월부터 낙태가 허용되어 사회가 훨씬 명랑해졌거든! 뭐니뭐니 해도 여자 혼자 산다는 것은 좋지 않아. 1년에 한 번만이라도 누군가가 방문해주어야 해. 출장중일 때가 좋아. 어느 도시에서고 치킨 수프나 따뜻한 방이 기다리고 있다면 말일세."

이번에도 식료품 틈에 섞인 까만 병이 보였다. 찰루이는 머릿장 문을 닫고 빈 부대를 돌려주러 나갔는데 그 여자를 별로 좋아하지 않는지 바로 돌아와 버렸다. 그리고는 전에 에프렘이 그랬던 것처럼 통로 한가운데 서서 루사노프를 보면서 뒤통수를 긁적거렸다. 그의 머리카락은 아마와 밀짚의 중간색으로 부드럽고 윤기가 있었다.

"맛 좀 보시겠습니까?"

파벨 니콜라예비치는 동의한다는 듯이 미소를 보였다. 왠일인지 오늘은 저녁 식사가 늦어졌었다. 찰루이가 입맛을 다시면서 머릿장에 집어넣는 식료품을 보게 되자 병원 식사는 먹고 싶지도 않았다. 게다가 찰루이의 두툼한 입술에 떠오른 미소에도 어딘지 식욕을 자극하는 유쾌한 느낌이 있었다. 이 사나이는 식사 상대로서는 가장 바람직한 인물이었다.

"이리 오시오." 루사노프는 자기의 머릿장 가까이 오라고 권했다. "나한테도 먹을 것이 좀 있거든요……."

"컵은?" 루사노프의 머릿장으로 통조림이나 종이에 싼 것을 재빨리 옮겨놓으면서 몸을 구부린채 찰루이가 말했다.

"아니, 그건 곤란해요!" 파벨 니콜라예비치가 머리를 저었다. "이 병원에서는 엄격하게 금지하고 있으니까……."

지난 한 달 동안 병실의 누구 한 사람도 그런 것은 생각치도 못했었다. 그런데도 찰루이는 마치 당연한 것처럼 생각하고 있는 모양이었다.

"당신 이름은?" 이미 찰루이는 자기의 침대에서 루사노프쪽으로 무릎을 맞대고 앉아 있었다.

"파벨 니콜라예비치."

"그럼 파샤라고 불러도 되겠군요!" 찰루이는 친근하게 루사노프의 어깨에 손을 얹었다. "의사를 믿어서는 안 돼요! 병을 고치는 것도 의사고, 죽이는 것도 의사지요. 우리는 당근 꼬리를 붙잡고 살아야 하거든요!"

코가 붉고 컸으며 입술이 두툼하여 육감적인 찰루이의 얼굴에는 확신과 우정이 넘치고 있었다!

오늘은 토요일이어서 치료는 모두 월요일로 넘겨졌다. 잿빛 창밖에서는 비가 내리고 있었다. 그 비는 루사노프를 가족이나 친지들로부터 멀찌감치 떼어놓고 있었다. 신문에는 추도하기 위한 사진도 실려 있지 않았으며 더욱 마음을 울적하게 했다. 긴긴 밤을 앞두고 이미 밝은 전등불이 켜져 있었다. 이 유쾌한 사나이와 가볍게 한 잔 하고 안주를 먹은 다음 포커 놀이를 하는 것도 나쁘진 않을 것이다.

찰루이는 어느새 요령껏 술병을 베개 밑에 숨겨놓고 있었다. 코르크 마개를 손가락으로 교묘하게 따내고 컵에 술을 반쯤 따랐다. 두 사람은 곧 술잔을 맞댔다.

파벨 니콜라예비치는 러시아 인답게 최근의 공포도, 의사의 지시도, 금주에 대한 맹세도 무시해 버렸다. 지금으로서는 한시 바삐 고민을 털어버리고 인간다운 따뜻함을 느끼고 싶은 마음뿐이었다.

"살아야 해요! 악착 같이 살아야 한다구, 파샤!"라고 찰루이는 말했다. 다소 우스꽝스런 그의 얼굴이 갑자기 엄격하고 잔혹하게 보였다. "죽고 싶은 녀석은 멋대로 죽으라지. 하지만 우리는 악착 같이 살아야 한다구!"

그의 말이 끝나자 두 사람은 잔을 비웠다. 루사노프는 지난 한 달 동안 몸이 완전히 쇠약해졌으며 도수가 약한 적포도주밖에 마시지 않았으므로 갑자기 목구멍에 불이 붙는 것 같았다. 그리고 몇 분이 지나지 않아서 마치 껍질이 벗겨지듯이 기분이 상쾌해지고 어떤 확신 같은 것이 솟아 올랐다. 우물쭈물할 필요는 없다. 암병동에도 사람은 살고 있으니까. 그리고 여기서 나가버리는 것이다.

"그런데 폴립은 몹시 아픈가?" 하고 루사노프가 물었다.

"이따금. 하지만 나는 절대로 지지 않을 거요, 파샤! 보드카를 마신다고 해로울 것은 없어. 보드카는 만병 통치의 특효 약이니까. 수술을 할 때도 약용 알코올을 먹이지. 그렇구 말구. 약이니까……. 왜 알코올을 마시느냐 하면 보통 보드카보다 흡수가 빨라서 증거가 남지 않거든. 의사가 위를 절개해 보더라도 아무것도 남아 있지 않고 깨끗하지! 그러나 본인은 취해 있는 거야! ……. 당신도 전쟁터에 나간 적이 있다면 알거요. 총격을 할 때는 보드카를 먹여서 사기를 돋궈줘야 해……부상한 경험은?"

"없었소."

"그럼 운이 좋았었군! ……나는 두 차례나 당했었지요. 이곳과 이곳을 ……."

두 컵에 다시 100그램씩 술을 따랐다.

"아니 더 마시면 안 돼." 파벨 니콜라예비치는 부드럽게 만류했다. "그건 위험해."

"위험하긴! 누가 그러지요? ……그럼 이 토마토라도 들어요, 이 토마토는 맛이 좋아요."

일단 규칙을 위반한 이상 100그램이든 200그램이든 얼마나 차이가 있단 말인가. 위대한 사람의 기일에 아무도 아무 말도 하지 않는데 200그램이든 250그램이 되었든 그것이 어떻다는 말인가. 서거한 지도자를 추모하기 위하여 파벨 니콜라예비치는 두 잔째나 잔을 비웠다. 말하자면 그것은 추도의 잔이었다. 루사노프의 입술은 슬픔으로 일그러졌다. 그 입술 속으로 토마토를 집어넣었다. 그리고 찰루이와 이마를 맞대고 상대방의 말에 귀를 기울였다.

"정말 맛있는 토마토군!" 하고 찰루이는 말했다. "여기서는 킬로그램당 10루불이지만 카라간다로 갖고 가면 30루불은 받을 수 있지. 그러나 카라간다까지는 운반할 수가 있어야지. 수하물로 인정해주지 않으니까. 왜 안 된다는 것이지요?"

찰루이의 눈은 흥분한 때문인지 둥그래졌다. 그 눈에는 진지하게 의미를 물으려는 듯한 표정이 떠올라 있었다. 인생의 의미를.

"낡아빠진 상의를 입은 사나이가 역장실로 뚜벅뚜벅 걸어들어가 느닷없이 '역장님 당신도 죽고 싶지는 않겠지요.'라고 했었지. 그랬더니 역장은 입에 거품을 물고 전화통을 집어드는 거야. 아마 죽을 것이라고 생각했던 모양이야 ……. 그는 역장의 책상 위에 지폐를 석 장 내던졌어. 왜 안 된다는 거지? 당신은 죽고 싶지는 않을 것이고 나도 살고 싶소. 내 광주리를 수하물로 인정해주도록 명령을 내리시오! 죽는다, 산다 하는 말을 쓰면 얘기가 빨라지지. 파샤! 그런데 다음 열차가 큰일이야. 여객 열차라는 푯말은 붙어 있었지만 여기도 저기도 토마토 광주리 천지가 되어버렸지. 선반 위에도, 밑에도. 차장이 오건 검사원이 오건 아랑곳하지 않았어. 관할 구역이 바뀌어 다른 차장이 왔지만 그 사람도 어쩔 도리가 없었지."

루사노프는 몸이 비틀거렸으며 속에서는 불이 붙는 것 같았다. 이제 병은 조금도 무섭지 않았다. 그런데 찰루이는 루사노프가 도저히 납득할 수 없는 말을 지껄여대고 있었다. 용납할 수 없는 억지 소리를……

"그것은 억지야!" 파벨 니콜라예비치는 단호하게 말했다. "어째서 당신은……그것은 나쁜 짓이 아닌가."

"좋지 않다구?" 찰루이는 깜짝 놀란 듯이 말했다. "우리 달착지근한 오이를 먹자구! 이 연어 알도 들어보구! ……카라간다에서는 어디를 가든 '석탄은 빵이다'라고 써붙여 놓았는데 그것은 공장의 빵이란 의미이겠지. 인간이 먹는 토마토는 아무 데나 있는 것이 아니지. 높은 사람들은 아무 데서도 갖다주지 않아. 그렇구말구. 그러니까 킬로그램당 25루불에 판다고 해도 모두가 감사하게 생각하지. 토마토를 구경만 해도 고마워했으니까.

그런데도 카라간다에서 당국이 하는 짓이란 기가 막혀 말이 안 나와. 경비원들을 잔뜩 모아놓고 화물차에 40대분이나 사과를 나르게 하는 것이 아닌가 생각했는데 그게 아니더군. 그들을 각 역에 배치해 놓고 카라간다로 사과를 가져오는 자를 취체하라는 거였네. 어느 역에서나 절대로 갖고 오지 못하게 하는 거야……."

"그럼, 당신은 그런 일을 하고 있었나?" 파벨 니콜라예비치는 서글픈 듯이 말했다.

"나 말이요, 파샤? " 나는 광주리를 운반하거나 하는 일은 하지 않아. 나는 언제나 서류 가방이나 여행용 가방을 들고 점잖게 다니지. 출장 기간이 끝난 군인들은 개찰구에서 떠들고 있지. 승차권이 없어요! 다 팔렸다니까요, 라고. 나는 그런 데서 떠들지 않아도 버젓이 기차를 탈 수 있었지. 어느 역에 가든지 목욕탕이 어디 있으며 어디에 보관소가 있는지 손바닥을 뒤집어보듯이 훤하게 다 알고 있었지. 그래, 파샤. 인생을 즐기는 사람은 언제나 이길 수 있어! "

"그러면 보통때는 어떤 일을 하고 있지? "

"나는 기술자지, 파샤. 공업학교는 다니지 않았지만 말이야. 그밖에 대리인 같은 일도 하고 있지. 아무튼 돈이 되는 일이라면 무슨 일이고 다 해. 지불이 좋지 않은 곳에서는 얼른 도망쳐버려. 알겠나? "

그것은 인생의 정도에서 벗어난 짓이며 부정이라고 말할 수도 있다고 루사노프는 말해주고 싶었다. 그러나 그가 입원한 후 처음 만난 이렇게 유쾌한 사나이를 화나게 할 수는 없었다.

"그러나 그것은 좋은 일일까? " 다만 루사노프는 그렇게만 말했을 뿐이었다.

"좋은 일이고 말고. 좋은 일이라니까! " 찰루이는 끄떡도 하지 않았다. "자, 이 송아지 고기 좀 들라구. 자네의 콤포트를 조금 얻을 수 없을까. 인생은 한 번밖에 없어. 음울하게 살아서 뭣하겠나. 유쾌하게 살아야 해, 파샤! "

54

파벨 니콜라예비치도 그 말에는 동의하지 않을 수 없었다. 아닌게 아니라 인생은 한 번 뿐이다. 우울하게 살 필요가 어디 있겠는가.

"그렇지만 찰루이, 그러한 생각은 비판을 받게 돼……." 루사노프는 좋은 말로 경고를 주었다.

"그것은 말이지, 파샤." 찰루이는 루사노프의 어깨에 손을 얹고서 진지하게 말했다. "그것은 견해 차이야. 장소와 방법에 따라서 다르지.

털끝 하나라도

눈에 들어가면 아픈데

반 아르신(약 35센 티미터) 나 되는 것이 들어가도

아무렇지도 않아하는 사람이 있어!"

찰루이는 껄걸 웃으면서 루사노프의 무릎을 쿡 찔렀다. 루사노프도 웃음을 터뜨렸다.

"그것 참 멋진 문구로군! ……자네는 시인일세, 찰루이!"

"자네가 하는 일은 어떤건가?" 새로 사귄 친구가 물었다.

이렇게 툭 터놓고 이야기하고 있었는데, 파벨 니콜라예비치는 여기서 주춤했다. 자기가 하는 일의 성질상 신중을 기해야 했던 것이다.

"뭐라고 할까, 인사 문제에 관한 일이라고나 할까."

그는 말꼬리를 흐렸다. 사실은 단순한 인사가 아니었다.

"인사라면 어디의?"

파벨 니콜라예비치는 직장 이름을 말해 주었다.

"그랬었군!" 찰루이는 기쁜 듯이 말했다. "그렇다면 그곳에 취직시켜 주지 않겠나? 섭섭하지 않게 사례는 할 테니까."

"무슨 소리를 하는 건가? 잘못 생각하면 곤란하네!" 파벨 니콜라예비치는 화를 내면서 말했다.

"잘못 생각했다고?" 찰루이는 깜짝 놀라서 말하더니 다시 인생의 의미를 찾는 듯한 표정이 눈에 나타났다. 그것은 취기 때문에 더욱 커보였다. "요직에 있는 사람이라도 사례를 받지 않고서는 생활을 할 수 없어요. 자녀들도 키워야 하고 말이지. 그런데 아이는 몇이나 되지?"

"신문은 다 보았나요?" 하고 두 사람의 머리 위쪽에서 나직하게 귀에 거슬리는 목소리가 들렸다.

흰 가운을 아무렇게나 걸치고 눈이 불길하게 부어오른 그 부엉이가 어느새 곁에 다가와 있었다.

정신을 차리고 보니 파벨 니콜라예비치는 신문을 깔고 앉아 신문은 마구 구겨져 있었다.

"자, 어서 보시지요!"라고 찰루이는 얼른 루사노프의 엉덩이 밑에서 신문을 빼내려 했다.

"엉덩이를 들어요, 파샤! 자, 어서 가져가시오!"

슈르빈은 음울한 얼굴로 신문을 받아들고 자기의 침대로 돌아가려 했으나 그때 코스토글로토프에게 붙잡혔다. 아까부터 슈르빈이 말없이 모두를 둘러본 것처럼 이번에는 코스토글로토프가 이 사나이를 지그시 관찰하고 있었던 것이다. 지금 이 사나이는 곁에 와 있어서 그를 관찰하기에는 좋은 기회였다.

도대체 어떤 작자일까, 이 사나이는! 보통이 아닌 얼굴을 가진 이 사나이는? 그것은 지금 갓 메이크업을 끝낸 피로에 지친 무대 배우의 얼굴과 비슷했다. 코스토글로토프는 첫대면의 인간에게도 꼬치꼬치 캐묻는 수용소 특유의 말투로 물었다.

"영감님, 당신은 직업이 뭐였지요?"

슈르빈은 눈만이 아니라 머리 전체를 코스토글로토프쪽으로 돌리고 눈도 깜박이지 않은채 상대방을 바라보았다. 그리고는 계속 바라보면서 묘하게 목을 움직였다. 그가 지금 입고 있는 옷에는 옷깃 따위는 없었다. 어째서 대답을 하지 않을까 하고 생각하고 있을 무렵 슈르빈이 갑자기 대답했다.

"도서관."

"어디 있는?" 코스토글로토프는 간발의 틈도 두지 않고 두 번째 질문을 던졌다.

"농업 전문학교."

웬일인지 —— 그래, 아마도 사나이의 집요한 시선이나 소 같은 침묵 때문일 것이다. 루사노프는 슈르빈을 깔아뭉개고 싶은 생각이 들었다. 아니면 술을 마셨기 때문일지도 몰랐다. 필요 이상으로 큰 목소리로, 필요 이상으로 경박한 말투로 루사노프는 말했다.

"그럼 물론 비당원이겠군."

부엉이는 황갈색 눈으로 루사노프를 쳐다보았다. 그리고 그 질문의 뜻을 모르겠다는 듯이 눈을 꿈벅거렸다. 그러더니 다시 한 번 눈을 꿈벅이더니 갑자기 입을 열었다.

"그 반대요."

그리고는 방 구석으로 돌아갔다.

그의 걸음걸이는 어쩐지 부자연스러웠다. 어디가 쑤시거나 아픈 걸음걸이였다. 어색하게 몸을 구부리고 흰 가운의 소매를 펄럭거리며 다리를 절면서 걷고 있는 모습은 큰 새를 연상케 했다. 이제는 날 수 없는, 날개죽지가 잘린 새를……

24. 수 혈

햇볕이 내리 쪼이는 벤치 옆 돌 위에 코스토글로토프는 앉아 있었다. 장화를 신은 다리를 어색하게 구부려서 두 무릎이 땅바닥에 닿을 것 같았다. 그리고 두 손도 덩굴처럼 지면에 축 느러뜨리고 있었다. 수그린 머리에는 모자도 쓰고 있지 않았다. 때 묻은 흰 가운에는 밴드도 매고 있지 않았다. 이렇게 꼼짝도 하지 않고 지쳐버린 듯이 햇볕을 쬐고 있는 모습은 잿빛 돌덩이 같았다. 검은 머리와 등은 불타듯이 뜨거웠으나 코스토글로토프는 꼼짝도 하지 않고 3월의 햇볕을 몸 안에 받아들이고 있었다. 빵이나 수프로 흡수하지 못한 것을 이렇게 흡수하면서 몇 시간이고 멍청하게 앉아 있었다.

숨을 쉴 때마다 어깨가 약간씩 상하로 움직였으나 옆에서는 그것을 거의 알아볼 수 없었다. 그래도 돌 위에서 굴러 떨어지지도 않고 균형을 잘 유지하고 있었다.

뚱뚱하고 키가 큰 아랫층의 잡역부가 가까이 다가오고 있었다. 언젠가 소독을 했다는 구실로 복도에서 코스토글로토프를 쫓아내려고 한 여자였다. 그러나 이 여자는 해바라기 씨앗을 좋아해서 지금도 연신 씨앗을 까먹으면서 가로수 길을 걸어왔다. 가까이 오면서 그녀는 시장 바닥의 여자처럼 큰소리로 불렀다.

"이봐요, 나 좀 보세요!"

코스토글로토프는 머리를 쳐들고 햇빛을 받자 얼굴을 찡그릴 정도로 눈을 가늘게 뜨고 잡역부를 보았다.

"처치실로 가보세요, 선생님이 찾으세요."

햇볕을 받으면서 돌처럼 움직이지 않고 있던 상태에서 몸을 움직여 일어서는 것은 불쾌한 일을 할 때처럼 싫었다!

"선생님이라니, 누구지요?" 코스토글로토프는 불만스럽게 말했다.

"아무럼 어떼요. 당신에게 볼일이 있는 사람은 의사 선생이겠지요." 잡역부는 목청을 높였다. "이런 데까지 당신을 부르러 오는 것은 내가 할 일이 아니잖아요. 빨리 가보세요."

"하지만 나한테는 처치할 만한 일이 없어, 혹 잘못 찾아온 건 아니오?" 코스토글로토프는 또 우겼다.

"당신이요, 당신이라니까!" 잡역부는 해바라기 씨앗 껍질을 연신 뱉어내면서 말했다. "당신처럼 긴 다리를 가진 사람을 왜 딴 사람과 혼동하겠어요. 당신 같은 사람은 이 병원에 한 사람도 없으니까."

코스토글로토프는 한숨을 내쉬더니 천천히 다리를 펴고 투덜대면서 자리에서 일어섰다.

잡역부는 못마땅한 듯 그를 쳐다보았다.

"쏘다니지만 말고 가만히 누워 있으라구요. 자기 몸은 자기가 돌봐야지

……."

"시끄럽소……." 코스토글로토프는 한숨을 내쉬었다(그렇게 이론대로
될 수 있나!). 그는 천천히 오솔길을 걸어가기 시작했다. 이제는 밴드도
매지 않았을뿐 아니라 군인다운 자세는 찾아볼 수도 없었으며 잔뜩 등을
구부리고 있었다.

처치실에서는 또 무언가 새로운 트러블이 기다리고 있는 것이 틀림없었다.
그것이 무엇인지 아직은 모르면서도 코스토글로토프는 도망칠 생각만 하고
있었다.

처치실에서 그를 기다리는 사람은 열흘쯤 전에 간가르트와 교대한 엘라
라파일로브나가 아니라 뚱뚱한 젊은 여자였다. 볼은 붉다 못해 자주빛이
었으며 매우 건강해 보였다. 코스토글로토프가 처음으로 보는 얼굴이었다.

"이름은?" 코스토글로토프가 문간으로 들어서자 마자 여자가 물었다.

이제 눈이 부시지 않았는데도 코스토글로토프는 자기도 모르게 눈을
가늘게 뜨고 상대방을 바라보았다. 도대체 어떻게 된 일인지 서둘러 판단해야
했지만 대답은 서둘지 않았다. 때로는 이름을 감추지 않으면 안 될 때도
있을 것이고 가명을 쓸 때도 있다. 지금은 어느 경우에 해당할 지 아직
알 수 없었다.

"이름이 뭐냐니까요?" 팔뚝이 굵직한 여의사가 다그쳐 물었다.

"코스토글로토프"라고 그는 대답했다.

"어디에 숨어 있었지요? 빨리 옷을 벗고 이리 와 누으세요!"

그러자 코스토글로토프는 곧 사태를 알 수 있었다. 수혈! 처치실에서
수혈을 한다는 것은 깜박 잊고 있었던 것이다. 그러나 첫째로 코스토글로
토프는 의연히 원칙을 굽히지는 않았다. 즉 타인의 피는 바라지 않으며
자기의 피는 줄 수 없다! 둘째로 마치 헌혈자의 혈액을 자기가 마셔버
리기나 한 것처럼 위세가 당당한 이 여인을 코스토글로토프는 믿을 수가
없었다. 베가는 지금 이 병원에 없다. 또 새로운 의사, 새로운 습관, 새로운
미스 —— 이 회전목마는 언제까지나 돌고 도는 것일까. 변하지 않는 것은

없다는 말인가.

코스토글로토프는 어두운 표정으로 가운을 벗고 가운을 걸어놓을 곳을 찾으면서 —— 간호사가 모자걸이가 있는 곳을 가리켰다 —— 마음속으로는 반항할 구실을 찾고 있었다. 그는 우선 가운을 걸었다. 그리고는 자켓을 벗어 걸었다. 장화는 한쪽 구석에 벗어던졌다. 깨끗한 리놀륨 바닥을 맨발로 걸어서 쿠션이 좋은 높은 처치대에 누웠다. 적당한 구실은 아직 생각나지 않았다. 그러나 곧 생각날 것이다.

처치대의 배개가 놓인 쪽에 있는 번쩍거리는 스틸대 위에 수혈 기구가 얹혀 있었다. 몇 개의 고무관과 유리관이 있었으며 물이 들어 있는 용기도 있었다. 같은 스틸대 위에는 반 리터, 4분의 1리터, 8분의 1리터 등 갖가지 용량의 앰플을 고정시키기 위한 고리가 있다. 지금 고정되어 있는 앰플은 9분의 1리터 짜리였다. 갈색으로 변환 혈액의 일부는 혈액형이나 헌혈자의 이름, 채혈 연월일 등을 기록한 레테르에 가려져 있었다.

보아서는 안될 것을 굳이 보려는 습성에서 코스토글로토프는 처치대에 오를 때 그 레테르를 얼른 읽고 머리를 배개에 얹기도 전에 말했다.

"뭐 2월 28일! 꽤 오래된 혈액이군. 이런 것을 수혈받을 수는 없어요."

"뭐라구요?" 여의사는 발끈 화를 냈다. "낡은 것이니 새것이니 잘도 말하는 군요. 혈액의 보존 방법을 알고나 하는 말이에요? 혈액은 한 달 이상이나나 보존할 수 있어요!"

여의사의 빨간 볼은 화를 내자 푸르스름해졌다. 팔꿈치까지 드러낸 팔뚝은 살이 쪄서 토실토실하고 장미빛이었으나 피부에는 닭살 같은 것이 돋아나 있었다 —— 그러나 그것은 추위 때문이 아니라 보통때도 그런 것이 나 있었다. 그것을 보자 코스토글로토프의 반항심은 어째서인지 더욱 굳어지게 되었다.

"소매를 걷고 팔을 뻗으세요!"라고 여의사가 명령했다.

이 여의사는 벌써 2년 동안이나 수혈 일을 맡아 해왔는데 의심스런 표정을 짓지 않는 환자는 아직 본 적이 없었다. 누구나가 자기의 몸에는 귀족의 피가 흐르고 있으므로 그런 비천한 피는 받아들일 수 없다는 듯한 표정들이었다. 색깔이 이상하다거나, 혈액형이 다르다거나, 헌혈한 날짜가 오래 되었다거나, 혈액이 너무 차다거나, 뜨겁다거나, 응고하지 않는다거나, 환자들은 갖가지 핑계를 댔고, 자신있게 이러한 질문을 하는 사람도 있었다. '그 혈액은 혹시 불량품이 아닌지요?' —— '천만에' —— '손대지 말라고 씌어 있어요.' —— '그것은 한 번 수혈하려고 갖고 갔으나 쓰지 않게 된 것은 아닌가요? 환자들은 결국 체념해 버리지만 입 속으로 뭐라고 투덜거렸다. '그것은 역시 질이 나빴기 때문이 아닐까.' 이런 바보스런 의심을 없애주려면 단호한 태도를 취하는 수밖에는 없었다. 그리고 수혈의 하루 일과는 꽉 짜여 있었기 때문에 이 여의사는 언제나 서둘러댔다.

그러나 코스토글로토프는 이미 이 병원에서 몇 번이나 주사 바늘로 정맥을 찔렸거나 또는 잘못 찔려서 생기는 혈종(血腫) —— 출혈로 인한 혹을 여러번 목격했던 것이다. 그리고 반응도 조사하지 않고 서둘러 수혈을 했기 때문에 오한이 나서 몸을 떠는 환자도 본 적이 있었다. 그래서 이 서둘러대는 장미빛 굵은 팔, 작은 닭살이 돋아난 팔을 도저히 믿을 수가 없었다. 코스코글로토프로서는 X선 조사로 시달려 피로에 지쳐있는 자기의 피가 다른 사람의 신선한 피보다도 더 귀중했다. 자기의 피는 언젠가 건강을 되찾을 것이다. 되찾지 못한다 하더라도 그때문에 치료를 포기하게 된다면 오히려 잘된 일이 될 수도 있지 않겠는가?

"싫습니다." 하고 말하면서 소매도 걷지 않고 코스토글로토프는 침울한 표정으로 수혈을 거부했다. "그 피는 채혈한 지 오래 되었으며, 또 오늘은 기분도 좋지 않구요."

한꺼번에 두 가지 구실을 내놓아서는 안 되며, 한 가지씩 내놓아야 한다는 것을 알면서도 자기도 모르게 두 가지 구실이 한꺼번에 튀어나왔다.

"그렇다면 혈압을 재어봅시다." 여의사는 시무룩해져서 간호사에게 곧 기구를 가져오게 했다.

여의사는 새로 온 사람이었으나, 간호사는 전부터 이 처치실에서 근무하던 사람이었다. 오레크는 이 간호사의 신세를 진 적은 한 번도 없었다. 아직 나이가 젊어 보였으며 키가 크고 얼굴이 가무잡잡했으며 일본인 특유의 가는 눈을 갖고 있었다. 머리를 너무 복잡하게 묶어서 보통 모자나 삼각포는 쓸 수 없었으며 머리카락이 삐죽하게 튀어나온 곳에는 리본을 달고 있었다. 그 리본을 달기 위해 언제나 15분은 남보다 더 일찍 출근해야 했다.

그것은 오레크에게는 상관없는 일이었지만 간호사의 흰 관과 같은 머리를 쳐다보면서 그녀의 머리에서 리본을 다 풀었을 때의 머리 모양을 상상해 보았다. 이 처치실의 주역은 여의사였으므로 여의사를 상대로 싸우지 않으면 안 된다. 멍청하게 있지 말고 적극적으로 반대하고 구실을 붙여서 거부하지 않으면 안 된다. 그러나 코스토글로토프는 기세가 꺾인 것처럼 일본인 특유의 가는 눈을 가진 간호사를 보고 있었다. 젊은 아가씨는 누구나 다 그렇지만 이 아가씨 또한 젊음이 넘치는 어떤 신비로움을 간직하고 있는 것처럼 보였으며 걸음걸이나 목을 움직이는 동작 등, 모든 점에서 본인도 그것을 의식하고 있는 것 같았다.

그러는 동안 코스토글로토프는 팔뚝에 검은 띠가 감겨지고 곧 혈압은 정상이라는 판정이 내려졌다.

오레크는 입을 벌리고 수혈에 동의할 수 없는 이유를 말하려 했으나 그 때 마침 여의사한테 전화가 걸려왔다.

여의사는 급히 방에서 나갔고 간호사는 검은 끈을 상자에 담았으며 오레크는 여전히 누워 있었다.

"저 의사는 어디서 왔지요?" 하고 오레크가 물었다.

그녀는 내부의 수수께끼에 대응이라도 하듯이 자기의 목소리에 귀를 기울이면서 말했다.

"수혈 센터에서 왔어요."

"어째서 오래된 혈액을 갖고 왔을까?" 오레크는 이 처녀에게나마 묻지 않을 수 없었다.

"그건 오래된 혈액이 아니에요." 간호사는 주저없이 대답하고 흰 관을 매만지면서 처치대에서 멀어졌다.

이 여자에게는 자신이 있어 보였다. 자기가 하는 일에 충분히 자신이 있어 보였다.

그것은 당연한 일일지도 몰랐다.

태양은 이미 처치실쪽으로 기울이고 있었다. 햇빛을 직접 받지는 않았으나 두 개의 창문은 밝게 빛났고 천장의 한 부분에는 무엇엔가 반사되어 큼직한 빛의 반점이 비치고 있었다. 방안은 무척 밝고, 청결하고 조용했다.

쾌적한 방이군.

오레크의 눈에는 보이지 않는 문이 열리더니 아까 그 여의사가 아닌 다른 누군가가 들어왔다.

구두 발자국 소리로 자기가 누구인지 알지 못하게 하느라고 거의 소리를 내지 않고 한 여자가 들어왔다.

그는 추리해 보았다.

저런 걸음걸이를 하는 여자는 한 사람밖에 없다. 이 방에 나타나주기를 바라는 오직 한 여인.

베가 !

그래, 그녀다. 그녀가 오레크의 시야에 들어왔다. 잠시 방을 비워두었다는 듯이 사뿐히 들어섰다.

"도대체 어디 가셨었어요. 간가르트 선생……." 오레크는 미소를 지었다.

그는 소리친 것이 아니라, 낮은 목소리로 기분이 좋아서 물었다. 그리고 처치대에 묶여 있는 것도 아닌데 일부러 일어나려 하지도 않았다.

방안은 이상하리만큼 조용하고, 밝고, 기분이 좋았다.

베가도 웃는 얼굴로 물었다.

"또 반항하는 거예요 ?"

그러나 이제는 반항할 기력마저 없었다. 당장 쫓겨날 염려도 없고 이렇게 처치대에 누워 있는 것을 느긋하게 즐기면서 오레크는 대답했다.

"내가요 ? ……. 아니 이젠 반항할 건덕지도 없습니다……. 어디에 갔었지요? 1주 이상이나."

어려운 새 낱말을 열등생에게 가르치는 것처럼 간가르트는 오레크의 머리 위에서 천천히 발음했다.

"종양 센터가 개설되어 출장을 갔었어요. 암 예방 운동의 일로."

"그럼, 어디 먼 곳으로라도?"

"네."

"이제 출장갈 일은 없나요?"

"네 당분간은. 당신은 기분이 좋지 않은가요?"

그 눈 속에는 무엇이 있을까? 침착성, 주의력. 아직 확실하게 느껴본 적이 없는 순수한 불안. 그것은 의사의 눈이었다.

그러나 그런 것과는 별도로 그 눈은 밝은 커피색이었다. 한 잔의 커피에 컵에 담긴 우유를 조금 따랐을 때의 색깔. 하지만 오레크는 벌써 오랫동안 커피를 마시지 않았기 때문에 색깔을 잊어버렸던 것이다. 어쨌든 그리운 색깔이었다. 그립고 사랑스런 눈!

"아니 별일은 아니에요! 지나치게 햇볕을 쪼였나봅니다. 계속 햇볕을 쬐고 있었더니 졸음이 오더군요."

"당신이 햇볕을 쪼였단 말인가요! 종양에는 따뜻하게 하는 것이 가장 해로워요. 아직도 모르고 있었나요?"

"해로운 것은 탕파(湯婆) 뿐인줄 알았지요."

"햇볕은 더 나빠요."

"그러면 혹해 연안도 나에게는 금지되어 있겠군요."

간가르트는 고개를 끄덕였다.

"노릴스크(시베리아의 서부 에니세 강 어구 ㄹ)에라도 추방도되어야겠군요……."
처의 피아니소 호반에 있는 도시.

간가르트는 어깨를 움칠했다. 그것은 여의사의 힘이 못미치는 것이었으며 이해하기 힘든 일이기도 했다.

"그런데 당신은 어째서 배신했지요?"

"배신하다니, 무엇을?"

64

"우리들이 했던 약속 말이에요. 수혈은 선생이 직접 해주고, 인턴에게는 시키지 않겠다고 약속하지 않았던가요?"

"그 사람은 인턴이 아니에요. 아니, 전문가라니까요. 그 사람이 오게 되면 우리는 가만히 보고 있어야 해요. 하지만 이젠 돌아가버렸어요."

"돌아갔다고?"

"갑자기 호출을 받고 돌아가버렸어요."

아, 회전목마! 회전목마로부터의 구원은 회전목마 안에 있었다.

"그러면 선생이?"

"네, 그 오래된 혈액이란 어느 것이지요?"

오레크는 그것을 머리로 가리켰다.

"저것은 오래된 것이 아니에요. 하지만 당신에게는 맞지 않아요. 당신에게는 250cc가 필요하니까요. 그러면……." 간가르트는 다른 데스크에서 혈액을 갖고 왔다. "직접 레테르를 확인해보는 것이 어떻겠어요?"

"간가르트 선생, 저 자신이 생각해보아도 제 성격이 못됐다고 생각해요. 무엇이든 확인해보고 싶고, 무엇이고 믿지 못하니까요. 하지만 확인할 필요가 없다면 저도 마음이 편하겠습니다. 제 기분을 이해해 주시면 고맙겠습니다."

마치 빈사 상태에 빠진 환자처럼 지친 말투로 오레크는 그렇게 말했다. 그러나 재빨리 읽는 데 익숙한 눈은 어느새 레테르를 읽고 있었다. 'O형, I. L. 야로슬라브체바, 3월 5일.'

"3월 5일이라, 그러면 됐어요!" 오레크는 되살아난 듯이 말했다. "이거라면 효력이 있지!"

"이젠 유효하다는 것을 확인하셨겠지요. 설득한 보람이 있군요!"

여의사는 유효하다는 의미의 말을 오해한 것 같았다. 그래도 좋겠지.

코스토글로토프는 팔꿈치까지 셔츠를 걷어 올리고 오른손은 몸 가까이 내려뜨렸다.

사실을 말하자면 이런 식으로 신뢰하는 것, 믿고 몸을 맡기는 것이야말로 영원히 의심하는 버릇을 버리지 못하는 오레크로서는 대단한 평안함이었다. 이 상냥한 여자, 공기의 요정처럼 산뜻한 여자, 동작 하나하나를 신중하게 생각하면서 조용조용하게 움직이는 이 여자는 결코 실수하는 일이 없을 것이다. 오레크는 그렇게 믿고 있었다.

그래서 휴식하는 기분으로 누워 있었다.

천장에 비친 레이스 모양의 크고 희미한 빛의 반점은 타원형으로 일그러져 있었다. 무엇이 반사된 것인지도 모르는 그 반점도 지금의 오레크로서는 매우 즐거웠으며, 이 조용하고 깨끗한 방의 인상을 한층 강하게 했다.

간가르트는 오레크의 팔에서 교묘하게 소량의 혈액을 체취해서 그것을 원심분리기에 걸고 네 개의 섹션으로 나눈 접시에 부었다.

"왜 넷으로 나누었지요?"라고 오레크가 물었으나, 그것은 어디서나 물어보는 버릇이 있어서 물어보았을 뿐이었다. 지금 오레크는 아무 이유도 알고 싶지 않은 기분이었다.

"하나는 적합성을 알아보기 위해서, 나머지 세 개는 혈액형을 확인하기 위한 것이에요. 더욱 신중을 기하기 위해서지요."

"혈액형이 일치하고 있는데 왜 또 적합성을 조사하지요?"

"환자의 혈액이 헌혈자의 혈액과 섞였을 때 응집 반응을 일으키지 않는지 조사하는 거예요. 드문 일이기는 하지만."

"그렇군요. 그러면 원심분리기에 건 것은?"

"적혈구를 분리한 거예요. 정말 시시콜콜 묻지 않고는 못견디는 분이군요."

이런 것은 묻지 않아도 될 일이었다. 오레크는 멍하니 천장의 반점을 쳐다보고 있었다. 아무리 질문한다 하더라도 세상 일을 다 알 수 있는 것은 아니다. 죽을 때까지도 알지 못하는 일은 많이 있을 것이다.

흰 모자를 쓴 간호사가 침대 위의 고리에 3월 5일에 채혈한 앰플을 거꾸로 매달았다. 오레크의 팔꿈치 밑에 베개를 갖다대고 빨간 고무관으로 팔꿈치의 윗부분을 묶었다. 그녀는 일본인 특유의 가느다란 눈으로 조심스럽게 보면서 동여매고 있었다.

이상한 일이었다. 아까는 어째서 이 여자에게 신비로운 점이 있다고 생각했을까. 신비로움 따위는 있지도 않았으며 극히 평범한 여자가 아닌가.

간가르트가 주사기를 손에 들고 다가왔다. 주사기는 보통 것이었고 투명한 액체가 가득 들어 있었는데 바늘이 이상해보였다. 그것은 바늘이 아니라 관이었으며 앞끝이 삼각형으로 되어 있었다. 만약 그것으로 찌르는 것이 아니라면 아무래도 좋았다.

"당신의 정맥은 잘 보이는군요."라고 간가르트는 말하더니 한쪽 눈을 치켜뜨면서 혈관을 찾았다. 그리고 무서운 표정으로 피부가 찢기는 소리가 들리는 듯한 기세로 바늘을 찔러넣었다.

여기까지에도 모를 일이 많이 있었다. 왜 고무관으로 팔꿈치의 윗부분을 동여맸을까. 어째서 주사기에 물같은 액체를 넣었을까. 물어봐도 되겠지만 조금쯤은 자기의 머리로 생각해보기로 했다. 아마도 주사기 속의 액체는 혈관 속에 공기가 들어가지 않게 하기 위해서이며 혈액이 주사기 속으로 역류하지 않게 하기 위해서일 것이다.

바늘을 혈관에 꽂은채 윗팔을 묶었던 고무관이 풀리고, 주사기의 본체가 살짝 빠졌다. 간호사는 접시 위에서 수혈 세트 끝의 접속 부분을 흔들어 혈액의 첫부분을 쏟아버렸다. 간가르트는 곧 그 접속 부분을 주사기 대신 바늘로 갈아끼우고 그것을 손으로 받치고 위쪽 나사를 돌렸다.

수혈 세트의 굵은 유리관 내의 투명한 액체 속을 천천히, 하나 또 하나 투명한 거품이 올라가기 시작했다.

그 공기 방울이 움직임에 따라서 잇달아 의문이 떠올랐다. 어째서 이처럼 굵은 바늘을 사용하는 것일까. 어째서 혈액의 처음 부분은 버리는 것일까? 이러한 공기 방울은 왜 생길까? 그러나 한 사람의 바보가 마음껏 멋대로 질문을 한다면 100명의 현명한 사람이 있더라도 다 대답하지 못할 것이 아닌가?

이제 질문을 한다면 좀더 다른 것을 물어보고 싶었다.

방 안의 모든 것들이 무척 화사하게 보였다. 천장의 희끄무레한 반점은 더욱 그랬다.

바늘은 오랫동안 꽂힌채 있었다. 앰플 속의 혈액의 눈금은 거의 내려가지 않았다. 전혀 내려가지 않는다.

"간가르트 선생님, 제가 할 일이 또 있나요!" 자기의 목소리에 귀를 기울이는 것처럼 작은 목소리로 일본인 간호사가 물었다.

"됐어요, 이젠 할 일이 없군요." 간가르트가 조용하게 대답했다.

"그러면 30분쯤 나가 있어도 괜찮을까요?"

"나는 괜찮아요."

간호사는 흰 모자를 흔들면서 종종걸음으로 나갔다.

그래서 두 사람만 있게 되었다.

공기 방울은 천천히 계속 올라가고 있었다. 그러나 간가르트가 나사에 손을 대자 공기 방울의 움직임이 멈췄다. 공기 방울은 하나도 오르지 않았다.

"닫았나요?"

"네."

"어째서죠?"

"또 질문인가요?" 여의사는 미소를 지었다. 그러나 그것은 오히려 질문을 기뻐하는 미소였다.

처치실 안은 조용하기만 했다. 낡은 벽, 튼튼한 문. 속삭이는 것보다는 조금 큰 목소리로 충분히 얘기할 수 있었다. 보통으로 숨을 쉬면서 그것을 그대로 소리로 내면 되었다. 그것은 무척 쾌적한 상태였다.

"정말 저 자신이 생각해도 싫은 성격입니다. 언제나 허용되는 것 이상의 것을 알고 싶어 하니까요."

"알고 싶어 하는 것은 좋은 일이지만……." 하고 여의사는 말했다. 그 입술은 이야기의 내용과 결코 무관하지는 않았다. 사소한 움직임에 의해서도 —— 좌우가 균형이 잡히지 않게 구부러지거나 약간 내용을 지지하거나 보충하기도 했다. "우선 25cc를 수혈한 다음 적당한 간격을 두고 환자가 어떤 기분인지 확인합니다." 여의사는 한 손으로 바늘과 고무관의 접속 부분을 쥐었다. 그리고 가벼운 미소를 지으면서 몸을 구부려 상냥하게 오레크의 눈을 들여다보았다. "기분이 어떻지요?"

"지금 이 순간은 기분이 좋군요."

"기분이 좋다는 것은 좋지 않다는 뜻인가요?"·

"아니요, 실제로 좋습니다. 단순히 좋다는 기분 이상이라는 뜻이지요."

"한전은 나지 않나요? 입 안에 불쾌감 같은 것은 없습니까?"

"없습니다."

앰플과 바늘과 수혈은 말하자면 두 사람의 공동 작업이었다. 두 사람은 사이 좋게 누군가 제3자를 차료하고 있는 것처럼 생각되었다.

"지금 이 순간이라고 말하셨는데 다른 순간은 어떠했지요?"

"다른 순간 말인가요?" 이렇게 서로 눈을 빤히 쳐다보고 있는 것은 즐거운 일이었다. 시선을 피할 필요도 없고 정정당당하게 바라볼 수 있는 권리가 있다고 하는 것은. "별로 좋지 않았어요."

"무엇이 좋지 않지요, 어떻게?"

여의사는 친구처럼 동정과 불안한 마음으로 물었다. 그러나 그와 동시에 타격도 거의 예기하고 있었다. 지금이야 말로 타격을 주어야 할 때라고 오레크는 느꼈다. 밝은 커피색 눈이 아무리 상냥하더라도 이 타격은 피할 수 없을 것이다.

"신통하지 않다고 하는 것은 정신적으로 그렇다는 거겠지요. 목숨과 바꾸기 위해 너무나 많은 것을 잃었다는 의식이겠지요. 저를 속이면서 그런 일을 하고 있는 사람이 다른 사람도 아닌 간가르트 선생이라니……."

"내가요?"

서로 시선을 피하지 않고 빤히 바라보고 있으려니까 전혀 새로운 사실이 알려졌다. 즉 흘끗 보는 것만으로는 보이지 않는 것이 보이게 된다. 눈은 색깔이 있는 방호막(防護膜)을 잃고 부지부식간에, 모든 사실을 털어놓고 만다.

"그 주사가 절대로 필요하긴 하겠지만 저로서는 그 주사의 의미를 이해할

수 없는 것을 어째서 그토록 열심히 말하셨지요? 대체 무엇을 이해해야
할까요? 호르몬 요법의 어떠한 점을 이해해야 한다는 말인가요?"

이것은 물론 교활한 말투였다. 무방비한 커피색 눈을 꼼짝달싹 못하게
하려는 것이었다. 그러나 지금으로서는 이 외의 방법으로는 물어볼 수가
없었다. 여의사의 눈 속에서는 무엇인가 동요하고 방황하고 있었다.

괴멸 직전의 부대가 싸움터에서 후퇴하는 것처럼.

여의사는 앰플을 바라보고 있었는데 레테르로 절반쯤 가려져 있는 혈액을
무엇 때문에 볼 필요가 있을까. 다음에는 공기 방울로 눈을 돌렸으나 공기
방울은 올라가지 않았다.

그때 나사를 돌리자 다시 공기 방울이 올라가기 시작했다. 수혈을 재개할
시간이 되었는지도 모른다.

바늘에 연결된 수혈 세트의 고무관을 여의사는 손가락으로 훑었다. 고
무관에 막힌 곳이 없게 하려는 듯이. 그리고 접속 부분 밑에 탈지면을 대고
고무관이 접히거나 하지 않도록 했다. 또 가까이 준비해둔 반창고로 접속
부분을 고착시켰다. 축 느르뜨린 팔의 손가락은 갈고리처럼 위를 향해 꼬
부라져 있었는데 그 손가락에 고무관을 감았다. 이렇게 해서 고무관은 고
정되었다.

베가는 고무관을 손에 쥐고 있을 필요가 없어졌기 때문에 오레크의 곁
에서서 그의 눈을 보고 있을 필요도 없게 되었다.

어둡고 험한 표정으로 여의사는 공기 방울이 좀더 잘 올라오도록 조절
하더니 입을 열었다.

"움직이면 안 돼요, 가만히 있어야 해요."

그리고는 오레크의 곁에서 떠났다.

그러나 방에서 나간 것이 아니라 다만 오레크의 시야에서 벗어났을 뿐
이었다. 오레크는 몸을 움직이는 것이 금지되어 있으므로 그의 시계에
남은 것은 수혈 세트가 얹혀 있는 삼각대, 혈액이 담겨 있는 적갈색의 혈액
앰플, 반짝거리는 공기 방울, 밝은 창문의 윗부분, 불투명한 유리로 된 전

등갓에 비친 여섯 장의 창유리, 그리고 희미한 빛의 반점이 어른거리는 넓다란 천장뿐이었다.

베가의 모습은 보이지 않았다.

그래서 중요한 질문은 중단되고 말았다. 중요한 물건을 바닥에 떨어뜨린 때처럼.

베가는 그것을 받아주지 않았다.

오레크는 그것을 집어들어 다시 내밀지 않으면 안 된다.

오레크는 천장을 바라보면서 머릿속으로 생각하는 것들을 천천히 떠들기 시작했다.

"그렇다면 나의 생애는 이미 끝난 것이나 다름이 없군. 영구 추방된 죄수라고 골수까지 낙인이 찍혀 있고 미래에 대한 아무런 희망도 없다면. 게다가 또 의식적으로 나의 내부의 그러한 가능성을 죽이고 있다면 생명을 구한들 무엇하겠습니까?"

베가는 이 말을 듣고 있기는 했으나 여전히 그의 시야 밖에 있었다. 그러는 편이 더 좋을지도 모른다. 말하기도 쉬울 것이다.

"나는 우선 개인적인 생활을 빼앗겼어요. 이번에는……나의 존재 그 자체를 지속시킬 권리마저 빼앗기려 하고 있어요. 누구를 위하여, 무엇 때문에 더 살아야 하는 거지요……? 최악의 불구자가 되어! 사람들의 동정을 받거나……거지 노릇이라도 해야 한다는 말입니까……."

베가는 침묵을 지키고 있었다.

어찌된 셈인지 천장의 반점은 이따금 흔들렸다. 테두리가 오무라들거나 한쪽 면에 주름이 잡히거나 했다. 그것은 반점 자체가 얼굴을 찌푸리며 무엇을 생각하고 있는 것처럼 보였다. 그러다가는 또 움직이지 않았다.

투명하고 맑은 공기 방울은 부글부글 하고 소리를 내고 있었다. 앰플 속의 혈액이 조금 줄어들었다. 벌써 4분의 1쯤 수혈된 것 같았다. 여자의 피. 일리나 야로슬라브체바의 피. 젊은 여자일까. 노파의 피일까. 여학생? 여자 상인일까?

"거지 노릇이라도 할까⋯⋯."

그러자 갑자기 베가가 의연하게 시계 밖에서 반박했다기보다는 숨가쁘게 소리쳤다.

"하지만 그것은 거짓말일 거예요! ⋯⋯정말 그렇게 생각하시나요? 당신이 그렇게 생각하시다니, 도저히 믿을 수 없어요! ⋯⋯자기 자신의 마음을 잘 확인해 보셨나요? 그것은 자기 생각이 아니에요, 독창성이 전혀 없어요!"

그 말투에는 오레크가 지금껏 한 번도 들어보지 못한 에너지가 넘치고 있었다. 예상치도 못했던 초조함이 담겨져 있었다.

그러더니 베가는 갑자기 입을 다물고 침묵했다.

"그러면 어떤 식으로 생각해야 되지요?" 하고 오레크는 신중하게 도전했다.

아아, 이 얼마나 조용한가! 밀폐된 유리병 속의 가벼운 공기 방울의 소리조차 이상스럽게 크게 들렸다.

베가는 말하는 것이 귀찮은 것 같았다. 약하디 약한 소리로 겨우 말을 이어갔다.

"누구든 다른 방법으로 생각해야 해요! 아주 적은 수의 사람이라도 다른 방식으로 생각해야 한다니까요! 그런 생각을 하는 사람 뿐이라면 도대체 어디서 살아갈 수 있겠어요? 무엇 때문에? ⋯⋯그러한 인생이 허용될 수 있겠습니까!"

이 최후의 말은 무서운 힘이 담긴 부르짖음이었다. 그 부르짖음은 오레크를 침묵케 했다. 말없이 고뇌에 싸여 있던 오레크를 구원의 방향으로 전력을 다하여 밀어올렸다.

그러자 장난꾸러기 어린이의 고무줄 총에서 튕겨져 나온 돌처럼 또는 해바라기의 튕겨져나온 씨앗처럼, 아니면 전쟁 말기에 개발된 장거리포의 탄환—— 발사되자마자 휘파람 같은 소리를 내면서 하늘 높이 날아가는 탄환처럼 오레크는 날아올라서 일상의 반복에서 벗어나고 일상적인 정체를 뚫고 미친 듯이 포물선을 그리면서 자기 생애의 첫번째 사막을 뛰어넘고 두 번째 사막도 뛰어넘어 훨씬 옛날의 나라에 착륙했다.

그곳은 오레크의 유년 시대였다! 오레크는 그곳이 유년 시대라는 것을 금방 알지 못했다. 그러나 눈을 부비고 아직도 몽롱한 눈으로 그것을 확인하자 갑자기 부끄러운 생각이 들었다. 지금 베가가 말한 것은 오레크가 소년 시절에 가졌던 생각 그대로였다. 그런데 지금 베가에 대해서가 아니라 베가가 오레크에게 마치 자기가 발견한 것처럼 말하고 있다니 어찌된 일일까.

그러자 기억 속에서 무언가가 이쪽을 향해서 슬금슬금 뻗쳐오고 있었다. 빨리 생각해 내야 한다. 그리고 오레크는 생각해 냈다!

생각해 내는 것은 빨랐으나 말은 어디까지나 신중했다.

"20년대에 닥터 프리들란드라는 성병 전문의가 쓴 책이 평판에 오른 적이 있었지요. 그 무렵에는 현실을 직시하는 것이 무엇보다도 유익한 것으로 알려져 있었어요 —— 일반 대중이나 젊은이도 다 그랬지요. 그러니까 그 책은 매우 델리킷한 문제를 위생적으로 해명하고 있었지요. 물론 그것은 필요한 일이었으며 위선적인 침묵보다는 한결 나았을지도 모르지요.《닫혀진 문의 저쪽》이란 책과 또 한 권《사랑의 고뇌에 대하여》라는 책도 있었지요. 선생도 그 책을 읽어보셨겠지요? 의사의 입장에서도?"

수가 줄어든 공기 방울이 부글부글 소리를 내고 있었다. 시야 밖에서는 여의사의 숨소리가 들리는 것 같았다.

"저는 어렸을 때 그 책을 읽었어요. 아마 열두 살 쯤 되었을 때 같아요. 물론 숨어서 몰래 읽었지요. 굉장한 쇼크를 받았습니다. 하지만 어딘지 기분이 나빠지기도 했습니다……어쩐지 사는 것이 싫어지는 것 같은……."

"저도 그 책을 읽었어요." 갑자기 무표정한 대답이 들려왔다.

"아아, 선생도 역시 읽으셨군요." 오레크는 기쁜 듯이 말했다. 선생도라고 말한 것은 어디까지나 자기 자신의 이니시어티브를 주장하는 것처럼 생각되었다. "무척 철저하고 논리적인, 추호도 반박할 수 없는 유물론일 것입니다. 그러니까 정직하게 말해서……살아 있다는 것의 의미를 알지 못

하게 되지요. 몇 퍼센트의 여성들이 아무것도 느끼지 못하고 몇 퍼센트의
여성이 기쁨을 느낀다는 숫자나 통계뿐이었으니까요. 여성이 자기 자신을
찾아서 여러 가지 범주의……이 남자 저 남자를 찾아 헤맨다는 그런 이
야기는……." 최근에 있었던 일들을 생각해 내면서 오레크는 타박상이나
화상이라도 입은 듯이 숨을 들이마셨다. "그 저자는, 심리 상태라는 것은
부부 생활에 있어서 부차적인 것에 지나지 않다고 믿고 있어요. 말하자면
성격의 불일치를 생리학으로만 실명하려 하지요. 그 책을 읽으셨다니 기
억하고 있겠군요. 그 책은 언제 읽으셨지요?"

베가는 그 말에 대답하지 않았다.

더 이상 캐물을 수는 없었다. 오레크의 말버릇이 너무나 거칠고 노골적
이었는지도 몰랐다. 그처럼 그는 여자와 이야기하는 데 익숙하지 못했다.

천장에 비친 기묘하고 창백한 빛의 반점에 갑자기 가느다란 주름이 잡
혔다. 어디선가 밝은 은빛 점들이 반짝이고 그 점들이 떠돌아다녔다. 그
떠돌아다니는 점들과 잔잔한 물결 같은 주름에서 오레크는 겨우 알아낼
수 있었다. 천장의 수수께끼 같은 빛은 창밖의 담장 옆에 있는, 아직 다
마르지 않은 웅덩이에 고인 물이 반사한 것이었다. 평범한 웅덩이가 이런
식으로 변모했던 것이다. 지금 산들바람이 불기 시작했던 것이다.

베가는 계속 침묵을 지키고 있었다.

"실례했습니다, 용서해 주십시오!" 하고 오레크는 사과했다. 베가에게
사과하는 것은 상쾌하고 감미롭기까지 했다. "제가 좀 지나친 말을 한 것
같군요……." 여의사 쪽으로 고개를 돌리려 했으나 여의사의 모습은 여전히
보이지 않았다. "그런 식으로 생각한다면 이 세상의 인간적인 것은 모두
멸망해버릴 테니까요. 그러한 사고 방식에 굴복하여 그러한 사고 방식을
받아들인다면……."

오레크는 이전의 자기 신념에 기꺼이 몸을 내맡기고 상대방을 설득하려
하고 있었다.

그때 베가가 되돌아왔다. 그리고 그의 시야로 들어왔다. 그녀의 얼굴에는

조금 전처럼 격렬한 말이나 날카로움은 보이지 않았으며 언제나처럼 다정한 미소를 짓고 있었다.

"저도 당신이 그러한 생각을 받아들이는 것은 싫어요. 받아들이지 않을 것이라고는 생각했었지만."

여의사의 얼굴이 환해진 것 같았다.

이 사람은 오레크의 유년 시절에 속하는 인간이다. 국민학교 시절의 여자 친구다. 어째서 지금까지 알지 못했을까!

오레크는 어떤 우정이 담긴 단순한 말이라도 해주고 싶었다. '놀자!'라고 말하면서 손이라도 잡아볼까. 이렇게 이야기를 나누었던 것은 얼마나 행운이었을까.

그러나 오른손에는 바늘이 꽂혀져 있었다.

그녀를 똑바로 쳐다보면서 베가, 또는 벨라! 라고 불러보고 싶었다!

그러나 그것은 불가능했다.

앰플 속의 혈액은 절반쯤 줄어들어 있었다. 타인의 육체—— 고유의 성격과 사상을 갖춘 육체 속을 얼마 전까지 흐르고 있던 피가 지금 오레크의 육체로 흘러들고 있다. 적갈색의 건강이 흘러 들어오고 있다. 그것은 단순한 혈액이며 틀림없이 건강한 혈액일까.

분주하게 움직이는 베가의 손을 오레크의 눈은 쫓고 있었다. 여의사는 팔꿈치 밑의 베개나 접속 부분의 탈지면이 미끌어져 나온 것을 바로 해주고, 고무관을 손가락으로 훑어주고 수혈 세트의 윗부분과 앰플을 동시에 조금 들어올리기도 했다.

그 손을 만지는 것뿐만 아니라 그 손에 입을 맞추고 싶었다.

비록 그 행위가 아까 했던 자기의 말과 설사 모순된다 하더라도.

25. 베 가

자기만이 들을 수 있게 입을 다물고 허밍을 하면서 들뜬 기분으로 여의사는 병원을 나섰다. 그녀는 연회색의 스프링 코트를 입고 있었는데 길이 뽀얗게 말라서 오버슈즈는 신지 않고 있었다. 그래서 몸 전체가, 특히 발이 가볍게 느껴졌다. 걸어서 시내를 가로지를 수 있을 정도로 가벼웠다.

저녁때가 되었는데도 낮처럼 밝고 약간 쌀쌀하기는 했으나 완연한 봄날씨였다. 버스를 타고 답답한 생각을 하는 것은 바보스런 짓 같았다. 걷는 편이 훨씬 기분이 좋았다.

그래서 여의사는 걷기 시작했다.

이 고장에서 가장 아름다운 것은 살구꽃이다. 여의사는 갑자기 단 한 묶음이라도 담너머로나마 봄의 정령 같은 그 꽃이 보고 싶어졌다. 그 엷은 장미빛은 눈에 잘 띄었다.

그러나 아직 시기가 빨랐다. 나무들은 회색에서 녹색으로 막 옷을 갈아입기 시작했을 뿐이었다. 어느 나무에도 녹색은 보였지만 아직 회색이 훨씬 더 많은 미묘한 시기였다. 공원의 울타리 너머로 보이는 한 모퉁이에서는 금년 들어 처음 하는 야외 작업에서 파낸 빨갛고 마른 흙이 드러나 있었다.

아직 시기가 빠르다.

보통 때 같았으면 벨라는 서둘러 버스를 타고 스프링이 망가진 좌석에 앉거나 또는 손잡이를 잡고 선 채 아아 아무것도 하고 싶지 않다, 오늘밤에는 아무것도 하고 싶지 않다고 생각하곤 했었다. 그리고 이성의 명령에 따르지 않고 멍하니 밤을 보내고, 아침에는 다시 같은 버스를 타고 서둘러 직장으로 나갔다.

그러나 오늘 천천히 걷고 있으려니까 공연히 무언가 하고 싶어져 견딜 수가 없었다! 생각해 보면 할 일은 산더미 같았다. 집안 일, 쇼핑, 바느질, 독서 그리고 단순한 놀이. 특별히 누가 못하게 하거나 방해하지 않았는데도 벨라는 어째서인지 지금까지의 놀이에는 가까워지지 못했다. 그러나 지금은 이런 모든 것을 한꺼번에 해치우고 싶었다! 그렇지만 서둘러 집으로 돌아가서 성급하게 무엇을 하고 싶은 기분은 내키지 않았다. 그저 바싹 마른 아스팔트 위를 구둣발로 밟는 감촉을 즐기면서 천천히 걷고 있었다.

길가의 가게들은 아직 문을 닫지 않았으나 필요한 식료품이나 일용품을 사기 위해 어느 가게에도 들어가지는 않았다. 여러 가지 포스터가 붙어 있는 앞을 지났으나 어느 포스터도 눈여겨 보지는 않았다. 지금이야말로 느긋하게 포스터를 바라보고 싶은 기분인데도 말이다.

그저 천천히 오래오래 계속 걸었다. 걷는 것 자체가 즐거웠다.

그리고 걷다가는 가끔 미소를 지었다.

살구꽃을 보고 싶었으나 아직 너무 일렀다.

어제는 휴일이었으나 하루 종일 축 처진 기분이었다. 오늘은 보통의 근무일이었는데도 어쩐지 마음이 가볍고 행복한 기분이 들었다.

자기를 올바른 인간이라고 느낄 때야말로 휴일의 의미가 있다. 자기 자신의 은밀한 결의, 집요한 결의, 사람들의 웃음거리가 되고 인정받지 못하는 결의 —— 자기 혼자서 매달려 있는 그 밧줄이 갑자기 강철 케이블로 변하여 그 안전성이 확인된다. 그리고 자기 자신은 경험이 풍부한, 의심이 많고 완고한 인간인 것처럼 생각되었다.

그리고 세간의 몰이해라는 무서운 심연 위를 사람들은 서로 믿고 케이블카의 작은 상자에 타고 사뿐히 미끄러져 간다.

벨라를 매혹시킨 것은 다름아닌 바로 그런 것이었다! 자기는 정상적이며 미친 사람이 아니라고 생각하는 것만으로는 충분하지 않다. 누군가의 입을 통하여, 당신은 정상적이다, 미친 사람이 아니라는 말을 듣지 않으면 안 된다. 그리고 문제는 그렇게 말해주는 사람이 누구냐 하는 점이다! 그가 그렇게 말하고, 그렇게 생각하고, 인생의 벼랑을 걸어가면서도 그러한 생각을 바꾸지 않았던 것에 대해서는 충심으로 감사하고 싶었다.

그 사람한테 감사하지 않으면 안 된다. 그러나 지금으로서는 변명하지 않으면 안 된다 —— 호르몬 요법 건으로 말이다. 프리들란드의 학설 뿐만 아니라 그 사람은 호르몬 요법에도 반대했던 것이다. 거기에는 논리적 모순이 있기는 하지만 논리가 요구되는 것은 환자가 아니라 의사쪽일 것이다.

모순이 있든 없든, 이 치료에 따르도록 그 사람을 납득시켜야 한다! 그 사람을 다시 종양의 손에 넘겨주어서는 안 된다! 여의사의 열의는 한층 더 높아졌다. 그 환자를 설득시켜 고집을 꺾어 치료를 받게 해야 한다! 그러나 이처럼 반항적인 고집쟁이를 설득시키기 위해서는 이쪽도 상당한 자신이 있어야 한다. 그런데 이 환자의 비난을 받고 갑자기 생각해낸 일이지만, 호르몬 요법은 다만 중앙의 지시에 따라, 극히 일반적인 이유에서 갖가지 종류의 종양을 치료하기 위하여 이 병원에서도 채용되었던 것이다. 호르몬 요법이 특정한 종류의 종양과의 싸움에 효력을 발휘할 수 있느냐 없느냐에 대해서는 그러한 테마의 학술 논문은 기억에 남아 있지 않지만 그러한 논문은 한두 편이 아닐 것이며, 외국의 논문도 있을 것이다. 철저하게 논증하기 위해서는 그러한 논문을 전부 읽어보지 않으면 안 된다. 벨라는 그러한 논문을 그렇게 많이 읽지는 않았다…….

하지만 지금이라면! 지금이라면 무엇이든지 안 될 것이 없을 것이다! 벨라는 틀림없이 모두 다 읽을 것이다!

코스토글로토프는 언제나 바곳 뿌리로 병을 고치는 치료사가 어째서 정식 의사보다 위대하지 않은지 그 점이 도저히 이해되지 않는 것 같았으며 대개 의학에는 수학적인 엄밀함이 결여되어 있다고 공격했었다. 그때 벨라는 화를 냈다. 그러나 나중에 그 의견도 부분적으로는 옳은 것이라고 생각을 바꾸었다. 가령 X선으로 세포를 파괴시킬 경우, 그 파괴 작용의 몇 퍼센트가 건강한 세포에 가해지며 또 몇 퍼센트가 병든 세포에 대해서 행해지는지 과연 대충이라도 벨라나 의사들은 알고 있었을까? 그것은 치료사가 말린 바곳 뿌리를 눈대중으로 집어주는 것과 별 차이가 없지 않을까? 혹은 어중이 떠중이도 페니실린에 혹하여 페니실린의 효능에 대해서 절찬하고 있을 무렵, 누가 의학적으로 페니실린의 작용의 본질에 대해서 해명했던가?

78

마치 흑내장(黑內障)과 같은 것……. 다시 의학잡지를 꼼꼼하게 읽어보고
여러 가지로 생각해볼 필요가 있었다!

하지만 지금이라면 무슨 일이라도 할 수 있을 것이 틀림없다!

어머, 전혀 —— 생각지도 못했었다. 그렇게 빨리 올 줄이야! —— 그녀는
자기의 아파트에 도착했다. 계단을 몇 계단 올라가자 그곳은 난간이 달린
공동 베란다였는데 누군가가 융단이나 매트리스를 난간에 걸쳐놓고 말리고
있었다. 구멍 투성이의 시멘트 바닥을 지나 군데군데 칠이 벗겨진 공용
출입문을 오늘만은 밝은 마음으로 열고 침침한 복도를 걸어갔다. 침침하다고
해서 아무 전등이나 마음대로 켤 수 있는 것이 아니었다. 계량기가 각기
따로따로 있었던 것이다.

여의사는 열쇠로 자기의 방문을 열었다. 이 승려의 방 같은 방에도 오늘은
추호도 압박감 같은 것은 느껴지지 않았다. 이 도시의 집 1층은 거의 다
같았지만 창문에는 도난 방지용 창살을 끼웠기 때문에 방안은 침침했으며
햇빛이 들어오는 것은 아침 뿐이었다. 벨라는 문앞에 서서 코트를 입은채
마치 새로운 방이라도 바라보는 것처럼 놀라운 눈으로 자기의 방을 살펴
보았다. 이곳이라면 즐겁고 쾌적하게 지낼 수 있다. 하지만 테이블보는
바꾸는 것이 좋을지도 모른다. 그리고 쌓인 먼지를 털어내야 한다. 벽에는
백야(白夜)의 페트로파블로프스크 요새(레닌그라드의 명소)나, 알푸카(크리미아 반도 남부에 있는 휴양지)의 검
은 측백나무 사진이라도 걸어둘까.

그러나 코트를 벗고, 에프런을 두르자 벨라는 곧장 부엌으로 갔다. 무언가
부엌에서 할 일이 있다는 막연한 생각이 머릿속에 떠올랐었다. 그렇다!
우선 석유 곤로에 불을 붙이고 먹을 것을 준비해야 한다.

그런데 옆방에 사는 외아들, 학교를 중퇴한 건장한 청년이 부엌 한가운
데다 오토바이를 들여놓고 휘파람을 불면서 분해 소제를 하는 중이어서
바닥에는 지저분한 부품이 가득 널려 있었다. 부엌에는 석양이 비쳐들어
아직도 꽤 밝았다. 오토바이 부품을 발로 밀치면 개수대까지 못갈 것도
없었지만 벨라는 부엌에서 식사 준비를 하는 것이 갑자기 싫어졌다. 자기의

방에서 혼자 있는 것이 훨씬 좋을 것 같았다.

게다가 배도 고프지 않았다. 먹고 싶지도 않았다!

벨라는 자기의 방으로 돌아가서 만족스러운 듯 문을 걸어 잠궜다. 오늘은 방에서 밖으로 나갈 일이 전혀 없었다. 과자 상자에는 초콜릿이 들어 있으므로 그것을 조금씩 씹고 있으면…….

벨라는 어머니가 물려준 장롱 앞에 앉아서 무거운 서랍을 잡아당겼다. 그 안에는 갈아 덮을 테이블 보가 들어 있었다.

하지만 그 전에 먼지를 털고 청소를 해야 한다!

아니 그러기 전에 우선 옷을 갈아입어야 한다!

이렇게 다음에서 다음으로 관심을 옮겨가는 것이 마치 댄스의 스텝처럼 벨라는 기분이 좋았다. 댄스의 즐거움도 이 이동하는 재미가 아니던가.

우선 요새와 측백나무 사진을 옮겨놓을까? 아니 그러려면 망치와 못이 있어야 하고 남자 같은 일을 하지 않으면 안 된다. 얼마간은 이대로 놔두자.

그러자 벨라는 걸레를 들고 콧노래를 부르면서 방안을 돌아다녔다.

그런데 허리통이 굵직한 향수병 옆에 세워둔 색깔이 있는 엽서가 눈에 띄었다. 그것은 어제 배달된 엽서로, 겉면에는 빨간 장미와 녹색 리본이 그려져 있었으며 푸른색으로 8이라는 숫자가 적혀 있었다. 뒷면에는 검은 타이프 글씨로 축하의 말이 찍혀 있었다. 지방 위원회에서 온 국제 부인의 날($\frac{3월}{8일}$)의 기념 엽서였다.

고독한 인간에게는 모든 축제일이 괴로운 것이다. 특히 젊지 않은 독신 여성에게는 부인의 축제일은 견디기 어려운 것이었다! 미망인이나 아직 연인이 없는 젊은 아가씨들은 모여서 포도주를 마시거나 노래를 부르거나 하는데 과연 그녀들은 즐거울까. 이 아파트의 안마당에서도 어제 저녁 그런 시끄러운 모임이 있었다. 그런데 유독 한 사람의 어느 집 남편이 그 속에 끼었다가 술에 취한 여자들로부터 차례 차례 키스 세례를 받았었다.

지방 위원회의 인삿말은 설마 비웃는 말은 아니겠지.

'하시는 일의 발전과 사생활의 행복을 기원합니다.'

사생활이라고 ! ……. 조금밖에는 기어다니지 못한 애벌래. 죽어서 내버려진 애벌레.

벨라는 엽서를 짝짝 찢어서 휴지통에 처넣었다.

그리고 향수 병이나 크리미아의 풍경이 담긴 유리로 만든 작은 피라미드나 라디오 곁에 놓인 레코드 상자나 레코드 플레이어의 플라스틱 덮개의 먼지를 꼼꼼하게 닦아냈다.

자, 이제는 언제라도 좋아하는 레코드를 들을 수 있다. 그 괴롭고 슬픈 노래를 틀까 ?

어제도 오늘도
나만 홀로…….

그러나 벨라는 다른 레코드를 고르자 라디오를 레코드 플레이어로 바꿔놓고 어머니에게서 물려받은 팔걸이의자에 양말을 신은채 다리를 꼬고 앉았다.

걸래는 방심한 듯이 한 손에 들린채 돛대 끈의 깃발처럼 바닥에 드리워져 있었다.

이미 방안은 깜깜해졌으므로 플레이어의 녹색 다이얼은 특히 돋보였다.

레코드는《잠자는 숲속의 미녀》의 모음곡이었는데 아다지오가 시작되고, 이윽고 〈요정의 출현〉이 흘러나오고 있었다.

벨라는 귀를 기울이고 있었는데 그것은 자기 한 사람을 위해서 듣고 있는 것은 아니었다. 비에 젖은, 통증에 시달리면서 죽음이 선고된 사나이, 생애 중에 단 한 번의 행복도 맛보지 못한 사나이가 오페라 극장의 맨 뒷좌석에 앉아서 그 아다지오를 듣고 있는 장면을 상상하려 했던 것이다.

같은 레코드를 다시 한 번 틀었다.

다시 또 한 번.

벨라는 마음 속으로 중얼거리기 시작했다. 둥근 테이블을 사이에 두고 파란 불빛을 받으면서 그가 이 방에 앉아 있다고 가정하고 상상 속의 대화를 주고받기 시작했던 것이다. 벨라는 하고 싶었던 말을 했고, 상대방이 하는 말에도 귀를 기울였다. 즉 상대방이 대답할 것이 틀림없는 말을 마음의 귀를 통해서 들었다. 어떤 대답이 나올지는 예측하기 어려웠으나 이 대화는 어쨌든 성립되는 것 같았다.

오늘 있었던 일 —— 그 자리에서는 말할 수 없었으나 지금이라면 말할 수 있을 것을 벨라는 보충하듯이 말하고 남자와 여자에 대한 자기의 생각을 줄줄 얘기할 수 있었다. 헤밍웨이의 초남성적인 인물은, 실은 인간 이전의 생물에 지나지 않는다. 헤밍웨이는 스케일이 작다. 물론 오레크는 헤밍웨이 같은 것은 읽은 적이 없다고 투덜거릴 것이고 군대에도 수용소에도 헤밍웨이의 책 같은 것은 없었다고 말할 것이다. 여자가 남자에게서 바라는 것은 결코 그런 것이 아니다. 필요한 것은 부드러운 마음가짐, 함께 있으면 안전하다는 느낌, 즉 보호해주고 감싸주는 느낌인 것이다. 모든 시민적 권리를 빼앗긴 오레크에게서 벨라는 어째서인지 그런 포근함을 느꼈던 것이다.

한편 여자는 남자 이상으로 오해를 받고 있다. 가령 가장 여자다운 여자는 카르멘이라고 한다. 적극적으로 쾌락을 추구하는 여자가 가장 여성적이라는 것이다. 그러나 그것은 사이비 여성이며 말하자면 여자의 옷을 입은 남자인 것이다.

그밖에도 하고 싶은 말은 많이 있었다. 그러나 이러한 이야기에 익숙하지 못했던 오레크는 당황해서 생각에 잠길 것만 같았다.

벨라는 다시 똑같은 레코드를 틀었다.

방안은 이미 캄캄해졌고 벨라는 소제하는 것도 완전히 잊고 있었다. 다이얼의 녹색 불빛이 더욱 의미 있고 신비스럽게 반짝이고 있었다.

불은 켜고 싶지 않았으나 아무래도 꼭 보아야 할 것이 있었다.

그러나 어둠 속에서도 그 사진이 들어 있는 작은 액자를 벨라는 확실하게 찾아내어 벽에서 떼내어 다이얼 곁으로 갖고 갔다. 그러나 다이얼이 녹색의 희미한 빛을 발하지 않았더라도, 또는 그 빛이 사라져버렸더라도 벨라는 그 사진의 세부를 언제까지나 바라보고 있었을 것이다. 그 소년다운 깨끗한 얼굴, 그리고 무엇 하나 본 적이 없는 깨끗한 눈. 흰 셔츠와 난생 처음 매어보는 넥타이. 난생 처음 입어보는 신사복의 접어넘긴 깃에는 버젓이 그 멋없는 배지를 달고 있다. 까만 옆얼굴이 새겨진 흰 바탕의 둥근 배지. 사진은 가로 6센티미터 세로 10센티미터여서 배지는 콩알처럼 작았는데 그래도 낯이라면, 그리고 지금도 기억을 더듬으면 그 옆얼굴은 잘 볼 수 있었다. 그것은 레닌의 옆얼굴이었다.

"나는 다른 훈장은 필요없어."라고 소년은 웃으면서 말했다.

그 소년이 베가라는 별명을 생각해 냈던 것이다.

용설란은 생애에 단 한 번 꽃을 피우고는 죽어버린다.

벨라 간가르트의 사랑은 흡사 그 꽃 같았다. 아주 어렸을 때, 아직 학생이었던 때의 사랑.

그런데 그 소년은 전사했다.

그 이후엔 전쟁이 어찌 되든 알 바가 아니었다. 정의의 싸움이건, 영웅적인 싸움이건, 조국 전쟁, 성전, 그것이 어떻게 불려지든 벨라로서는 그것이 최후의 전쟁이었다. 그 전쟁에서 벨라도 약혼자와 함께 죽은 것이다.

자기도 죽기를 얼마나 바랐었던가! 벨라는 학교를 졸업하자마자 전선으로 가겠다고 지원했었다. 그러나 독일 사람이라고 해서 채용되지 않았었다.

전쟁이 시작된 후 2, 3개월 동안 두 사람은 아직 함께 있었다. 그가 군대에 나갈 것은 명백했다. 두 사람이 그때 왜 결혼하지 않았는지 10년이 흐른 지금 그 이유를 제3자에게 설명하기란 무척 어렵다. 결혼은 하지 않고 최후의 수개월을, 그 귀중한 세월을 어찌하여 허송세월했을까. 모든 것이 파멸로 치닫고 있을 때 어떤 미래를 꿈꾸고 있었던가.

그래, 분명히 꿈을 꾸고 있었다.

그러나 지금 와서 그것은 아무에게도 변명할 여지가 없게 되었다. 자기 자신에게도 변명할 수가 없다. '베가! 나의 베가!'라고 그는 전선에서 소리쳤다. '당신과 맺지 못한채 죽고 싶지 않아. 지금 나의 기분 같아서는 단 사흘만이라도 휴가를 얻을 수 있다면, 또는 부상해서 병원에 들어가게 된다면 곧 당신과 결혼하고 싶어! 알았지? 좋지?'

'내가 이런 것을 썼더라도 슬퍼하지 말아요. 앞으로 나는 그 누구와도 결혼하지 않겠어요, 당신의 베가'

벨라는 확신을 담아서 그렇게 썼다. 그러나 그때 그는 아직 살아 있었다!

그리고 그는 휴가도 얻지 못했으며 부상당해 입원도 하지 못한채 곧 죽고 말았다.

그는 죽었으나 그 별은 계속 빛나고 있었다…….

그러나 그 빛은 허무했다.

별 그 자체가 이미 사라지고 빛만이 지구에 닿는 그런 허무함이 아니다. 별은 지금도 한창 빛나고 있는데 그 빛은 누구한테도 보이지 않고, 누구 한테도 필요치 않은 빛이었다.

죽고 싶다는 그녀의 희망은 이루어지지 않았다. 그래서 살지 않으면 안 되었다. 의과대학에 들어갔다. 대학에서는 그룹 리더가 되었으며, 근로 봉사나 일요 노동 때도 언제나 선두에 서서 일했다. 그런 일 외에 무슨 할 일이 있겠는가?

대학은 우수한 성적으로 졸업했으며, 실습을 지도했던 닥터 오레시첸코프는 특별히 벨라를 돌봐주었다. 돈초바에게 추천해준 것도 이 의사였다. 그것은 바라지도 않았던 행운이었다. 환자를 치료하는 것, 거기에 구원이 있었다.

물론 프리들랜드류의 사고 방식에 따르자면 이것은 무의미하고 비정상적이고 광적인 것이라고 할 수 있을 것이다. 죽은 사람을 잊지 못한 나머지 살아 있는 인간을 찾지 않는다는 것은 있을 수 없는 일이었다. 세포 조직의 법칙, 호르몬의 법칙, 연령의 법칙은 필연적인 것이니까.

있을 수 없는 일일까. 그러나 벨라의 경우 그러한 법칙은 존재하지 않는 것이었다. 벨라 자신이 그것을 확실히 의식하고 있었다.

'언제까지나 당신의 것'이라는 약속에 얽매어서는 안 된다. 그러나 너무나도 친했던 사람이 완전히 죽는 일은 있을 수 없다는 것도 사실이다. 그러한 인간은 어디선가 보고 있으며 어디선가 듣고 있는 것이다. 언제나 가까이 있다. 무엇을 할 힘도 없고 아무런 말도 하지 않았지만 우리들의 배신을 조용히 지켜보고 있었다.

그리고 그러한 남성이 그밖에 한 사람도 없다면 세포의 성장, 반응, 분비의 법칙이 어떻다는 것일까. 그러한 남성은 그밖에 한 사람도 없다! 그렇다면 세포가 어떻다는 말인가? 반응이 어떻다는 말인가?

그러나 나이가 들어감에 따라 우리는 둔해져 간다. 피곤해진다. 우리들에게는 정말로 슬퍼할 재능도 없으며 마음의 밑바닥부터 성실해지려는 재능도 없는 것이다. 그러한 재능은. 세월에 빼앗겼었다. 매일 먹을 것을 삼키고 손가락을 빠는 일 —— 우리가 고집하는 것은 그것뿐인 것이다. 이틀 동안만 음식을 먹지 않으면 우리는 정신을 잃고 무슨 짓을 할지도 모르지 않는가.

우리 인류들은 얼마나 먼 곳에 와버렸던가!

벨라는 변하지 않았으나 마음의 상처는 고칠 수 없었다. 그리고 어머니가 작고하셨다. 벨라는 이 어머니와 오랜 동안 단둘이서 살았었다. 어머니의 죽음은 역시 마음의 고통의 원인이었다. 기술자였던 외아들, 즉 벨라의 오빠가 1940년에 투옥되었던 것이다. 수년 동안은 서신 연락이 있었다. 수년간은 브리야트 몽골 자치 공화국의 주소로 소포를 보냈었다. 그런데 어느 때 우체국으로부터 내용이 불명료한 통지가 와서 어머니는 반송된 소포 —— 많은 스탬프가 찍히고 이름을 지운 소포를 마치 유골 상자처럼 안고 돌아오셨었다. 벨라의 오빠는 테어날 때부터 이 상자에 들어갈 정도로 체구가 작았었다고 했다.

이 사건이 어머니의 마음을 아프게 했다. 그리고 또 하나, 아들의 약혼녀가 다른 사람에게로 시집을 가버린 것도 충격을 주었었다. 어머니는 그 처녀의 기분을 도저히 이해할 수가 없었다. 벨라라면 잘 알 수 있었겠지만.

이렇게 해서 벨라는 외톨이가 되었다.

물론 외톨이라고 해서 친구가 전혀 없는 것은 아니었다. 백만 명 중의 한 사람.

이 나라에는 고독한 여자가 얼마나 많았던가. 아는 여자들을 훑어보더라도 그 수는 남편이 있는 여자보다 훨씬 많은 것 같았다. 이 고독한 여자들은 모두 벨라와 같은 세대였다. 전장에서 쓰러진 사나이들과 같은 세대의 여자들.

자비로운 전쟁의 신은 남자들만 데리고 가버렸다. 여자들은 후방에 남아서 고통을 받아야 했다.

전화 속에서 살아 돌아온 독신 남자들은 같은 세대의 여자가 아니라 더 젊은 여자들을 골랐다. 더 젊은 남자들이라면 한 세대 아래의 전혀 전쟁 체험이 없는 아이들이다.

이런 식으로, 결코 사단으로 편성된 적이 없는 수백만의 여자들이 할 일 없이 평화를 맞이하게 되었던 것이다. 이거야 말로 역사의 과오인 것이다.

그러나 그중에서도 생활을 꾸려갈 수 있는 능력 있는 여자는 그래도 다행이었다.

평탄하고 평화로운 생활이 수년간 계속되었으나 말하자면 벨라는 항상 가스 마스크를 쓰고 생활하고 있었다. 혐오스런 고무줄을 머리에 단단히 붙들어 매어놓고 있었다. 벨라는 문자 그대로 기분이 나빠지고 쓰러질 것만 같아서 결국 가스 마스크를 벗어던져 버렸다.

그때부터 얼핏 보기에는 인간적인 생활이 시작된 것처럼 생각되었다. 벨라는 가급적이면 상냥해지려고 노력했으며 복장에도 신경을 써서 사람들과 만나는 것도 싫어하지 않았다.

정절에는 고도의 만족감이 따랐다. 그것은 최고의 만족감일지도 몰랐다. 자기가 정절을 지킨다는 것을 결코 남에게 알리지 않았다. 그리고 칭찬을 받고 싶지도 않았다.

그 정절로 무엇인가 움직일 수만 있다면!

그러나 만일 무엇 하나 움직이지 못한다면? 그 정절이 아무에게도 불

필요한 것이라면?

가스 마스크의 둥근 눈은 아무리 크더라도 그것을 통해서는 사물을 잘 볼 수 없었다. 가스마스크의 유리가 없어진 지금 벨라는 사물을 잘 볼 수 있을 것이다.

그런데 잘 보이지 않았다. 걸음걸이가 익숙치 못한 장님처럼 이곳저곳에 머리를 부딪쳤다. 조금만 방심해도 곧 헛디디고 말았다. 이처럼 다소 유머러스한 근시 상태는 벨라에게서 긴장을 제거하고 밝은 기분을 가져다줄 줄 알았는데 오히려 기분이 상하고 어두운 마음이었다. 순수함은 상실되고 질서는 파괴되었다.

그렇다고 해서 지금 새삼스럽게 잊기란 불가능한 일이었다. 기억을 지워버릴 수는 없는 일이었다.

이처럼 가볍게 생활을 받아들 수 있는 것은 벨라로서는 쉬운 일이 아니었다, 인간은 섬세하면 할수록 자기와 비슷한 사람에게 접근하려면 몇 십, 몇 백이라는 유사점이 필요하게 된다. 새로운 개개의 유사점은 겨우 조금씩 접근을 촉진하지만, 단 하나라도 상위점이 있으면 모든 것은 수포로 돌아가 버릴지도 모른다. 그 상위점은 어느 경우에도 너무 빨리 나타나서 확실하게 표면으로 튀어나오는 것이다. 도대체 어떤 식으로 살아야 좋을 것인가. 어떤 식으로 생활해야 좋을까. 그것은 누구한테서 배울 수도 없었다.

사람은 다 제각기 살아가는 길이 있다.

벨라는 아이를 얻어다 기르라는 권유도 여러 차례 받았었다. 그런 일을 가지고 많은 여자들과 오랫동안 자세하게 의견을 나누었으며, 벨라도 마음이 솔깃해서 고아원을 방문하기도 했다.

그러나 역시 주저앉고 말았다. 그렇게 갑자기 아기를 사랑하는 것이 —— 결심했다는 이유만으로 사랑한다는 것이 벨라로서는 도저히 불가능했다. 그보다도 위험한 것은 나중에 아이가 싫어질지도 모른다는 것이었다. 더욱 위험한 것은 아이가 성장해서 어떤 아이가 될지 모른다는 점이었다.

자기의 아들, 자기의 진짜 딸이 갖고 싶다! (여자 아이라면 자기 뜻대로

기를 수 있겠으나 사내 아이라면 그렇게 할 수 없을 것이다).

그러나 전혀 알지 못하는 사나이와 그 진흙길을 다시 한 번 걷는 것도 벨라로서는 할 수 없는 일이었다.

저녁때부터 생각하던 일은 무엇 하나 하지 않고 전등불을 켜는 일조차 하지 않고 벨라는 한밤중까지 팔걸이의자에 계속 앉아 있었다. 전축의 다이얼 빛만으로도 충분히 밝았으며 그 부드러운 녹색 빛과 검은 눈금의 선을 보고 있으면 마음이 가라앉는 것 같았다.

레코드를 많이 들었으나 아무리 슬픈 멜로디라도 가볍게 들리는 것 같았다. 행진곡도 들었다. 행진곡의 멜로디는 개선 행렬처럼 벨라의 눈앞에서 어둠속으로 사라져버렸다. 벨라는 높다랗게 등받이가 달려 있는 낡은 팔걸이의자에 날씬한 다리를 구부리고 비스듬한 자세로 정복자처럼 앉아 있었다.

그녀는 열네 개의 사막을 지나 지금 막 여기에 도착했던 것이다. 정신 없이 14년의 세월을 빠져나와 이제야 옳았다는 것이 증명되었다!

오랜 세월에 걸쳐서 벨라의 정절은 오늘에야 비로서 새로이 완결된 의미를 획득하게 된 것이다.

사이비 정절. 그러나 정절이라 하지 않을 수 없다. 중요한 것은 정절이었던 것이다.

어쨌든 벨라는 지금 처음으로 고인(故人)을 소년으로 느끼게 되었던 것이다. 같은 세대의 한 남성이 아니다. 이 사진의 주인공에게는 남성 특유의 물이 고인 듯한 답답함이 없다. 이 사람은 전후의 진전에 대해서도, 전쟁의 결말도, 전후의 쓰라린 생활도 모른다. 언제까지나 해맑은 눈을 가진 젊은이였던 것이다.

벨라는 자리에 누웠으나 곧 잠들 수가 없었다. 그러나 잠을 이루지 못해도 괴롭지는 않았다. 가까스로 잠이 들기는 했으나 밤중에 몇 번이나 잠에서 깨어났으며 하룻밤에 꾸는 꿈으로는 너무나 많은 꿈을 꾸었다. 아무런 의미도 없는 꿈도 있었으나 아침까지 계속되었으면 하는 꿈도 있었다.

아침에는 웃는 얼굴로 눈을 떴다.

버스는 만원이어서 이리 밀리고 저리 밀렸고 발을 밟히기도 했으나 조금도 짜증이 나지는 않았다.

흰 가운으로 갈아입고 회의장으로 가는 도중 1층 복도에서 크고 괴상한 고릴라 같이 생긴 사람이 저쪽에서 다가오는 것을 보고 벨라는 자기도 모르게 웃음이 나왔다. 그것은 출장을 갔다가 모스크바에서 막 돌아온 레프 레오니도비치였다. 그 사람의 어깨에서 무겁게 느러진 이상할 정도로 큰 팔은 전체적인 밸런스를 잃은 것처럼 보였으나 그래도 그에게 호감을 느끼게 해주는 장식처럼 되어 있었다. 후두부가 튀어나온 길쭉하고 큰 머리에는 흰 제모를 쓰고 있었는데 그 쓰는 방법은 언제나 서툴어 뒷쪽으로 귀 같은 것이 튀어나와 있었고 윗부분은 마구 구겨져 있었다. 앞이 패어있지 않은 가운에 덮인 가슴은 눈에 덮인 전차의 앞면 같았다. 걸을 때는 언제나 눈을 가늘게 떴으며 마치 위협하는 듯한 표정이었으나 얼굴 표정을 조금만 바꾸면 그것이 조소적인 표정으로 바뀐다는 것을 벨라는 잘 알고 있었다.

벨라와 반대쪽 복도에서 나와 큰 계단 아래서 만난 지금도 레프 레오니도비치의 얼굴 표정은 그런 식으로 바뀌어지고 있었다.

"잘 다녀오셨어요? 쓸쓸했어요, 선생이 안 계셔서!" 벨라는 이렇게 먼저 인사를 했다.

이 외과의사는 활짝 웃으면서 벨라의 팔꿈치 언저리를 잡고 함께 계단을 오르기 시작했다.

"무척 즐거운 것 같군, 무슨 좋은 일이라도 있었나요?"

"별로 그런 일은 없었어요. 출장은 어떠했지요?"

레프 레오니도비치는 한숨을 내쉬었다.

"좋은 일도 있었고, 불쾌한 일도 있었지요. 모스크바란 자극이 너무 강하거든요"

"좀더 자세히 얘기해 주세요."

"당신 주려고 레코드를 석 장 사왔어요."

"어머 어떤 레코드죠?"

"당신도 알다시피 나는 생상스라든가 하는 음악가는 기억도 하지 못하거든……. 마침 국영 백화점에 LP 매장이 있길래 거기 가서 당신이 써준 종이쪽지를 내밀었더니 점원이 아무 말도 없이 석 잔을 싸주지 않겠어. 그래서 갖고 왔을 뿐이지요. 그런데 벨라, 재판 구경 가지 않겠어요?"

"재판이라뇨?"

"모르고 있었나? 제3병원의 외과 의사가 재판에 회부되었거든."

"진짜 재판인가요?"

"지금으로서는 심문 같은 것이지만. 심리는 벌써 8개월이나 계속되고 있어요."

"무엇 때문인가요?"

야간 근무를 마친 간호사 조야가 계단을 내려와서 두 의사에게 인사를 했다. 그녀의 금빛 눈썹이 반짝거렸다.

"수술 후에 아기가 죽었어요……. 내가 나가서 좀 단단히 말해줘야겠어요. 모스크바 여행의 여세를 몰아서 말이지. 1주일만 지나면 결말이 나겠지. 함께 가주겠어요?"

그러나 벨라가 마음을 정하여 대답도 하기 전에 두 사람은 이미 회의실에 도착해 버렸다. 커버를 씌운 팔걸이의자와 밝은 하늘색 테이블보가 덮여 있는 그 회의실이었다.

벨라는 레프 레오니도비치와의 교제를 매우 중요시하고 있었다. 돈초바 다음으로 이 의사는 그녀와 가장 친밀한 사이였다. 두 사람의 교제는 흔히 볼 수 있는 독신 남성과 독신 여성의 교제에서는 거의 찾아볼 수 없는 어딘지 귀중한 면이 있었다. 레프는 의미 심장한 눈짓을 하거나, 무엇을 암시하거나, 넘겨짚거나, 추궁하거나 하는 일은 절대로 하지 않았으며 벨라 역시 물론 그런 짓은 하지 않았다. 두 사람의 관계는 편안한 친구 사이였으며 그곳에서는 사소한 긴장도 느껴지지 않았다. 다만 한 가지, 두 사람이 피하고 있는 것은 연애라거나, 결혼이나 또 그런 것과 관련된 모든 것들, 그런 것들은 이 세상에 존재하지도 않는 것처럼 두 사람은 그런 말은 입밖에 내지도 않았다. 벨라에게 필요한 것이 바로 그러한 교제라는 것을 레프 레오니도 비치는 알고 있는지도 모른다. 레프 자신은 결혼한 적이 있었으며 그후 혼자 살게 되었으며, 그후 누군가와 '친밀한 사이'라는 소문이 나 있었다. 그러한 화제를 좋아하는 이 병동의 여자들(나아가서는 모든 병동의)의 소문에 의하자면 레프는 수술실 간호사와 관계가 있는 것 같다고 했다. 외과의 젊은 여의사 안젤리카는 그것이 틀림없다고 단언했으나 그 안젤리카도 레프를 좋아한다는 소문도 나 있었다.

회의 도중 돈초바는 연신 무언가 4각형 모양을 종이에 그려넣고 나중에는 그 종이를 펜으로 찢어버렸다. 그러나 이날의 벨라는 그와는 대조적으로 이상할 정도로 조용하게 앉아 있었다. 자기 자신도 매우 침착하게 있다는 것을 확실히 의식하고 있었다.

이윽고 회의가 끝나고 벨라는 큰 여환자 병실의 회진을 시작했다. 그곳에는 환자가 많아서 언제나 회진할 때 시간이 많이 걸렸다. 벨라는 환자 한 사람 한 사람의 침대에 걸터앉아 진찰하거나 낮은 목소리로 이야기를 하거나 했는데 그러는 동안 병실 내의 환자들에게 조용히 하라고 요구하지는 않았다. 그런 것까지 일일이 말하다가는 오히려 시간만 더 허비하게 될 것이고 또 여자들의 입을 다물게 하는 것은 불가능한 일이었다.

여자들의 병실에서는 남자들을 다룰 때 이상으로 신중하게 처신할 필요가 있었다. 여기서는 의사라는 의미나 권위가 무조건 인정되는 것은 아니었다. 벨라가 평상시보다 기분이 좋다거나 아주 좋아지고 있다고 가볍게 말하거나 하면 —— 그것도 심리 요법의 일부이지만 —— 환자들은 금방 노골적으로 비꼬는 듯한 눈초리로 바라보는 것이었다.

'당신은 마음이 편해서 좋겠군요. 환자가 아니니까요. 당신은 몰라요.'

역시 심리 요법의 일환으로서 벨라는 낙담하는 여환자들에게 좀더 몸치장을 하고 머리도 빗고 루즈를 바르라고 권하기도 했다. 그러나 벨라 자신이 이런 일에 열중하면 곧 평판이 좋지 않게 돌곤 했다.

오늘도 벨라는 침대에서 침대로 돌아다니면서 가급적 조심스럽게 행동했으며 정신을 집중시켜, 병실 안의 소란스러움에는 신경도 쓰지 않고 환자들이 하는 말만 들었다. 그때 갑자기 큰 소리로 지껄여대는 소리가 맞은편 벽쪽에서 울려왔다.

"정말 환자도 천층만층이야, 색골 같은 작자가 활개치며 걸어다니고 있으니! 저 머리가 텁수룩하고 군대용 벨트를 맨 녀석, 그자가 간호사 조야와 시시덕거린단 말이야. 조야가 야근을 할 때면 언제나 그렇다니까!

"뭐? ……뭐라구요? ……." 간가르트는 그 환자에게 물었다. "지금 뭐라고 했지요?"

환자는 되풀이해 말했다.

'초야는 어젯밤 당직 근무였었다! 다이얼의 녹색 불빛이 빛났던 어젯밤에…….'

"미안하지만 다시 한 번 말해봐요. 더 자세하게."

26. 좋은 경향

노련한 외과 의사가 마음이 초조해질 때는 어떤 때일까? 적어도 수술을 하고 있을 때는 아닐 것이다. 수술 중에는 모든 일이 공개적으로 성실하게 진행되고 있어서 수술의 순서에 대해서는 다 잘 알고 있었다. 나중에 후회하지 않도록 절개한 부분을 가능한한 철저하게 제거하려고 노력할 뿐이다. 물론 환자의 상태가 갑자기 악화되거나 출혈이 멎지 않는 등 라자포드가 헤르니아(脫腸) 수술 중 죽었던 고사(故事)를 생각해내기도 했다. 외과의의 걱정은 수술 후부터 시작되는 것이다. 환자의 열이 내리지 않거나 복부의 팽창한 상태가 원상 대로 되돌아가지 않을 경우이다. 그럴 때는 헛되게 보낸 시간을 후회하면서 메스를 사용하지 않고, 마음속으로 환부를 절개하여 관찰하고, 과오를 규명하여 고쳐 나가지 않으면 안 되었다.

그래서 레프 레오니도비치는 언제나 회의 전에 습관적으로 자기가 수술한 환자의 용태를 살펴보는 것이었다. 내일은 수술이 있는 날이라서 오늘은 장시간에 걸친 종합 회진이 있다. 그 사이의 한 시간 반 동안, 위 수술을 받은 환자의 용태나 좀카의 용태를 살피지 않고 있을 수는 없었다. 그래서 위 수술을 받은 환자를 살펴보았으나 상태가 나쁘지 않았으므로 무엇을 어느 정도 마시게 할 것인지 간호사에게 지시했다. 그리고 좀카가 있는 그 옆의 두 사람만 들어 있는 작은 방으로 가보았다.

또 한 사람은 회복되어 퇴원했으므로 창백한 얼굴을 한 좀카만이 가슴까지 담요를 덮고 똑바로 누워 있었다. 소년은 천장을 바라보고 있었는데 그 눈초리는 심상치 않았다. 좀카는 눈가의 근육을 잔뜩 긴장시켜 천장 근처의 어떤 미세한 것을 열심히 식별하려고 애쓰고 있는 것처럼 보였다.

레프 레오니도비치는 두 발을 약간 벌리고 좀카를 향해서 비스듬한 위치에 말없이 서 있었다. 양팔은 축 늘어져 있었는데 오른손은 몸에서 약간 떨어져서 험악한 눈초리로 소년을 노려보고 있어서 마치 그 손으로 좀카의 턱을 한 대 치려는 자세 같았다.

좀카는 머리를 돌려 의사의 모습을 보자 웃음을 지었다.

위협적이고 엄격한 외과 의사의 표정도 약간 누그러져 웃음을 지었다. 그리고 레프 레오니도비치는 마치 마음이 통하는 친구를 만났을 때처럼 좀카에게 윙크를 보냈다.

"그래, 괜찮은가? 정상적이지?"

"정상적이라니요?" 좀카에게는 호소하고 싶은 것이 산더미처럼 많았다. 그러나 남자 대 남자로서 푸념을 할 수는 없었다.

"아픈가?"

"네."

"같은 곳이?"

"네."

"아직도 당분간은 아플 거야, 좀카. 내년쯤 되어서도 아무것도 없는 부분을 잡아보고 비로소 느끼게 되는 것이 있을 거야. 하지만 아플 때는 이제 다리가 없다고 생각하면 돼. 그러면 마음이 훨씬 편해지니까. 중요한 것은 수술을 했기에 생명을 구했다는 것이야. 알겠나? 다리는 그때문에 희생된 거야."

이 무슨 위로의 말인가, 레프 레오니도비치의 말은! 병독을 퍼뜨리는 다리는 자르기를 잘했어! 그렇게 말하는 것이 오히려 낫지 않을까.

"그럼 또 오지!"

의사는 회의실로 쏜살 같이 달려갔다. 레프 레오니도비치는 회의 시간이 촉박해서 바람을 가르듯이 달려갔었다(니자문트진은 지각하는 것은 좋아하지 않았다). 가운의 앞자락이 가슴에 달라 붙었으나 뒷쪽은 어쩐지 맞지 않아, 마치 어떤 가장(假裝)처럼 상의의 등이 드러나 보였다. 평상시 병원 안을 걸어다닐 때도 이 사람은 언제나 바쁘게 걸었으며 양손과 두 다리를 크게 움직이고 계단을 오를 때는 한 계단 건너씩 뛰어올랐다. 그의 손발이 움직이는 것을 보기만 해도 이 사람이 결코 빈둥거리며 시간 낭비를 하고 있지 않다는 것을 환자들은 잘 알고 있었다.

드디어 30분간의 회의가 시작되었다. 니자무트진은 결코 서두르지 않고 어디까지나 자기 나름으로는 공정하게 회의를 진행시키려고 노력하고 있었다. 그는 마치 자기가 하는 말에 도취되어 있는 것 같았으며 몸짓 손짓 하나하나까지도 사전에 계산된 것이었으며, 자기 자신이 얼마나 확고하고 권위 있으며, 교양이 풍부하며 현명한 인간인가를 냉정하게 의식하고 있었던 것이다. 니자무트진은 자기가 태어난 곳에서는 이미 전설적인 인물이 되었으며, 이 고장에서도 저명 인사 중의 한 사람으로 신문에도 종종 이름이 오르고 있었다.

레프 레오니도비치는 비어 있는 의자에 앉아 긴 다리를 구부리고 벌린 양손의 손가락을 배에 맨 흰색 밴드의 안쪽에 집어넣고 있었다. 제모 아래의 얼굴은 언짢은 일이라도 있는지 잔뜩 찌푸리고 있었는데 상사 앞에서는 대개 언제나 얼굴을 찡그리는 버릇이 있었으므로 의국장도 이것을 나쁘게 받아들이는 것 같지는 않았다.

의국장은 자기의 지위가 인내와 노력이 요구되는 항구적인 직무로서가
아니라 마치 피아노의 건반처럼 갖가지 권리와 보수가 줄지어 있는 항구적인
명예처럼 이해하고 있었다. 일단 의국장으로 불리게 된 이상, 자기야 말로
의국(医局)의 우두머리이며 세세한 일은 제쳐놓고 일반적으로는 이 병원
내의 어느 의사보다도 넓은 지식을 갖고 있으며, 부하들의 치료 상황을
완전히 파악하고 있으며 교정과 지도를 통하여 부하들을 과오로부터 지
켜주고 있다고 이 사람은 믿고 있었던 것이다. 그래서 정례회의는 매번
이처럼 오래 끌었으며 그 회의 시간은 누구에게나 유쾌한 시간일 것이라고
이 사람은 믿어 의심치 않았다. 그리고 갖가지 특권은 의국장으로서의 책무를
훨씬 상회하고 있었다. 가령 사무원이나 의사나 간호사는 자기의 의사 하나로
간단히 채용되었다. 주(州) 보건부나 시 위원회 또는 자기가 졸업한 대학
당국으로부터 전화로 부탁해 오거나, 어떤 회식 석상에서 약속해버리거나
아니면 한 고향 집안 벌이 된다고 해서 니자무트진은 사람들을 자주 채
용했다. 그리고 각과의 부장들이 신규 채용자가 아무것도 모르고 아무 일도
할 줄 모른다고 불평을 하면 깜짝 놀라서 말하는 것이었다.

"모르면 가르치시오! 그것이 여러분이 해야 할 일이 아닙니까?"

천재든, 바보든, 헌신적인 사람이든, 사기꾼이든, 활동적인 사람이든, 게
으름뱅이이든, 일정한 나이가 되면 거룩한 후광처럼 백발이 머리의 가장
자리를 둘러싸게 마련인데 니자무트진 바흐라모비치에게도 그러한 백발이
나 있었으며 까므잡잡한 피부색은 그 백발과 아주 잘 어울렸다. 사상적으로
고통을 맛보지 못한 사람에게만 자연이 주는 태연자약한 태도로 니자무트진
바흐라모비치는 지금도 부하 의사들에게 업무상 어떤 점이 좋지 않으며
귀중한 인간의 생명을 지키기 위하여 어떻게 정의롭게 싸워야 하는가를
설교하고 있었다. 관청에서 사용하는 것처럼 등받이가 쭉 곧은 긴 의자나
팔걸이의자나 보통 의자에는 니자무트진이 아직 목을 자르지 않은 사람이나
이미 채용한 사람들이 앉아서 공작의 날개처럼 파란 테이블보를 사이에
두고 마주앉아서 겉보기에는 아주 열심히 의국장이 하는 말을 듣고 있었다.

레프 레오니도비치가 앉아 있는 데서 잘 보이는 곳에 곱슬머리인 하름하메도프가 앉아 있었다. 이 사나이는 캡틴 쿡의 항해기의 삽화에 등장하는 사람 같았으며, 지금 막 정글 속에서 빠져나온 사람처럼 보였다. 머리는 울창한 숲처럼 머리카락이 뒤엉켜 있었으며 청동빛 얼굴에는 석탄 같은 검은 반점이 나 있었으며 빙긋 하고 웃을 때는 큼직한 흰 이빨이 드러났다. 코굴레를 하지 않은 것이 한 가지 홈이라면 홈 같았다.

물론 문제는 이 사람의 용모도 아니고, 의과대학 졸업증서도 아니었다. 이 사나이가 단 한 번도 수술을 제대로 한 적이 없다는 사실이었다. 레프 레오니도비치는 두 번쯤 그 사람에게 수술을 맡겼으나 그후에는 절대로 맡기지 말아겠다고 결심했다. 그러나 그렇다고 이 사나이를 병원에서 쫓아낼 수도 없었다. 그런 짓을 했다가는 소수 민족의 요원을 박해했다는 비난을 면치 못할 것이다. 이렇게 하여 하름하메도프는 4년 동안이나 카르테를, 그것도 극히 간단한 카르테만 정리하고 뻔뻔스런 얼굴을 하고 회진 때 따라다녔으며, 처치실 일을 도왔으며, 야간 당직 때는 잠만 자고서도 최근에는 당당하게 잔업 수당까지 타먹고 있었으면서도 언제나 저녁때는 남보다도 일찍 퇴근해 버렸다.

그밖에도 오늘 이 회의에는 정규 외과 의사의 자격을 가진 여의사가 두 사람 있었다. 한 사람은 이름을 판테히나라고 했으며 나이는 마흔 살 전후의 굉장히 비대한 체구를 갖고 있는 여의사였다. 그런데 그녀는 근심이 끊일 날이 없었다. 걱정거리란 이 여의사는 두 차례의 결혼으로 낳은 여섯 아이를 양육해야 했기 때문에 경제적으로도 어려웠으며 아이들을 제대로 돌봐줄 여가가 없다는 것이었다. 그러한 걱정은 말하자면 근무 시간 중에, 즉 월급을 타먹기 위해 병원에서 지내야 하는 시간 동안 이 여의사의 얼굴에서 사라지지 않았다. 또 한 사람은 안젤리카라고 하는 젊은 여의사였는데 학교를 나온 지 3년 째가 되었었다. 키가 작고 빨강 머리로 예쁘장했으나 자기 일을 조금도 도와주지 않는다고 레프 레오니도비치를 미워했으며, 지금은 외과 파트에서 레프 레오니도비치 반대파의 최선봉이었다. 두 여의사는 외래 환자를 진찰하는 이외의 일은 전혀 하지 못했으며 메스를 들게 한다는 것은 생각할 수도 없는 일이었으나 의국장은 이 두 여의사를 해임시키지 못하는 그 어떤 중대한 사연이 있는 것 같았다.

이렇게 외과에는 다섯 명의 의사가 있어서 다섯 사람 몫의 수술을 해야 했는데 실제로 수술을 할 수 있는 의사는 두 사람 뿐이었다.

이 회의에는 간호사들도 출석하고 있었다. 그중 몇 사람은 무능한 의사나 다름없는 간호사였으나 이 무능한 간호사들 역시 니자무트진에 의해 채용되어 그의 비호를 받고 있었다.

이따금 레프 레오니도비치는 가슴이 답답해져서 단 하루도 여기서는 더 이상 일을 할 수 없다고 생각할 때가 있었다. 어떻게 해서든지 이곳에서 나가고 싶다! 하지만 도대체 어디로 가야 할까. 어느 병원에고 의국장은 있다. 여기보다 더 나쁜 의국장이 있을지도 모르며, 여기나 마찬가지로 건방지고 일을 못하는 녀석들이 있을지도 모른다. 병원을 전체적으로 다 맡기고 매우 능률적인 인원 배치가 허용된다면 이야기는 다르다. 일을 하지 못하는 사람은 한 사람도 없는 병원을 만든다면 얼마나 좋을까. 그러나 레프 레오니도비치는 의국장에 임명될 입장에 있지 못했으며 또 임명된다 하더라도 기껏해야 멀리 떨어진 변두리가 고작일 것이다. 그는 모스크바에서 이곳으로 왔는데, 그때도 굉장히 먼 곳으로 가게 되었다고 생각하지 않았던가.

그리고 남에게 권력을 휘두르고 싶은 생각은 추호도 없었다. 관리직이라는 입장이 일의 발전을 방해한다는 것을 충분히 알고 있었던 것이다. 또 그가 살아오는 동안 몰락한 사람들을 수없이 보아왔으며 권력이 얼마나 허무한 것이라는 것도 잘 알고 있었다. 당번병이 되고 싶다는 사단장을 만난 적도 있었으며, 자기에게 최초의 실습을 지도해주었던 외과 의사 콜랴코프가 술에 취해서 오물 구덩이에 빠진 것을 건져준 일도 있었다.

그러나 때로는 상황이 다소 나아지고 원활해져서 이 정도라면 견딜 만하다, 나갈 필요는 없다고 생각할 때도 있었다. 그럴 때는 오히려 레프

레오니도비치 자신이나 돈초바나 간가르트가 쫓겨나지 않을까 하고 걱정이
되기도 했다. 정세는 해가 갈수록 더욱 복잡해지는 것 같았다. 인생의 번
거로움을 참는다는 것은 쉬운 일이 아니었다. 마흔 살 가까운 나이인지라
육체도 안락하고 안정된 생활을 요구하고 있었다.

자기의 인생에 대한 궁금증은 한두가지가 아니었다. 여기서 영웅적인
비약을 할 것인가 아니면 물이 흐르는 대로 내맡긴채 잠자코 따라 흘러가야
할 것인가. 레프 레오니도비치의 본격적인 일은 이 병원에서 이런 식으로
시작된 것은 아니었다. 처음에는 참으로 화려했었다. 어느 해에는 스탈린
상까지도 바로 가까운 거리까지 다가온 적이 있었다. 그런데 갑자기 지나친
긴장과 초조해한 나머지 연구소 전체가 파열해버리고 논문은 스탈린 상의
후보에도 오르지 못했었다. 그 책임의 절반은 콜랴코프에게도 있었다. 이
선생은 늘 이렇게 말했었다.

'어쨌든 일을 하라! 일이 첫째다! 쓰는 것은 언제든지 할 수 있으니까.'
언제라도 될 수 있다는 것은 언제라는 말인가.
아니면 쓴다는 것은 하찮은 일이라는 의미일까…….
그러나 의국장에 대한 반감을 겉으로 나타내지 않고 레프 레오니도비치는
눈을 가늘게 뜨고 경청하고 있는 것처럼 보였다. 어떻든 다음 달에는 최초의
흉곽 성형 수술을 해야 했으니까.

무슨 일이고 끝나지 않는 것은 없다! 드디어 회의도 끝났다. 천천히
회의실에서 나온 외과 의사들은 계단 층계참에 집합했다. 여전히 두 손을
벨트 안쪽에 찔러넣은 레프 레오니도비치는 방심하고 서있는 우울한 사
령관처럼 선두에 섰고 그 뒤에는 백발이 뒤섞인 에브게냐 우스티노브나,
키가 크고 곱슬머리인 하름하메도프, 뚱뚱한 판테히나, 빨강머리의 안젤리카,
거기에 또 두 사람의 간호사가 뒤따르고, 이렇게 해서 회진은 시작되었다.

급하게 서둘러야 할 회진은 이 병원에서는 흔히 있는 일이었다. 오늘도
서둘러야 할 일이 없는 것은 아니었으나 시간 할당으로 보았을 때 오늘은
서두르지 않아도 되는 총회진이었고, 외과 환자의 침대는 단 하나라도 그냥

지나쳐버려서는 안 된다. 총 일곱명의 의사와 간호사들은 병실마다 들어가서 약이나 탁한 공기, 게다가 환자들의 몸에서 나는 냄새가 코를 찌르는 듯한 분위기에 휩싸여서 좁은 통로로 들어서고, 서로 자리를 양보해 가면서 어깨 너머로 환자를 들여다보는 것이었다. 그렇게 해서 한 침대를 삥 둘러싼 일곱 사람은 1분 또는 3분, 또는 5분 동안 마치 병실의 답답한 분위기 속으로 들어왔을 때처럼 그 한 환자의 고통 속으로 들어가지 않으면 안 되었다. 그 고통, 그 감정, 그 병력, 치료의 진행 상황, 오늘의 병상 등 이론과 임상 실무의 가능한 범위까지 파고 들어야 한다.

만약 회진하는 멤버의 수가 더 적다면, 그리고 그들 한 사람 한 사람이 자기가 맡은 일에 대해서는 가장 우수한 사람들이며 월급만 목적으로 하는 사람이 아니라면, 그리고 한 사람의 의사가 30명의 환자를 맡지 않아도 된다면, 혹은 또 이들 멤버의 머리가 먼지에 덮여 있어서 마치 검사가 조서라도 꾸미듯이 카르테에 형식적인 기록을 하지 않는다면, 또 이들 멤버가 인간이 아니라면, 즉 자기들은 이러한 고통과 아무런 관계도 없다는 안도감이 피부나 뼈나, 기억이나 존재 감각에까지 스며들어 있지 않다면 —— 만약 이러한 조건들이 충족되어 있다면 이러한 회진 방법은 틀림없이 가장 좋은 방법임에 틀림없을 것이다.

그러나 그러한 조건은 하나도 채워지지 않았는데도 불구하고 회진을 전면적으로 그만두거나 다른 방법으로 바꿀 수는 없었다. 그래서 레프 레오니도비치 늘 해오던 대로 부하들을 데리고 다녔으며 조용히 눈을 가늘게 뜨고 환자 한 사람 한 사람의 상태를 담당 의사한테서 들었다(담당 의사는 그것을 암기하고 있는 것이 아니라 카르트르 읽을 뿐이었다). 환자의 주소, 입원 연월일(고참 환자에 대해서는 알고 있었지만), 입원한 이유, 어떠한 치료를 받아왔으며 약의 복용량, 혈액의 상태, 수술을 받기로 결정되었는지, 수술에 장해가 되는 것은 무엇인지 또는 그 점은 이미 확인되어 있는지 등등. 레프 레오니도비치는 그 보고를 듣고 나자, 환자의 침대에 걸터앉아, 때로는 환자의 환부를 관찰하고 촉진해 보고 촉진한 다음에는 직접 환자에게 담요를 덮어주거나 혹은 부하 의사들에게 촉진케 하거나 했다.

아주 중환자인 경우에는 이런 회진만으로는 어쩔 수가 없었다. 그러한 환자는 별도로 불러내어 개별적으로 진찰해보지 않으면 안 된다. 회진할 때는 어떤 일이든 있는 그대로 솔직하게 말하는 것은 금물이었다. '경과가 심해지는 군.' 하는 식으로 말하지 않으면 안 된다. 여기서는 무엇이든지 얼버무리듯 기호를 사용해서, 때로는 암호를 그대로 사용하여 또는 현상과는 정반대로 말하지 않으면 안 되는 것이다. '암'이라든가 '육종(肉腫)'이란 말을 결코 사용해서는 안 되는 것은 말할 것도 없으며, 환자들이 어렴풋하게나마 그 뜻을 알 수 있는 기호 —— '칸첼'이라든가 '칸첼레마'라든가 'CR(체에르)'나 'SA(에스아)' 같은 말도 입밖에 내서는 안 되었다. 그대신 무난하게 '궤양'이니 '위 카타르', '염증', '폴립' 같은 말이 사용되며 그러한 말로는 실제로 무엇을 말하려 했는지 회진이 끝나기 전에는 완전히 알 수가 없었다. 서로간의 이해를 위하여 의사들은 서로 약속을 하여 '흉강(胸腔)의 그림자가 확대되고 있다'라든가 '이런 경우에는 절제 불가능', '예후불량(予後不良)의 가능성 있음'(즉 수술대 위에서 죽을지도 모른다는 것)이라고 말했다. 그래도 표현이 부족할 때면 레프 레오니도비치는 말했다.

"카르테를 따로 두도록."

그리고는 다음 환자로 옮겨가는 것이었다.

회진할 때 병을 진단하는 것이 곤란하면 곤란할수록, 그리고 의사끼리의 상호 이해가 어려우면 어려울수록 레프 레오니도비치는 환자에게 기운을 돋구어주는 것에서 의의를 찾아냈다. 환자를 격려해주는 것이야 말로 회진의 주된 목적이라고까지 생각하게 되었던 것이다.

"차이가 불명료합니다."라고 부하 의사가 말했다. 이것은 병세가 전혀 달라지지 않았다는 뜻이다.

"과연." 하고 레프 레오니도비치는 기쁜 듯이 고개를 끄덕였다. 그리고 환자에게 확인하듯이 말했다. "좀 편해지셨지요 ? "

"네, 조금." 여환자는 약간 놀라면서도 동의했다. 자기 자신은 별로 좋아진 것도 같지 않은데 의사 선생이 그렇게 말하니 그런 것도 같았다.

"그렇겠지요, 이제부터는 더욱 좋아질 것입니다."

또 한 사람의 여환자는 겁에 질린 듯이 말했다.

"선생님! 등뼈가 왜 이렇게 아플까요? 등뼈에 종양이 생긴 것은 아닐까요?"

"그럴 리가 없습니다." 레프 레오니도비치는 웃으면서 천천히 말했다. "그것은 2차적 현상이라는 거지요."

'그것은 거짓말이 아니었다. 전이가 2차적 현상이라는 것은 틀림없었다.'

무서울 정도로 바짝 야위었고 안색이 죽은 사람처럼 창백했으며 간신히 입술밖에 움직이지 못하는 노인의 침대 앞에서 부하 의사는 이렇게 보고했다.

"이 환자는 강장제와 진통제를 복용하고 있습니다."

이것은 즉 틀렸다, 늦었다, 치료 방법이 없다, 남은 것은 고통을 덜어주는 길밖에는 없다는 의미이다.

그러면 레프 레오니도비치는 무언가 어려운 설명을 할 때처럼 눈살을 찌푸리며 뚜렷한 말투로 말했다.

"알겠습니까? 솔직하게 말하지요! 지금 당신이 느끼고 있는 통증은 이전의 치료에 대한 반동이에요. 그러나 너무 다그치지 말고, 얌전하게 누워 있어 주신다면 틀림없이 고쳐드리겠습니다. 당신은 누워 있게만 하고 아무런 조치도 취하지 않는 것처럼 보이지만 실은 우리들의 도움을 빌려서 몸이 저항력을 가지게 되었으니까요."

운명이 정해진 노인은 고개를 끄덕였다. 솔직한 이야기라 하는 것은 조금도 두려운 이야기는 아니었다. 그뿐 아니라 노인에게 희망의 등불을 비쳐주었다.

"복부에 이런 종양이 있습니다."라고 의사가 X선 필름을 보이면서 레프 레오니도비치에게 설명했다.

검은 곳과 흐린 곳, 투명한 곳이 있는 X선 필름을 불에 비추어보면서 레프 레오니도비치는 만족스럽게 고개를 끄덕였다.

"매우 훌륭한 사진이군! 아주 좋아요!"

여환자는 되살아난 듯한 표정이 되었다. 그저 좋다는 것이 아니라 아주 좋다고 했으니까.

그러나 사진이 아주 좋다고 하는 것은 그것이 종양의 크기와 경계선을 의문의 여지없이 잘 나타내주고 있으므로 다시 촬영할 필요가 없다는 것을 의미하는 것이다.

이렇게 하여 총회진을 끝내는 30분 동안 외과 부장은 마음에도 없는 말을 계속 지껄이고 자기의 감정이 말투에 나타나지 않도록 조심해야 했다. 그와 동시에 손 아래 의사들이 카르테에 적절하게 써넣을 수 있도록 마음을 써야 했다. 거의 마분지 같이 글씨를 쓰기 나쁜 종이를 철한 카르테에다 나중에 누구나 판독할 수 있도록 요령껏 적어넣지 않으면 안 된다. 레프 레오니도비치는 단 한 번도 급하게 서두르거나 걱정스런 표정이 되거나 하지는 않았다. 호의에 차있으며 약간 따분한 표정을 보고 환자들은 자기들의 병은 옛날부터 흔히 있는 별다른 병이 아니며 중한 상태가 아니라고 생각하는 것이다.

배우 뺨칠만한 연기와 학문적인 판단이 뒤섞인 30분 동안에 레프 레오니도비치는 상당히 피로하여 주름을 펴기라도 하듯이 이마의 피부를 몇 번인가 움직였다.

그러나 한 사람의 노파는 오랫동안 진찰을 받지 못했다고 불평을 해서 레프 레오니도비치는 진찰해 주었다.

한 노인은 정색을 하면서 말했다.

"저어, 좀 말씀드릴 것이 있는데!"

그리고 자기의 발병과 병의 경과에 대해서 자기 나름의 해석을 지껄여 댔다. 레프 레오니도비치는 참을성 있게 귀를 기울이고 이따금 고개를 끄덕이거나 했다.

"그러니 선생의 의견을 듣고 싶어요."라고 노인은 재촉했다.

외과 의사는 미소지었다.

"도대체 무슨 얘기를 해드려야 좋겠습니까. 노인과 우리들의 관심은 완전히 일치하고 있어요. 노인께서는 병을 고치고 싶으시고 우리는 노인의 병을 고쳐드리고 싶습니다. 그러니 앞으로도 사이 좋게 치료에 전념해 봅시다."

우즈베크 인 환자에 대해서는 외과 부장은 간단한 우즈베크 어로 말했다. 흰 가운을 걸치고 침대에 누워 있는 여자는 안경을 끼고 있었으며 퍽 지적으로 생겼으나 어딘지 외로워 보였다. 레프 레오니도비치는 이 여성은 환자들이 보는 앞에서 진찰하려 하지 않았다. 어머니 곁에 있는 남자 아이가 정중하게 악수를 했다. 이 일곱살 짜리 남자 아이는 우선 그의 배를 손가락으로 간질러주어 함께 깔깔 웃었다.

신경과 의사에게 상담하는 것이 어떠냐고 건방진 소리를 한 여교사에게만은 별로 정중하지 않은 말씨로 대답했다.

그러나 그것은 이제 최후의 병실이었다. 대수술을 하고 난 뒤처럼 피곤한 얼굴로 병실에서 나온 레프 레오니도비치는 부하들에게 말했다.

"5분간 휴식!"

그리고는 에브게냐 우스티노브나와 함께 마치 회진의 즐거움은 이것뿐이란 듯이 서둘러 담배 연기를 내뿜기 시작했다(환자들에게는 담배는 발암물질이라 절대로 피워서는 안 된다고 언제나 엄격하게 말했지만).

얼마 후 일동은 작은 방으로 들어가서 회의용 테이블에 마주앉았다. 회진할 때 환자들의 이름이 다시 의사들의 입에 오르내렸는데 제3자에게는 회복이나 완쾌의 징조로 보였을지도 모를 회진의 분위기가 여기서는 일변해 버렸다. 한 여환자는 수술이 불가능한 증세였으며 X선 요법을 계속하고 있는 것은 단순한 대증요법, 즉 직접적인 고통을 제거해주기 위해서였으며, 완전한 치료는 바라기 어려웠다. 레프 레오니도비치가 악수한 남자 아이는 전형적인 경과를 거쳐온 치료가 불가능한 증세였으며 부모들의 간곡한 부탁으로 어쩔 수 없이 병원에 입원시킨 채 있었다. 진찰을 받지 못했다고 조르던 노파에 대해서 레프 레오니도비치는 이렇게 말했다.

"그 환자는 68세다. X선 요법을 계속하면 일흔 살까지는 살 수 있을지도 모른다. 그러나 수술을 하면 앞으로 1년도 힘들다. 안 그래, 에브게냐 우스티노브나?"

레프 레오니도비치 같은 메스의 신봉자가 수술을 하고 싶지 않다면 에브게냐 우스티노브나도 물론 이의를 제기할 이유가 없었다.

그러나 레프 레오니도비치는 결코 메스의 절대적인 신봉자는 아니었다. 다만 의심이 많을 뿐이었다. 어떤 기구를 사용하든 육안 이상으로 잘 보일 수는 없다는 것이 이 사람의 신념이었다. 그리고 또 환부를 절제하는 수단으로서는 메스 이상의 것은 있을 수 없었다.

자기로서는 수술에 동의할 결심이 서지 않아 친척과 상의해 달라고 말하는 환자에 대해서 레프 레오니도비치는 이렇게 말했다.

"그 환자의 친척은 먼 시골에 살고 있다. 연락을 취하여 오게 해서 그 일을 상의하는 사이에 환자는 죽어버린다. 어떻게 해서든지 설득해서 수술을 받게 하지 않으면 안 된다. 내일은 안 되겠지만 다음 번에는 말이야. 상당히 위험이 따르리라는 것은 각오해야 한다. 쨌다가 다시 그냥 꿰매야 하는 결과로 끝날지도 모르지만."

"만약 수술 중에 사망했을 경우에는?" 하고 하름하메도프가 거드름을 피우면서 물었다. 그것은 마치 자기의 생명이 위험에 처해지기나 한 것 같은 말투였다. 레프 레오니도비치는 아무렇게나 복잡하게 자란 긴 눈썹을 끔벅거렸다.

"만일 사망이라면 그래도 낫지. 수술하지 않으면 십중팔구는 사망하니까." 그는 잠시 생각에 잠겼다. "이 병원에서는 아직 환자의 사망률이 낮으니까 이 정도의 모험은 허용될 거야."

외과 부장은 환자 한 사람 한 사람에 대해서 일일히 물어보는 것이었다.

"그밖에 다른 의견을 가진 사람은?"

그러나 외과 부장에게 문제가 되는 것은 에브게냐 우스티노브나의 의견뿐이었다. 그리고 경험이나 연령이나 성격의 차이에도 불구하고 대개의 경우 두 사람의 의견은 일치했었다. 이것은 이성적인 인간은 쉽사리 서로를 이해할 수 있다는 증거일까?

"저 노랑 머리의 여자 아이 일인데." 하고 레프 레오니도비치는 물었다. "그밖에 다른 방법은 없을까요, 에브게냐 우스티노브나? 꼭 잘라내야 할까요?"

"달리 방법이 없어요. 잘라내야 합니다." 에브게냐 우스티노브나는 루즈를 칠한 입술을 찡그렸다. "수술 후에는 상당량의 X선 조사도 필요합니다."

"가엾게도!" 레프 레오니도비치는 자기도 모르게 한숨을 내쉬었다. 후두부가 튀어나온 길쭉한 머리가 괴상한 모자와 함께 앞쪽으로 숙여졌다. 손톱 검사라도 하듯이 이상하리만큼 큰 엄지손가락으로 나머지 네 개의 손가락을 문지르면서 외과 부장은 중얼거렸다. "저런 어린 아이를 수술할 때면 이 손이 반항하고 싶어지지. 어쩐지 자연의 섭리에 거역하는 것만 같아서."

그리고 이번에는 집개손가락끝으로 엄지손가락의 손톱을 만졌다. 물론 이 이야기는 더 이상 아무 매듭도 짓지 못했다. 레프 레오니도비치는 고개를 쳐들었다.

"참 여러분! 슈르빈의 경우는 알고 있습니까?"

"CR(체에르) 레크티(직장암)입니까?" 판테히나가 말했다.

"물론 CR 레크티이지만, 문제는 그것이 어떻게 발견되었느냐 하는 거지. 이것이야말로 우리의 암 예방 운동과 종양 상담소의 공적이지. 언젠가 회의석상에서 오레시첸코프 선생은 참으로 좋은 말을 하셨어. 환자의 항문에 손가락을 넣기를 싫어하는 의사는 의사가 아니다, 라고. 그런데 우리는 얼마나 태만했던가. 슈르빈은 여러 병원의 외래 진찰실을 돌아다니면서 자주 있는 변의(便意), 혈변(血便), 그리고 나중에는 통증조차 호소했었지. 그래서 여러 가지 검사를 받았으나 가장 간단한 검사 —— 손가락으로 만져보는 것만은 어떤 의사도 하지 않았었어! 그래서 이질이나 치질 치료를 계속 받았지만 물론 그러한 치료가 효과가 있을 턱이 없었겠지. 그런데 어떤 병원의 외래 진찰실 벽에 암 예방 운동의 포스터가 붙어 있었지. 슈르빈은 매우 지적인 사람이라서 그것을 읽고 생각나는 것이 있었어! 그는 직접 자기의 손가락을 집어넣어서 종양을 찾아냈던 거야! 그런데 어째서 의사는 반년 전에 그것을 몰랐을까?"

"장소가 깊은 곳이었나요?"

"바로 괄약은 안쪽으로 7센티미터쯤 되는 곳이었지, 더 일찍 발견했더라면 괄약근의 기능은 상실하지 않았을 것이다. 인간이 인간답게 살 수 있었을 것이다. 그러나 지금은 괄약근이 침해당했으니 구태의연한 직장 절제 수술을 받지 않으면 안 돼. 즉 배설을 조절할 수 없으니까 옆구리에 항문을 만들어야 해. 이런 상태로 산다면 인간의 생활이라 할 수 있을까? 좋은 노인이었는데 ...."

모두 내일 할 수술 리스트를 작성하기 시작했다. 환자 중 누구누구에게 어떤 방법으로 저항력을 갖게 할 것인지가 검토되었다. 누구를 목욕시키고 누구누구를 시키지 않으며 누구누구에게 어떤 준비를 시킬 것인가 등등.

찰루이에게는 저항력을 길러줄 필요가 거의 없을 것이라고 레프 레오니도비치는 말했다. 위암 환자가 저렇게 건장한 것은 매우 드문 일이었다.

'외과 부장이 꿈에도 몰랐던 일이지만 찰루이는 아침마다 술의 힘을 빌어서 자기 스스로 저항력을 기르고 있었던 것이다.'

누가 누구의 조수가 되고, 누가 수혈을 담당할 것인가가 결정되었다. 레프 레오니도비치의 조수로는 피할 수 없는 운명인양 이번에도 안젤리카가 배정되었다. 그렇게 되었으니 내일은 또 안젤리카가 사사건건 레프 레오니도비치에게 반대할 것이고, 수술실 간호사 두 사람 곁을 분주하게 오가야 할 것이다. 안젤리카는 자기의 일에 몰두하지는 않고 언제나 외과 부장과 수술실에 근무하는 간호사 사이를 유심히 살펴보는 것이었다. 간호사도 또한 좀 엉뚱한 아가씨여서 조심스럽게 다루어야 했다. 수술에 사용하는 실이 잘 소독되었는지 어떤지는 누가 확인해야 할 것인가? 수술의 성공 여부는 거기에 달려있는 데도······. 돼먹지 않은 여자들! 남자라면 상식적인 일인데도 그녀들은 그것을 모르고 있는 것이다. 수술중에는 그런 것은 일체 ·······.

경솔한 부모들은 태어난 딸에게 작은 천사(안젤리카)라는 이름을 붙여 주었으나 그 딸이 성장하여 어떤 악마가 될 것인지는 상상도 못했을 것이다. 레프 레오니도비치는 젊은 아가씨의 귀여운, 그러나 여우 같은 얼굴을 흘끗 보면서 마음 속으로 이렇게 말했다.

'이봐요, 안젤리카, 아니면 안젤라. 어느 쪽이건 당신이 좋아하는 대로 부르겠지만 당신이라고 해서 능력이 전혀 없는 것은 아니야. 결혼 상대를 찾는 데 관심을 기울일 것이 아니라 관심을 외과 의학에 기울인다면 당신도 일을 잘 할 수 있지. 그러니 이제 싸움은 그만 하자구. 우리는 같은 수술대 옆에 서있는 동료니까·······.'

그러나 이런 말을 한다면 안젤리카는 외과 부장이 자기의 공격에 견디다 못하여 마침내 항복했다고 해석할 것이 뻔했다.

레프 레오니도비치는 어제 있었던 재판에 대한 것을 누구에겐가 자세히 말해주고 싶었다. 그러나 에브게냐 우스티노브나에게는 아까 휴게 시간에 잠시 이야기해주었으며 그밖의 동료들에게는 얘기하고 싶지도 않았다.

회의가 끝나자마자 레프 레오니도비치는 자리에서 일어나서 담배에 불을 붙이고 긴 팔을 저으며 가운 속의 밀착된 가슴속에 공기를 갈아넣은 후, 빠른 걸음으로 복도로 나가서 방사선과의 방으로 향했다. 벨라 간가르트에게 모든 것을 얘기해주고 싶었던 것이다. 소형 X선 장치가 있는 방에서는 간가르트가 돈초바와 서류가 가득 쌓인 책상에 마주앉아 있었다.

"이제 점심 시간이에요!"라고 외과 부장은 말했다. "의자 좀 빌립시다!"

그러더니 의자를 끌어다놓고 털썩 앉았다. 그리고는 신나게 이야기를 시작하려 했으나 문득 무언가를 눈치채고 말했다.

"왜 그런 무서운 얼굴로 나를 노려보지요?"

돈초바는 테두리가 모가 난 큼직한 안경을 만지직거리면서 엷은 웃음을 흘렸다.

"그 반대예요. 어떻게 하면 당신의 환심을 살 수 있을까 생각하고 있었어요. 나를 수술해 주시겠어요?"

"당신을? 천만에."

"어째서죠?"

"만약 당신을 째거나 하면 업무상 방사선과에 진 것이 분해서 범행을 저질렀다고들 할테니까요."

"아니 이건 농담이 아니에요. 레프 레오니도비치, 진심으로 부탁하는 거예요."

그러고 보니 돈초바는 농담을 할 만한 인품은 아니었다.

벨라는 추운 듯이 어깨를 움츠리고 서글픈 듯 긴장한 표정으로 앉아 있었다.

"머지 않아 돈초바 선생님을 투시하게 되었어요. 전부터 위가 아팠는데 말하지 않았던 거예요. 의사의 건강 관념도 정도 문제라니까요!"

"그렇다면 암이라는 증거는 확실하겠군요?" 레프 레오니도비치는 관자놀이에서 관자놀이로 이어진 묘한 눈썹을 꿈벅거렸다. 아무것도 우스운 것이 없는 극히 평범한 회화 중에도 이 사람의 표정은 누군가를 조소라도 하고 있는 것처럼 보였던 것이다.

"아직 완전하게 갖추어진 것은 아니지만."라고 돈초바가 말했다.

"그럼 어떤 증상이 있습니까?"

돈초바는 몇 가지 증상을 들었다.

"그것 가지고는 충분치 못해요!" 레프 레오니도비치는 단정적으로 말했다. 라이킨(풍자 콩트 등에서 관료로 분장한 유명한 회극 배우.)은 아니지만 충분하지 못해! 벨라가 싸인한 진단서를 갖고 오면 그때 다시 얘기합시다. 나는 머지 않아 자기의 병원을 갖게 될 것 같아요. 그럴 경우 진단을 잘하는 벨라를 데려가고 싶은데, 양보해 주시겠지요?"

"벨라는 절대로 안 돼요! 다른 사람을 데려가세요!"

"아니에요. 벨라라야 해요! 그렇다면 무엇 때문에 당신의 수술을 해 주겠습니까?"

레프 레오니도비치는 익살스런 표정으로 담배 연기를 깊숙이 빨아들이면서 떠들고 있었지만 마음속으로는 진지하게 생각하고 있었다. 콜랴코프 선생이 늘 말했듯이 젊은 사람은 경험이 부족하고, 나이가 든 사람은 기운이 없다. 그러나 현재의 간가르트는 레프 레오니도비치 자신이나 마찬가지로 경험이라는 이삭은 풍성하게 익었고 기운이라는 줄기도 튼튼한 인생 최고의 원숙기에 있었다. 아무것도 모르던 인턴에서 지금처럼 정확하게 진단을 내릴 수 있는 의사로 성장하는 것을 지켜보았던 만큼 외과 부장은 돈초바 못지 않게 간가르트를 신뢰하고 있었던 것이다. 그리스도가 교회의 둥근 천장의 그늘에 살고 있듯이 외과 의사는 비록 회의론자라 하더라도 확실한 진단을 내릴 수 있는 의사의 도움을 받아 일하지 않으면 안 된다. 그러나 여성의 경우, 이 원숙 기간은 남자보다 짧았다.

"도시락은 갖고 왔겠지요?" 레프 레오니도비치가 벨라에게 물었다. "먹지 않고 집으로 도로 가져갈 것이라면 내가 먹어주지요!"

모두가 웃음을 터뜨리는 가운데 치즈를 넣은 샌드위치가 나오자 외과 부장은 그것을 먹으면서 도시락 주인에게 먹자고 권하기까지 했다.

"당신도 좀 들어요! ……어제 그 재판에 가보았는데 당신들도 왔더라면 좋았을 것을. 무척 교훈적인 장면이었지요. 그 재판은 한 국민학교에서 열렸는데 400명 정도가 모였더군요. 하기야 흥미 있는 구경거리였으니까! 문제는 즉 어떤 갓난아기가 장폐색(腸閉塞)인가 장염전(腸捻轉)으로 수술을 받게 된 데에 있었어요. 수술도 무사히 끝나고 그 유아는 며칠 동안 살아서 놀기까지 했었요! 그런데 갑자기 부분적인 폐색이 일어나서 죽었다는 거예요. 그 불행한 외과 의사는 이미 여덟 달 동안이나 불려다니며 심문을 받았어요. 그러니 그 여덟 달 동안 어떤 기분으로 수술을 했겠어요? 어제 재판 때는 시 위생국 관리나 외과 의사회 회장, 검사, 의과대학 교수 등 많은 사람들이 와 있었어요. 그들은 일제히 말하더군요. 범죄적 태만이라고!

그리고 증인으로 아이의 부모가 불려나왔어요. 그래요. 증인까지 출두했어요! 그리고는 쓸데없는 말을 장황하게 늘어놓았어요! 방청하던 시민들은 멍하니 바라보면서 정말 의사가 형편없다는 표정들이었지! 방청객 중에는 의사도 많이 와 있었어요. 의사라면 부모의 증언은 아무런 도움도 되지 못하며 이러한 재판이 무의미하다는 것을 잘 알고 있었을 텐데도 말한 마디 하지 않는 거예요. 그것은 우리 자신이 재판을 받고 있는 것이나 똑같았으니까. 비록 오늘은 그 사나이가 재판을 받고 있지만 내일은 내가 받을지도 모르니까! 나 또한 모스크바에서 갓돌아왔으니 역시 가만히 있을 수밖에 없었겠지. 하지만 두 달 동안의 모스크바 생활은 신선한 것이었어요. 이곳에 돌아와서는 지금까지 쇠로 만든 울타리로 보였던 것이 실은 썩은 나무 울타리였다는 것을 똑똑하게 알게 되었으니까. 그래서 나는 나가서 일장 연설을 했어요."

"연설을 하게 내버려두던가요?"

"아니 토론처럼 되어버렸거든요. 나는 이렇게 말해주었어요. 이런 연극 같은 짓을 하고도 당신들은 부끄럽지도 않습니까? 내가 큰소리로 외쳤더니 갑자기 '집어치워라!' 하고 야유가 날아오더군. 의학상의 과오에 비해서 재판의 과오가 적다고 생각하십니까? 이러한 사건은 학문적인 심리 대상이지 법정에서 다룰 문제는 아닙니다! 의사만이, 그것도 충분한 자격을 갖춘 의사만이 모여서 심리해야 할 일입니다. 우리 외과 의사들은 화요일과 금요일마다 마치 지뢰밭처럼 위험한 속으로 들어가고 있습니다! 그리고 우리가 하는 일의 근본은 신뢰입니다. 아기의 어머니는 우리를 믿고 아기를 맡기면 되는 것이며 증인으로 법정에 출두하다니 그것은 언어도단입니다!"

레프 레오니도비치는 다시 흥분한 듯 목소리까지 떨리고 있었다. 그리고 먹고 있던 샌드위치에 대해서는 다 잊어버리고 반쯤 비워 있는 담배값을 찢더니 담배 한 개비를 꺼내어 불을 붙였다.

"더구나 그 사람은 러시아 인 의사였어요! 만약 그 의사가 독일인이나 유태인이었더라면." —— 그는 입술을 삐죽 내밀고 '지'음을 길게 발음했다.

"금방 사형에 처했을지도 모르지요……. 내 말을 듣자 모두 박수를 쳐주었어요! 어쨌든 잠자코 있을 수가 없었으니까요. 동료의 목을 조를 밧줄을 보았다면 어떻게 해서든지 그것을 잘라버려야 해요!"

벨라는 외과 부장의 말을 들으면서 감동한 듯 연신 고개를 끄덕였다. 그리고 그녀의 눈은 상대방의 말을 이해하려는 듯 잔뜩 긴장하고 있었다. 레프 레오니도비치는 벨라의 그런 눈을 바라보면서 이야기하기를 좋아했다. 한편 돈초바는 불만스런 표정을 하고 듣고 있었는데 그녀는 짧게 자른 회색 머리를 격렬하게 가로 저었다.

"나는 찬성할 수 없어요! 의사만이 특별한 취급을 받아야 할 이유가 어디 있지요? 깜박 잊고 냅킨을 뱃속에 둔채 꿰맨 의사도 있었어요! 노보카인 대신 식염수를 주사한다든가! 기부스로 다리를 마비시켜 버리든가! 약의 분량을 한 단위나 틀리게 하거나! 서로 다른 혈액형의 피를 수혈하거나! 환자에게 화상을 입히거나! 그런데 어째서 의사만 특별 취급을 해야 하지요? 우리는 아이들처럼 머리채를 잡혀서 끌려다녀도 어쩔 수가 없어요!"

"그것은 너무 심한 소리에요, 돈초바 선생!" 레프 레오니도비치는 자기의 몸을 방어하듯이 큼직한 손을 머리 위로 들어올렸다. "어째서 당신이 그렇게 말하는지 모르겠군요! 그런 것은 의학 이전의 문제일 것입니다! 사회 전체의 성격을 개선하지 않고서는 어쩔 수 없는 문제일 것입니다."

"바로 그거예요, 필요한 것은! 그것이 필요해요!" 마구 흔들어대는 두 사람의 팔을 잡으면서 간가르트가 중재에 나섰다. "의사의 책임감을 높여야 하는 것은 물론 필요한 일이지만 그러기 위해서는 업무량을 지금의 절반으로 줄여야 해요! 지금의 3분의 1로! 한 시간에 아홉 사람이나 외래 환자를 진찰해서 일일히 다 외우라 하는 것은 무리예요! 좀더 조용하게 환자와 이야기를 나누거나 생각할 시간 여유가 있어야 해요. 수술만 하더라도 그래요. 외과 의사 한 사람당 하루 1회면 돼요. 하루 세 번이나 수술을 해야 한다는 것은 무리예요!"

그러나 돈초바와 레프 레오니도비치는 좀체로 의견의 일치를 보지 못한채 한동안 큰소리로 떠들어댔다. 그래도 벨라는 두 사람을 다둑거린 뒤에 물었다.

"그래서 결국 그 재판은 어떻게 되었지요?"

레프 레오니도비치는 눈을 가늘게 뜨면서 빙그레 웃었다.

"그 의사는 처벌을 면했습니다. 결국 재판이란 것도 아주 무의미한 것은 아니더군요. 카르테의 기입법이 잘못되었다는 것이 확인되었어요. 아니, 잠깐 기다리세요. 이것으로 끝난 것은 아니니까! 판결이 있은 다음 시 위생국의 관리가 연설을 했어요. 그것은 의학 교육의 결함이라든가 환자 교육이 불충분하다든가 조합의 계몽 활동이 불충분하다든가 그런 내용이었는데, 최후로 외과 의사회의 회장이 연설을 했지요. 그 회장이 어떤 결론을 내렸는지 아세요? 정말 무식했어요. '동지 여러분, 의사를 재판에 회부한다는 것은 좋은 경향입니다. 아주 좋은 경향입니다!'라고 결론을 내리더군요."

27. 무엇이 재미있느냐는 사람 나름

흔히 있는 어느 주일의 회진이었다. 벨라 간가르트는 혼자서 방사건과 환자를 보러 갔는데 이층 입구에서 당직 간호사와 합류하게 되었다.

간호사는 조야였다.

두 사람은 시브가토프의 침대 옆에 잠시 서 있었는데 여기서 할 모든 새로운 시도는 돈초바의 결정에 따라야 했기 때문에 시브가토프한테서는 별로 시간을 지체하지 않고 병실로 들어갔다.

두 사람이 나란히 서자 거의 키가 비슷했다. 입술이나 눈이나 모자도 같은 높이였다. 그러나 살집이 더 좋아서인지 조야가 훨씬 더 커보였다. 2년 후에는 틀림없이 간가르트보다도 훌륭하고 의젓한 의사가 될 것이다.

진찰은 오레크의 맞은쪽 열부터 시작되었기 때문에 오레크에게는 잠시 동안 두 여인의 등밖에 보이지 않았다. 간가르트의 모자 밑으로 비죽하게 튀어나온 밤색 머리와 조야의 모자 밑에서 튀어나온 곱슬곱슬한 금발.

맞은쪽 열의 환자는 모두 방사선과 환자였으며 진찰은 천천히 진행되었다. 간가르트는 한 사람 한 사람씩 환자들의 침대에 걸터앉아 환부를 살피거나 이야기를 나누거나 했다.

아흐마잔의 피부를 관찰하고 카르테의 수자와 혈액 검사의 최근 결과를 기록한 카르테를 읽어보면서 간가르트는 입을 열었다.

"X선 조사는 곧 끝나게 됩니다! 집으로 돌아갈 수 있게 되었어요!"

아흐마잔은 흰 이빨을 드러냈다.

"집은 어디 있지요?"

"카라바일입니다."

"곧 돌아갈 수 있어요."

"다 나았단 말인가요?" 아흐마잔의 얼굴 빛이 밝아졌다.

"네."

"완전히 다 나은 건가요?"

"현재로서는."

"그러면 이제 이곳에 오지 않아도 되나요?"

"반년 후에 다시 오세요."

"다 나았다면서 왜 또 오라 하시지요?"

"그냥 진찰만 하는 거예요."

간가르트는 이런 식으로 일을 계속했는데 그 사이에 오레크에게는 등을 보이고 있었을 뿐 한 번도 돌아보지 않았다. 조야는 딱 한 번 오레크에게 시선을 던졌지만.

간가르트는 바짐을 진찰할 때 꽤 시간을 끌었다. 우선 발을 살펴보고, 다음에는 서혜부를 촉진하고 다음에는 배나 명치끝도 만져보았다. 그리고 촉진하면서 기분이 어떠냐고 여러번 물었으며 그밖에 새로운 질문도 했다. 즉 식사 후의 기분을 묻고 갖가지 음식을 먹고 난 뒤의 느낌을 일일히 세세하게 묻는 것이었다.

그 질문하는 목소리는 조용했으며, 바짐은 긴장하고 있었으나 역시 작은 목소리로 대답했다. 여의사가 느닷없이 명치끝 오른쪽을 촉진하면서 음식에 대해서 물었을 때 바짐은 물어보았다.

"간장을 조사해보는 건가요?"

이곳으로 오기 직전 어머니가 그곳을 만져보던 일을 바짐은 생각해냈던 것이다.

"무엇이나 알아보지 않고는 못배기나보군요." 간가르트가 고개를 저으면서 말했다. "환자는 요즘 아주 유식해졌군요. 아주 흰 가운을 입고 의사사 되는게 어떻겠어요?"

바짐은 찌르는 듯한 눈초리로 여의사를 바라보았다. 새하얀 베개 위에 드리운 머리카락은 새까맣고 얼굴빛은 누르스름하고 가무잡잡해서 마치 성상(聖像) 속의 젊은 무사처럼 보였다.

"문제점은 알고 있습니다."라고 바짐은 조용히 말했다. "책을 보고 알았으니까요."

그 말에는 어떤 저항감이나 오만함 같은 것이 없어서 간가르트는 그의 말에 동의하지 않을 수 없었다. 그래서 열적은 듯이 침대에 걸터앉아 대답할 말이 없을 만큼 당황해하지 않을 수 없었다. 이 환자는 미남자인데다 나이도 젊었다. 아마 재능도 뛰어난 사람일 것이다. 간가르트는 옛날 가족들과 친밀하게 지내던 젊은 남자의 일을 생각했다. 그 청년은 의식은 멀쩡했으나 오래 동안 생사의 갈림길을 헤맸는데 의사들은 완전히 그를 포기하고 말았다. 그 청년을 위해서라도 그 당시 8학년생이었던 벨라는 과학 기술자가 되려던 생각을 고쳐먹고 의과대학을 지망하게 되었던 것이었다.

그런데 자기는 이 청년에게 아무것도 해줄 수가 없었다.

창가에 놓여있는 작은 병에는 흑갈색의 자작나무 버섯을 달인 액체가 들어 있었다. 다른 환자들은 부러운 듯이 그 병을 구경하러 왔었다.

"이것을 마시고 있나요?"

"네."

간가르트 자신은 자작나무 버섯의 효력을 믿고 있지 않았다. 그런 것이 효력이 있다는 것은 들어본 적도 없으며 배운 적도 없었다. 하지만 이것은 바곳 뿌리와는 달라서 해롭지는 않았다. 환자가 효력이 있다고 믿고 있다면 그것만으로도 어떤 도움이 될지도 모른다.

"콜로이드 금은 어떻게 되었지요?" 하고 간가르트가 물었다.

"곧 구할 것 같습니다. 며칠 안에 구할지도 모릅니다." 그는 여전히 긴장한 어두운 표정으로 말했다. "하지만 직접 넘겨주지 않고 병원을 통해서 보내올 터이니……저어……." 청년은 긴장된 눈으로 간가르트를 보았다. "…… 현물이 도착할 때까지 2주쯤 걸린다면……이미 간장으로 전이되어 버리겠지요?"

"아니, 그렇지 않아요! 염려 말아요." 간가르트는 자신 만만하게 거침 없이 거짓말을 했다. 청년은 속아 넘어간 것 같이 보였다. "꼭 알고 싶다면 얘기해주지요. 전이가 되려면 수개월이 걸리니까요."

'그러나 그렇다면 어째서 명치끝을 촉진했을까. 식사 후의 느낌을 어째서 묻거나 했을까…….'

바짐은 꺾였다. 의사를 믿자.

믿는 것이 마음이 편하니까…….

간가르트가 바짐의 침대에 앉아 있는 동안 조야는 할 일이 없었으므로 옆의 침대쪽으로 시선을 돌려 창문턱에 올려놓은 오레크의 책을 흘끗 본 다음, 또 오레크를 보면서 눈으로 무언가를 물었다. 그러나 무엇을 묻는지 알 수가 없었다. 눈썹을 치켜뜨고 무언가 의미있는 눈짓을 하고 있는 조야는 무척 귀엽게 보였으나 오레크의 눈에는 그것에 대답하려는 기색도 보이지 않았으며 아무런 표정도 나타내지 않았다. 지금까지 회진했을 때, 조야는 언제나 오레크와 눈이 마주치는 순간을 포착하여 밝은 시선의 불꽃을 모르스 부호처럼 보냈던 것이다. 그러나 최근에는 이러한 일도 차츰 줄어들게 되었다.

오레크는 조야에게 화를 내고 있었다. 그처럼 열렬하게 접근했고 그처럼 열심히 설득했는데도 조야는 도무지 응해주지 않았었다. 그래서 화를 내고 있는 것이다. 조야가 야근할 때마다 입술과 손은 그 뒤에도 처음과 같은 일을 되풀이했으나 그것은 어쩐지 부자연스럽게 느껴지고 이제 오레크는 처음처럼 강렬한 기쁨을 느낄 수가 없었다. 이제는 조야가 야근을 하더라도 전혀 접근하려 하지 않았으며 모르는 체하고 잠을 잤다. 모든 것이 지나가버린 지금, 어째서 의미 있는 듯한 시선을 주고 받아야 한단 말인가. 도무지 이해할 수가 없다. 오레크의 냉정한 시선에는 그러한 기분이 담겨져 있었던 것이다. 다른 일이라면 몰라도 그러한 장난에 빠져들기에는 오레크는 나이가 너무 들었다.

오늘 같은 회진 때 언제나 그러하듯이 오레크는 파자마의 상의를 벗고 속옷을 걷어올릴 준비를 했다.

그러나 간가르트는 자치르코의 진찰을 마치자 두 손을 닦으면서 그쪽을 보았으나 코스토글로토프에게는 미소도 보내지 않고, 용태를 자세히 물어보려 하지도 않았으며, 침대에 걸터앉으려 하지도 않았다. 이번에는 당신 차례라는 것을 알려주기 위한 최소한의 절차로 코스토글로토프를 흘끔 보았을 뿐이었다. 그러나 그 짧은 시선에서 코스토글로토프는 상대방의 소원해진 기분을 충분히 느낄 수 있었다. 수혈하던 날에 발산되었던 그 독특한 밝음과 기쁨도, 이전의 상냥한 마음도, 더 이전의 자상했던 배려도 이제는 형적도 없이 그 눈에서 사라져 버렸었다. 그 눈은 텅 비어 있었다.

"코스토글로토프 씨." 간가르트는 오히려 루사노프쪽을 보면서 말했다. "치료는 여전히 하는데, 이상하군요." —— 여의사는 조야를 보았다 —— "호르몬 요법의 반응이 좀 약해요."

조야는 어깨를 움츠렸다.

"체질 탓이 아닐까요?"

의학도인 자기에게 여의사인 간가르트는 조언을 청하고 있는 것이라고 조야는 해석한 것 같았다.

그러나 간가르트는 조야의 의견은 들은 체도 하지 않고 조언을 청하는 것이 아니라는 말투로 분명하게 말했다.

"주사는 어느 정도 정확하게 놓고 있었지요?"

머리 회전이 빠른 조야는 얼른 머리를 치켜들더니 눈을 똑바로 뜨고 ── 툭 튀어나온 황갈색 눈에는 놀라움이 떠올라 있었다 ── 여의사를 바라보았다.

"무엇을 의심하시지요? ……결정된 처치는……언제나 꼬박꼬박 실천하고 있어요!" 금시 화라도 낼 듯한 기세였다. "적어도 제가 당직을 할 때는……."

다른 사람이 당직할 때의 일을 물은 것이 아니었으므로 그것은 당연한 일이었다. 그러나 '적어도'라는 말이 너무도 빠르게 휘파람 같은 소리와 함께 발음되어 그것이 어쩐지 간가르트로서는 조야가 거짓말을 하고 있다는 확신을 갖게 되었다. 주사의 효력이 잘 나타나지 않는다면 그것은 누군가가 주사를 놓아주지 않은 것이 분명하다! 그 누군가는 마리아일 수는 없다. 올림피아다 블라디슬라보브나도 아니다. 조야가 야근을 할 때 소문 대로의 일이 있었다면…….

그러나 도전이라도 하려는 듯한 조야의 시선과 마주치자 간가르트는 그것을 증명하기란 불가능하다는 것을 알았다. 이러한 사실을 누구한테도 말하지 않겠다고 조야는 결심하고 있는 것이다! 그 저항과 결의가 너무나 강렬해서 강가르트는 자기도 모르게 눈을 내리 감았다.

인간에 대해서 어떤 불쾌한 일을 생각할 때 간가르트는 언제나 눈을 내리감는 버릇이 있었다.

미안하다는 듯이 눈을 내리감고 있는 그녀에게 승리를 거둔 듯한 조야는 상처입은 솔직한 시선을 계속 퍼붓고 있었다.

조야는 승리를 거두었으나 그 승리가 위태롭다는 것을 곧 느끼게 되었다. 만약 돈초바가 나타나서 꼬치꼬치 묻거나 하면, 또는 환자 중의 누군가가 가령 루사노프가 끼어들어서 조야가 코스토글로토프에게 주사를 놓아주지 않았다고 증언이라도 하게 된다면 최악의 경우에는 목이 달아날지도 모르며 학교 성적에도 나쁜 영향이 미칠 것이다.

무엇 때문에 그런 위험한 모험을 했단 말인가? 이제는 본질적으로 시들어버린 그 장난 때문일까. 두 사람과의 관계에 더 이상 새로운 움직임은 보이지 않았으며, 자전거는 어디로도 갈 수가 없었다. 장난의 한계를 넘어서서 그 우시 테레크라는 형편없는 변두리 지방으로 가서 자기의 생애를 이 사나이와 결부시킨다는 것은……너무도 분별없는 짓이라고 생각되었으며 조야에게는 그렇게 할 생각이 추호도 없었다. 그래서 계약 해제의 시선, 주사를 놓지 않겠다는 약속을 파기하겠다는 의미의 시선을 조야는 오레크에게 보냈다.

오레크로서는 얼굴도 보고 싶지 않다는 베가의 기분을 분명히 느낄 수 있었으나 어쩌다 그렇게 되었는지, 왜 갑자기 그렇게 되었는지 전혀 이해할 수가 없었다. 별로 무슨 일이 일어났었던 것도 아니었다. 그 어떤 징후도 전혀 없었다. 어제 문간에서 만났을 때 여의사는 얼굴을 돌렸으나 그것은 우연한 일일 뿐이라고 생각했었다.

그런 것이 여자의 마음이라는 것을 오레크는 완전히 잊고 있었던 것이다! 여자의 마음은 바람과 같아서 한 번 불려 지나가버리면 흔적도 남지 않는다. 장기간에 걸쳐서 변함없이 정상적으로 사귈 수 있는 상대는 남자뿐이다.

지금도 조야는 저렇게 눈썹을 꿈벅거리며 오레크를 책하고 있다. 틀림없이 겁을 먹고 있는 것이리라. 만일 주사를 다시 놓기 시작한다면 두 사람 사이에 어떤 비밀이 남게 될 것인가!

간가르트는 어떻게 할 셈일까? 주사를 지시대로 맞으라고 할 것인가. 왜 그처럼 주사에 신경을 쓰는 것일까? 그처럼 상냥하게 대해 주었는데 너무 하지 않은가. 아아, 벌써 벨라는 옆자리로 옮겨가 버렸다.

간가르트는 루사노프에게 신중하고 따뜻하게 말을 걸고 있었다. 그 따뜻함은 오레크에게 쌀쌀했던 만큼 더욱 돋보였다.

"우리들의 주사에 이제는 익숙해지셨지요? 주사를 맞은 후에도 아무렇지도 않지요? 이제는 주사를 맞지 않으면 서운한 생각까지 들 거예요."
하면서 간가르트는 농담까지 했다.

'아니, 비위까지 다 맞춰주는군!'

루사노프는 자기의 차례를 기다리고 있는 동안 간가르트와 조야의 충돌을
목격하고 그들의 주고받는 말에 잔뜩 신경을 곤두세웠다. 그는 옆자리에
있는 사람으로서 잘 알고 있었지만 간호사는 애인을 감싸주기 위하여 거
짓말을 하고 있었다. 조야와 오글로예트는 공모하고 있다. 이것이 오글로예트
한 사람에 국한된 일이라면 파벨 니콜라예비치는 회진할 때 공개적으로
말하지는 않더라도 의사의 방으로 찾아가서라도 말해주었을 것이다. 그런데
기묘하게도 조야에게 상처를 주고 싶지는 않았다. 이 병원에 한 달 동안
입원해 있으면서 알게 된 일이지만 하잘 것없는 간호사라도 환자에게 정
신적인 고통을 안겨주고 복수할 수가 있다. 병원 안에는 독특한 질서가
있어서 이곳에 입원하고 있는 한 비록 간호사라 하더라도 사소한 일 때문에
충돌하는 것은 하나도 이로울 것이 없었다.

오글로예트가 그냥 오기로 주사를 거부했다면 병세가 악화한다 하더라도
그것은 자업자득이다. 가령 죽는다 하더라도 알 바가 아니었다.

적어도 자기는 죽지 않을 것이라는 것을 지금 루사노프는 확신하고 있
었다. 종양은 급속히 작아지고 그것을 의사가 확인해주는 그날그날의 회진이
지금은 즐겁기까지 했다. 오늘 간가르트도 확인한 일이지만 종양은 계속
작아졌고 치료는 잘 되어가고 있었다. 탈력감과 두통은 시간이 흐르면 해결될
것이다. 수혈은 좀더 계속하지 않으면 안 된다.

지금, 파벨 니콜라예비치에게 중요한 것은 자기의 종양에 대해서 처음부터
알고 있는 환자들의 증언이었다. 오글로예트를 제외하고 이 병실에 남아
있는 사람은 아흐마잔과 또 한 사람, 2, 3일 전에 외과 병동에서 돌아온
페데라우였다. 페데라우의 목에 났던 상처는 이전의 포두예프와는 달리 날이
갈수록 좋아졌으며 목에 감은 붕대의 양도 갈 때마다 작아지고 있었다.
페데라우는 찰루이가 쓰던 침대를 쓰게 되어 파벨 니콜라예비치의 두 번째

이웃이 된 셈이다.

루사노프가 두 사람의 유형수 사이에 누워 있게 되었다는 것은 그 자체로서는 물론 굴욕적이며 운명의 장난이 아닐 수 없었다. 입원하기 전의 파벨 니콜라예비치라면 즉각 원칙론을, 즉 지도적 입장에 있는 사람과 뒤가 어두운 사회적 유해 분자를 함께 다루어도 좋으냐고 문제를 제기하여 항의했을 것이 틀림없었다. 그러나 종양에 시달린 지난 5주 동안에 파벨 니콜라예비치는 다소 선량해졌다고 할지, 아무튼 사람이 좋아지게 되었다. 요즈음 오글로예트는 말 수가 훨씬 적어졌으며 꼼짝도 하지 않고 누워만 있어서 자기가 등을 돌리고만 있으면 되었다. 그리고 페데라우는 이쪽에서 관용을 베풀기만 하면 이웃으로 견딜만한 사람이었다. 그는 무엇보다도 파벨 니콜라예비치의 종양이 이전의 3분의 1로 줄어든 것을 기뻐해주었으며 파벨 니콜라예비치의 부탁을 받고 몇 번이나 종양을 살펴보고 자기 나름으로 평가해주기도 했던 것이다. 그는 참을성이 강했으며 겸손한 성격으로, 파벨 니콜라예비치의 말에 거부감도 보이지 않았으며 그가 하는 말에 귀를 기울여 주었었다.

파벨 니콜라예비치는 물론 자기가 하는 일에 대해서 많은 말을 할 수는 없었으나 자기의 집에 대해서는 말 못할 이유가 어디 있겠는가. 그가 진심으로 사랑하고 있는 그 집으로 머지 않아 돌아가게 되는 것이다. 그곳에는 비밀 같은 것은 있을 수도 없었으며 페데라우 또한 남이 잘 살고 있다는 얘기를 듣는 것은 싫지 않았다. 앞으로는 모든 사람들이 그렇게 살 수 있을 테니까. 인간은 마흔 살을 넘어서면 어떤 집에 살고 있느냐에 따라서 그 공적의 정도도 알 수 있는 것이다. 그래서 파벨 니콜라예비치는 자기 집의 세 개의 방 배치며, 장치, 발코니의 구조 등에 대해서 몇 번이나 상세하게 얘기해 주었다.

파벨 니콜라예비치는 대단한 기억력의 소유자여서 옷장이나 긴 의자에 대해서도, 일일이 그것을 언제 어디서 얼마에 샀으며 그 장점이 무엇인지를 잘 기억하고 있었다. 더욱이 욕실에 대해서는 옆사람에게 들려주고 싶은 애기가 산더미 같았다. 벽과 바닥에 어떤 타일을 붙였으며, 욕조의 가장 자리에는 사기를 입혔으며 비누를 놓는 자리는 어떻고, 욕조의 머리 부분을 둥글게 만들었다는 것, 더운 물이 나오는 수도꼭지에 대한 것, 샤워로 물을 바꿀 수 있다는 것, 타월 걸이에 대한 것 등등. 그러한 것들은 결코 자질구레한 일이 아니며 이러한 것들이 모여서 생활을, 나아가서는 존재를 형성하게 되며, 그리고 또 존재는 의식을 결정하기 때문에 생활은 쾌적한 것이라야 했다. 그러한 생활 속에서만 올바른 의식은 생겨나는 것이다. 건전한 정신은 건전한 육체에 있다고 고리키도 말했었다.

머리카락도 눈썹도 빛깔이 엷어져서 탈색된 것 같은 페데라우는 입을 멍청하게 벌리고 루사노프의 이야기에 귀를 기울였었다. 그리고 단 한 번도 반대 의견을 말하지 않았을 뿐더러 목을 감은 붕대가 허용하는 한 연신 고개를 끄덕거렸다.

비록 독일인이며 유형수라 하더라도 이 점잖은 사나이는 무척 예의 바른 사람이었다. 이 사나이라면 옆 침대에 누워 있더라도 사이 좋게 지낼 수 있다. 게다가 형식적으로나마 당원이 아닌가. 파벨 니콜라예비치는 타고난 솔직함 탓으로 확실하게 이렇게 말했다. "페데라우, 당신이 추방당한 것은 국가적 견지에서는 필요한 조치였어, 알겠나?"

"알아요, 알고 말고요."라고 페데라우는 구부리기 거북한 고개를 끄덕였었다.

"그밖에는 달리 취할 방법이 없었던 거야."

"물론 그렇겠지요."

"국가의 조치라는 것은 추방 처분도 포함해서 정당하게 해석하지 않으면 안 되지. 아무튼 자네는 평가받고 있는 셈이야. 말하자면 당에 남게 되었으니까."

"네, 물론이지요, 그렇구말구요……."

"당원으로서 어떤 직책은 갖고 있지 않았겠지?"

"네, 없었어요."

"그렇다면 평범한 노동자였겠군 ? "

"계속 기계공으로 일해 왔습니다."

"나도 옛날엔 평당원이었으나, 보라구 이렇게 승진했잖아 ! "

두 사람은 서로 자기들의 자식들에 대해서도 자세히 이야기를 나누었다. 페데라우의 딸 헨리에타는 지방 교육대학 2학년에 재학중이라고 했다.

"바로 그거야 ! " 파벨 니콜라예비치는 감동한 듯 소리쳤다. "그런 것을 평가해야 한단 말일세. 자네는 유형수지만 딸은 대학에 다니고 있으니까 ! 황제 시대의 러시아라면 이런 것을 생각이나 할 수 있었겠나 ! 지금은 아무런 장해도 없으며 아무런 제한도 받지 않는단 말일세 ! "

여기서 프리드리히 야코비치는 처음으로 반대했다.

"제한이 없게 된 것은 금년부터예요. 전에는 감독 조사국의 허가가 필요했어요. 그리고 여러 대학에서는 그 애의 원서를 되돌려보냈어요. 성적이 좋지 않다는 것이 이유였으나 알고 보니 그런 것이 아니었어요."

"하지만 그래도 자네의 딸은 대학 2학년생이 아닌가 ! "

"딸 아이는 농구 선수였어요. 그래서 입학이 가능했던 거예요."

"어떤 이유로 입학되었든간에 공평하게 생각하지 않으면 안 되네, 페데라우. 올해부터는 그런 제한도 없어졌으니까."

페데라우는 농업 관계의 일꾼이었고, 루사노프는 공업 관계의 인간이었으므로 루사노프가 지도성을 발휘하는 것은 당연했다.

"1월 총회에서의 결정이 있은 뒤부터 자네들의 사정은 날이 갈수록 좋아지고 있네." 파벨 니콜라예비치는 친절하게 설명했다.

"네, 물론 그렇지요."

"각지의 트랙터 스테이션에 지도자 그룹을 창설한다는 것은 매우 중요한 조처의 일환이지. 거기에서는 여러 가지 일들이 파생하게 될 걸세."

"네, 그렇겠지요."

하지만 '네'만으로는 마음이 놓이지 않는다. 잘 알아듣도록 이해시키지 않으면 안 된다. 그래서 파벨 니콜라예비치는 온순한 옆사람에게 왜 기계

트랙터 스테이션이 지도자 그룹의 창설로 강화될 수 있는지 그 이유를 자세하게 설명해주었다. 그리고 또 전 소련 공산주의 청년동맹 중앙위원회의 옥수수 재배에 대한 호소에 대해서도 설명해주고 올해에는 청년층이 진지하게 옥수수 재배에 임할 것이라고도 말했다. 이것 역시 농업의 양상을 일변시키게 될 것이라고 했다. 또는 어제 신문을 보니 농업 생산 계획 자체가 바뀔 모양이다. 이렇게 두 사람의 화제는 끝이 없었다!

페데라우는 이처럼 적극적이고 친절한 이웃이어서 파벨 니콜라예비치는 때로는 신문 기사를 소리내어 읽어주기도 했다. 그것은 한가로운 병원 생활인데도 읽지 않고 지나쳐버리는 기사가 많았다. 어째서 독일과 조약을 체결하지 않고, 오스트리아와만 조약을 체결하는 것이 불가능한지, 그 이유를 알리는 성명문, 부다페스트에서의 라코시의 연설. 치욕스런 파리 협정에 반대하는 투쟁이 불붙고 있다는 것, 나치스 강제 수용소 관련자의 재판이 서부 독일에서 얼마나 유야무야하게 끝났는가 하는 것, 루사노프는 자기의 식료품의 일부나 병원에서 주는 음식의 일부를 페데라우에게 나누어주기도 했다.

그러나 아무리 낮은 소리로 말하고 있어도 두 사람의 이야기를 슈르빈이 언제나 다 듣고 있다는 것이 어쩐지 마음에 꺼림칙했다. 하나 건너 침대에서 꼼짝도 하지 않고 시종 아무 말도 하지 않고 있는 부엉이. 이 자가 병실에 나타나고부터는 단 한 순간이라도 그 존재를 잊을 수가 없었다. 그 자는 무거운 눈초리로 이쪽을 바라보면서 분명히 모든 것을 다 듣고 있었다. 가끔 눈을 꿈벅거리는 것은 이쪽의 의견에 반대한다는 의미일지도 모른다. 슈르빈의 존재가 파벨 니콜라예비치에게는 끊임없는 압박감이 되었다. 파벨 니콜라예비치는 슈르빈이 도대체 무엇을 생각하고 있으며, 또 어떠한 종류의 병을 앓고 있는지 물어보고 싶었으나 슈르빈은 언제나 음울하게 별로 말수가 적었으며 자기의 종양에 대해서는 말할 필요를 느끼지 않는 것 같았다.

침대에 걸터앉아 있을 때에도 어딘지 긴장한 자세였으며 보통 인간처럼 휴식을 취하기 위해서 앉는 것이 아니라 앉아 있는 자체가 노력의 대상인 것처럼 보였다. 그리고 이 슈르빈의 긴장된 자세도 어떤 경계심의 발로로 느껴졌던 것이다. 앉아 있는 데 지치면 그는 때때로 자리에서 일어섰으나 걸을 때는 다리를 절룩거리며 괴로워하는 것 같았다. 그래서 한 곳에 30분간이고 한 시간이고 꼼짝도 하지 않고 서있는 것이었다. 이것 역시 괴상하고 우울한 일이었다. 더욱이 슈르빈은 자기의 침대 옆에 서있을 수가 없었으므로 —— 통로에 서면 입구를 막게 되어 통행에 방해가 되었으므로 —— 코스토글로토프의 창과 자치르코의 창 사이의 벽을 골라 그곳에 심술궂은 파수병처럼 몇 시간이고 서있는 것이었다.

오늘도 회진이 끝난 다음 그곳에 서있었다. 오레크와 바짐의 시선이 부딪치는 지점에 우뚝선 모습은 벽의 부조(浮彫)처럼 보였다.

오레크와 바짐은 침대의 위치 관계로 자주 서로 시선이 마주쳤으나 이야기를 나누는 일은 별로 없었다. 그것은 두 사람 모두 구토증에 시달리고 있어서 쓸데없이 이야기를 하는 것이 괴로웠던 때문이었다. 두 번째로는 이미 오래 전에 바짐은 병실 환자들에게 이렇게 경고한 적이 있었다.

"여러분 한 컵의 물을 말의 에너지로 따뜻하게 데우려면 나지막한 목소리로 계속 지껄이면 2천년, 큰 목소리로 소리치더라도 75년이 걸립니다. 그것도 컵에서 열이 전혀 달아나지 않는다는 가정하에서 하는 얘깁니다. 그러니 공연히 에너지를 낭비하는 일은 하지 않는 것이 좋겠습니다."

그리고 또 하나, 악의는 없었겠지만 두 사람은 서로 상대방의 기분을 상하게 하는 말을 했던 것이다. 바짐은 오레크에게 말했다. "싸워야 했었어! 왜 그때 싸우지 않았는지 이해할 수 없군."(그것은 사실이었다. 그러나 오레크는 자기들도 싸웠다는 것을 새삼스럽게 말할 기분이 나지 않았다). 그래서 오레크는 바짐에게 이렇게 말했다. "도대체 그놈들은 누구를 위해서 콜로이드 금을 갖고 있는 거지? 자네의 아버지는 조국을 위해서 목숨을 바치지 않았는가, 그런데 어찌하여 자네에게 콜로이드 금을 주지 않는다는 말인가."

그것도 지당한 말이었다. 바짐 자신도 요즘에는 이렇게 생각하며 의문을 가지게 되었다. 그러나 제3자가 이런 말을 하면 화가 났다. 한 달 전이라면 어머니가 동분서주하는 것은 쓸데없는 일이며 아버지의 이름을 판다는 것은 좋지 않은 일이라고 생각했던 것이다. 그러나 한쪽 발이 강력한 올가미에 걸린 지금 바짐은 어머니가 좋은 소식을 갖고 올 것을 학수고대하면서 어머니의 노력이 열매를 맺었으면 좋겠다고 바랐던 것이다. 아버지의 공적 덕분에 구원을 받는다는 것은 정당하다고는 생각하지 않지만, 자기 자신의 재능으로 구원을 받는다는 것은 세 배나 더 정당한 것이다. 그러나 콜로이드 금을 할당받아야 할 입장에 있는 인간이 그것을 알 까닭이 없을 것이다. 또 세상에 알려지지 않은 재능을 간직하고 살아간다는 것은 괴로운 일이며 일종의 부담이 되었으나 불꽃을 튕기지 않고 방전하지 않은 채 재능을 끌어안고 죽는다는 것은 평범한 보통 사람, 가령 이 병실에 있는 다른 환자들의 죽음에 비해서 훨씬 비극적일 것이다.

고독이 바짐의 내부에서 고동치며 떨고 있었다. 그것은 가까이 어머니나 가루카가 없기 때문도 아니며, 누가 면회를 와주지 않아서도 아니며 다른 사람이 아닌 바짐 자신이 오래 살아야 한다는 것이 얼마나 중요한가를 주위의 사람들도, 의사들도 콜로이드 금을 관리하고 있는 사람들도 전혀 이해해주지 않았기 때문이었다.

그러한 것들이 머릿속에서 마구 울리기 시작하면 바짐은 즉각 희망에서 절망으로 밀려나서 읽고 있는 책의 내용을 이해하지 못하게 되었던 것이다. 눈은 한 페이지 안의 문자를 끝에서 끝까지 쫓지만 내용은 전혀 머릿속에 들어오지 않았다. 마치 산양이 산비탈을 달려가듯이 남의 생각에 따라 달려갈 수 없다고 생각하자 바짐은 암담한 기분이 되었다. 그리고 곁에서 보면 독서를 계속하고 있지만 본인은 책을 들여다보고 있지만 한 줄도 읽지 못하고 있는 것이다.

한쪽 발이 올가미에 걸려 있다. 그 발과 함께 전생명이.

바짐은 그런 식으로 망연해 있었다. 바로 옆의 벽 가까이 자기의 고통과 자기의 침묵을 끌어안고 슈르빈은 서있었다. 그리고 코스토글로토프는 침대

맡에서 머리를 떨구고 말없이 누워 있었다.

동화 속의 세 마리의 왜가리처럼 세 사람은 그대로 몇 시간이고 말없이 서있을 수 있을 것만 같았다.

그런데 이상한 일은 세 사람 중에서 가장 침묵을 잘 지킬 것 같은 슈르빈이 갑자기 바짐에게 물었다.

"자네는 자네 자신을 괴롭히고 있을 뿐이라고는 생각지 않나? 무슨 필요가 있어서 그런 학문을 해야 하는거지? 다른 것도 아닌 그런 학문을?"

바짐은 머리를 쳐들었다. 그리고 색깔이 짙은 거의 검은 색에 가까운 눈동자로 노인을 바라보았다. 그 긴 질문이 노인의 입에서 나온 것이라고는 믿지 못하겠다는 듯이. 또는 질문 그 자체에 놀란 것처럼.

그러나 그 무례한 질문이 환각이었다는 것을, 또는 노인의 입에서 나온 것이 아니라는 것을 증명해주는 것은 아무것도 없었다. 잔뜩 충혈되고 툭 튀어나온 눈으로 노인은 흥미 있다는 듯이 바짐을 바라보고 있었다.

대답하지 않으면 안 된다. 어떻게 대답해야 할 것인지는 알고 있었다. 어째서인 바짐은 용수철처럼 즉각 말하고 싶은 충동을 느끼지 않았다. 낡은 태엽처럼 낮은 목소리로 의미 심장하게 바짐은 대답했다.

"재미있기 때문이지요. 저는 더 재미있는 것이 무엇인지 알지 못해요."

아무리 초조하고 다리가 아프고 운명의 8개월이 아무리 빨리 지나간다고 해도 바짐은 자기의 인내와 끈기에서 만족을 찾고 있었다. 마치 아무런 고민도 없으며 이곳은 휴양소이고 암병동이 아닌 것처럼.

슈르빈은 바닥을 내려다보고 있었다. 그리고 몸은 전혀 움직이지 않고 머리만 교묘한 방법으로 돌려서 목을 나선형으로 움직였다. 마치 목을 빼고 싶지만 도저히 빠지지 않는 것처럼. 그리고 말했다.

"재미있다는 것은 말도 안 돼. 하기야 장사를 하는 것도 재미야 있지. 돈을 벌고, 돈을 계산하고, 재산을 늘리며 설비를 확장한다 —— 이런 것도 재미가 있지. 그런 것을 설명하고 있는 동안에 과학은 에고이스틱하고 부도덕한 일보다 더 낫다고는 말할 수 없겠지."

묘한 사고 방식이었다. 바짐은 어깨를 움츠렸다.

"하지만 정말 재미 있으니 어쩔 수 없지 않겠습니까? 그밖에 더 재미있는 것이 없다면 말이지요."

"이 병원에서 말인가, 아니면 바깥 세상에서 말인가?"

"바깥 세상에서요."

슈르빈은 한쪽 손의 손가락을 쭉 뻗쳤다. 손가락에서 우드득 하는 소리가 났다.

"근본적으로 그러한 생각을 하고 있는 한 절대로 도덕적인 것은 생겨나지 않아."

이것이야 말로 기인(奇人)의 의견이라고 밖에는 말할 수 없었다.

"과학은 도덕적 가치를 만들어낼 필요는 없겠지요." 하고 바짐은 반대했다. "과학은 물질적인 가치를 만들어냅니다. 그래서 존중되고 있습니다. 당신은 어떤 것을 도덕적이라고 말하는 것입니까?"

슈르빈은 다시 한 번 천천히 눈을 깜박거렸다. 그리고는 신중하게 말했다.

"근본적으로 그런 생각이 있는 사이에는 도덕적인 것을 절대로 만들어낼 수는 없지."

"인간이 서로의 정신을 해명하려는 방향으로 향해진 모든 것이지."

"그것은 과학도 해명할 수 있습니다." 바짐은 미소를 지으면서 말했다.

"아니, 정신을 해명할 수는 없어! ……." 슈르빈은 집개손가락을 세웠다. "재미있다고 생각하는 동안에는. 자네는 집단 농장의 계사(鷄舍)에 단 5분 동안이라도 가본 적이 있나?"

"없습니다."

"그럼 상상해 보게. 지붕이 낮고 길쭉한 집이지. 창은 틈새처럼 작고 닭이 도망치지 못하게 쇠그물을 쳐놓아서 내부는 어두컴컴하지. 한 계사에는 2천 5백마리의 닭이 있네. 바닥은 땅바닥이어서 닭들이 언제나 바닥 흙을 파재끼기 때문에 계사 안은 방독면이라도 써야 할 정도로 먼지 투성이었지. 그리고 절인 멸치를 가마에 넣고 뚜껑도 덮지 않은채 온종일 끓이고 있어서 냄새가 지독하지. 그런데 그 일은 여자 혼자서 하고 있어. 여름에는 새벽 3시부터 저녁때까지 그 일을 계속하지. 아직 설흔 남짓한 여자인데도 겉보기엔 쉰 살이 더 된 할멈 같이 보였어. 이 계사에서 일하는 그 여자는 그 일이 재미있다고 생각하겠나?"

바짐은 흠칫하면서 눈을 치떴다.

"어째서 내가 그 문제를 해결해야 하지요?"

슈르빈은 집개손가락으로 바짐을 찔렀다.

"그 여자가 고생을 하는 것도 과학이 발달하지 않았기 때문이지요. 바짐은 강력하게 대꾸할 말을 찾아냈다. "과학이 발달하면 계사는 훨씬 깨끗해질 거예요."

"과학이 발달하기 전에도 매일 아침 세 마리씩 털을 뽑아서 냄비에 끓여야 하나?" 슈르빈은 한쪽 눈을 감고 또 다른쪽 눈으로는 상대방을 바라보았다.

"그렇다면 자네는 과학이 발달하기 전에는 계사 일은 하지 않겠다는 말인가?"

"그야, 그들에게는 재미 없겠지, 그런 일은!" 침대에 비스듬히 몸을 눕히고 있던 코스토글로토프가 거칠은 목소리로 끼어들었다.

농업에 관한 일에 슈르빈이 자신있게 말하는 것을 루사노프는 전에도 들은 적이 있었다. 파벨 니콜라예비치가 언젠가 곡물에 관한 이야기를 하고 있을 때 슈르빈은 틀린 점을 정정한 적이 있었다. 지금 파벨 니콜라예비치는 타이르듯이 슈르빈에게 말했다.

"혹시 당신은 치밀랴제프 농업대학 출신이 아닙니까?"

슈르빈은 몸을 부르르 떨면서 루사노프쪽으로 고개를 돌렸다.

"그래요, 치밀랴제프 출신이오만은." 하고 놀란 듯이 말했다.

그러더니 갑자기 우쭐한 표정으로 등을 구부리고 날개죽지를 잘린 새처럼 어색한 동작으로 절룩거리며 자기의 침대로 돌아갔다.

"그런데 어째서 도서관 같은 곳에 근무하지요?" 루사노프가 캐묻듯이 물었다.

그러나 슈르빈은 입을 다문채 아무말도 대꾸도 하지 않았다. 마치 나무 그루터기처럼.

인생의 오르막길이 아니라 내리막길을 걷고 있는 인간을 파벨 니콜라 예비치는 도저히 존경할 수 없었다.

28. 어디를 가나 서글픔 뿐

레프 레오니도비치가 병원에 처음 나타났을 때부터 코스토글로토프는 이 인물은 일밖에 모르는 농부라고 단정해 버렸다. 회진 때마다 오레크는 이 의사를 유심히 관찰했다. 저 모자는 아마 거울 앞에서 쓴 것은 아닐 것이다. 지나치게 긴 손은 이따금 주먹을 쥐고 가운의 앞 호주머니에 찔 러넣거나 했다. 마치 휘파람을 불 때처럼 입을 오무리고 있었다. 몸 전체에 활력이 넘치고 엄격해 보이는 데도 불구하고 환자와 얘기할 때의 그 농담 같은 말투는 여러 가지 면에서 코스토글로토프의 마음에 들었다. 언젠가 이 의사와 천천히 이야기를 나누고 여의사들이 대답하지 못하거나 또는 대답하고 싶지 않아하는 질문을 해보고 싶었다.

그러나 그럴 기회는 좀처럼 찾아오지 않았다. 회진할 때 레프 레오니도 비치는 외과 환자 이외에는 거들떠보지도 않았다. 방사선과 환자의 침대 앞에서는 마치 빈 자리처럼 지나쳐버린다. 복도나 계단에서 누가 인사를 하면 가볍게 답례를 했으나 그의 얼굴은 언제나 걱정에 쌓여 있었으며 늘 바쁘게 서두르고 있는 것 같았다.

언젠가 계속 거짓말을 해오던 환자가 결국은 자백하더라고 레오니도비 치는 웃으면서 '결국 실토하더군!' 하고 말했었는데 이 말은 오레크에게 적지 않은 충격을 주게 되었다. 왜냐하면 이 말을 그러한 의미로 사용하는 것은 특정한 인간에게 한정되어 있었기 때문이었다.

요즘 와서 코스토글로토프는 별로 병원 안을 돌아다니지 않았으므로 외과 부장과 마주치는 일도 드물었다. 그런데 어느날 레프 레오니도비치가 수술실 옆에 있는 작은 방의 문을 열쇠로 열고 들어가는 것을 코스토글로토프는 우연히 목격하게 되었다. 외과 부장은 그 방을 혼자 쓰고 있었다. 그래서 코스토글로토프는 때묻은 유리문을 노크하고 문을 열었다.

레프 레오니도비치는 방의 한복판에 하나만 놓여 있는 책상 앞의 의자에 앉아 있었다. 별로 오래 앉아 있지 않을 양으로 옆을 향해 비스듬히 앉아 있었는데 무언가를 쓰고 있었다.

"네." 하고 드러올린 그 얼굴은 조금도 놀라는 것 같지 않았다. 그리고 다음에 쓸 것을 생각하고 있는 듯 잔뜩 긴장한 표정이었다.

모든 사람들이 언제나 바빠하고 있다! 순간적으로 결정을 내려야 하는 일들이 평생을 통해 강요되고 있는 것이다.

"실례합니다, 닥터 레프 레오니도비치." 코스토글로토프는 정중한 어조로 말했다. "바쁘신줄 알지만 선생님 말고는 상담할 상대가 없어서……2분간만 시간을 내주실 수 있겠습니까?"

외과의는 고개를 끄덕였다. 그것은 확실히 다른 생각을 하고 있는 얼굴이었다.

"저는 호르몬 요법으로……. 시네스트롤의 근육 주사를 맞고 있는데 그 양은……." 의사가 쓰는 용어를 써가면서 의사와 얘기하는 것을 코스토글로토프는 언제나 자랑스럽게 생각했었다. 그것은 또 상대방에게 솔직하게 말할 것을 요구한다는 뜻도 포함하고 있었다. "그래서 꼭 알고 싶은데 호르몬 요법의 작용이란 축적되는 것일까요, 그렇지 않을까요?"

이 최초의 질문에 약속한 120초 중 20초도 소비되지 않았었다. 나머지 100여초는 상대방의 대답이 어떻게 나오느냐에 달려 있었다. 뒷짐을 지고 앉아 있는 의사를 내려다보는 듯할 자세로. 그래서 크스토글로토프는 후리후리한 긴 몸을 구부린채 아무말도 하지 않고 서 있었다.

레프 레오니도비치는 자세를 바꾸면서 이마에 주름을 모았다.

"네, 축적되지 않는 것으로 되어 있어요."라고 대답했다. 그러나 그것은 결정적인 대답이라는 느낌이 아니었다.

"그런데 저는 무엇인가 축적되는 듯한 기분이 듭니다." 그는 마치 그런 것이 바람직스럽다는 듯이, 아니면 레프 레오니도비치를 별로 신용하지 않는 것처럼 코스토글로토프는 계속해서 말했다.

"아니, 그럴리가 없어요." 이번에도 외과 의사는 확정적이 아닌 듯한 태도로 말했다. 그것은 자기의 전문 밖의 일이어서인지 지금 자기가 생각하고 있던 일에서 아직 머리를 전환하지 않아서 그러는 것처럼 들렸다.

"저는 꼭 알고 싶습니다." 코스토글로토프는 그 눈초리며 말투가 마치 상대방을 협박이라도 하는 것 같았다. "이 요법을 받은 뒤에는……저어…… 여자에 대한 기능이 완전히 상실되는 것일까요……아니면 기능이 약해지는 것은 일정 기간만일까요? 체내에 주입된 호르몬은 밖으로 배설되는 가요, 아니면 영구히 남게 되는지요……. 아니면 얼마 후 다른 주사를 맞으면 호르몬 요법의 영향에서 벗어날 수 있는 것일까요?"

"아니 그런 것은 권할 수 없어요. 그런 것을 하면 안 돼요." 레프 레오니도비치는 검은 머리가 마구 흩어진 이 환자를 흘끔거리며 보았는데, 주로 그 흥미 깊은 얼굴의 상처를 관찰하고 있었다. 그 상처를 입고 이 환자가 외과로 실려왔다면 우선 어떤 처치를 했을까를 생각하고 있었다.

"그런데 왜 그런 것을 알고 싶어 하지요? 잘 이해가 가지 않는군요."

"잘 모르시겠다구요?" 무엇을 잘 모르겠다고 하는 것인지 코스토글로 토프로서는 도무지 알 수가 없었다. 이 유능한 의사는 다른 대부분의 의사나 마찬가지로 단순히 환자에게 겁을 주려는 것일까. "정말 모르시겠습니까?"

그 말로 약속된 2분은 다 지났으며, 의사와 환자의 통상적인 관계에서도 있을 수 없는 일이었지만 레프 레오니도비치는 코스토글로토프가 처음부터 알고 있었고, 또 높게 평가하고 있었던 것처럼 오만한 데가 조금도 없는 인간이어서, 그는 갑자기 의사답지 않은 낮은 목소리로 옛 친구에게라도 얘기하듯이 말했다.

"그런데 여자를 인생의 꽃이라고들 말하는데 과연 그럴까요? ……여자란 쉽게 싫증이 나는 동물이에요……중요한 일에 방해만 될 뿐이지요…….”

그의 말투는 무척 진지했으며 침통하기까지 했다. 의사는 생각하고 있었다. 인생의 중요한 순간에서 언제나 긴장감이 부족한 것은 이 피로감 때문일지도 모른다.

그러나 코스토글로토프는 그 말을 이해할 수 없었다! 싫증이 난다고 하는 것은 현재의 오레크로서는 상상도 할 수 없었다! 머리가 좌우로 흔들리고 눈빛이 퀭했다.

“나의 생활에는 그 이상으로 진지한 것은 아무것도 남아 있지 않아요!”

그런데 잠깐, 이러한 대화는 암병동의 일과 속에는 포함되어 있지 않다! 의사와, 더구나 다른 과의 의사와 인생의 의미에 대해서 얘기를 나눈다는 것은 허용될 수 없다! 외과의 젊은 여의사, 키가 작고 깡마른 아가씨가 문앞에서 잠시 기웃거리더니 곧 아무말도 하지 않고 들어왔다. 굽이 높은 신을 신고 있어서 걸음을 걸으면 몸 전체가 흔들렸다. 그녀는 코스토글로토프의 곁을 태연하게 지나서 레프 레오니도비치의 바로 옆까지 가자, 검사실에서 갖고온 서류를 책상 위에 놓더니 자기도 의자에 앉았다. 조금 떨어져 있는 오레크가 보면 레프 레오니도비치에게 몸을 착 붙이고 있는 것처럼 보였다. 상대방의 이름도 대지 않고 느닷없이 말했다.

“저, 오브젠코의 백혈구가 1만개나 되었어요.”

바람에 흐트러진 빨간 머리 한두 올이 연기처럼 레프 레오니도비치의 얼굴 앞에서 너울거리고 있었다.

“그것이 어쨌다는 거지요?” 레프 레오니도비치는 어깨를 움츠렸다. “백혈구가 늘어났다고 해서 기뻐할 일은 아니에요. 그 환자는 단순히 염증이 생겼을 뿐이니까 X선 요법으로 억제해야 돼요.”

그러자 젊은 여의사는 신이 나서 지껄이기 시작했다. 그녀의 어깨가 레프 레오니도비치의 팔을 밀어제끼고 있었다. 레프 레오니도비치가 적고 있던 서류는 옆으로 밀어젖혀졌으며 펜은 손가락 사이에 끼어서 불안스럽게 움직이고 있었다.

오레크는 나가야 할 것이다. 이미 오래 전부터 계획했던 이야기는 이렇게 해서 가장 재미 있는 대목에서 중단되어버리는가.

안젤리카는 뒤돌아보다가 코스토글로토프가 아직 그곳에 있는 것을 보고 깜짝 놀라는 것 같았다. 그러나 여의사의 머리 위로 레프 레오니도비치가 아주 유머러스한 얼굴로 바라보고 있었다. 뭐라고 말할 수 없는 표정에 힘을 얻어서 코스토글로토프는 말을 계속했다.

"레프 레오니도비치 선생, 한 가지 더 물어보고 싶은데 차가라고 하는 자작나무에 생기는 버섯에 대한 이야기를 들은 적이 있습니까?"

"있지요." 의사는 아주 즐거운 듯이 대답했다.

"그것을 어떻게 생각하시지요?"

"아주 어려운 질문이군요. 어떤 종류의 종양이 그 버섯에 대해서 매우 민감한 반응을 보인다는 것은 인정합니다. 가령 위암 같은 경우가 그렇지요. 지금 모스크바에서는 그 얘기가 화제가 되고 있어요. 모스크바에서 반경 200킬로미터 이내의 버섯은 모조리 채집되어 이제는 숲속에 가도 찾아볼 수조차 없다고 하더군요."

안젤리카는 책상에 놓인 자기의 서류를 집어들자 경멸하는 듯한 표정으로, 그러나 매우 귀엽게 몸을 흔들면서 나갔다.

방해자는 나가버렸으나 이제까지의 대화는 안타깝게도 깨져버리고 말았다. 여성이 인생에게 무엇을 가져다주느냐 하는 문제를 새삼스럽게 다시 끄집어낼 수는 없었다.

하지만 레프 레오니도비치의 쾌활함과 방금 전의 노골적인 행동에 힘입어서 코스토글로토프는 준비했던 제3의 질문, 이것 또한 중대하다고 생각되는 질문을 던졌다.

"레프 레오니도비치 선생님, 실례가 될 질문일지 모르겠지만." 그는 머리를 갸웃거리며 말했다. "혹 제가 잘못 알았다면 이 문제는 없었던 것으로 해주시지요. 선생께서는……." 눈을 가늘게 뜨고 목소리를 낮추어 말했다. "예의 그 노래와 춤의 천국에……계셔본 적이 있습니까."

레프 레오니도비치는 활기찬 표정으로 되었다.

"있었지요."

"역시 그랬군요!" 코스토글로토프는 기쁜 듯이 그렇게 말했다. 이것으로 두 사람은 대등하게 되었다. "그러면 형법 몇 조였습니까?"

"아니 죄수로서가 아니고 나는 일반 사회인으로 있었지요."

"아, 죄수의 몸은 아니었군요!" 코스토글로토프는 실망했다.

그렇다면 역시 대등해질 수는 없다.

"그것을 어떻게 알았지요?" 외과 의사는 흥미 있다는 듯이 물었다.

"토했다는 한 마디로 알았습니다. '자나치카(^{'마크'라는 뜻의 '주'} ^{나크'의 파생어?})라는 말도 하신 것 같아요."

레프 레오니도비치는 웃었다.

"버릇이란 좀체로 고치기 어려운 가봐요."

대등하든 대등하지 않든 두 사람 사이에는 조금 전보다는 훨씬 친밀한 분위기가 생겼다.

"그럼 오랫 동안 있었습니까?" 코스토글로토프는 솔직하게 물었다. 그는 어쩐지 갑자기 자세도 바르게 되고 얼굴에도 생기가 돌았다.

"아마 한 3년쯤 있었을 겁니다. 군에서 제대한 후 파견되어 있었는데 좀체로 빠져나올 수가 없었어요."

마지막 말은 하지 않아도 좋았을 텐데, 그런데도 의사는 그 말을 덧붙였다. 그것도 훌륭하고 중요한 일이 아닌가! 그러나 보통 사람들은 반드시 변명하려 든다. 인간 내부의 어디엔가 잠재해 있는 그 근절할 수 없는 지표.

"그곳에서 어떤 일을 하셨지요?"

"의료부의 주임으로 있었지요."

흠! 마담 두빈스카야와 같았군. 생살여탈의 권리를 쥐고 있던 그 여자. 그 여자라면 변명은 하지는 않았을 것이다. 그러나 이 사나이는 도망쳐 나왔다.

"그러면 선생은 전쟁 전에 대학을 졸업하셨습니까?" 마치 우엉 뿌리를 뽑을 때처럼 코스토글로토프는 잇달아 새로운 질문을 꺼내면서 상대방을 놓아주려 하지 않았다. 졸업년도 같은 것은 아무래도 좋았다. 이것은 중계 감옥에서 몸에 익힌 습관이었다. 식사를 주고 받는 좁은 창문이 덜컹 하고 소리를 낸 후 다시 한 번 소리를 내기까지의 몇 분 사이에 지나가는 사나이의 일생을 재빨리 파악하는 일.

"몇 년도에 졸업했지요?"

"4학년을 마치고 전시중에 임시 군의관으로 지원했지요." 레프 레오니도비치는 작성하던 서류에서 떠나 재미 있다는 듯이 오레크의 곁으로 다가서자 얼굴의 흉터를 손가락으로 만져보았다.

"이것은 거기에서?"

"네."

"아주 잘 꿰맸어요……. 이 상처를 꿰맨 것은 죄수 의사였나요?"

"네."

"이름을 기억하나요? 혹 콜랴코프라고 하지 않던가요?"

"글쎄, 중계 감옥이라서 잘 기억이 나지 않는데. 그 콜랴코프라는 사람은 무슨 죄로?" 오레크는 콜랴코프를 잡고 느러지려고 했다.

"아버지가 황제 시대의 육군 대장이었지요."

그런데 그때 가는 눈과 흰 캡을 쓴 일본인 간호사가 들어와서 레프 레오니도비치를 처치실로 불러냈다.

코스토글로토프는 다시 등을 구부리고 복도로 나왔다.

역시 불분명한 데가 있는 한 인간의 생애. 아니, 두 사람이다. 분명치 않은 부분은 대충 추측할 수 있었다. 여러 가지 경로를 거쳐서 사람들은 그곳에 모여든 것이다……. 아니, 그렇지 않다. 즉 병실에 누워 있거나 복도를 걸어다니고 구내를 산책하고 있을 때, 바로 곁에 한 사나이가 있다. 또는 한 사나이가 저쪽에서 걸어오고 있다. 그저 평범한 인간이다. 저쪽에서도 이쪽에서도 상대방을 부르면서 '이봐, 옷깃을 뒤집어 보라구!'라고 말할 기색은 전혀 없다. 옷깃의 안쪽에는 비밀 배지. 그것은 관계하고 있었다, 협력하고 있었다, 그곳에 있었다, 알고 있었다는 표시였다 ! 그러한 인간이 얼마나 더 있을까. 그러나 침묵은 모든 것을 덮고 있었다. 곁에서 보면 아무것도 추측할 수 없다. 이 얼마나 교묘하게 은폐되고 있는가 !

그렇다 하더라도 여자에게 싫증을 느낄 정도로 살다니 얼마나 괴상한 사람인가 ! 인간에게 그토록 권태를 느낄 수 있다는 말인가. 도저히 상상할 수도 없는 일이다 !

결과는 별 것이 아니었다. 레프 레오니도비치는 어디까지나 자기를 신용해 달라는 식으로는 말하지 않았다.

역시 이 정도에서 슬슬 각오하지 않으면 안 되는 것일까. 모든 것은 끝장이라고.

모든 것이…….

코스토글로토프로서는 수용소의 감시탑이 영구 추방으로 바뀌었을 뿐이었다. 살아 남아 있어도 살아가는 목적을 알지 못한다.

무심코 걸어가는 사이에 오레크는 1층 복도에 들어서서 멈칫 걸음을 멈추었다.

어떤 문이, 아니 세 번째 문이 열리고 흰 가운이 나타났다. 허리가 가는 단번에 알 수 있는 그 가운 차림.

베가다 !

이쪽으로 오고 있다 ! 곧바로 오게 되면 가까운 거리지만 벽 가까이 놓인 침대 두 개를 피해서 돌아가지 않으면 안 된다. 그러나 오레크는 서있었기 때문에 1초, 또 1초 생각할 시간 여유가 있었다.

그 회진이 있던 날로부터 사흘이 지났었다. 벨라는 여전히 쌀쌀맞고 사무적이었으며 그의 눈에는 우정 같은 것은 그림자도 찾아볼 수 없었다.

처음에 오레크는 생각했었다. 멋대로 하라지, 나도 그렇게 대해주면 된다. 돼도록 분명히 해야겠다. 절교하자면 하는 수밖에 없다.

그러나 측은했다 ! 벨라에게 상처를 입히는 것은 못할 짓이다. 그러면 자기의 마음도 아플 것이다. 그렇다면 지금 어떤 태도를 취해야 할까. 모른체하고 그냥 지나쳐버릴까.

나쁜 것은 오레크였을까? 아니 저쪽이 나쁜 것이다. 주사 문제로 오레크를 속였으니까. 이쪽에서 벨라를 용서해주고 싶지 않을 정도다!

이쪽도 보지 않고(그러나 분명히 알고 있었다.) 벨라는 지나쳐가려고 했다. 그는 생각과는 정반대로 애원하는 듯한 낮은 목소리로 말했다.

"간가르트 선생……."

'바보스런 말투였지만 별로 나쁘지는 않다.'

여의사는 쌀쌀한 시선으로 오레크를 주시했다.

'아니, 이렇게 간단하게 용서해줄 수는 없다…….'

"……간가르트 선생……저어, 다시 한 번……수혈해주시겠습니까?"

'빈정거리는 것 같지만 그리 나쁘지는 않았다.'

"수혈을 싫어하지 않았던가요?" 여전히 쌀쌀한 눈초리로 여의사는 오레크를 보았으나 그 눈에는 어딘지 허전한 느낌이 서리고 있었다. 아름다운 그 커피빛 눈에.

'벨라가 벨라 나름대로 자기는 잘못이 없다고 생각한다면 그래도 좋다. 어쨌든 한 병동 안에서 언제까지나 등을 돌리고 지낼 수는 없다.'

"그때는 아주 좋았어요. 다시 한 번 부탁합니다."

오레크는 미소를 지었다. 그러자 그의 흉터가 잠시 일그러졌다.

'지금은 우선 용서해주자, 얘기는 다음 기회에 하면 된다.'

무언가가 여의사의 눈 속에서 꿈틀거렸다. 그것은 후회의 빛이었을지도 모른다.

"내일은 아마 사람이 많이 올 거예요."

여의사는 눈에 보이지 않는 기둥에 몸을 의지하는 듯한 자세였으나 오레크도 여의사의 발밑에 녹아버릴 듯한 태도를 보였다.

"아니, 선생이 아니면 안 됩니다! 선생이 아니면!"라고 진심으로 간청했다.

"선생이 아니면 수혈은 받지 않겠습니다!"

될 수만 있으면 오레크를 보지 않으려 하면서 여의사는 고개를 가로
저었다.

"그것은 내일 가봐야 알 수 있어요."

그리고는 가버렸다.

아름다웠다, 역시 아름다웠다.

그런데 오레크는 무엇 때문에 그토록 열을 올리는 것일까. 영구 추방된
몸으로 무엇 때문에 열을 올린다는 말인가…….

멍청하게 복도를 서성거리는 사이에 갑자기 목적지가 생각났다.

그래 바로 그거야! 좀카의 병 문안을 갈 참이었었다.

좀카는 두 사람만 있는 작은 방에 들어 있었으나 같이 있는 환자는 퇴
원해서 지금은 좀카 혼자 있었다.

이미 1주일이 지났으므로 다리를 절단한 통증은 이제 느끼지 않고 있었다.
이미 수술은 과거의 사실로 되어버렸다. 그러나 다리는 여전히 살아 있어서
자르지 않았을 때처럼 계속 아팠다. 이미 없어진 발가락 하나하나를 좀카는
아직도 확실하게 느끼고 있는 것이다.

오레크를 보자 좀카는 친형을 만난 듯이 기뻐했다. 전에 한 방에 있던
친구들은 말하자면 좀카의 친척이나 다를 바가 없었다. 여환자들이 갖다준
음식이 머릿장에 놓여 있었고 냅킨으로 덮여져 있었으나 병원 밖에서 병
문안을 와주는 사람은 한 사람도 없었다.

좀카는 똑바로 누워서 다리—— 넓적다리 중간이 잘린 나머지 다리를,
붕대로 칭칭 감긴 그 부분을 눕히고 있었다. 그러나 머리와 두 팔은 자유롭
게 움직였다.

"아주 건강해 보이는군요, 오레크!" 소년은 이렇게 말하면서 오레크와
악수했다. "어서 앉으시지요. 요즘은 어떠세요, 그 병실은?"

2층의 병실은 소년에게는 친숙한 세계였다. 1층의 간호사들은 다른 사
람들이었으며, 잡역부도 다른 사람이고 매일 하는 일의 순서도 전혀 달랐다.
누가 무엇을 해야 한다거나 무엇을 하면 안 된다고 하면서 아침부터 밤까지

싸우기만 했다.

"별일이야 없지." 오레크는 좀 야위고 누래진 좀카의 얼굴을 바라보았다. 볼에는 괴상하게 주름이 잡혀 있었으며 눈썹의 윗부분도, 코도, 턱도 이상하게 평평하고 뾰족했다. "여전하지."

"모두 건강해요?"

"음 다 잘 지내고 있어."

"바짐은?"

"바짐도 별일이 없어. 콜로이드 금은 아직 입수하지 못했지만. 혹시 전이하지나 않을까 하고 걱정하고 있지."

마치 동생 일을 걱정하듯이 좀카는 눈살을 찌푸렸다.

"참 안 됐군요."

"좀카, 그러니까 일찍 다리를 절단한 것을 하느님께 감사해야 해."

"저에게도 아직 전이할 위험은 남아 있어요."

"좋아질 거야."

맹독을 가진 고독한 세포들, 그 어둠 속을 뚫고 가는 상륙용 주정이 어디를 어떻게 표류하여 어느 해안으로 흘러 들어갈 것인지는 의사라도 예측할 수 있는 사람은 아무도 없을 것이다.

"X선 조사는 받고 있나?"

"휠체어에 태우고 데려다 줍니다."

"그렇다면 앞으로 나아갈 길은 명백해졌어. 하루 속히 완쾌하여 한 자루의 목발을 잘 사용하도록 하는 일이야."

"두 자루가 있어야 해요, 두 자루가."

이 고독한 소년은 이것저것을 다 생각하고 있었다. 그는 전부터도 어른처럼 얼굴을 찌푸리는 버릇이 있었는데 지금은 더욱 어른스럽게 보였다.

"목발을 어디서 만들어주지, 이곳에서?"

"정형외과에서에요."

"무료로?"

"네, 신청서를 냈어요. 저는 돈을 치를 수가 없어요."

소년은 한숨을 내쉬었다. 자나 깨나 즐거운 일이라곤 무엇 하나 없는 사람에게 흔히 따르기 마련인 쉽게 내뱉는 한숨을.

"내년에 10학년을 마치려면 큰일이군."

"여간 노력하지 않으면 힘들 거예요."

"생활은 어떻게 해가지? 이제 선반 일은 할 수 없잖아?"

"근무 불능이란 판정을 받겠지요. 아마 제2급이라 생각되지만 어쩌면 제3급 판정을 받을지도 모르죠."

"제3급이라면?" 코스토글로토프는 민법 일반에 대해서는 자세히 알지 못했으므로 근무 불능자의 등급에 대해서는 전혀 아는 것이 없었다.

"최저선이지요. 빵값은 겨우 되지만 사탕은 살 수 없는 형편없는 돈이 겠지요."

좀카는 어른처럼 무엇이고 다 알아보고 있었다. 종양은 소년의 인생을 크게 뒤바꾸어 놓았으나 소년은 어디까지나 자기가 세운 계획을 밀고 나가려 하고 있는 것이다.

"대학은?"

"어떻게든 해볼 작정입니다."

"문과로 말인가?"

"네."

"이보게 좀카, 내가 충고하지만 그것은 파멸의 근원이야. 나쁜 소리는 하지 않을 테니 라디오 수리라도 해보는 것이 어떻겠나? 그러는 편이 조용하게 살아갈 수도 있고 돈벌이도 될 테니까."

"라디오라니 말도 안 돼요." 좀카는 눈을 깜박거렸다. "저는 진실을 쓰고 싶어요."

"그러니까 권하는거야. 라디오 수리를 해가면서 진실을 써나가면 되잖아, 바보 같이 고집을 부리다니!"

두 사람의 의견은 일치하지 않았다. 그리고 이런저런 이야기를 나누었다.

오레크의 지금 형편에 대해서도 이야기를 나누었다. 이런 것도 역시 좀카가 어린애답지 않은 점이었다. 즉 타인의 일에 관심을 보이는 점이었다. 대개 젊은이들이란 자기의 일밖에는 염두에 두지 않는 것이 보통이다. 오레크는 어른을 상대로 이야기를 나누듯이 자기의 현재 형편을 말해주었다.

"우울한 이야기군요." 좀카가 신음하듯이 말했다.

"어떤가. 이제 나 같은 처지가 되어보고 싶다고는 생각하지 않겠지?"

"그렇게 말씀하시지만……."

좀카는 앞으로 한 달 반쯤 X선 조사와 목발 짚는 연습을 하고 나면 5월쯤에는 퇴원할 수 있었다.

"퇴원하면 맨먼저 어디로 갈 작정인가?"

"우선 동물원에 가보겠어요!" 좀카는 밝은 표정으로 말했다. 이 동물원에 대해서는 지금까지도 몇 번이나 오레크에게 말한 적이 있었다. 두 사람은 병동 앞 계단에 나란히 서서 좀카는 강 건너 빽빽하게 숲으로 뒤덮인 동물원쪽을 자신 있게 가리켰었다. 좀카는 전부터도 갖가지 동물에 대해서 책으로 읽고, 라디오를 통해 들어보기는 했으나 실제로 여우나 곰이나 욜모기를 본 적은 한 번도 없었으며 호랑이나 코끼리는 더군다나 본 적이 없었다. 이 소년이 살고 있던 곳에는 동물원도, 서커스도, 숲도 없었다. 그래서 어려서부터 이 소년의 꿈은 동물 구경을 하는 일이었으며, 그 꿈은 해가 갈수록 더욱 커지고 있었다. 소년은 동물들과의 만남에서 어떤 특별한 것을 기대하고 있었다. 아픈 다리를 끌면서 이 병원에 왔던 첫날, 소년은 맨먼저 동물원에 가보았는데 마침 그날은 휴일이었다.

"아 참, 좋은 생각이 떠올랐어요, 오레크! 당신도 곧 퇴원하시겠지요?"

오레크는 잔뜩 등을 구부린채 앉아 있었다.

"그렇게 되겠지. 그런데 피가 많이 나빠진 것 같아. 구토증도 나고."

"그럼, 동물원엔 가시지 않겠어요?" 오레크도 꼭 가야 한다고 말하는 것 같았다.

"왜 안 가, 나도 가야지."

"정말이에요, 꼭 가서야 해요! 제발 부탁이에요. 갔다 온 다음 저에게 엽서를 보내주세요. 별로 번거로운 일도 아니잖아요? ……그러면 저는 무척 기쁠 거예요! 엽서에 지금 어떤 동물이 있으며, 어떤 것이 가장 재미 있었는지 써주세요. 그러면 이미 한 달 전에 동물원에 관한 정보를 얻게 될 수 있으니까요. 가주시겠지요? 엽서 주시겠지요? 사람들의 말로는 악어나 사자도 있다더군요!"

오레크는 약속했다.

그리고 나가버렸는데(자기도 눕고 싶어졌던 것이다.) 좁은 방에 혼자 남은 좀카는 얼마 동안은 책도 펴보지 않고 천장이나 창문을 바라보면서 생각에 잠겨 있었다. 창으로는 아무것도 보이지 않았다. 창에는 부채꼴 모양의 쇠창살이 끼워져 있었고 창밖으로는 병원의 담장만 보였다. 벽에는 직사광선이 비치지 않았으나 전혀 흐린 날씨는 아닌 것 같았으며 다소 구름은 끼었지만 완전히 가려지지 않은 햇빛이 이 방안에도 희미한 빛을 던져주고 있었다. 아마도 바깥은 덥지도 않고 너무 밝지도 않고 우울한 봄날이어서 세상 사람들은 묵묵히 분주하게 봄 일을 하고 있을 것이다.

좀카는 가만히 누워서 즐거운 공상에 젖어 있었다. 잘린 다리는 차츰 아무것도 느끼지 않게 될 것이다. 그리고 좀카는 목발을 짚고 잘 걸을 수 있게 될 것이다. 어쩌면 퇴원하는 날은 화창한 5월의 어느 날이 될 것이며, 좀카는 아침부터 마지막 전차 시각까지 동물원에 눌러 있을 것이다. 그 후에도 시간은 얼마든지 있을 테니까. 학교 공부는 얼른 해놓고 지금까지 읽고 싶었어도 읽지 못한 재미있는 책을 많이 읽자. 친구들은 춤을 추러 나가겠지만 자기는 갈까 말까 하고 시간을 허비하는 일은 두 번 다시 없을 것이다. 불을 켜놓고 마음껏 공부만 하면 되는 것이다

이때 노크하는 소리가 들렸다.

"네, 들어오세요!"라고 좀카가 말했다. 이 '네, 들어오세요'라는 말을 하는 것이 이 소년은 무엇보다도 즐거웠다. 방에 들어오는 사람이 노크하는 환경에서 살아본 것은 난생 처음이었다.

문이 활짝 열리더니 아샤가 들어왔다.

누구에게 쫓기기라도 한 듯이 뛰어들어온 아샤는 손을 뒤로 돌려 문을 닫자 한 손으로 손잡이를 잡고 또 한 손으로는 가운의 앞가슴을 여민채 넋 나간 사람처럼 문가에 서 있었다.

그것은 '고작 사흘간의 검사'를 받기 위해 이 병원에 왔던 아샤, 지금 당장이라도 한겨울의 경기장으로 날아가버릴 듯이 보였던 아샤와는 전혀 다른 사람 같았다. 안색은 창백했고, 온몸엔 생기가 없었으며 단시일 내에 변할 리가 없는 그 노란 머리까지도 지금은 보기에도 측은하게 마구 흩어져 있었다.

가운만이 전과 같았다. 때묻고, 단추도 떨어진, 많은 환자들이 입어 낡아빠진, 언제 소득했는지도 모를 가운. 그 가운이 지금은 이 소녀에게도 잘 어울리는 것 같았다.

아샤는 가늘게 눈썹을 움직이면서 좀카를 바라보고 있었다. 왜 이 방으로 달려왔을까? 다른 곳으로는 도망칠 곳이 없었노라고 말하기라도 하듯이.

그러나 이처럼 허둥대는 아샤는 이제 좀카보다 한 살 위의 상급생도 아니며, 세 번씩이나 먼 곳을 여행한, 인생 경험이 풍부한 소녀도 아니었으며 좀카와 대등한 친구였다. 소년은 기쁜 듯이 말했다.

"아샤! 앉아요! ……무슨 일이라도 있었나요? ……."

지금까지도 두 사람은 몇 번이나 만나서 좀카의 다리에 대해서 얘기를 나누었으며(아샤는 절대로 다리를 절단해서는 안 된다는 의견이었다), 수술이 끝난 뒤에도 아샤는 두 번이나 찾아와서 사과와 비스킷을 주기도 했었다. 그들은 처음 만났던 밤부터 친해졌는데 그후에는 더욱 가까워져서 아샤는 자기의 병에 대해서 비밀을 털어놓기도 했다. 오른쪽 유방에 응어리가 생기고 통증이 심해져서 X선 조사를 받고 또 혓바닥 밑에 알약을 넣어 물고 있다고 했었다.

"앉아요, 아샤! 앉으라니까!"

소녀는 문의 손잡이를 놓고 한 손으로 문이나 벽을 더듬 듯이 하면서 좀카의 머리맡에 놓인 의자로 갔다.

그녀는 의자에 걸터앉았다.

앉기는 하였으나 좀카의 시선을 피한 채 담요만 바라보고 있었다. 그녀는 좀카쪽으로는 몸을 돌리고 있지 않았다. 좀카는 어리둥절했다.

"아니, 왜그러지요?" 오늘은 오히려 좀카가 더 어른스러워 보였다! 큰 침대 위의 머리를 좀카는 소녀쪽으로 돌렸다. 몸은 위로 향한 채 머리만 돌렸다.

소녀의 입술은 떨리고 있었으며 눈꺼풀이 깜박였다.

"아센카!" 좀카는 용기를 내어 불렀다. 그토록 소녀를 측은하게 생각하지 않았더라면 결코 애칭으로 부를 용기는 나지 않았을 것이다. 그러자 소녀는 느닷없이 좀카의 베개에 얼굴을 파묻었다. 소녀의 머리채가 소년의 귀를 간지럽혔다.

"힘을 내요, 아센카!" 소년은 이렇게 말하면서 담요 위를 더듬어 소녀의 손을 잡으려 하였으나 손은 잡히지 않았다. 그런 자세로는 소녀의 손은 시야 밖에 있었다.

소녀는 베개에 얼굴을 묻은채 울음을 터뜨렸다.

"무슨 일인지 말해 봐요!"

그러나 좀카는 대충 사정을 짐작하고 있었다.

"잘라야 한대요……."

소녀는 계속 울었다. 그리고 드디어 신음 소리까지 냈다.

"아아!"

이 무서운 '아아!'라는 느린 탄식 소리를 듣는 것은 좀카로서는 난생 처음 경험하는 일이었다.

"아직 확실한 것은 아니잖아요?" 좀카는 위로하듯이 말했다. "수술하지 않고도 고칠 수 있잖을까?"

그러나 그녀의 절망에 가까운 울음을 멈추게 할 수는 없었다. 그것은 확실하게 느낄 수 있었다.

144

소녀는 계속 베개에 얼굴을 댄채 울고 있었다. 눈물은 소년의 머리에까지 축축하게 흘러내렸다.

좀카는 가까스로 그녀의 손을 찾아 쓰다듬기 시작했다.

"아센카! 걱정 말아요. 어떻게든 잘 될거야."

"다 틀렸어요……금요일에 수술한다고 했어요……."

그녀의 신음 소리는 좀카의 마음을 뒤흔들어 놓았다.

소녀는 우는 얼굴을 좀카에게는 보이지 않았으나, 다만 그녀의 머리채만이 그의 눈앞에 있었다. 부드럽고 간질거리게 하는 머리.

좀카는 무언가 말하려 하였으나 적당한 말이 떠오르지 않았다. 그래서 소녀의 손만 꼭 잡고 있었다. 이제는 자기자신보다도 아샤가 안스러워 참아 견딜 수가 없었다.

"무엇 때문에 살아야 하지요?" 소녀는 울면서 말했다. "무엇 때문에 ……."

그 질문에 대해서만은 좀카도 자기의 빈약한 경험으로도 적당한 말을 해줄 수 있을 것도 같았으나, 삶의 목적을 간결하게 설명해줄 수는 없었다. 또 가령 할 수 있다 하더라도 이런 경우, 좀카가 아니고 다른 어떤 사람을 데리고 와서 무슨 말을 해주어도 아샤의 울음을 그치게 해줄 수는 없을 것이다. 소녀의 인생 경험으로는 오직 하나의 결론밖에는 나올 수 없었다. 즉 이제 더 이상 살아갈 이유가 없어진 것이다!

"나같은 여자를……이제……누가……나를……사랑해주겠어요……." 소녀는 더욱 슬프게 울었다. "누가……."

그리고 다시 베개에 얼굴을 파묻었다. 좀카의 볼에까지 눈물이 떨어졌다.

"걱정하지 말아요." 소년은 그녀의 손을 꽉 잡아주면서 위로해주었다. "결혼이라 하는 것은……눈을 바라보기만 해도……서로의 성격만으로도 ……."

"성격을 좋아하게 되다니 바보 같은 소리에요!" 말이 앞발을 높이 쳐 들듯이 소녀는 갑자기 상반신을 일으키더니 얼굴에서 손을 뗐다. 좀카는 이때 처음으로 소녀의 우는 얼굴을 보았다. 붉은 반점이 나타난, 가련하고 눈물에 젖은 화난 얼굴을.

"유방이 하나밖에 없는 여자를 누가 사랑해주겠어요 ! 누가 ! 나는 이제 겨우 열일곱 살이에요 ! "모든 책임이 좀카에게 있기라고 한 것처럼 소녀는 큰소리로 말했다.

좀카는 뭐라고 위로의 말을 해줘야 할지 갑자기 생각이 떠오르지 않았다.

"그리고 해수욕장은 또 어떻게 가고 ! "소녀는 갑자기 소리쳤다. "해수욕장에서 어떤 꼴을 하고 물에 들어가지요 ? "

소녀의 몸은 나선형으로 추락하는 비행기처럼 흔들리기 시작했다. 그리고 두 손으로 머리를 움켜쥐더니 좀카의 곁에서 떨어져 바닥에 주저앉았다.

갖가지 수영복 모드를 생각만 해도 아샤는 견딜 수가 없었다. 끈이 달린 스타일, 끈이 없는 스타일, 원피스 형, 투피스 형, 현재의, 미래의 갖가지 수영복 모드. 오렌지색, 파란색, 진홍색, 파도빛, 무늬가 없는 것, 무늬가 있는 것, 레이스가 달린 것, 아직 입어보지도 않은 것, 아직 거울 앞에 서보지 못한 갖가지 수영복을 아샤는 두 번 다시 사지 못하게 되고 입어볼 수도 없는 것이다 ! 그리고 다시는 해수욕장에 갈 수 없다는 것이 지금의 아샤로서는 가장 괴롭고 창피스런 일로 생각되었던 것이다. 단지 그 일로 해서 산다는 의미를 모두 상실하는 것이다…….

좀카는 큼직한 베개 위에서 무언가 엉뚱한 소리를 중얼거렸다.

"좋아, 만약 아무도 당신과 결혼하지 않는다면……비록 지금 나는 이런 상태지만……나라면 기꺼이 당신과 결혼하겠어……약속해도 좋아요."

"그래요, 좀카 ? "다시 새로운 생각이 떠오른 아샤는 갑자기 벌떡 일어나서 눈물이 말라버린 눈으로 소년을 응시했다. "그렇다면 당신은 최후의 사람이에요 ! 이것을 보거나 키스하거나 할 수 있는 최후의 사람이에요 ! 이제는 누구도 키스하지 않을 거예요 ! 좀카, 키스해줘요 ! 당신이 ! "

소녀는 가운의 앞가슴을 헤치고 무슨 소리인지 신음 소리인지 모를 소리를 내면서 속옷의 앞자락을 헤쳤다. 그러자 잘려나가야 할 운명에 있는 오른쪽 유방이 비죽이 튀어나왔다.

그것은 직사광선처럼 눈부셨다. 방안 전체가 갑자기 환해졌다. 장미빛 젖꼭지가(그것은 좀카가 상상했던 것보다도 컸었다.) 소년의 시야로 뛰어 들었다. 그것은 눈부실 정도로 아름다운 장미빛이었다!

아샤는 소년의 머리 위로 몸을 구부렸다.

"키스해 줘요! 키스해 줘요!" 그녀는 그 자세로 재촉했다.

눈앞에 내맡겨진 앞가슴의 따뜻한 공기를 맡으면서 감사하고 황홀해진 마음으로 소년은 거칠게 돼지새끼처럼 달라붙었다. 제 모습을 그대로 유지한채 얼굴 위로 다가온 그 팽팽한 유방——어떤 회화나 조각보다도 아름답고, 부드러운 곡선을 그리고 있는 그 유방에.

"기억해줘요……이것이 여기에 버젓이 있었다는 것을……어떻게 생겼었는지 기억해주겠지요?"

짧게 깎은 소년의 머리 위에 아샤의 눈물이 떨어졌다.

소녀는 유방을 다시 집어넣으려 하지 않았으므로 좀카는 다시 장미빛 젖꼭지를 입에 물고 갖난아기처럼 부드럽게 입술을 움직였다. 아샤의 미래의 아기도 결코 이 유방을 빨 수는 없겠지. 방에는 아무도 들어오지 않았으므로 소년은 얼굴 위로 축 늘어진 기적을 마음껏 계속 빨았다.

오늘은 기적, 그러나 내일은 쓰레기통에 버려질 것이다…….

29. 심한 말, 따뜻한 말

유라는 출장에서 돌아오자 곧장 병원으로 아버지를 찾아와서 두 시간쯤 있다가 갔다. 그 전에 파벨 니콜라예비치는 전화로 자택에 연락해서 유라에게 구두와 코트와 모자를 갖고 오도록 당부해 두었었다. 바보 같은 녀석들이 언제나 침대에 뒹굴면서 실없은 소리나 지껄여대는 병실에는 이제 질렸으며 대합실 역시 병실이나 마찬가지로 싫증이 났다. 파벨 니콜라예비치는 몸이 쇠약해지기는 했지만 바깥의 신선한 공기를 마시고 싶었던 것이다.

일은 뜻대로 되었다. 우선 종양을 머플러로 간단히 덮어 가렸다. 종양은 아직도 머리를 움직일 때 좀 거북했으나 전보다는 훨씬 작아졌었다. 구내의 가로수 길에서는 사람을 만나게 될 염려는 별로 없었으며 만약 만난다 하더라도 보통 복장을 했으므로 알아보지 못할 것이다. 파벨 니콜라예비치는 편한 마음으로 산책할 수 있을 것이다. 유라는 아버지에게 팔을 내밀어 부축해 주었다. 파벨 니콜라예비치는 아들을 꼭 잡았다. 마른 아스팔트 길을 밟으며 걷는 것도 매우 즐거운 일이었으며, 그보다도 기쁜 것은 이렇게 걷고 있으면 퇴원할 날이 멀지 않았다는 것을 더욱 느끼게 된다는 것이었다. 퇴원하게 되면 우선 아늑한 집에서 휴식을 취하고 그런 다음 사랑하는 직장으로 돌아가자. 파벨 니콜라예비치는 치료뿐만 아니라 침체한 병원 특유의 무위도식하는 생활에 질려 있었다. 자기가 중요한 큰 기관에서 없어서는 안 될 요원이라는 것을 빼놓으면 갑자기 모든 정력, 모든 존재 이유를 상실할 듯한 느낌이 들었다. 자기가 사람들에게 사랑받는 곳, 자기가 없으면 아무 일도 할 수 없는 곳으로 한시 빨리 돌아가고 싶었다.

추위와 비에 젖은 한 주일이었으나 오늘부터는 다시 날씨가 따뜻해지는 것 같았다. 건물 그늘은 아직도 쌀쌀했고 지면은 축축했으나 양지쪽은 아주 따뜻해서 파벨 니콜라예비치는 스프링 코트조차 거추장스러운 듯 맨 위의 단추를 풀었다.

아들과 진지한 이야기를 하기에는 더없이 좋은 기회였다. 오늘, 토요일은 출장의 마지막 날이어서 유라는 서둘러 직장으로 돌아갈 필요는 없었다. 파벨 니콜라예비치도 특별히 서두를 일은 아무것도 없었다. 아들과의 관계가 최근에는 소원해져서 혹 위험한 상태에 있는 것은 아닌지 아버지의 마음은 불안했다. 병문안을 온 아들은 무언가 꺼림칙한 일이라도 있는지 시선을 딴 곳으로 돌린 채 아버지의 얼굴은 바로보려 하지도 않았다. 이러한 아들의 태도는 전부터 그랬던 것은 아니며, 유라는 어렸을 때 솔직한 소년이었다. 그런데 학교에 다니게 되면서부터, 아버지를 대할 때만은 이런 태도를 보이게 되었던 것이다. 이 애매하고 내성적인 태도를 보고 있으면 파벨 니콜라예비치는 공연히 짜증이 나서, 어떤 때는 '당당하게 머리를 쳐들어봐!'라고 소리를 꽥 지르기도 했었다.

그러나 오늘은 절대로 화를 내지 말고 세세한 문제까지 이야기해야겠다고 단단히 결심했다. 그는 유라에게 출장지에서 공화국 검사국의 대표자로서 유라가 얼마나 개성적으로 활약했는지 자세히 듣고 싶다고 말했다.

유라는 이야기를 시작하기는 했으나 별로 신이 나 하지 않는 것 같았다. 한 두 가지 얘기를 하고는 또 시선을 돌렸었다.

"더 얘기해봐, 더!"

아버지는 따뜻한 햇빛을 받으려고 벤치에 앉았다. 가죽 잠바를 입었으며, 따뜻한 털가죽 모자를 쓴 유라는(아무리 권해도 펠트 모자는 좋아하지 않았다.), 얼핏 보기에는 성실하고 남자다워 보였으나 체내에서 풍겨나오는 연약함이 모든 것을 그릇치게 하고 있었다.

"그런데 운전사에 관한 사건이 있었어요……." 땅바닥을 바라보면서 유라는 말했다.

"운전사 사건?"

"한 운전사가 겨울에 소비조합의 식료품을 운반하고 있었답니다. 거리는 70킬로미터였는데, 도중에서 심한 눈보라를 만나게 되었다 합니다. 물론 차는 움직일 수가 없었고 기온은 떨어졌으며 주위에는 아무도 없었지요. 눈보라는 24시간이나 계속되었습니다. 운전사는 운전석에 앉아 있을 수가 없어서 차를 그대로 팽개쳐둔채 숙소를 찾으러 나섰습니다. 아침이 되자 눈보라가 그쳐서 운전사는 트랙터로 돌아와 보았더니 마카로니 한 상자가 없어졌답니다."

"그 화물을 발송한 사람은 누구였지?"

"발송인은 바로 그 운전사였습니다. 그는 혼자서 차를 몰고 갔던 것입니다."

"그런 엉터리가 어디 있담!"

"그러게 말입니다."

"그럼 그 녀석은 삥땅을 쳤단 말인가?"

"그런데 아버지, 그 없어진 대가가 너무 비싸게 치렀던 것입니다!" 유라는 갑자기 눈을 쳐들었다. 그의 얼굴에는 묘하게 기분 나쁜 표정이 떠올랐다. "그 상자 하나 때문에 그 사람은 5년형을 받게 되었답니다. 그 차에 실려 있던 보드카 상자는 전부 무사했는데."

"유라, 너무 사람을 믿거나 좋게만 생각해서는 안 된다. 그렇게 눈보라가 심한데 훔치러 올 사람이 있을까?"

"가령 말을 타고 왔다고도 생각할 수 있지요! 아침까지는 발자취가 없어질 테니까."

"범인은 아니었다 하더라도 자기의 자리에서 이탈하지 않았느냐. 국가 재산을 팽개쳐두고 가버렸다는 것은 돼먹지 않아!"

사건은 명명백백했으며, 판결도 적절한 것이다. 아니 더 무거운 형을 내려도 좋았을 것이다! 그러나 아들은 그렇게 생각하지 않는다는 것이 파벨 니콜라예비치를 흥분케 했다. 유라는 보통때는 마음이 약하지만 쓸데없는 고집을 부릴 때는 당나귀처럼 고집이 세었다.

"아버지, 상상해 보세요. 눈보라가 몰아치고 기온은 영하 10도입니다. 운전석에서 잘 수 있겠어요? 그러다간 동사하고 맙니다."

"동사? 동사라니! 그럼 보초병은 다 동사하겠구먼?"

"보초병은 두 시간마다 교대합니다."

"교대하지 못할 때는? 전선에서는! 날씨가 어떻든 군인은 부서에서 이탈할 수 없는 거야!" 파벨 니콜라예비치는 실제로 그러한 실례를 손가락으로 가리키듯이 말했다. "잘 생각해봐. 만약 그 사나이를 용서해준다면 운전사는 멋대로 부서를 이탈하여 국가의 재산은 모두 도난당하고 말 거다. 너는 그것을 모르느냐?"

그렇다. 유라는 모르고 있다! 시무룩하게 입을 다물고 있는 걸로 보아서 모르는 것은 분명했다.

"좋아, 아직 너는 젊으니까 그렇게 생각해도 어쩔 수 없지. 그것을 자기의 의견으로서 누구에게 말하는 것은 무방하겠지만 정식 서류로 작성한 것은 아니겠지?"

아들은 말라서 갈라진 입술을 움직였다.

"아니……저는 항의문을 작성하여 판결의 집행을 중지시켰습니다."

"중지시켰다구? 그렇다면 재심하게 된다는 말이냐? 허어 참!"

파벨 니콜라예비치는 손으로 얼굴을 반쯤 가렸다. 그가 염려했던 대로였다! 유라는 일을 망치고 자기 자신을 망치고 아버지에게까지 어두운 그림자를 내던졌던 것이다. 멍청한 아들한테 자기의 명석함과 민첩함을 전할 수 없는 아버지로서의 무력함이 메스껍게 치밀어 올랐다.

아버지는 자리에서 일어났고 유라도 일어나서 두 사람은 또 걷기 시작했다. 유라는 다시 아버지를 부축해주었으나 파벨 니콜라예비치는 그것만으로는 만족하지 못하고 아들이 저지른 과오를 아들에게 이해시키려고 또 지껄이기 시작했다.

처음에 아버지는 법률 일반에 대해서, 합법성이란 것에 대해서 설명했다. 원칙이라 하는 것은 함부로 경솔하게 움직일 수 없는 견고한 것이며 검사국의 일원으로 일하는 이상 더욱 그러하다는 것을. 그러나 파벨 니콜라예비치는 여기서 조건을 붙였다. 즉 진리란 모두 구체적인 것이며, 따라서 법은 어디까지나 법이지만 언제나 구체적인 때와 상황을 —— 그 시점에서 요구되는 것을 고려하지 않으면 안 된다. 또 하나, 파벨 니콜라예비치가 특히 열심히 설명한 것은 모든 재판과 국가 기관의 말단 조직 사이에 유기적인 연결이 있다는 것이었다. 따라서 공화국의 전권을 위임받고 벽지에 갔을 때라도 절대로 우쭐댈 것이 아니라 오히려 그 고장의 제반 조건을 상세히 고려하여 그러한 실정을 잘 알고 있는 지방 관리들과 불필요한 대립을 피하지 않으면 안 된다. 가령 그 운전사에게 5년형이 내려졌다면 그 지구에서 꼭 그럴 필요가 있었다는 것이다.

이들 부자는 건물의 응달로 들어가기도 하고 또 나오기도 하면서, 쭉 곧은 가로수 길이나 꾸불꾸불한 가로수 길, 그리고 강가로 나 있는 길을 걸었다. 유라는 아버지가 하는 말을 다소곳이 듣고 있더니 불쑥 이렇게 말했다.

"피곤하시지요, 아버지? 좀 앉으시는 것이 어떻겠습니까?"

고집 불통이군, 아직도 모르고 있어! 운전석이 영하 10도라는 것 밖에는 이 녀석이 이 사건에 대해서 알고 있는 것이라곤 아무것도 없군!

파벨 니콜라예비치는 물론 피곤했으며 코트를 입고 있어서 더웠으므로 두 사람은 다시 나무 그늘 밑에 있는 벤치에 걸터 앉았다. 나무 숲이라 해도 앙상한 가지뿐이었으며 드문드문 새싹이 돋아나고는 있었으나 어디를 보나 환하게 뚫려 있었다. 햇볕은 따뜻하게 내려 쬐고 있었다. 파벨 니콜라예비치는 산책을 하는 동안 안경을 쓰고 있지 않아서, 얼굴도 눈도 충분히 휴식을 즐기고 있었다. 낭떠러지 밑에서는 개울물이 졸졸 소리를 내면서 흐르고 있었다. 그 소리에 귀를 기울이면서 햇볕을 쬐고 있던 파벨 니콜라예비치는 생각에 잠겨 있었다. 자기의 생활로 복귀하여 이렇게 파릇파릇한 새싹을 바라보고 있다는 것은 역시 즐거운 일이다. 올해에도 죽지 않고 봄을 다시 맞이하게 된다는 것은.

하지만 유라와의 관계는 명확하게 하지 않으면 안 된다. 함부로 화를 내어 아들을 겁먹게 할 것이 아니라 차근차근 정신을 바짝 차리고 타일러야 한다. 그래서 한숨 돌리고 나서 아버지는 출장중에 있었던 일을 좀더 말해달라고 아들에게 말했다.

유라는 천성적으로 반응이 늦은 편이었으나, 하지만 아버지가 무엇을 칭찬해주고 무엇을 싫어하는 지는 잘 알고 있었다. 그래서 이번에는 파벨 니콜라예비치가 칭찬해줄 만한 이야기를 꺼냈다. 그러나 역시 시선을 피하고 있었으므로 무언가 감추고 있는 일이라도 있는 모양이라고 아버지는 민감하게 눈치챘다.

"하나도 빼놓지 말고 다 말해 보거라! 아버지의 충고는 언제나 사리에 어긋나지는 않을 테니까. 너를 위해서, 그리고 네가 잘못을 저지르지 않기를 아버지는 항상 바라고 있으니까."

유라는 한숨을 쉬고 나서 이런 이야기를 꺼냈다. 출장중에는 오래된 많은 법률 서적이나 법정의 기록, 때로는 5년 전의 기록도 다시 읽어야 했는데 문득 정신이 들어 보니, 1루블이나 3루불의 인지가 붙어 있어야 할 자리가 비어 있었다. 즉 붙였던 자국은 있었으나 떼어낸 것 같았다. 도대체 인지는 어디로 사라졌을까? 유라가 추리와 조사를 해본 결과 최근의 서류에 붙어 있는 인지가 한 번 사용했던 것처럼 약간 찢어져 있는 것을 발견했다. 그래서 유라는 추측해 보았다. 그런 문서 보관소에 출입할 수 있는 두 아가씨 — — 카차와 니나 중 누군가가 새 인지 대신 헌 인지를 붙이고 의뢰인으로부터 돈을 받았을 것이 틀림 없다고.

"그래, 그렇겠군!" 파벨 니콜라예비치는 소리치면서 두 손을 내저었다. "빠져나갈 구멍은 얼마든지 있을 테니까! 그럴 마음만 있으면 공금을 착복할 방법은 얼마든지 있지. 암 있고 말고!"

그래서 유라는 아무에게도 말하지 않고 은밀하게 조사를 진행시켰다. 두 아가씨 중 누가 공금을 횡령했는지 찾아내려고 결심하고 한 가지 묘안이 생각나서 처음에는 카차에게, 다음에는 니나에게 접근해 보았다. 유라는 두 아가씨를 각각 영화관으로 영화 구경을 가자고 꾀어서 데리고 갔다가 돌아갈 때는 집까지 바래다 주었다. 가구나 융단이 훌륭한 방에 사는 사람이 범인일 것이라고 생각했던 것이다.

"좋은 착상이었다!" 파벨 니콜라예비치는 손뼉을 치면서 기뻐했다. "정말 비상한 머리다! 놀이와 일의 일석이조를 노렸다니 대단하군!"

그러나 유라가 바래다준 아가씨들의 방은, 한 사람은 부모와 함께 쓰고 있었으며 또 한 사람은 여동생과 함께 쓰고 있었는데 모두 가난해 보였다. 융단은 고사하고 유라의 기준에서 보자면 없어서는 안 될 가구조차 거의 없는 집에서 살고 있었다. 유라는 여러 가지로 생각한 끝에 재판소 판사를 만나 전후 사실을 말하고 이것을 법률 문제로 삼지 말고 그들을 따끔하게 훈계해주는 것으로 끝내 주라고 부탁했었다. 판사는 유라가 이 문제를 표면화시키지 않은 것을 무척 고마워했다. 이것이 밖으로 알려지면 판사의 입장도 위험해지기 때문이었다. 유라와 판사는 두 처녀를 한 사람씩 불러 몇 시간에 걸쳐서 질책했다. 두 사람 모두 자기들의 범행을 인정했었다. 두 아가씨가 모두 한 달에 평균 100루불 정도를 착복했던 것이다.

"정식으로 처리할 걸 그랬군. 정식으로 처리해야 했었어!" 마치 자기가 실수를 저지르기나 한 것처럼 파벨 니콜라예비치는 아쉬워했다. 물론 판사의 입장을 고려해준 것은 좋았지만. "착복한 것은 전액 변상시켜야 했어!"

이 이야기가 다 끝나갈 무렵 유라의 말투가 느려졌다. 말하자면 이 사건의 의미라는 것을 유라로서는 도저히 파악할 수가 없었다. 판사에게 이 사건을 공표하지 않도록 제안했을 때는 자기의 행위가 관대하다고 느꼈으며, 자기의 결정을 자랑스럽게까지 생각하고 있었다. 아가씨들은 죄를 자백하고 당연히 벌을 받을 것으로 단단히 각오하고 있을 때 뜻밖에도 용서해준다고 하면 얼마나 기뻐할까. 그래서 유라는 판사와 번갈아가면서 두 처녀에게 당신들이 한 짓은 비열한 행위라고 나무라고 훔칠 수 있는 자리에 있으면서도 도둑질을 하지 않은 정직한 사람들의 사례를 자기의 23년 동안의 생애에서 찾아내어 준엄한 목소리로 말해 주었다. 그 준엄한 말이 뒤에 용서해 주겠다는 말로써 장식될 것을 충분히 감안해서 유라는 그 아가씨들을 질책했던 것이다. 그런데 아가씨들이 용서받고 물러간 것은 좋았으나 그후 며칠 동안 아가씨들은 유라를 만나도 고마워하는 빛은 조금도 보이지 않았다. 가까이 와서 유라의 고마운 조치에 대해서 감사하기는 커녕 모르는 체하고 지나쳐 가려고 했다. 유라는 아연해졌으며 영문을 알 수 없었다! 자기들이 어떤 위험에서 벗어나게 되었는지는 재판소에 근무하고 있어서 모를 리가 없지 않은가. 유라는 분해서 니나에게 다가가서, 아가씨는 용서해준 것이 기쁘지 않으냐고 물어보았다. 그러자 니나가 대답했다.

"기쁘다니요, 무엇 말인가요? 지금의 급료로는 생활해갈 수가 없어요." 그래서 이번에는 얼굴이 조금 예쁘장한 카차에게 영화 구경을 가자고 말해 보았다. 그러자 카차는 이렇게 대답했다. "싫어요. 저는 혼자서 산책이나 하겠어요 ! ”

　이런 수수께기를 안고 유라는 출장에서 돌아왔는데 지금도 그 문제를
생각하고 있다는 것이었다. 아가씨들이 고마워하지 않은 것은 이 청년의
마음에 큰 상처를 주었던 것이다. 융통성이라고는 전혀 없는 정직하기만한
아버지가 말했듯이 인생은 결코 단순하지 않다는 것은 전부터도 느끼고
있었지만 현실은 훨씬 더 복잡했다. 유라는 어떻게 행동해야 했을까. 그
아가씨들은 용서해주지 말아야 했을까. 아니면 그 인지 건에 대해서는 입
밖에도 내지 말고 모르는 체하는 것이 좋았을까 ? 그러나 그럴 경우 자기가
하는 일은 무슨 소용이 있겠는가.

　아버지는 이제 아무것도 물을 수가 없었다. 유라도 이것을 다행으로 생
각하면서 침묵을 지키고 있었다.

　그러나 아버지는 이 사소한 사건, 잘못 처리해서 망쳐놓은 이 사건에서
최종적인 결론을 이끌어냈다. 어려서부터 용기라고는 별로 없던 아이는
커서도 역시 마찬가지였다. 아들에게 화를 내고 싶지는 않았으나 아들이
불쌍하고 답답하기만 했다.

　이들 부자의 산책은 너무 길어진 것 같았다. 파벨 니콜라예비치는 발이
시리기 시작했으며 자리에 눕고 싶어서 견딜 수가 없었다. 그래서 아들에게
이별의 키스를 받고 유라를 돌려보내자 병실로 돌아왔다.

　병실 안에서는 모두 신나게 이야기를 하고 있었다. 기묘하게 가장 열심히
지껄이고 있는 사람은 목소리를 잘 내지 못하는 사나이었다. 언젠가 이
병실에 와 있던 저 풍채가 좋은 철학 강사였다. 그후 목 수술을 받아 2, 3일
전 외과에서 2층 방사선과의 병실로 옮겨왔던 것이다. 그는 눈에 가장 잘
뜨이는 목 언저리에 소년단원의 넥타이 핀 같은 작은 쇠붙이를 꽂고 있었다.
이 강사는 교양 있고 선량한 사람이었으므로 파벨 니콜라예비치는 가급
적 호의적으로 대해 주려고 했으며, 그 목에 끼운 쇠붙이가 보기 흉해도
아무 말도 하지 않았다. 겨우 알아들을 수 있는 정도의 목소리 밖에는 내
지 못했으므로 철학 강사는 언제나 그 쇠붙이 위에 손가락을 대고 있어야

했다. 그러나 이 인물은 이야기하기를 좋아해서 수술을 끝낸 지금, 되찾은 능력을 마음껏 발휘하고 있었다.

지금 철학 강사는 병실 한가운데에 서서 작기는 하지만 속삭이는 것보다는 조금 큰소리로 말하고 있었다.

"그리고 여러 가지 물건을 수집했지요! 그다지 넓지 않은 방에 응접 세트를 갖다 놓았어요. 그것은 황금빛을 칠한 것으로 등받이와 팔걸이에는 연한 엷은 자주빛 우단을 씌워놓은 의자가 넷, 긴 의자가 하나였어요. 도대체 어디서 가져왔을까? 루부르 미술관일까?" 철학 강사는 웃음을 참지 못하는 것 같았다.

"같은 방에는 또 다른 응접 세트가 있었어요. 그것은 딱딱하고 키가 큰 검은 색깔로 등받이가 높은 것이었지요. 그리고 피아노는 빈에서 제작한 것이었지요. 한 테이블은 뭐라고 할까. 바이마르 풍의 조각을 한 것인데 그 위에는 길게 마루바닥에 닿을 정도로 청색과 금빛의 테이블 크로스를 씌워 놓았어요. 또 하나의 테블 위에는 천동제 장식품이 있었는데 램프를 손에 들고 몸을 구부리고 있는 나체 아가씨의 상이었지요. 램프에 불은 켜져 있지 않았지만 그것은 천장에 닿을 정도로 커서 공원에 갖다 내놓아도 좋을 것 같았어요……. 또 시계는 다 셀 수 없을 만큼 많이 있었어요. 벽시계, 탁상시계 등이 있었는데 이것도 천장에 닿을 정도로 기다란 것이었어요. 대개는 가지 않는 시계였지요. 박물관에서 갖고온 것 같은 큰 화병에는 오렌지꽃 한 송이가 꽂혀 있었고, 내가 들어가본 두 방에만도 거울이 다섯 개나 있었어요. 조각을 한 참나무 테에 끼운 것이나 대리석 속에 끼운 것도 있었구요. 그리고 그림도 많이 있었어요. 바다를 그린 그림, 산을 그린 것, 이탈리아 거리의 풍경 등……." 철학 강사는 웃었다.

"그런 것은 어디서 가져온 거지?" 언제나 마찬가지로 두 손으로 허리를 만지면서 시브라토프가 질린 듯이 말했다.

"일부는 전리품이지만 위탁받은 물건도 있는 것 같았어요. 그자는 그곳에서 여점원과 알게 되어 그 여자의 가구를 평가하러 가게 된 것이 인연이 되어 같이 살게 되었어요. 그후부터는 부부가 함께 골동품 수집을 하고 있었어요."

"그럼 그자의 근무처는?" 이번에는 아흐마잔이 물었다.

"아무 데도 근무하지 않았어요. 1942년 이후부터 연금을 받으며 살았지요. 그런데 장작이라도 팰 수 있을 것 같은 단단한 이마를 갖고 있었어요. 같은 집에서 의붓딸과 그녀의 아이가 살고 있었는데 그 의붓딸이나 아이에 대해서 무척이나 거드름을 피웠어요! 내 명령이야! 이 집 주인은 나야! 이 집은 내가 지었어! 하면서 말입니다. 외투 주머니에 손을 쑤셔박고 마치 원수(元帥) 같은 걸음걸이로 돌아다녔어요. 그는 본명을 에멜리안이라고 했는데 어떻게 된 셈인지 이 집 사람들은 그를 사시크라고 불렀어요. 그런데도 이 자는 결코 인생에 만족하지 않았어요. 그 자의 옛날 상관이 키슬로보츠크에서 살고 있었는데 그 상관의 집에는 방이 열 개나 있었으며 전속 보일러 맨도 두고 있었으며 차가 두 대씩이나 있었다고 해요. 사시크는 자기도 그 상관만큼 사치스런 생활을 할 수 없는 것이 분해서 밤잠도 제대로 자지 못할 정도였답니다!"

모두들 웃음을 터뜨렸다.

그러나 파벨 니콜라예비치는 이 이야기가 조금도 우습지 않았으며 이런 자리에 어울리는 이야기라고도 생각하지 않았다.

슈르빈도 웃지 않았다. 잠을 방해했다는 듯이 사람들의 얼굴을 흘끔거릴 뿐이었다.

"정말 우스운 이야기군." 코스토글로토프는 누운채 말 참견을 했다. "그것은 어떻게……."

"언제든가 최근의 신문에 나왔던 얘기였는데." 하고 얘기를 듣고 있던 두세 명의 환자가 말했다. "공금으로 자기 집을 지었는데 들통이 나버렸었지. 그래서 어떻게 되었는지 알아? 그것은 자기 비판을 하고 그 집을 어린이 시설에 기부하여 표창을 받았다고. 당에서 제명당하지도 않았었지."

"그랬었군!" 하고 시브가토프도 생각해 냈다. "어째서 표창하게 했을까.

어째서 재판에 회부되지 않았을까."

철학 강사는 그 기사를 읽지 않았으므로 어째서 재판에 회부되지 않았는지는 설명하려 하지 않았으나 그대신 루사노프가 입을 열었다.

"그것은 말이지……만약 그 인간이 후회하여 자기의 잘못을 인정하고, 자기의 집을 유치원에 기부한 이상 어떻게 가혹한 조치를 하겠나? 휴머니즘은 우리 나라의 기본적인……."

"……확실히 우스꽝스런 이야기지만." 코스토글로토프는 생각에 잠겼다. "그것을 철학적으로는 어떻게 해석하지요? 그 사시크와 그 집 사건을?"

철학 강사는 한쪽 팔을 벌리며 어깨를 움츠렸다. 그리고 또 한 손으로는 목을 누르고 있었다.

"유감스럽게도 부르주아 의식의 잔재라고나 할까요."

"어째서 부르주아 의식이지?"라고 코스토글로토프가 중얼거렸다.

"부르주아가 아니면 누구의 의식이지?"

바짐이 경계하듯이 말했다. 오늘 바짐은 책을 읽을 예정으로 있었는데 모두 떠드는 바람에 기분을 잡쳤었다.

코스토글로토프는 누웠던 자세에서 몸을 일으켜 바짐이나 다른 환자들이 잘 보이도록 베개에 기댔다.

"그것은 인류 일반의 깊은 욕망을 말하는 것이지 부르주아 의식은 아니야. 부르주아 이전에도 욕심 많은 녀석들은 있었으며 부르주아 이후에도 반드시 있게 마련이야!"

루사노프는 아직 눕지 않았다. 그는 자기의 침대 너머로 코스토글로토프를 내려다보면서 훈계하듯이 말했다.

"그러한 인간의 출신 계급은 잘 조사해보면 틀림없이 부르주아지."

코스토글로토프는 침을 뱉을 때처럼 심하게 머리를 내저었다.

"출신 계급이라니 당치도 않아!"

"당치 않은 소리라니?" 파벨 니콜라예비치는 깜짝 놀라면서 자기도 모르게 배를 눌렀다. 아무리 오글로예트라도 이처럼 대담한 말을 토해낼 줄은 예상치도 못했던 것이다.

"당치도 않은 소리라니 그게 무슨 뜻이지요?" 바짐도 미심쩍은 듯이 검은 눈썹을 치켜 올렸다.

"그것은 말하자면……." 하고 코스토글로토프는 다소 긴장한 표정으로 상체를 일으켰다. "당신들의 머릿속에 틀어박힌 말에 지나지 않다는 뜻이야."

"틀어박히다니 무슨 소리야. 당신은 당신의 말에 책임질 각오가 되어 있겠지?" 갑자기 어디서 힘이 솟아났는지 루사노프가 째지는 듯한 소리를 질렀다.

"당신들이라면 누구를 말하는 거요?" 바짐은 다리 위에 책을 올려놓은 채 자세를 바로 잡았다.

"당신들이란 바로 당신들이지 누구겠어."

"우리는 로봇이 아니오!"라고 바짐은 엄격하게 머리를 저었다. "우리들은 무턱대고 아무것이나 믿지는 않으니까."

"그 우리들이란 누구를 두고 하는 말이지?" 코스토글로토프는 비실비실 웃었다. 흐트러진 머리카락이 얼굴에 느려졌다.

"우리들은 우리들이지! 우리들의 세대를 말하는 거요."

"그럼 어째서 출신 계급 같은 것을 믿게 되었지? 그것은 마르크스주의가 아니고 인종차별일 뿐이야."

"뭐라고?" 루사노프는 너무나 큰 충격에 짐승처럼 으르렁거렸다.

"인종차별이라 했소!" 코스토글로토프도 소리를 질렀다.

"모두들 들었지요? 들었겠지요?" 루사노프는 약간 비틀거리며 두 손으로 병실 전체의 사람들을 불러모으는 듯한 시늉을 했다. "여러분은 모두 증인이에요. 다 증인이 되어주어야 합니다! 이건 사상 교란이란 말이오?!"

그 순간 코스토글로토프는 재빨리 침대에서 두 다리를 내리더니 루사 노프를 향하여 두 손으로 외설스런 제스처를 해보이면서 쌍스럽게 욕설을 퍼부었다.

"닥쳐! ×××, 뭐가 사상 교란이야! 조금이라도 의견을 달리하는 사람에게는 지체없이 사상 교란이란 레테르를 붙이지, 너 같은 녀석은 자기 어미하고 ×××× !! ”

이 악당 같은 저속한 행동과 욕설에 압도되어 루사노프는 화상이라도 입은 듯이 숨을 삼키고 떨어질 듯한 안경을 고쳐썼다. 코스토글로토프는 병실 전체를 향하여 복도에까지 찌렁찌렁 울리도록 큰소리로 떠들었다. 조야가 깜짝 놀라 문틈으로 들여다보았다.

“당신들은 주문처럼 언제나 ‘출신 계급, 출신 계급’ 하고 말하는데 그만 좀 해두라구. 20년대엔 뭐라고 했는지 가르쳐줄까 ? 당신 손바닥의 굳은살 좀 봅시다라고 했지 ! 당신의 손이 그렇게 흰 것은 무슨 까닭이지요 ? 라고. 이것이 진짜 마르키시즘이야, 잘 알아두라구 ! ”

“나도 노동을 했어 ! 노동을 ! ” 루사노프는 째질 듯한 소리로 말했으나 헐렁해진 안경을 고쳐쓰지 못하여 적의 모습은 몽롱하게 밖에는 보이지 않았다.

“그렇겠지 ! ” 코스토글로토프는 내뱉듯이 말했다. “노동을 했겠지. 토요 노동에 한 번쯤 나가서 장작 한 개비를 들어 나르다가 도중에서 집어던져 버렸겠지 ! 나는 제3계급 상인의 아들이지만 태어나면서부터 노동의 연속이었어. 보라구 이 굳은 살을 ! 그래도 내가 부르주아란 말인가 ? 아버지에게서 물려받은 나의 적혈구는 다른 인간과는 다르다는 말인가 ? 백혈구는 ? 그러니까 당신의 의견은 계급론이 아니고 인종 차별론이었어. 당신은 인종 차별론자야 ! ”

“누가, 내가 ? ”

“그래, 당신은 인종 차별론자야 ! ” 코스토글로토프는 못을 박듯이 말하더니 벌떡 일어섰다.

부당하게 모욕을 당한 루사노프는 소리소리 질렀으며 바짐은 분연히 **빠른** 말로 뭐라고 지껄였다. 그러나 바짐은 일어나지 않았으므로 그 말은 알아들을 수 없었다. 철학 강사는 곱게 빗어넘긴 당당하고 큰 머리를 저으면서 나무라는 듯한 표정으로 지껄이고 있었으나 그 병든 목소리를 누가 알아들을 수 있겠는가!

그래도 철학 강사는 코스토글로토프에게 가까이 다가가서 속삭이듯이 말했다.

"선조 대대의 프롤레타리아라는 표현을 알고 있습니까?"

"아니 10대 전부터 프롤레타리아라 하더라도 자기 자신이 일하지 않는 녀석은 프롤레타리아가 아니야!" 코스토글로토프는 고함쳤다. "그런 녀석은 프롤레타리아가 아니야! 그런 녀석은 개인 연금이나 타려고 우물거리고 있을 뿐이지 나도 다 들었으니까!"

루사노프가 또 무슨 말을 하려 하자 코스토글로토프는 다시 공격을 계속했다. "당신이 사랑하는 것은 조국이 아니라 연금이야! 이제 겨우 마흔대여섯 살 밖에 안 되었는데 연금 탈 궁리만 하고 있단 말이다! 나는 보로네지 전투에서 부상을 당했으며 지금은 돈도 한 푼 없고, 장화도 다 헐었지만 그래도 누구보다 조국을 사랑하고 있어! 조합에도 가입하지 못해서 지난 두 달 동안 봉급은 한 푼도 받지 못했지만 그래도 조국을 사랑하고 있다니까!"

그러더니 긴 팔을 내저었는데, 그 팔이 하마터면 루사노프의 몸에 닿을 뻔했다. 코스토글로토프는 갑자기 화가 치밀어서 이 맹렬한 논쟁을 시작하게 되었는데 수용소에 있을 때도 이런 식으로 논쟁을 벌인 적이 한두 번이 아니었다. 이미 죽고 없는 사람들에게서 들었던 말이나 문구들이 자기도 모르는 사이에 입 밖으로 튀어나왔던 것일까? 홍분한 코스토글로토프의 눈에는 이 침대와 환자들을 빽빽하게 수용한 병실이 수용소 감방처럼 보였던 것이다. 상스러운 말을 내뱉은 것도, 필요하다면 주먹질이라도 불사할 듯한 기세를 보인 것도 모두 그때문이었을 것이다.

코스토글로토프가 너무 홍분한 나머지 주먹질을 할지도 모른다고 느끼자 루사노프는 곧 입을 다물었다. 그러나 그의 눈은 울분으로 이글거리고 있었다.

"나는 연금 같은 것은 필요없어!" 코스토글로토프는 또 소리쳤다. "재산

같은 것은 쥐꼬리만큼도 없지만 그것이 나의 자랑이야 ! 재산은 모을 생각도 없어 ! 월급을 많이 타려고도 생각지 않아 —— 나는 그것을 경멸해 ! "

"쉿 ! 쉿 ! " 철학 강사가 그의 말을 제지했다. "사회주의는 임금 격차를 부정하진 않아요."

"임금 격차 같은 것은 바라지도 않아 ! " 코스토글로토프는 완강하게 부정했다. "그럼 뭔가. 공산주의로 이르는 과정에서 일부 계층에 특권을 증대시켜야 한다는 건가 ? 평등해지기 위해서는 우선 불평등해지지 않으면 안 된단 말인가. 그것이 변증법이라는 것인가 ? "

너무 소리친 나머지 명치끝 언저리가 아팠으며 코스토글로토프는 목소리마저 잠겼다.

아까부터 바짐은 몇 번이나 말하려 하였으나 그때마다 코스토글로토프가 새로운 토론 거리를 마치 볼링의 핀처럼 넘어뜨려서 끼어들 여지가 없었다.

"오레크 씨 ! " 비로소 바짐이 상대의 말을 막아서며 나섰다. "오레크 씨, 건설 도상에 있는 사회를 비판하는 일만큼 쉬운 일은 없어요. 이 사회가 시작된 지 아직 40년도 되지 않았다는 것을 잊어서는 안 돼요."

"나는 그 사회보다도 나이가 젊어 ! " 하고 코스토글로토프는 즉각 반격했다. "그렇다고 평생 동안 잠자코 있을 수 있겠나 ? "

자기의 목을 고려해 달라는 듯이 한 손으로 제지하면서 철학 강사가 알기 쉬운 말로 말하기 시작했다. 병원 바닥을 청소하는 사람과 보건 위생을 지도하는 인간은 사회에 대한 공헌도가 다르다는 의견이었다.

이에 대해서 코스토글로토프는 무언가 경박한 말을 퍼부으려 했으나 갑자기 저쪽 문 옆에서 모두가 잊고 있던 슈르빈이 나왔다. 마치 한밤중에 두들겨 깨워 일어난 사람처럼 가운의 앞가슴을 풀어 헤친 흉한 모습으로 다리를 절름거리며 코스토글로토프의 곁으로 다가섰다. 환자들은 놀라서 그의 모습을 지켜보았다. 노인은 철학 강사 앞에서 걸음을 멈추어 손가락 하나를 세우더니 모두가 침묵하는 가운데 질문했다.

"당신은 '4월 테제'가 무엇인지 아시오 ? "

"그야 누구나 다 알고 있지요！" 철학 강사는 웃으면서 말했다.

"그 조항을 하나하나 말할 수 있겠소？" 코먹은 소리로 슈르빈이 또 물었다.

"꼭 조항까지 대야 할까요？ 4월 테제는 부르주아 민주주의 혁명에서 사회주의 혁명으로의 이행 과정에 관한 문제를 제기했던 것이지요. 그러한 의미에서……."

"이런 조항이 있지요." 슈르빈은 빨갛게 충혈된 큰 눈 위의 숱이 많은 눈썹을 꿈벅거렸다. "'모든 관리의 봉급은 숙련 노동자의 평균 임금보다 높아서는 안 된다！ 이것이 혁명의 시작이었어！"

"정말인가요？" 철학 강사는 깜짝 놀란 모양이었다. "기억에 없군요."

"집으로 돌아가면 조사해 봐요. 즉 주 보건부의 직원은 이곳의 넬랴보다 월급을 더 받아서는 안 된다는 말이요."

그러더니 철학 강사의 눈앞에 위협하듯이 한 개의 손가락을 펴서 까딱거렸다. 그리고는 다리를 절면서 자기의 침대로 돌아갔다.

"하하！ 하하！" 코스토글로토프는 뜻밖의 원군을 얻자 마음이 흐뭇해졌다. 궁지에 몰릴 뻔한 토론의 뒷받침을 노인이 해주었던 것이다！ "어떤가, 들었겠지？"

철학 강사는 당황한 듯이 목의 쇠붙이에 손을 댔다.

"하지만 넬랴는 아무리 보아도 숙련 노동자는 아니에요."

"그러면 안경을 쓴 잡역부라도 좋아. 그들은 급료가 같으니까."

루사노프는 침대에 앉아 몸을 뒤로 돌렸다. 이제 코스토글로토프의 얼굴을 보기만 해도 가슴이 아플 것 같았다. 그 억센 주먹만 보아도 행정적인 수단에 호소할 결심은 서지 않았다. 그리고 또 저 기분 나쁜 부엉이를 파벨 니콜라예비치가 처음부터 좋아하지 않았던 것은 결코 까닭없이 싫어한 것만은 아니었다. 주 보건부와 청소부를 똑같이 취급한다는 것은 얼마나 바보스런 주장인가！ 이젠 아무 말도 하지 말아야겠다！

병실 안은 갑자기 조용해졌다. 코스토글로토프의 논쟁의 상대가 될 만한 사람은 어디에도 없었다. 코스토글로토프 자신도 마음 내키는 대로 큰소리를 질러댔기 때문에 너무 피로하여 더 이상 말하기도 싫었다.

그러자 한 번도 침대에서 일어나지 않았던 바짐이 코스토글로토프를 자기의 침대 곁으로 불러서 나직한 목소리로 지껄이기 시작했다.

"오레크 씨, 당신의 논지는 방향을 잘못 잡았어요. 당신의 잘못은 미래의 이상을 기준으로 하고 있어요. 1917년 이전의 러시아의 역사에 있어서 갖가지 병폐를 비교의 대상으로 해야 했어요."

"그런 시대에는 살아보지 않아서 나는 몰라." 코스토글로토프는 하품을 했다.

"살아보지 않았더라도 조사해보면 곧 알 수 있어요. 가령 사르투이코프 = 시체드린을 읽어보면 다른 참고서는 일체 필요없어요. 아니면 서구의 민주주의가 좋은 본보기지요. 그곳에서는 인간의 권리도, 정의도, 평범한 인간다운 생활도 모두 박탈당하고 있으니까."

코스토글로토프는 다시 한 번 하품을 했다. 논쟁의 원동력이 되었던 화는 점차 사라져 갔다. 지나친 폐 운동을 한 탓으로 위나 종양이 너무 자극을 받은 것 같았다. 역시 큰소리를 더 이상 내어서는 안 되었다.

"자네는 군대 생활을 한 경험이 있나, 바짐?"

"아니요, 그런데 그건 왜 묻지요?"

"용케도 군대에 안 가고 버텼군."

"그대신 학교에서 군사 훈련을 받았어요."

"그랬었군……나는 7년 동안 군대에 있었는데 상사였지. 그당시 우리 군은 노동자·농민의 군대라고 불렸어. 그런데 분대장의 급료는 20루블, 소대장은 600루블, 알겠나? 전선에 나가면 장교는 특별식을 먹게 되지. 비스킷이며, 버터며, 통조림 같은 것을. 그들은 우리 눈에 뜨이지 않도록 숨어서 그것을 먹었어, 알겠나? 부끄러웠기 때문이야. 참호를 팔 때도 우리는 우리 것보다 장교의 것을 먼저 파야 했어. 다시 한 번 말하지만 나는 상사였어."

바짐은 얼굴을 찡그렸다. 청년은 그러한 사실을 몰랐으나 그래도 그런 데는 무언가 그럴 만한 이유가 있었을 것이다.

"그런데 왜 저한테 그런 얘기를 하지요?"

"이런 경우 부르주아 의식은 어디에 있는가고 묻고 싶었던거야. 대체 누가 부르주아지?"

오늘 오레크는 쓸데없는 말을 너무 많이 지껄였다. 그러나 이제 잃을 것이라고는 아무것도 없다는 답답한 안도의 기분 같은 것이 있었다.

다시 한 번 소리를 내어 하품을 하고 코스토글로토프는 자기의 침대에 누웠다. 그리고 또 하품을 했다. 다시 또 한 번.

피곤해서일까, 아니면 병 때문일까. 이처럼 자꾸 하품이 나오는 것은. 아니면 지금 같은 논쟁이나 악의에 찬 무서운 시선도 이 병실에 있는 환자들의 병이나 위협에 비한다면 호수의 잔물결 정도에 지나지 않다고 생각한 때문이었을까?

무언가 전혀 다른 것과 접촉하고 싶었다. 청결한 것에, 확고한 것에.

오늘 아침 카드민 부부로부터 편지가 왔다. 닥터 니콜라이 이바노비치는 오레크의 질문에 답하여 '부드러운 말은 뼈를 부순다'라는 표현의 출처를 적고 있었다. 그것은 '5세기의 러시아에 《구약성서 이야기》라는 필사본이 있었는데, 거기에 키투라스의 이야기가 나온다는 것이었다. 니콜라이 이바노비치는 옛날 일을 잘 알고 있었다. 키투라스는 도시에서 멀리 떨어진 광야에 살았는데 똑바로 걷는 것 밖에는 몰랐다. 솔로몬 왕은 키투라스를 가까이 불러 몰래 쇠사슬로 묶어서 채석장으로 데리고 갔다. 그러나 키투라스는 똑바로 밖에는 걷지 못했으므로 예루살렘 거리를 걸을 때는 통행에 방해가 되는 집은 부수지 않으면 안 되었다. 그런데 키투라스의 통로가 되는 장소에 한 과부의 집이 있었다. 과부는 죽은 남편의 집을 부수지 말아달라고 울면서 키투라스에게 부탁하여 그 부탁은 받아들여졌었다. 키투라스는 억지로 몸을 구부려 지나갔으나 그만 그때 갈비뼈가 부러지고 말았다. 그러나 집은 무사하게 남게 되었다. 키투라스는 말했다. '부드러운 말은 뼈를 부수고,

냉엄한 말은 분노를 불러 일으킨다.'라고.

오레크는 생각해 보았다. 이 키투라스나 15세기의 작자들은 얼마나 인간적인가. 그들에 비해 본다면 우리는 이리나 마찬가지다.

요즈음 누가 부드러운 말을 했다고 해서 자기의 갈비뼈를 부수겠는가 …….

그러나 카드민 부부의 편지는 그 이야기부터 시작한 것은 아니었다. 오레크는 머릿장으로 손을 뻗쳐 그 편지를 집어들었다. 부부는 이렇게 쓰고 있었다.

'그리운 오레크!
무척 불행한 사건이 일어났습니다.
주크가 살해되었습니다.
마을 사무실에서는 들개 사냥을 하기 위하여 두 사람의 사냥꾼을 고용하게 되었습니다. 이 두 사람은 거리를 돌아다니면서 총을 쏘았습니다. 토비크는 숨길 수 있었으나 주크는 밖으로 뛰쳐나가 사냥꾼한테 짖어댔던 것입니다. 주크는 카메라 렌즈까지 두려워하는 민감한 개였으니까요! 눈에 총탄을 맞은 주크는 관개용 수로 옆에 쓰러져서 머리를 물에 처박고 있었습니다. 우리가 달려갔을 때는 아직도 경련을 일으키고 있었습니다. 그렇게 큰 몸집이 경련을 일으키고 있는 것을 바라보는 것은 무서운 일이었습니다.
집안은 쓸쓸해졌습니다. 주크에게 자꾸 미안한 생각이 들었어요. 단단히 잡아매어 놓았어야 했던 것입니다.
주크의 시신은 마당 한구석의 정자 곁에 묻었습니다…….'

오레크는 누은 채로 주크의 모습을 떠올렸다. 피살된 주크, 눈에서 피를 흘리고 수로에 머리를 축 늘어뜨린 주크가 아니라 오레크의 오두막집 창문가에 불쑥 나타나서 두 앞발과 곰 같은 귀를 가진, 양순하고 큰 머리를 떠올리고 있었다. 빨리 문을 열라고 재촉하던 그 모습을.

그 개가 피살된 것이다.

무엇 때문에?

30. 연로한 의사

당년 일흔다섯 살인 닥터 오레시첸코프는 반세기 동안이나 환자를 치료해 왔으며, 으리으리한 석조 저택은 짓지 않았으나 20년대 작은 정원이 딸린 목조 단층집을 사서 그 이래로 죽 그 집에 살고 있었다. 집앞은 바로 시내였으나 조용한 거리였다. 가로수는 심어져 있지 않았으며 넓은 인도가 있어서 집과 도로 사이는 충분히 15미터의 거리는 되었었다. 인도에는 전세기부터 심어져 있는, 줄기가 굵은 수목의 가지가 여름이 되면 녹색 지붕을 이루었으며 그 나무들은 뿌리 근처의 땅을 파주고 깨끗이 청소도 하여 철책을 쳐놓았었다. 무더운 날에도 사람들은 더위를 모르고 이 길을 걸어다닐 수 있었으며 인도와 평행으로 보도 불록이 덮힌 도랑에서는 관개 수로의 찬물이 흐르고 있었다. 활 모양으로 휘어 있는 도로의 안쪽은 이 거리에서도 가장 환경이 좋고 아름다운 장소였으며 이 거리 자체가 이 도시의 자랑거리였다. 그러나 시 의회에서는 제멋대로 지은 단층 집들이 너무나 산만하고 길도 단순한 교통로에 불과했으므로 점차 구획 정리를 해서 5층 건물을 짓는 것이 어떻겠느냐는 이야기가 나오고 있었다.

오레시첸코프의 집 근처에서는 버스가 서지 않았으므로 돈초바는 산책로를 걸어갔다. 매우 따뜻하고 습도가 낮은 저녁 무렵으로 황혼이 되기까지는 시간이 있었다. 밤에 대비해서 머리를 풀어 헤친 것처럼 보이는 크고 작은 나무들이나, 아직 파란 색이 조금도 보이지 않는 포플러의 촛대 같은 모습이 눈에 띄었다. 그러나 돈초바는 위도 쳐다보지 않고 아래만 보고 걸었다.

돈초바는 이 봄이 조금도 즐겁지 않았다. 이들 나뭇잎이 누렇게 색이

변하여 떨어질 무렵에는 돈초바 자신의 운명이 어떻게 될 것인지 예측도
할 수 없었다. 게다가 지금까지는 일에 쫓기어 걸음을 멈추고 위를 쳐다보며
눈을 가늘게 뜨고 생각해볼 마음의 여유가 없었다.

오레시첸코프의 집 입구에는 작은 쪽문과 호화스런 문이 나란히 있었다.
이 고풍스런 문에는 구리로 만든 손잡이와 피라미드 형의 묵직한 널빤지가
붙어 있었다. 이런 고풍스런 문이란 대개 잠겨 있게 마련이고 쪽문으로
출입하는 일이 많았다. 그러나 이 집 문앞의 2단으로 된 돌 계단에는 풀도
이끼도 나지 않았으며 '닥터 오레시첸코프, D. T.'라고 아름다운 서체로
새겨넣은 동판은 전이나 다름없이 잘 닦여져 있었다. 초인종의 가장자리도
낡지 않았었다.

돈초바는 초인종을 눌렀다. 발자국 소리가 들리고 전에는 고급스러웠지만
지금은 다 낡은 갈색 양복을 입고 셔츠의 윗단추를 풀어 헤친 오레시첸코프가
직접 나와 문을 열었다.

"아아 류드치카." 노인의 입술끝이 약간 치켜 올라갔는데 이것은 이
노인이 가장 좋아할 때 보이는 미소였다. "그렇지 않아도 기다렸지. 어서
들어와요. 만나서 반갑군. 아니 반갑기도 하고 반갑지 않기도 해. 돈초바가
이 늙은이를 찾아올 때는 무언가 좋지 않은 일이 있게 마련이니까."

돈초바는 미리 방문해도 좋다는 허락을 받았었다. 그러나 전화로는 실례가
될 것 같아 방문하는 용건은 말하지 않았었다. 돈초바는 멋적은 듯이 자기가
방문하는 것은 꼭 좋지 않은 일이 있을 때만은 아니라고 변명했다. 노의사는
서둘러 돈초바의 외투를 벗겨주려고 했다.

"좋아요, 사양하지 않아도. 아직 그렇게 형편없이 늙지는 않았으니까."

많은 환자나 방문객을 예상해서 만들어놓은 잘 다듬어 만든 길쭉하고
검은 외투 걸이에 돈초바의 외투를 걸자 노의사는 앞장서서 매끄러운 나
무바닥 위를 걸어갔다. 복도로 들어서자 우선 집안에서 가장 밝은 방앞을
지나갔다. 보면대에 악보를 펴놓은 그랜드 피아노가 놓여 있는 방은 오레
시첸코프의 맏손녀의 방이었다. 그 다음은 식당, 지금 같은 계절에는 시들어

있는 포도 덩굴이 안뜰로 면해 있는 창을 가리고 있었으며 방의 한구석에는
대형 전축이 놓여 있었다. 그 다음 방이 노인의 서재였다. 사방 벽에는 책장이
놓여 있었으며 무직한 구식 책상과 낡고 긴 의자와 앉기 편한 팔걸이의자가
놓여 있었다.

"전보다 책이 훨씬 더 많아졌군요."

돈초바는 눈을 가늘게 뜨고 사방 벽을 휘둘러보았다.

"아니, 그런 것이 아니고." 오레시첸코프는 큰 머리를 약간 저으면서
말했다. 그것은 가급적이면 몸을 적게 움직이려는 것 같았다. "최근에 20권쯤
얻었는데 그것을 누가 주었는지 알아?" 노인은 또 유쾌한 듯한 표정을
지었다. 이 노인과 이야기하려면 그 미묘한 뉘앙스를 알아차려야 했다.
"아주나체예프야. 그 사람은 얼마 전에 만 60세에 은퇴하여 연금 생활을
하고 있지. 그날 알았던 사실이지만 그자는 실은 방사선 의사가 아니었어.
그자는 옛날부터 양봉을 좋아해서, 앞으로는 벌을 치면서 살겠으며, 의학
따위는 알고 싶지도 않다는 거였어. 도대체 어찌된 영문인지 모르겠어.
그렇게 양봉이 좋았다면 어째서 의학 때문에 일생을 보냈는지 모르겠어.
그런데 자 어디 좀 앉아요, 류드치카."

노의사는 마치 젊은 딸에게 말하듯이 머리가 희끗희끗한 돈초바에게
말했다. 그러더니 곧 혼자서 결정을 내렸다. "그 팔걸이의자에 앉아요. 푹
신해서 앉기 편할 테니까."

"아니, 그렇게 오래 있지는 않겠어요. 선생님, 잠깐만 시간을 내주시면
되니까요." 돈초바는 그렇게 말했으나 그 푹신한 의자에 앉자, 편안함을
느끼면서 여기서라면 무언가 좋은 생각이 떠오를 것 같은 확신 같은 것이
솟아 올랐다. 언제나 책임을 지고, 항상 사람을 지도하고, 언제나 자기의
인생을 자기 스스로 결정하지 않으면 안 된다는 마음의 무거운 짐이 지금
이 안락의자에 앉는 순간 깨끗이 사라져버리는 것 같았다. 돈초바는 느긋한
마음으로 서재를 둘러보았다. 서재의 내부는 돈초바에게는 낯익은 광경이
었으며 한쪽 구석에 있는 오래된 대리석 세면대도 낯이 익었다. 개수대는

새것으로 바뀌어 있었으나 세면대 밑에 양동이를 놓은 구식 도구였으며 뚜껑이 덮여 있어서 무척 청결해 보였다.

돈초바는 오레시첸코프를 똑바로 쳐다보았다. 이 사람이 생존해 있다는 것, 돈초바의 불안을 가라앉혀 준다는 것은 얼마나 다행스런 일인가. 노인은 아직도 서있었다. 서있는 자세는 꼿꼿해서 등이 굽을 징후는 조금도 보이지 않았다. 어깨 근처의 골격도, 머리도 아직은 꿋꿋해 보였다. 예전부터도 이 노인의 모습에서는 다른 사람의 병은 얼마든지 치료해주지만 자기만은 절대로 병에 걸리지 않는다는 확신에 넘쳐 있었다. 턱의 한가운데는 잔 손질을 한 작은 턱수염이 은빛 폭포처럼 드리워져 있었다. 아직 머리숱도 적어지지 않았으며 완전히 백발도 아닌, 가리마가 뚜렷한 머리는 수년 전이나 조금도 달라진 점이 없었다. 그의 얼굴은 어떠한 감정에도 결코 표정을 움직이지 않았으며 모든 행동 거지가 냉정하며, 일정한 위치에서 꼼짝도 하지 않았다. 다만 아치형 눈썹을 약간 움직여서 감정의 기복을 표현했다.

"나는 책상앞의 의자에 앉겠으니 나쁘게 생각지 말아요, 류드치카. 이것은 관리를 흉내내려는 것이 아니야. 그렇게 하는 것이 편해서 그러니까."

그런 버릇이 붙게 된 데는 이유가 있었다! 예전에는 매일처럼 밀려오던 환자가 그후에는 좀 줄어들기는 했으나 요즈음도 가끔 이 서재를 찾아와서는 장시간 앉아서 미래에 대한 여러 가지 심각한 이야기를 했던 것이다. 복잡하게 뒤얽힌 이야기를 하는 환자들은 어쩐지 딱딱한 암갈색 레이스가 달린 녹색 천으로 만든 테이블 크로즈나, 낡은 목제의 종이칼이나, 니켈 도금을 한 면봉(목구멍을 진찰할 때 사용하는)이나, 일력이나, 뚜껑이 있는 잉크병이나, 컵 속에서 식어버린 암갈색의 짙은 홍차 등을 기억하고 있었다. 노의사는 책상에 마주앉았다. 그는 이따금 일어서서 세면대나 책장쪽으로 걸어갔는데, 그것은 자기의 시선에서 환자를 해방시켜 상대방에게 생각할 여유를 주기 위해서였다. 그래도 대개의 경우 닥터 오레시첸코프의 냉정하고 주의 깊은 시선을 불필요하게 곁눈질하거나, 창문쪽을 보거나, 책상 위의 서류를 보거나 하는 일은 결코 없었으며 언제나 단 1초라도 아끼듯이 환자나 방문객으로부터 떼는 일이 없었다. 그 눈은 닥터 오레시첸코프가 환자나 제자들의 기분을 받아들여 자기의 결단이나 의지를 전하기 위한 가장 중요한 도구였다.

오레시첸코프는 생애를 통하여 수많은 박해를 받아왔는데 그 이유는 여러 가지였다. 처음에는 가령 1902년의 혁명 운동에 가담한 것(그 당시 다른 학생들과 함께 1주일쯤 투옥되었었다), 그리고 죽은 부친이 승려였다는 것, 다음에는 제1차 제국주의 전쟁 때 황제 군대의 군의였다는 것. 그것도 단순한 군의관이 아니라, 증인들의 증언에 의하면 부대가 패주하기 시작할 때 말을 타고 병사들을 격려했으며, 부대를 다시 제국주의 전선으로 몰아넣어 독일의 노동자들과 싸우게 했다는 것이었다. 그런 가운데서도 가장 집요하고 격렬한 박해의 이유가 된 것은 오레시첸코프가 완강하게 개업의의 권리를 주장한 점이었다. 물론 개업의는 사적인 사업 활동과 사리사욕의 원천으로, 또는 쉽사리 부르주아를 만들어내는 착취 행위로서 어느 도시에서나 엄격하게 금지되고 있었다. 그래서 오레시첸코프는 수년 동안 개업의의 간판을 내리고 환자들이 아무리 간청해도, 아무리 중태에 빠진 환자라도 모두 되돌려보내야 했다. 왜냐하면 근처에는 돈을 받거나 또는 자진해서 재정국의 스파이가 되는 사람이 많았으며 환자들을 받았다는 사실이 밝혀지면 오레시첸코프는 모든 일을 잃게 될뿐 아니라 살고 있는 집까지도 빼앗길지 모를 상황이기 때문이었다.

그런데 그는 이 개업의의 권리를 자기의 의료 활동 중에서 가장 중요한 것으로 믿고 있었다. 개업의라는 간판을 문앞에 내걸지 않는 생활이란 이 사람으로서는 말하자면 변칙적인 생활, 가명으로 살고 있는 생활과 똑같은 것이었다. 그리고 또 그는 자기의 주의(主義)로서 석사 논문이나 박사 논문 같은 것은 일체 쓰지 않았다. 학위 논문은 일상적인 의료 활동의 성공을 증명하는 것이 아니다. 환자는 오히려 주치의가 의학박사라면 주저하게 되며, 학위 논문에 시간을 허비하기보다는 전문 이외의 학문이라도 공부하는 편이 나을 것이라는 것이 그의 주장이었다. 확실히 오레시첸코프는 이 도시의 대학 병원에 재직했던 30년 동안, 내과와 소아과에서 일했는가 하면 외과, 격리 병동, 비뇨기과, 안과에서까지 일한 다음 방사선과와 종양의 전문의가 되었던 것이다. 말하자면 누가 '명예 교수'에 대한 의견을 구하거나 하면 그는 입술만 약간 내밀 뿐이었다. 그리고 인간은 살아 있는 동안 '명예 교수'라는 칭호를 받게 되면 끝장이라고 말했다. 너무 좋은 옷이 몸의 움직임을 방해하듯이 명예란 치료에 방해가 될 뿐이다. 마치 사도를 거느린 그리스도처럼 '명예 교수'는 사도를 거느리고 다니게 되며 그로 인해서 과오를 범할 권리를 박탈당하고, 무슨 일인지 모르고 지내도 좋을 권리를 빼앗기게 되며, 깊이 생각할 권리마저 빼앗겨 버린다. 권태롭고, 느슨해지고 시대에 뒤떨어지게 되어도 그것을 감춘채 있는데도 사람들은 그런 사람에게서 기적적인 치료를 기대하고 있다.

그런 것은 질색이었다. 오레시첸코프는 문밖에 개업의의 간판을 버젓하게 내걸고 누구나 손이 닿을 수 있는 초인종을 달아놓는 것이 소원이었다.

그런데 운명의 장난이라 할지, 오레시첸코프는 빈사 상태에 빠져 있던 이 도시의 어떤 정치가의 외동아들을 살려준 적이 있었다. 그 다음에는 그 정치가를, 또 다른 정치가의 생명도 구해주었다. 그밖에도 몇 사람의 유명한 사람의 가족의 병을 고쳐주었었다. 오레시첸코프는 아무 데도 여행을 하지 않았으므로 이러한 일들은 모두 이 도시에서 있었던 일이었다. 그리하여 이 고장의 유력 인사들 사이에서는 닥터 오레시첸코프의 명성이 높아지게 되었으며, 이 의사를 비호해주는 후광 같은 것이 생겨나게 되었다. 아마 러시아 중심부의 도시였다면 그러한 소문은 별로 도움이 되지 못했겠지만 소박한 이 동방의 도시에서는 사람들은 보고도 못 본체하는 일도 허다해서, 오레시첸코프는 다시 간판을 내걸고 환자를 진료하기 시작했다. 그리고 전후에는 어느 병원에도 근무하지 않고 몇 개 병원의 고문역을 맡거나 이따금 학회에 출석할 뿐이었다. 이렇게 해서 그는 예순다섯 살에야 겨우 이상적인 의사 생활을 아무런 구속도 받지 않고 할 수 있게 되었던 것이다.

"저, 오레시첸코프 선생님, 실은 부탁이 있어서 찾아뵙게 되었습니다. 한 번 병원에 오셔서 저의 위장 검사를 해주셨으면 좋겠습니다만……. 언젠가 좋을는지. 그날에 맞추어 저희들도 준비를 해야겠고……."

여의사의 안색에는 생기가 없었으며 목소리에도 힘이 없었다. 오레시첸코프는 냉정한 시선으로 상대방을 바라보았다. 그 모난 눈썹은 꼼짝도 하지 않았으며 놀라는 표정도 보이지 않았다.

"알았어요, 돈초바. 날짜를 정하지. 그런데 당신이 증상을 말해줘야겠어. 그리고 당신은 어떻게 생각하고 있는지도 듣고 싶고."

"증상은 지금 곧 말씀 드리겠지만, 제가 어떻게 생각하고 있느냐구요? 아무것도 생각하지 않으려고 애쓰고 있습니다. 아니 너무 고민하다 보니 밤에는 잠도 제대로 자지 못하니까 저로서는 아무것도 모르는 편이 더 편하다고 생각합니다! 선생님이 정양하는 것이 좋겠다고 하시면 그렇게 하겠습니다. 하지만 병상을 알고 싶지는 않습니다. 수슬을 받게 된다고 해도 자세한 진단은 듣고 싶지 않습니다. 그렇지 않으면 수술을 하는 도중 지금은 무엇을 하고 있고, 지금은 무엇을 꺼내는 중이라고 상상하게 될 테니까요. 저의 이런 기분을 이해하시겠지요?"

팔걸이의자가 너무 큰 때문일까, 아니면 어깨를 너무 축 늘어뜨린 때문일까, 지금의 돈초바는 체격이 큰 부인으로는 보이지 않았다. 어쩐지 왜소해 보였다.

"알겠어, 류드치카. 그러나 공감할 수 없군. 어째서 느닷없이 수술 이야기를 꺼내는거지?"

"그것은 역시 여러 가지를 고려해서……."

"그럼 왜 진작 오지 않았지? 당신이라면 모를 리가 없었을 텐데……."

"그렇습니다, 오레시첸코 선생님!" 돈초바는 한숨을 내쉬었다. "요즈음은 너무 바빴어요. 물론 더 빨리 찾아뵈었더라면 좋았겠지만……. 하지만 그냥 내버려둔 것은 아니었어요, 오해하진 마세요, 선생님!"

돈초바는 이렇게 변명했다. 사무적이고 성급한 말씨로 되돌아간 것 같았다.

"하지만 어찌하여 이런 불공평한 일이 일어나는 것일까요. 어째서 종양의

전문의인 제가 종양을 앓아야 하는지 모르겠군요. 갖가지 증상이나 후유증에
대해서도 잘 알고 있는 제가……."

"아니, 결코 불공평한 일은 아니야." 저음의 신중한 목소리는 매우 설
득력이 있었다. "역설적인 말일지는 모르겠으나 그것은 아주 공평한 거야.
의사가 자기의 전문 영역의 병에 걸린다는 것은 매우 성실한 경험이라고
말하지 않으면 안 돼."

'이런 경우 무엇이 공평하고 무엇이 성실한 것일까. 선생은 자기가 병에
걸린 것이 아니니까 그렇게 생각하고 있는 것이다.'

"간호사 파냐 표드로브나를 기억하고 있겠지? 그 여자가 말했었지. '아,
나는 환자들에게 점점 더 불친절해졌어요. 내가 직접 입원이라도 해봐야
겠어요…….'라고 한 말을."

"하지만 이렇게 괴로울 것이라고는 생각지도 못했어요!" 돈초바는 손
가락을 똑똑 소리내어 꺾었다.

그러나 지금 돈초바는 피로를 느끼지 않았다.

"그런데 증상은 어떠했지?"

여의사는 막연하게 일반적인 증상을 얘기하기 시작했다. 그러자 오레시
첸코프는 더 자세하게 말해 보라고 했다.

"선생님, 모처럼의 토요일 밤을 이런 얘기로 지내시게 하다니 정말 죄
송합니다! 만약 X선으로 진찰하시게 되면 그때……."

"내가 이단자라는 말을 듣는 것은 돈초바도 잘 알고 있겠지. X선 이전에
20년 동안이나 일해 왔다는 것도? 그리고 어떤 진단을 해왔는지도 돈초바는
잘 알고 있을 거야. 말하자면 사진의 노출계나 시계 같은 것이지. 그러한
도구가 곁에 있으면, 눈으로 노출을 결정하는 일이나 느낌으로 시각을 안다는
것은 완전히 잊어버리고 말지. 그래서 도구가 없게 되면 그만 긴장해 버
리거든."

결국 돈초바는 여러 가지 증상을 고르고 간추려서 중대한 진단을 이끌어
낼지도 모를 자세한 증상도 빼놓지 않고 말하기 시작했다. 그러나 불길한

증상은 빠뜨릴 것 같았고 '그것은 별 것 아니군, 류드치카 걱정할 것 아니에요'라고 이 연로한 의사가 말해주기를 기대하고 있었던 것이다. 혈액 검사의 결과가 별로 신통치 않았던 것과 혈침(血沈)이 증가했다는 것도 여의사는 말했다. 오레시첸코프는 주의 깊게 귀를 기울이고 다시 몇 가지 질문을 했다. 그리고 이따금 그것은 흔히 있는 일이다, 당연한 일이라고 고개를 끄덕였으나 '별것 아니다'라는 말은 한 번도 하지 않았었다. 어쩌면 이미 근본적인 진단은 끝내지 않았을까 하는 생각이 머리를 스치고 지나갔다. X선 진단을 기다릴 것이 아니라 지금 물어볼까 하는 생각이 돈초바의 머리에 떠올랐다. 그러나 지금 바로 실례를 무릅쓰고 질문을 하여 가령 가정이라 하더라도 무엇을 안다는 것은 —— 지금 그 말을 듣는다는 것은 두려운 일이었다. 역시 그것은 뒤로 미뤄두고 며칠 동안이라도 생각 기간을 두는 것이 좋겠다!

학회 같은 데서 만났을 때 돈초바와 이 노의사는 얼마나 다정하게 이야기를 나누었던가! 그러나 지금 돈초바가 이 집을 방문하여 마치 범행이라도 고백하듯이 자기의 병에 대해서 말한 순간부터 두 사람 사이의 평등관계는 끊어지고 말았다! 아니, 평등한 관계가 아니다. 선생과 제자 사이에 평등이란 있을 수 없다. 사태는 더욱 비참했다. 즉 그 고백을 함으로써 돈초바는 의사라는 고귀한 신분에서 쫓겨나서, 환자라는 의지할 곳 없는 납세 계급(구 러시아에서 귀족과 승려 이외의 계급을 가리킴.)으로 떨어지고 말았다. 물론 오레시첸코프는 지금 당장 환부를 촉진해보자고는 말하지 않았었다. 어디까지나 돈초바에게는 손님을 대하는 것처럼 말하고 있었다. 말하자면 양쪽의 신분을 겸할 것을 권하고 있었는데 여의사는 완전히 풀이 꺾여서 지금까지의 태도를 견지할 수가 없었다.

"벨라 간가르트도 지금은 정확한 진단을 내릴 수 있게 되었으니, 그 애한테 부탁해도 좋았을 텐데."라고 여전히 매일의 일에 쫓기는 때처럼 빠른 말씨로 돈초바는 말했다. "하지만 오레시첸코프 선생님이 계시는 한 역시……."

"제자의 부탁을 거절하고 지낼 수 있다면 나도 마음이 편하겠구면."

오레시첸코프는 또 여의사를 빤히 쳐다보면서 말했다. 지금의 돈초바로서는 잘 볼수 없었으나 그의 의연한 눈매에 죽음의 그림자가 깃든 지도 이미 2년이 지나 있었다. 그 그림자는 아내가 죽은 뒤에 나타났던 것이다.

"그럼 일단 휴가를 얻게 된다면 뒷일은 벨라에게 맡길 셈인가?"

'휴가를 얻는다!' 얼마나 부드러운 표현인가! 그러나 그렇다면 역시 심상치 않은 것이 분명했다…….

"네, 그 애는 이제 실력이 대단해요. 방사선과를 훌륭하게 이끌어갈 수 있다고 봐요."

오레시첸코프는 고개를 끄덕이면서 폭포 같은 작은 턱수염을 매만졌다.

"의사로서 훌륭한 것은 좋지만 결혼은?"

돈초바는 머리를 가로 저였다.

"우리 손녀도 그래." 오레시첸코프는 그럴 필요도 없는데도 목소리를 떨구었다. "적당한 상대를 찾지 못했나보군. 결혼이란 그처럼 어려운 모양이야."

눈썹끝이 조금 움직이며 불안한 표정을 지었다.

노의사는 너무 끌 문제가 아니라면서 월요일에 돈초바를 진찰하러 가겠다고 약속해 주었다.

'왜 그렇게 서두를까.'

대화가 잠시 끊겼다. 이쯤 해서 인사를 하고 가는 것이 좋을 것 같아서 돈초바는 자리에서 일어섰다. 그러나 오레시첸코프는 차나 들고 가라면서 한사코 붙들었다.

"아니요, 별 생각이 없습니다!" 돈초바는 사양했다.

"아니, 내가 마시고 싶어서 그래! 마침 차를 들 시간이거든."

의사는 위축된 환자의 입장에서 건강한 사람의 입장으로 제자를 끌어냈다!

"그런데 젊은 분은 없나요?"

젊은 분이라고는 해도 나이는 돈초바와 비슷한 정도를 말하는 것이었다.

"아니, 없어. 지금은 손자도 없고 나 혼자야."

'그런데도 서재에서 사무적인 얘기를 했던 것이다! 오레시첸코프는 서재가 아니면 의사로서의 체통이 서지 않는다고 생각하는 모양이었다.'

"그러면 선생님이 차를 끓이시단 말인가요? 이걸 어쩌죠?"

"아니 끓이지 않아도 돼요, 보온병에 더운 물이 가득 들어 있으니까. 과자도 있을 것이고 찻잔은 찬장에 있지……그래 자네가 좀 따라주지 않겠나?"

두 사람은 식당으로 가서 네모난 참나무 식탁에 앉아서 차를 마시기 시작했다. 그것은 코끼리가 올라서서 춤이라도 출 수 있을 만큼 큰 테이블로, 어느 문으로도 운반해갈 수 없을 것처럼 보였다. 아직 옛날 벽시계는 이른 시각을 가리키고 있었다.

오레시첸코프는 손녀 자랑을 늘어놓기 시작했다. 손녀는 최근 음악학교를 갓 졸업했는데 피아노를 잘 쳤으며, 음악가로서는 너무 영리하고 용모도 매력적이라고 했다. 노인은 손녀의 최근 사진을 보여주기도 했다. 지나치게 손녀 자랑을 했다고 생각했는지 손녀에 대해서는 더 이상 말하지 않았다. 그러나 아무리 자랑을 해도 무수한 파편에 산산조각으로 부서진 돈초바의 마음이 다시 하나로 모아질 수는 없었다. 이미 이쪽의 병이 얼마나 위험하다는 것을 알고 있는 사람과 이렇게 마주앉아 조용하게 차를 마실 수 있다는 것은 참으로 이상한 일이었다. 노인은 상대방의 병이 앞으로 어떻게 진행할 것인지 예견하고 있으면서도 지금은 아무말도 하지 않고 비스킷을 집고 있을 뿐이었다.

돈초바도 털어놓기 어려운 문제가 있었는데 그것은 골치 아픈 딸 아이의 이혼 문제가 아니라 아들에 관한 것이었다. 아들은 8학년이었다. 무슨 생각이 들었는지 더 이상 학교에 다녀봤자 무의미하다고 말했었다! 그래서 아버지도 어머니도 이 아들을 설득할 수가 없었다. 온갖 설득의 말들이 아들의 이마에 부딪쳤다가는 다시 튕겨져 나가 버렸다── '사람은 공부를 해야 한다!'── '왜요?'── '공부는 가장 중요한 일이거든!'── '가장 중요한 것은 즐겁게 살아가는 일이에요' —— '하지만 교육을 받지 않고서는 훌륭한 전문가가 될 수 없어!' —— '전문가 같은 것은 되고 싶지 않아요' —— '그럼 보통 노동자가 될 작정이냐?' —— '아니요, 악착같이 일하는 것은 싫어요.' —— '그럼 어떻게 살아가지?' —— '어떻게든 되겠지요. 요령만 좋다면야.' 아들은 불량배들과 사귀고 있는 것 같아서 돈초바는 걱정이 되어 어쩔 바를 몰라했다.

오레시첸코프는 그 이야기라면 듣지 않아도 다 알겠다는 표정이었다.

"젊은이들을 지도하는 사람은 많이 있지만 가장 중요한 사람이 빠져 있어요."라고 노인은 말했다. "상담역이 될 의사가! 여자는 14세, 남자는 16세가 되면 반드시 의사와 대화를 가져야 해요. 그것도 교실에서 40명을 한꺼번에 해서는 안 되고(그러면 대화라고는 할 수 없다), 학교의 위생실에서 한 사람당 3분씩 하는 것도 안 돼요. 그리고 상담역이 되는 의사는 어려서부터 그 아이의 목을 진찰하거나 그 아이의 집에 차를 마시러 가기도 하는 아저씨 같은 사람이라야 해. 만약 공평하고 선량하면서도 엄격한 아저씨나 부모한테처럼 떼를 쓰거나 눈물을 흘리며 졸라도 속아넘어가지 않는 아저씨가 남자 아이나 여자 아이와 한 방에 들어앉아서 창피하기는 해도 흥미진진한 이야기를 들려주는 것이 어떨까? 아이들이 묻기 전에 관심은 있어도 묻기 거북했던 점을 미리 척척 말해준다면? 그러한 대화를 두 번이고 세 번이고 해준다면? 그러면 어린이가 과오나 그릇된 충동에서, 육체의 손상으로부터 보호받을 수 있을 뿐만 아니라 어린이로서는 세계에 대한 이미지가 깨끗하고 바르게 되지. 그렇게 해서 가장 큰 불안, 가장 큰 의문에 대해서 자기들이 이해한 이상으로 다른 점에 대해서도 아이들은 주위의 몰이해로 절망하는 일은 없을 것이라고 생각해요. 그 순간부터 아이들의 귀에는 부모가 하는 말을 잘 들을 수 있게 될 거요."

노의사가 이런 의견을 말해준 것도 실은 돈초바가 아들에 대한 이야기를 했기 때문이었다. 그리고 자식에 대한 것은 아직 해결되지 않았으니 다른 사람들의 의견에 귀를 기울이고 아들에게 어떠한 태도를 취할 것인지를 생각하기에는 지금이 가장 좋은 기회였을지도 모른다. 오레시첸코프는 전혀 늙었다는 것을 느끼게 하지 않았으며 잘 울리는 목소리로 말을 계속하면서 확인하듯이 밝은 눈동자로 여의사를 지그시 바라보는 것이었다. 그러나 돈초바는 지금 이렇게 팔걸이의자에 앉아 있는 자기를 편안하게 해주는 기분이 이따금 사라져버리고 무언가 어둡고 쓸쓸한 기분이 솟아오르는 것을 느끼고 있었다. 사려 깊은 연설을 듣고 있는 가운데 무언가를 잃어버린 것 같은, 아니 지금도 무언가를 잃고 있는 듯한 생각이 들어 이제 그만 자리에서 일어나 가야 한다는 초조한 생각이 들었다. 그러나 어디로 무엇을 하러 가야 하는지 그것은 전혀 알 수 없었다.

"정말 그래요."라고 돈초바는 동의했다. "우리 나라에서는 성교육을 너무 소홀하게 다루고 있어요."

"우리 나라에서는 아이들이 동물처럼 모든 것을 자기 스스로 경험을 통해 알아야 해요. 물론 아이들은 터득하게 되겠지……동물처럼 말이지. 그리고 우리 나라에서는 성격이 비뚤어지는 것은 예방할 필요가 없다고 하고 있어요. 왜냐하면 건강한 사회에서는 모든 어린이들은 성격적으로 정상일 것이라는 논리이지. 그래서 아이들은 어른들 몰래, 비뚤어진 자세로 서로 지식을 받아들이지 않으면 안 되지. 생활의 모든 면에서 어린이들에 대한 지도는 빼놓을 수 없는 일이지만 이 면만은 그렇지 않았어. 이것은 부끄러운 일 이라는 것이지. 그래서 이따금 성인이 된 여인이 감각적으로 몹시 유치한 사람이 있는데 그것도 그럴 수밖에 없는 것이 신랑이 첫날밤에 신부를 어떻게 다루어야 할 지 몰랐기 때문이야."

"그럴 수도 있겠군요." 돈초바가 말했다.

"있구 말구!" 오레시첸코프는 자신 있게 말했다.

돈초바의 얼굴에 나타난 불안과 초조와 당혹감을 노의사는 의식하고 있었으나, 월요일에 X선의 스크린 저쪽에 누워 있을 여의사가 아무것도 알고 싶어하지 않는 이상, 이 토요일 밤에 구체적인 증상을 구태여 말해줄 필요는 없다. 이때, 돈초바는 잡담이나 하면서 기분을 풀 수밖에 없었는데,

두 의사가 나누는 잡담의 화제로는 이밖에 어떤 것이 또 있을까.

"어쨌든 어려서부터 상담해주는 의사란 인간의 일생에 있어서 가장 마음 따뜻한 존재요. 그러나 그 마음이 따뜻한 존재는 근절시켜 버렸지. 상담 의사가 없다면 문명 사회에 있어서 가족 그 자체가 존재할 수 없다는 것이지. 어머니가 가족 한 사람 한 사람의 식성을 알고 있듯이 상담 의사는 한 사람 한 사람의 고민을 알고 있지. 상담 의사에게라면 아무리 사소한 일을 호소해도 창피하지 않지만 큰 병원의 외래 진찰실에서는 그럴 수가 없어요. 번호표를 받고 기다리고 기다린 끝에 한 시간에 아홉 사람의 환자나 진찰해 버리니까. 그런데 사소한 호소를 무시해버리면 병은 점점 심해질 뿐이지요. 그래, 얼마나 많은 사람들이 —— 지금 이 순간에도 자기의 남모를 걱정이나 부끄러운 걱정거리를 털어놓을 수 있는 의사를 이야기 상대로 혈안이 되어 찾고 있는지 몰라요. 그런데 그런 의사를 찾고 있다는 것은 친구에게도 말할 수 없고, 신문에 광고도 낼 수 없어요. 마치 배우자를 찾듯이 사적이고 은밀한 일이니까! 그러나 현대에서는 좋은 아내를 찾는 것이 훨씬 쉬워졌지. 환자의 모든 것을 완전히 이해해줄 수 있는 의사를 찾아내는 것보다도"

돈초바는 이마에 주름을 모았다. 추상론이다. 돈초바의 머리에는 갖가지 증상의 무리가 몰려와서 무섭게 대열을 짓기 시작했다.

"그런데 그러한 개업의는 어느 정도나 있어야 할까요? 그것은 역시 전국민을 무료로 치료해주는 우리 나라의 의료 제도로는 적당치 않은 것 같습니다."

"무료라는 것이 반드시 좋은 것만은 아니지." 오레시첸코프는 굵은 목소리로 자기의 설을 고집했다.

"하지만 무료 진료는 우리 나라 의료 제도의 최대 성과입니다."

"글쎄, 과연 그렇게 큰 성과일까? 무료란 어떤 것일까. 의사는 결코 무보수로는 일하지 않아요. 의사에게 돈을 지불하는 것은 환자가 아니라 국가 예산이지. 그런데 국가 예산을 세우는 돈을 내고 있는 것은 환자가 아니겠소. 이것은 무료 진료가 아니라 무책임한 진료예요. 가령 환자는 돈이 남아 돈다 하더라도 이런 식의 진료라면 돈을 내놓기가 아까울 거요. 그러나 정말 필요하다면 지금의 다섯 배라도 낼 거요."

"그러면 환자의 부담이 너무 커질 거예요!"

"건강하지 못하면 새 커튼도, 두 켤레 째의 구두도 전혀 소용이 없을 거요! 그런데 현재의 상황은 어떻지요? 가족처럼 정성껏 보아주는 의사에게라면 환자는 결코 돈은 아까워하지 않아요. 그런데 그런 의사가 어디에도 없단 말이에요. 가는 곳마다 그래프, 작업 기준! 다음 환자 들어오세요! 유료 종합병원에서는 진료 속도가 훨씬 빨라요. 무엇을 그렇게 우왕좌왕하는가 하고 보았더니 조사다, 회의다, 노동 능력 심사다 하고 바쁜거요. 의사는 환자의 속임수를 간파해내야 해요. 환자와 의사는 앙숙이니까 —— 이것이 의술이라 할 수 있을까요? 약제(藥劑) 문제만 해도 그래요. 20년대에 우리 나라에서는 모든 약을 무료로 주었었지. 당신도 기억하고 있겠지?"

"그랬던가요? 그랬던 것 같기도 하고. 잊고 있었나봐요."

"모두가 무료였지. 그런데 이 제도는 폐지되었어요. 어째서?"

"국가 예산 때문이었을까요?" 돈초바는 애써 그렇게 말하면서 눈을 크게 깜박여 보였다.

"그것만이 아니지. 제도 그 자체가 무의미해서였지. 무료라 하니까 환자들은 무턱대고 약을 많이 가져갔다가 그 절반 이상을 버렸었지. 그러나 나는 모든 진료를 유료로 하자는 것은 아니요. 그러나 초진료(初診料)는 꼭 필요해요. 그후 환자가 입원해서 치료가 본궤도에 올랐을 때는 무료로 하는 것이 옳다고 봐요. 당신의 병원만 해도 수술을 할 수 있는 외과 의사는 두 사람뿐이고 나머지 세 사람의 의사는 멍청하게 구경만 하고 있어요. 왜지요? 아무 일도 하지 않아요. 월급을 탈 수 있으니까 걱정할 필요가 없기 때문이지. 만약 환자한테서 직접 돈을 받게 되었을 때, 환자가 한 사람도 찾아오지 않는다면 하름하메도프는 당황하게 되겠지! 판테히나도 마찬가지이고! 류드치카, 말하자면 의사란 자기가 환자에게 주는 인상에 좌우되어야 해. 자기의 인기에 말이지. 그런데 우리 나라에서는 그렇지 않아요."

"환자라 해도 별의별 사람이 다 있어요! 가령 스캔들 전문의 폴리나 자보치코바 같은……."

"그래요, 그런 여자한테도 좌우돼야 하지."

"그렇다면 의사가 너무 비참하지 않을까요?"

"의국장의 안색에 좌우되는 것은 비참하지 않고? 관리처럼 매달 경리과에서 봉급을 타가는 것은 부끄러운 일이 아니라는 말인가?"

"하지만 까다로운 환자도 있어요. 라비노비치라든가 코스토글로토프 같은 ……. 그들은 이론적인 질문으로 의사를 괴롭히고 있어요. 그러한 환자들의 질문에도 대답해 주어야 하나요?"

오레시첸코프의 벗겨진 이마에는 당황해하는 주름살 하나 보이지 않았다. 이 노의사는 전부터도 돈초바의 실력이 대단하다는 것은 잘 알고 있었다. 돈초바는 매우 어려운 증례를 혼자 힘으로 연구해서 해결해낼 수 있었다. 의학 잡지에는 200개 이상의 극히 곤란한 진단 사례가 돈초바의 보고로 발표되고 있었다. 이것이야말로 의사로서 무엇보다도 어려운 일이었다. 이 여의사에게서 더 이상 무엇을 바라겠는가.

"물론 그러한 질문에는 대답해줘야겠지." 노인은 조용히 고개를 끄덕였다.

"그럴 시간 여유가 없어요!" 돈초바는 분연히 대화에 열을 올렸다. 노의사는 집에서 슬리퍼나 끌고 다니니까 그런 말을 할 수 있는 것이다. "지금 병원이 얼마나 바쁜지 아시겠어요, 선생님? 선생님이 근무하던 때의 병원과는 달라요. 한 의사가 환자를 몇 명이나 맡아야 하는지 아세요?"

"초진 방식을 바르게 바꾼다면……." 하고 오레시첸코프는 말했다. "환자도 훨씬 줄어들 것이고 진찰도 충분히 할 수 있게 돼요. 초진을 담당하는 의사에게는 그 의사의 기억력과 지식에 의해서 처리할 수 있는 범위 내의 환자를 맡기지 않으면 안 돼요. 그렇게 되면 의사는 환자를 하나의 복합체로서 치료할 수 있지. 개개의 병을 치료하는 것만으로는 야전 병원의 수준에 지나지 않아요!"

"아아." 돈초바는 피로한 듯이 한숨을 쉬었다. 이런 개인적인 이야기로 무엇을 바꿔놓을 수 있겠는가. 전체의 큰 흐름을 바꿔놓을 수 있을까. "환자를 하나의 복합체로서 본다는 것은 말하는 것만으로도 두려운 생각이 들어요!"

오레시첸코프도 이쯤 해서 얘기를 끝내야겠다고 생각했으나 나이가 많아지면서부터 점점 수다스러워지는 경향이 있었다.

"그러나 환자의 육체는 우리들의 지식이 분할되어 있다는 것을 알지 못하지! 그런데 육체는 분할되어 있지 않아. 볼테르가 말했던 대로 의사는 자기가 처방하는 약에 대해서도 잘 모르고 있으며, 환자의 육체에 대해서는 더욱 잘 모르고 있지. 그러나 해부학자가 마치 측량 기사처럼 사체를 해부할 뿐, 살아 있는 육체는 전문 밖의 일이라고 돌보지 않는다면 우리 의사들은 어떻게 환자를 하나의 복합체로 파악할 수 있겠나? 골절 전문가로 이름나 있는 방사선과 의사가 소화 기관은 전문 밖의 일이라고 한다면 어떻게 될까? 환자는 마치 농구 공처럼 전문가에게서 전문가에게로 이리저리 옮겨지겠지. 그래서 의사가 양봉을 취미로 삼거나 하는 거지. 그러나 만약 환자를 하나의 복합체로서 이해하려 한다면 다른 취미에 관심을 돌릴 틈은 없게 돼. 그래! 우선 의사 자신이 하나의 복합체가 되지 않으면 안 되니까! 의사 자신이!"

"의사 자신이!"라고 돈초바는 중얼거리듯이 되풀이했다. 머리가 개운하고 원기가 왕성할 때라면 이 무진장하게 솟아나는 토론에 물론 흥미를 느꼈을 것이지만 지금은 피로를 느꼈을 뿐이고 아무리 해도 정신을 집중시킬 수 없었다.

"당신도 그러한 의사 중의 한 사람이었으니까 비하해서는 안 돼요, 류드치카. 그리고 또 이러한 사태는 어제나 오늘 시작된 것도 아니고. 우리 같은 시골 의사는 모두 연구자를 겸한 의사이지 관리직 타이프는 아니야. 그런데 이 지구의 병원 의국장이란 자들은 전문의를 열명쯤 붙여주지 않으면 아무 일도 할 수 없어요……."

돈초바의 피로한 얼굴을 보고 마음을 가라앉히려고 해준 이야기가 별 도움이 되지 못했다는 것을 알아차린 노의사는 이쯤 얘기를 끝내려 하고 있었다. 그때 베란다로 통하는 문이 열리고 들어온 것은 —— 개였는데, 아주 크고 순한 개였다. 마치 인간이 어떤 이유로 해서 네·발로 기어가게 된 느낌을 주는 개였다. 돈초바는 개가 물지 않을까 겁을 내기도 했으나 그 슬픈 인간적인 눈을 보자 공포감은 곧 사라져버렸다.

자기가 들어오면 누가 놀라지 않을까 걱정하지도 않는 것처럼 개는 조용하고 조심스럽게 들어왔다. 그리고 들어왔다는 인사라도 하려는 듯이 빗자루 같은 꼬리를 한 번 쳐들어 그것을 공중에서 한 바퀴 돌린 다음 축 떨어뜨렸다. 축 늘어진 귀가 검정색인 외에는 전신이 갈색과 백색의 두 색깔이 복잡한 무늬를 이루고 있었다. 등은 흰옷을 입고 있는 것 같았으나 옆구리는 밝은 갈색이었고, 엉덩이 부분은 오렌지색에 가까웠다. 그 개는 처음에 돈초바에게로 다가가서 무릎 부분에 코를 대고 냄새를 맡았는데 별로 경계하는 것 같지는 않았다. 그 개는 온순하게 그 오렌지색 엉덩이를 테이블 곁에 내려놓고 자기의 머리보다 약간 높은 테이블의 표면에 널려 있는 먹을것에는 관심을 나타내려 하지도 않았다. 네 발로 선 채 일체의 욕망을 초월한 것처럼 윤기 있는 갈색의 크고 둥근 눈으로 테이블 위의 공간을 바라보고 있었다.

"이 개는 무슨 종이지요?" 돈초바가 물었다. 그 순간 여의사는 오늘 밤 처음으로 자기의 병에 대해 잊고 있었다.

"세인트 버나드야." 노인은 자랑스럽게 개를 바라보고 있었다. "다른 데는 다 괜찮은데 귀가 너무 긴 것이 흠이야. 마냐는 밥을 줄 때마다 화를 내지. "끈으로 귀를 붙잡아 매든지 해야겠어요. 그릇에 귀가 닿아요!" 라면서.

돈초바는 완전히 개에 매료되고 말았다. 이러한 개는 혼잡한 거리에는 내보낼 수 없고, 어떤 교통 기관도 데리고 타게 하지는 않을 것이다. 눈사람(雪男)이 히말라야에서 밖에는 살 수 없듯이 이런 개는 정원이 있는 단충집에서나 기를 수 있는 개였다.

오레시첸코프는 고기 만두의 한 조각을 개에게 먹였다. 그러나 던져서 주지는 않았다. 사람들이 불쌍해서라든가 혹은 재미로 먹이를 던져주면 개들은 대개 뒷발로 서서는 우정의 표시로 앞발을 사람의 어깨에 걸치거나 한다. 오레시첸코프는 사람에게 줄 때처럼 고기 만두를 내밀었다. 개는 대등한 존재처럼 그 손바닥 위에 놓인 고기 만두를 물었다. 배는 고프지 않지만 예의상 받는다는 듯이.

이 조용하고 조심성 있는 개의 출현으로 기분이 한결 상쾌해진 돈초바는 집으로 돌아가려고 테이블 곁을 떠나면서 생각했다. 가령 수술을 받는다 하더라도 모든 것이 다 끝나는 것은 아니다. 그런데도 오늘밤은 오레시첸 코프의 얘기를 제대로 듣지도 못했다.

"정말 죄송합니다. 저의 병 문제에 골몰하다 보니 선생님의 안부는 여쭤보지도 못했군요. 선생님은 여전히 건강이 좋으시지요?"

이 연로한 의사는 돈초바 앞에 서있었다. 약간 뚱뚱해진 것 같은 당당한 체구이고 눈은 조금도 흐려 있지 않았으며 귀도 밝았었다. 이 사람이 돈초바보다 25년이나 연상이라고는 좀처럼 믿어지지 않았다.

"아직은 아무렇지도 않아." 별로 따뜻하게 느껴지지는 않았으나 선의에 찬 미소를 짓고 있었다. "죽기 전에 앓지 않기로 했지. 죽을 때는 잠을 자듯이 죽는 것이 제일이야."

돈초바를 보내고 나서 식당으로 돌아온 노인은 팔걸이의자에 걸터앉았다. 너무 오래 썼기 때문에 등받이 부분은 닳고 닳아서 노래졌으며 전체가 검은 빛을 띤 약간 휘어진 흔들의자였다. 의사는 의자를 약간 움직였다. 그것이 자연스럽게 멈추자 더 이상 몸을 흔들려 하지 않았다. 자유롭고 흔들의자 특유의 자세 그대로 노인은 얼어붙은 듯이 오랫 동안 꼼짝도 하지 않았다.

요즘 따라 이런 식으로 휴식할 때가 많았다. 그의 육체가 힘의 회복을 요구하는 것 못지 않게, 정신은 외부의 시끄러운 소리나 회화나 일의 예정 등 의사로서의 입장을 떠나 침묵의 바다 깊숙이 가라앉기를 요구하는 것 이었다. 그리곤 지금 이렇게 몸을 움직이지 않고 가만히 마음에 떠오르는 갖가지 일들을 생각하고 있으면 한결 마음이 깨끗해지고 충실해졌다.

이런 때 존재 이유는 —— 긴 과거로부터 짧은 미래에 이르는 자기 자신의 존재 이유, 그리고 죽은 아내의, 어린 손녀의, 모든 인간의 존재 이유란 결코 일 속에 있는 것이 아니라는 생각이 들었다. 사람은 자나 깨나 일에만 열중하고, 일에만 관심을 나타내고, 다른 사람은 일에 의해서 그 사람을 판단하는 것이다. 그러나 존재 이유는 그곳에 있는 것이 아니라 —— 한 사람 한 사람의 배후에 던져진 영원한 모습을 어디까지나 흐트러뜨리지 않고, 흔들리지 않고, 비뚜러지지 않고 보존할 수 있었느냐 하는 점에 있는 것이 아닐까.

마치 잔잔한 연못의 수면에 비친 은빛 달처럼.

31. 시장(市場)의 우상

내부에는 어떤 긴장감이 생겨나서 지속되고 있었다. 그것은 지루한 긴장이 아니라 즐거운 긴장이었다. 긴장이 어디에 있는지도 뚜렷하게 느낄 수 있었다. 가슴의 앞부분, 바로 뼈의 안쪽이었다. 이 긴장은 뜨거운 공기처럼 가슴을 압박했다. 게다가 소리까지 나는 것 같았는데 그것은 물론 지상의 소리는 아니었다. 귀에 들리는 소리는 아니었다.

그것은 지난 몇 주 동안 밤낮 조야에게 이끌렸던 그러한 감정과는 다른 것이었다. 그 감정이 있는 곳은 가슴이 아니었다.

오레크는 자기의 내부에 그러한 감정을 간직하면서 끊임없이 그 소리에 귀를 기울이고 있었다. 이제 와서 생각난 것이지만 오레크는 젊었을 때도 이러한 긴장을 경험한 적이 있었으나 그후에 깨끗이 잊고 있었던 것이다. 이것은 대체 어떤 감정이어었을까. 어느 정도까지 지속하고 어느 정도까지 진실한 감정이었을까? 이러한 감정을 불러일으키게 한 여인에게 어디까지나 종속해야 하는 것인가. 아니면 여자가 자기의 것이 되지 않았다는 수수께끼, 친밀한 관계가 생기지 않았다는 수수께끼에서 생겨난 물거품 같은 감정이며 머지 않아 사라져버리는 것은 아닐까?

그러나 친밀한 관계라는 표현은 현재의 오레크에게는 아무런 의미도 갖지 못했다.

아니면 어떤 의미를 갖는 것일까……. 이러한 감정은 가슴 속에 남아 있는 유일한 희망이며, 그러기에 오레크는 그처럼 소중하게 간직하고 있는 것이다. 그것은 인생을 충실하게 해주고, 인생을 장식해주는 가장 소중한 것으로 되고 있었다. 생각하면 이상한 일이었다. 베가의 존재는 암병동 전체를 흥미 깊고 색채가 풍부한 장소로 바꾸어놓아, 베가와 친밀하게 이야기를 나누었다는 것만으로도 이 병동은 무미건조한 장소가 아니게 되니 말이다. 그러나 오레크는 베가와 만날 기회가 적었고 이따금 그녀의 모습을 흘끔 쳐다볼 정도였다. 그래도 2, 3일 전에는 한 번 수혈을 받았다. 간호사가 곁에 있어서 마음껏 멋대로 지껄일 수는 없었으나 두 사람은 즐겁게 애기를 나눌 수 있었다.

전에는 그처럼 여기서 도망치고 싶었던 오레크였으나 퇴원 일자가 가까워진 지금으로서는 어쩐지 아쉽기만 했다. 우시 테레크로 돌아가면 더 이상 베가는 만나지 못한다. 그러면 어찌될 것인가.

오늘은 일요일이어서 베가의 모습을 볼 수 있는 가능성은 전혀 없었다. 무척 화창하고 따뜻한 날이었으며 바람 한 점 없어서 햇볕을 쪼이기에는 더없이 좋은 날씨였다. 그래서 오레크는 밖으로 산책을 나섰다. 그는 따뜻한 공기를 마음껏 들이마시면서 베가가 이 일요일을 즐겁게 보내고 있을 모습을 머릿속에 그려보려고 했다. 그녀는 지금쯤 무엇을 하고 있을까.

오레크의 걸음걸이는 전과는 달리 힘이 없었다. 일정한 직선 코스를 걸어가다가 막다른 곳에 이르면 오른쪽으로 돌아서 돌아오는 걸음걸이는 더 이상 하지 않았다. 그의 발걸음은 힘이 없었으며 조심스러웠다. 벤치가 나타나면 곧 걸터 앉았으며 벤치가 텅 비어 있는 곳에서는 드러누워 몸을 쭉 펴기도 했다.

오늘도 가운의 앞자락을 헤치고 등을 구부린채 오레크는 천천히 걸었으며 이따금 걸음을 멈추고 서서는 고개를 들어 나무들을 바라보았다. 파란 싹이 절반쯤 모습을 드러낸 나무도 있고 4분의 1밖에 내밀지 않은 나무도 있었으나 떡갈나무는 아직 전혀 싹이 돋아나지 않았었다. 하지만 모든 것이 아름다웠다 !

소리도 내지 않고 어느샌가 돋아난 새 풀싹이 여기저기서 돋아나고 있었다. 푸른색은 진하지 않았으나 작년의 풀이 아닌가 혼동할 정도였다.

한 가로수 근처의 양지바른 곳에 있는 슈르빈의 모습을 오레크는 보았다. 이 노인은 폭이 좁은 널빤지로 만든 등받이도 없는 낡은 벤치에 앉아 있었다. 넓적다리의 중간쯤을 걸치고 앉아 있어서 어쩐지 앞쪽이나 뒷쪽으로 넘어질 것만 같은 불완전한 자세로 깍지낀 두 손을 무릎 사이에 끼우고 있었다. 밝은 햇빛과 그림자 속에 있는 외딴 벤치에 이렇게 고개를 떨구고 앉아 있는 모습은 '의기소침'이란 제목의 조각물처럼 보였다.

슈르빈의 곁에 가서 앉을까 하고 오레크는 생각했다. 이 노인과 느긋하게 이야기를 나눌 기회는 아직 한 번도 없었다. 수용소 시절의 경험에 비추어보자면, 잘 침묵하는 인간은 내용이 풍부한 인간임에 틀림이 없다. 그리고 슈르빈이 한창 논쟁이 벌어지고 있을 때 자기를 도와주어 더욱 고맙게 생각하고 있던 터였다.

그러나 역시 그냥 지나쳐가야겠다고 오레크는 작정했다. 이것 역시 수용소 시절에 뼈에 사무치도록 느꼈던 점이지만 고독을 즐기는 것은 모든 인간의 신성한 권리인 것이다. 그러니 노인을 방해해서는 안 된다.

장화 발로 자갈을 밟으면서 오레크는 걸음을 멈추지 않고 천천히 걸어가고 있었다. 슈르빈은 장화를 보더니 얼굴을 들었다. 그의 시선은 냉담해서 '음, 한 병실에 있는 환자군.' 하는 정도의 표정밖에는 보이지 않았다. 오레크가 다시 두세 걸음 걸어갔을 때 슈르빈은 질문하듯이 말을 걸어왔다.

"앉지 않겠습니까 ?"

슈르빈이 신고 있는 신도 병원의 슬리퍼가 아니라 튼튼한 뒷축이 달린 실내화였다. 그런 신을 신지 않았더라면 여기까지 걸어올 수가 없었을 것이다. 머리에는 아무것도 쓰고 있지 않아서 얼마 남지 않은 백발을 드러내고 있었다.

오레크는 벤치 가까이 가서 걸터앉았다. 그대로 계속 걸어도, 상관은 없었지만 좀 앉는 것이 좋을 것 같았다.

어떤 이야기부터 시작하더라도 오레크는 아주 중요한 질문을 슈르빈에게 던질 것 같은 기분이 들었다. 그 대답에는 인간 전체에 대한 것이 나타나야 할 만큼 중요한 질문이었다. 그러나 우선 오레크는 이렇게 물었다.

"그럼 모레인가요, 알렉세이 필리포비치 씨?"

대답을 듣지 않더라도 모레라는 것은 알고 있었다. 슈르빈의 수술이 모레로 결정되었다는 것은 병실의 누구나가 다 알고 있었다. 그러나 병실에서는 말 수가 적은 슈르빈의 이름을 풀 네임으로 불러주는 사람은 한 사람도 없었으므로 이 '알렉세이 필리포비치'에는 그만큼 더 무게가 있었다. 그것은 노병이 노병을 향하여 부르는 말이었다.

"최후의 일광욕이오." 하고 슈르빈은 고개를 끄덕였다.

"최후라니, 당치 않아요." 코스토글로토프가 낮은 목소리로 말했다.

그러나 곁눈으로 슈르빈의 모습을 흘끔거리면서 어쩌면 정말 최후가 될지도 모른다고 생각했다. 최근 슈르빈은 완전히 힘이 빠진 것 같았으며 아직 식욕은 있었으나 음식은 조금씩 밖에는 먹지 않았다. 나중에 고통을 느끼지 않도록 조심했던 것이다. 코스토글로토프는 슈르빈의 병명을 알고 있었으므로 다시 솔직하게 물었다.

"그럼 결정했습니까, 옆구리에 구멍을 내기로?"

슈르빈은 키스를 할 때처럼 입술을 오무리면서 다시 고개를 끄덕였다. 잠시 침묵이 흘렀다.

"암에도 여러 가지가 있지요." 슈르빈은 오레크를 보지도 않은 채 눈앞을 멍청하게 응시하면서 말했다. "암에서 또 다른 암이 생기지요. 아무리 심한 상태라고 해도 더 나쁜 상태가 있기 마련이니까. 나의 병에 대해서는 누구한테 얘기할 수도 없고 상담할 수도 없어요."

"저의 병도 마찬가지에요."

"뭐니뭐니 해도 내가 더 심해요! 나의 병은 특히 굴욕적이라고 할지, 사람을 바보로 만드는 병이니까. 수술의 결과도 무서워요. 만약 내가 살 아난다고 해도 —— 이것은 전적으로 가정하에 하는 말이지만 —— 사람들은 내 곁에 오거나, 지금 당신처럼 내 곁에 앉으려 하지 않을 거요. 모두 두어발짝 쯤 떨어져 있으려고 할 거요. 누군가가 가까이 다가왔다 하더라도. 아, 이 사람은 싫은데도 억지로 참고 있구나 하고 나는 생각하게 될 거요. 즉 이제 세상 사람들과는 교제할 수 없게 된다는 거지요."

코스토글로토프는 잠깐 생각하고 있더니 작게 휘파람을 불었다. 입술로 부는 것이 아니라 이빨과 이빨 사이로 숨을 내보내어 메마른 소리를 냈다.

"대체로 말해서 누가 더 괴로운 지는 판정을 내리기 어려운 일이지요. 확실하게 결과를 알 수 있는 경쟁과는 달라요. 사람들은 누구나 다 자기의 불행이 가장 크다고 생각하지요. 가령 나도 나의 인생은 너무 비참하다고 생각하고 있으니까요. 하지만 어쩌면 당신쪽이 더 괴로웠는지 몰라요. 그러니 옆에서 판단을 내리기란 어려운 일이지요."

"판정을 내리지 않는 것이 좋아요, 그렇지 않으면 잘못 판정을 내리게 될 테니까." 슈르빈은 머리를 비틀면서 너무나도 표현력이 풍부한, 충혈된 둥근 눈으로 오레크를 바라보았다. "바닷속으로 잠수하는 사람, 흙을 파는 사람, 사막에서 물을 찾는 사람이 가장 쓰라린 생활을 하고 있다고는 할 수 없어요. 가장 괴로운 생활을 보내고 있는 사람은 매일 아침 집에서 나올 때 낮은 문지방에 머리를 부딪치는 사람이오 —— 듣자 하니 당신은 전쟁에도 나갔으며 그후 수용소에 있었다지요?"

"대학에도 가지 못했으며 장교도 되지 못했지요. 그리고 지금은 영구 추방의 신세지요." 오레크는 담담하게 열거했다. "게다가 암까지 걸렸어요."

"암은 피차 마찬가지구. 그리고 또 다른 점이 있다면 젊다는 것……."

"……젊다니요, 멍청하지 않다는 것일까요, 아니면 겉보기에 아직 젊어

보인다는 말인가요?"

"그밖의 점에 대해서 말하자면 당신은 거짓말을 덜 했다는 것이지. 알겠소? 굴복하는 일이 적었다는 말이오. 그 점을 생각해야 해요! 당신들은 체포되었지만 우리는 집회에 불려나가서 당신 같은 사람들을 두들겨 패주라는 강요를 받았지. 당신은 판결을 받았지만 우리는 판결문을 낭독할 때 박수갈채를 보내라고 강요당했어요! 박수뿐만 아니라 총살을 요구하는 말을 하라고! 기억해요? 신문은 이렇게 썼었지. '더없이 비열하고 악랄한 행위임을 알게 된 소비에트의 전 인민은 마치 한 사람처럼 일제히 동요하여 …….' 이 한 사람이란 것이 어떤 것인지 알아요? 우리는 각기 다른 사람인데 느닷없이 '한 사람 같이'라니! 그래서 주위의 사람이나 의장단에게도 잘 보일 수 있도록 가능한 한 손을 높게 쳐들고 박수를 쳐야 했어요. 생명이 아깝지 않은 사람이 어디 있겠습니까? 누가 당신을 변호했지요? 누가 당신을 탄핵했지요? 그들은 지금 어디에 있지요? …… 가령 산업당 사건으로 체포된 사람들의 총살을 투표로 결정했을 때 지마 올리츠키라는 사람이 기권을 했어요. 반대 투표가 아닌 기권을 했던거요. 그러자 모두가 아우성이었어요. '해명하라! 해명하라!' 오리츠키는 일어나서 갈라진 목소리로 말했어요. '혁명 12년째가 되는 지금, 유해 분자를 근절시키는 데는 어떤 다른 방법이 있다고 생각합니다…….' '아, 저 악당! 공범자! 스파이!' 그리하여 다음날 아침에는 국가 보안부로부터 호출장이 날아왔고 결국 그는 종신형에 처해졌지요."

그리고 슈르빈은 목을 나선형으로 돌리는 듯한 그 기묘한 동작을 취했다. 불안정한 자세로 벤치에 앉아 있는 이 노인은 흡사 나무 위에 앉아 있는 큰 새를 연상케 했다.

코스토글로토프는 상대방의 말에 선동되어서는 안 된다고 생각했다.

"알렉세이 필리피치 씨, 말하자면 그것은 입장의 차이가 아닐까요? 만약 당신이 제 입장에 있었더라면 역시 괴로움을 당했을 것이고, 제가 당신이었다면 역시 그렇게 순응했을지도 모릅니다. 하지만 한 가지 확실한 것은 괴로워한 것은 당신처럼 사태를 이해하고 있는 사람 뿐이라는 것입니다. 믿고 있던 사람들은 편했을 것입니다. 그러한 사람들은 손이 더럽혀져 있더라도 실은 더러워지지 않은 것입니다. 아무것도 모르고 있었으니까요."

노인은 탐색하는 듯한 시선을 흘끗 던졌다.

"누구지요, 믿고 있었던 사람은?"

"저도 그렇게 믿고 있었어요. 핀란드 전쟁 전까지는……."

"믿고 있던 사람이 얼마나 되었을까? 그리고 이해하지 못한 사람은 얼마나 되었을까? 아이들은 계산에 넣지 말고. 아니 우리 나라의 민중이 갑자기 정신 박약자가 되었다는 식의 사고 방식은 나로서는 생각할 수도 없어요. 나는 반대요! 옛날 농부들은 주인이 계단에 올라서서 무슨 말을 하든지 그들은 수염이 텁수룩한 얼굴로 그냥 싱글벙글했다고 해요. 주인이 보고 있고, 옆에서는 감시자가 지켜보고 있었으니까. 인사를 할 때는 그야말로 '한 사람의 인간처럼' 했지요. 이것은 즉 농부들이 주인을 믿고 있기 때문일까요? 믿기 위해서는 어떤 인간이어야 하지요?"

슈르빈은 갑자기 흥분하기 시작했다. 감정이 고조되자 그는 얼굴 표정이 일그러져 평상시와는 다른 얼굴로 변하는 것이었다.

"모든 대학 교수가, 모든 기술자가, 갑자기 유해분자가 되었다고 하면 민중이 그것을 믿을까요? 국내전을 하던 무렵의 탁월한 사단장들이 실은 독일이나 일본의 스파이였다면 믿을 수 있을까요? 레닌의 친위대들이 한 사람도 빠짐없이 사상적인 변절자라고 한다면 누가 믿어줄까요? 친구나 아는 사람이 모두 다 인민의 적이라고 한다면 믿을까요? 몇 백만의 러시아 병사가 조국을 배신했다고 한다면 믿을 사람이 있을까요? 노인에서 유아에 이르기까지 러시아의 국민 전체가 제거되었다면 그것을 믿을 수 있을까요? 도대체 민중이란 그처럼 바보스러울까요? 민중은 바보들의 집단일까요? 그럴 리가 없어요! 민중은 영리해요. 그들은 죽고 싶지 않은 거요. 모든 것을 참아내면서 살아 남는 것, 그것이 위대한 민중의 법도요. 우리 한 사람 한 사람의 무덤 위에서 후세 사람들이 이것이 누구냐고 묻게 될 때 그 대답이 될 수 있는 것은 푸슈킨의 시 한 구절 밖엔 없어요.

> 이 지긋지긋한 세기에는
> 어디로 가든 인간은 폭군 아니면 배신자
> 아니면 죄수일 뿐이다!"

오레크는 부르르 몸을 떨었다. 그것은 처음 들어보는 시였다. 거기에는 작자와 진실이 완전하게 일체가 되었을 때 비로소 태어나는 무서운 확신이 담겨 있었다.

슈르빈은 마치 위협이라도 하듯이 커다란 손가락을 하나 세웠다.

"푸슈킨도 바보라고는 하지 않겠지요. 물론 세상에 바보가 있다는 것은 퓨슈킨도 알고 있었을 거요. 그래요, 우리들에게 남겨진 길은 셋 밖에 없어요. 나는 감옥에 들어가본 적은 없으며, 폭군이 된 적도 없으니까. 그렇다면 ……." 슈르빈은 빙그레 웃더니 헛기침을 했다. "그렇다면……."

기침과 동시에 몸이 앞쪽으로 흔들렸다.

"어때요, 이런 인생이 당신의 인생보다 편할 것이라고 생각하나요? 공포의 연속 같은 인생이지요. 할 수만 있다면 누구와 바꾸었으면 하겠지요."

코스토글로토프는 폭이 좁은 벤치 위에서 등을 구부리고 노인처럼 앞뒤로 몸을 흔들었다. 볏이 있는 새가 횃대 위에 앉았을 때처럼.

발을 오그리고 있는 두 사람의 그림자가 눈앞의 땅바닥에 그림자를 드리웠다.

"아니, 알렉세이 필리피치 씨 그것은 너무 성급한 결론입니다. 너무나 잔혹합니다. 배신자란 밀고장을 쓰고, 증인으로서 법정에 출두한 인간이라고 생각합니다. 그러한 인간도 몇 백만은 될 겁니다. 수형자 두 사람, 아니 세 사람당 한 사람의 밀고자가 있다 하더라도 몇 백만은 될 것입니다. 그러나 모든 사람들을 배신자라고 밀어붙이는 것은 너무 합니다. 푸슈킨은 극단적인 말을 한 것에 지나지 않습니다. 폭풍이 불어서 나무가 쓰러지고 풀이 바람에 쓰러진다고 해서 풀이 나무를 배신한 것이 될까요? 저마다 자기의 생활이 있기 마련입니다. 당신도 말하지 않았던가요? 살아 남는 것이 민중의 법칙이라고."

슈르빈은 얼굴을 찡그렸다. 너무 찡그리다 보니 입은 작아지고 눈은 아예 보이지도 않아서 주름 투성이의 장님 같이 보였다.

그러나 곧 주름은 사라졌다. 담배 빛깔 같은 홍채가 핏발이 선 흰자위에 둘러싸여서 나타났으나 그 눈은 한결 깨끗해 보였다.

"바꾸어 말하자면 고급 동물이 몰려 사는 것 같아요. 혼자 되는 것이 무서운 거지요, 집단 밖에 있는 두려움. 이것은 지금 막 시작된 것은 아니지요. 16세기에 프란시스 베이컨은 우상 학설이라는 것을 제창했어요. 즉 세상 사람들은 순수한 경험에 의해서 살아가기를 좋아하지 아니하고 편견에 의해서 경험을 더럽히는 경향이 있지요. 그 편견이 바로 우상이지요. 베이컨은 그것을 종족의 우상이라 이름을 붙였어요. 그밖에는 동굴의 우상……."

동굴의 우상이란 말을 듣고 오레크는 동굴 속의 광경을 머리에 떠올려 보았다. 한가운데에는 모닥불의 불꽃과 연기. 미개인들이 고기를 굽고 있다. 그리고 안쪽에 희미하게 보이는 푸르스름한 우상.

"……그리고 극장의 우상……. 이 우상은 어디에 있는지 알아요? 극장 입구에 있는지 막에 그려져 있는지. 아니 좀더 품위가 좋은 곳에 있어요. 그것은 극장 앞 광장에, 광장의 한복판에 있어요."

"뭐지요, 극장의 우상이란 것은?"

"극장의 우상이란 즉 권위 있는 다른 사람의 의견이지요. 사람들은 자기가 체험해보지 못했던 일을 해석할 때 그러한 의견에 따르기를 좋아하지요."

"아, 흔히 있는 일이군요!"

"때로는 자기가 체험했던 일까지도 그 의견에 따라 해석해버리지요. 즉 자기를 믿지 않는 편이 편하다는 거지요."

"그러한 사람들도 꽤 있어요……."

194

"그리고 극장의 우상에는 또 하나, 과학을 과신하는 일도 있어요. 한 마디로 말하자면 이것은 다른 사람의 잘못을 자발적으로 받아들이는 것이지요."

"멋있군요!" 오레크는 그 표현이 퍽 마음에 들었다. "다른 사람의 잘못을 자발적으로 받아들이는 것! 과연!"

"그리고 또 하나는 시장(市場)의 우상이오!"

아아 그것은 쉽게 떠올릴 수 있었다! 시장에 운집해 있는 군중의 머리 위로 우뚝 솟은 석고 우상.

"시장의 우상이란 인간의 상호 관계나 공동 생활에서 생기는 잘못을 말하는 거지요. 이것은 인간이 자기의 이성을 말살하려는 공식적인 표현을 쓰는 데 따른 과오지요. 가령 인민의 적! 이단자! 배신자! 그렇게 소리치면 모두 도망쳐버릴 거요."

슈르빈은 한 마디씩 외칠 때마다 오른손이나 왼 손을 초조한 듯 쳐들었다. 그것은 마치 날개죽지를 잘린 새가 날아보려는 어색한 동작을 되풀이하고 있는 모습을 연상케 했다.

봄답지 않게 따가운 햇볕이 두 사람의 등을 뜨겁게 내리쬐었다. 막 새싹이 돋아난 나뭇가지는 하나하나가 서로 엇갈리지 않아서 조금도 그늘을 만들어주지는 않았다. 아직 남국 같이 작열하는 흰 빛으로 가득차지 않은 하늘에는 점점이 떠있는 흰 뭉게구름 사이로 파란 하늘이 보였다. 그러나 그것을 보지도 않고, 믿지도 않고, 슈르빈은 머리 위로 드러올린 한 개의 손가락을 휘둘렀다.

"그러한 우상 위에는 공포의 하늘이 있었지요! 회색 구름이 낮게 깔린 공포의 하늘. 이따금 저녁 무렵에 폭풍우도 아닌데 두터운 잿빛 구름이 낮게 깔리어 어느 때보다도 빨리 어두워지고 우울한 분위기에 빠질 때도 있을 거요. 사람들은 한시 바삐 돌로 만든 집이나 지붕 아래로, 불 곁으로, 친한 사람 곁에 숨고 싶어지지요. 그러한 하늘 아래서 나는 25년 동안이나 살아왔어요. 구원은 오직 머리를 숙이고 침묵을 지키는 것 뿐이었지요. 25년 동안, 아니 28년 동안이라고 할지 나는 계속 침묵을 지켜왔어요. 어떤 때는 아내를 위해서, 어떤 때는 아이들을 위해서, 또 어떤 때는 자기의 죄 많은 육체를 위하여 계속 침묵을 지켜 왔지요. 그런데 아내는 죽었어요. 나의 육체는 이제 단순한 똥자루에 지나지 않아요. 옆구리에 구멍이 뚫리고, 그리하여 아이들은 어째서인지 냉혹하고 무정한 인간이 되었어요. 왜그럴까요! 딸 아이는 느닷없이 편지를 보내기 시작했고 벌써 세 통이나 보냈는데(이곳이 아니고 집으로. 그러나 2년 동안에 세 통이었다), 알고 보니 그것은 당 조직에서 아버지와의 관계를 정상화할 것을 요구했기 때문이었어요. 알겠어요? 아들 놈에게는 그러한 요구조차 없었던 모양입니다 ……."

숱이 많은 눈썹을 꿈벅이면서 머리를 흐트러뜨린채 오레크쪽으로 돌아앉은 슈르빈은 —— 아아 그래, 생각이 났어요! ——《루살카》(^{다르고미슈스키가}
^{작곡한 오페라.})에 나오는 미친 방앗간 주인과도 같았다.

'내가 누구지, 방앗간 주인이라구? 아니야 나는 큰 까마귀야!'

"이제 와서 생각해 보면 자식은 그저 꿈만 같은 생각이 들어요. 어쩌면 자식은 존재하지 않았던 것은 아닐까요? ……인간이란 통나무 같은 것이었을까요? 혼자서 뒹굴고 있든지, 다른 통나무와 함께 나란히 있든지, 통나무로서는 마찬가지가 아닐까요? 내가 기절해서 바닥에 쓰러져 죽었다 하더라도 며칠 후면 이웃 사람들이 발견하게 될 거요. 지금 내 생활이란 이렇습니다. 그렇지만 좀 들어보시오." 들어주지 않을까봐 겁이라도 나는 듯이 노인은 오레크의 어깨에 손을 얹었다. "그러나 나는 주위를 살피면서 경계하는 일을 여전히 계속하고 있어요! 요전번에는 병실에서 어쩌다가 발언을 하고 말았지만 코칸드(^{우즈베크 동남부}
^{에 위치한 도시.})에서라면 그런 말은 절대로 할 수 없어요! 직장에서도 말할 수가 없어요! 지금 당신에게 이렇게 말하는 것은 수술이 임박했기 때문이에요! 지금이라도 제3자가 옆에 와 있으면 결코 입을 열지 않았을 거요! 암, 그렇고 말고! 나는 이런 사람이 되고 말았어요……. 농업대학을 나온 내가 말이지요. 역사적 유물론과 변증법적 유물론의 과정을 마친 내가 말이지요. 대학을 졸업한 후 나는 모스크바에서 몇 개의 전문 과정의 강의를 담당하고 있었어요. 그런데 거물들이 짤리기 시작했지요. 농업대학에서는 무라토프가 짤렸지요. 몇 십명의 교수가 추방당했어요. 그래서 과오를 인정하지 않으면 안 되었어요. 나는 인정했지요! 그리고 회개했어요! 살아 남은 사람은 몇 퍼센트나 될까. 나는 그 몇 퍼센트에 끼일 수 있었어요. 나는 생물학 분야로 퇴각했어요. 안전한 항구로 대피한 거지요! ……그런데 그 분야에서도 숙청이 시작됐어요. 오히려 더 맹렬했지요. 생물학과의 교수진은 모두 일소되고 말았어요. 교수직을 그만두라구? 좋소. 그래서 나는 그만두고 조수가 되었어요. 그래요, 나는 지위 같은 것은 낮아도 상관하지 않았으니까!"

병실에서는 침묵으로 일관하던 슈르빈이 이렇게 유창하게 말할 수 있다니! 마치 연설이 일상의 다반사라는 듯이 청산유수처럼 흘러나왔다.

"권위 있는 학자가 쓴 교과서가 폐기되고 교육 계획이 바뀌었어요. 좋소, 하고 나는 찬성했어요! 새로운 교육 플랜 대로 가르치지요. 그러자 제안했어요. 해부학, 미생물학, 신경병리학을 무식한 농업 전문가가 가르치는 것처럼, 또는 원예의 실제에 맞춰서 다시 짜맞추는 것이 어떠냐는 것이었지요. 브라보! 나도 그렇게 생각합니다. 그래서 찬성합니다! 아니 기왕이면 조수도 그만두라구? 좋습니다. 논의할 것도 없습니다. 나는 분류학자가 되지요. 아니, 그 정도의 희생만으로는 아직 부족하다, 분류학자도 그만두시오. 알겠습니다, 찬성합니다. 도서관원이 되지요, 멀리 떨어진 코칸드시의 도서관으로! 나는 얼마나 많은 양보를 해왔던가! 그 덕분에 나는 살아남게 되었으며 아이들은 대학에 갈 수 있었지요. 그런데 도서관원에게 비밀 지령이 내려졌어요. 사이비 과학인 유전학에 관계된 서적을 불태워 버려라! 누구 누구의 책은 불태워버려라! 그것을 내가 못할 리 없지요. 25년 전, 변증법적 유물론의 강의 때 상대성 이론은 반혁명적 비개화주의라고 한 것은 다른 사람이 아닌 바로 나였으니까. 그래서 나는 서류를 만들고, 당 기관과 특별위원회가 거기에 서명했지요. 그리고는 유전학 책을 페치카

속에 던져버렸지요! 전위예술에 관한 책을! 윤리학을! 사이버네틱스
를! 초등 산수를!……."
　노인은 웃었다. 미쳐버린 큰 까마귀!
　"……거리의 한복판에서 책을 태울 필요는 없었어요. 그런 지나친 극적
효과는 불필요했어요. 우리는 말없이 페치카에 집어던질 뿐이었어요!……
나는 이런 지경에까지 쫓기고 있었지요. 페치카까지……. 그대신 나는 가
족을 부양할 수 있었어요. 딸 아이는 지방 신문 기자가 되어 이런 서정시를
썼어요.

　　아니, 나는 한 걸음도 물러서지 않으리!
　　용서도 빌지 않으리.
　　싸움을 하려면 더욱 철저하게!
　　아버지의 목줄기를 잡고서라도!

　힘을 잃은 날개처럼 노인의 가운은 축 늘어져 있었다.
　"그랬었군요……." 코스토글로토프는 그 말 밖에는 할 말이 없었다. "잘
알겠습니다, 슈르빈 씨도 결코 편하지는 못했군요."
　"그렇구말구요." 슈르빈은 숨을 몰아쉬면서 자세를 고쳐 앉더니 조용한
어조로 다시 말하기 시작했다. "하지만 역사상의 갖가지 시기가 바뀌는
비밀은 어디에 있을까요? 같은 국민이 10년 사이에 사회적 에너지를 완전히
상실하고, 용맹 과감한 충동이 비굴한 충동에 자리를 양보해 버리지요. 나만
하더라도 1917년 이래의 볼셰비키였으니까요. 탐보프의 시 의회에서 사회
혁명당원이나 멘셰비키를 쫓아낸 적도 있었습니다. 입에 손가락 두 개를
집어넣고 휙휙 휘파람을 불었을 뿐이지만. 국내전에도 참가했어요. 그 무
렵이라면 목숨 같은 것은 조금도 아깝지 않았어요! 세계 혁명을 위해서라면
기꺼이 목숨을 내던질 기분이었으니까! 그런데 우리는 왜 이렇게 변했
지요? 어째서 굴복했을까? 최대의 원인은 무엇일까? 공포일까? 시장의

우상 때문이었을까? 아니면 극장의 우상 때문일까? 물론 나 같은 사람은 보잘것 없는 사나이지만, 나제지다 콘스탄티노바 크르푸스카야(레닌의 미망인.)는? 그녀는 몰랐던가, 눈치채지도 못했던가? 어찌하여 그녀는 입을 다물고 있었을까? 혹여나 생명의 위험이 있다 하더라도 그녀가 한 번이라도 발언해주었더라면 어떻게 되었을까. 우리는 사람이 달라진 것처럼 참고 견디어냈기 때문에 사태는 더 이상 진행하지 않았는지도 모릅니다. 아니면 오르조니키제는? 그 사람은 우리의 독수리라 불렸던 사람이지요! 슐리셀부르그 감옥도, 징역도, 그를 굴복시키지는 못했어요. 그러한 그가 어찌하여 단 한 번이라도 공공연히 스탈린 반대의 발언을 하지 않았을까요? 두 사람 모두 의문의 죽음, 또는 자살을 택했던 거지요. 그것이 용기라는 것인지 좀 가르쳐주시구려."

"천만의 말씀을, 알렉세이 필리피치 씨! 제가 선생께 가르쳐드리다니 ……슈르빈 씨가 저에게 가르쳐주셔야지요."

슈르빈은 한숨을 쉬더니 벤치 위에 고쳐 앉으려 했다. 그러나 어떤 자세로 앉더라도 통증은 사라지지 않았다.

"내가 묻고 싶은 것은 좀 다른 것인데, 당신은 혁명 후에 태어난 사람이오. 그런데도 수용소에 들어갔어요. 어때요. 사회주의에 실망했겠지요? 그렇지 않은가요?"

코스토글로토프는 애매하게 웃었다.

"글쎄요. 수용소에서는 심한 고통으로 자포자기하여 별 소리를 다했지만."

슈르빈은 아까부터 벤치를 짚고 있던 한쪽 손을 들어 힘이 빠진 그 손을 오레크의 어깨에 얹었다.

"젊은이! 그러한 잘못만을 저질러서는 안 돼요! 자기의 고통이나 이 잔혹한 시대에서 사회주의가 잘못되었다는 결론을 내려서는 안 돼요. 즉 당신이 어떤 식으로 생각하든 역시 자본주의란 역사의 흐름에 의해서 부정되었다는 거요."

"수용소에서는……모두들 개인 기업에는 좋은 점이 많이 있다는 이야

기를 하곤 했습니다. 생활이 편해진다는 거지요. 물건들이 언제나 다 갖춰져
있고 어디에 가면 살 수 있는지 분명하거든요."

"아니지, 그것은 속물적인 사고 방식이오! 개인 기업은 확실히 유연성이
있지만 그 좋은 점이란 좁은 범위 안에서만 성립할 수 있어요. 개인 기업에
대해서는 단단히 브레이크를 걸어두지 않으면 반드시 동물 인간이라고 할
지, 거래 인간이라 할 수 있는 자들이 나타나게 돼요. 끝도 없이 욕망을
충족시키려 하는 것밖에 모르는 자들이지요. 자본주의는 경제적으로 파탄
하기 전에 이미 윤리적으로 파탄하고 있어요! 이미 예전부터!"

"하지만 말입니다." 오레크는 이마에 주름을 모았다. "한없이 욕망을
충족시키려는 것밖에 모르는 자들은 정직하게 말해서 여기서도 종종 볼
수 있어요. 영업 감찰을 갖고 있는 수공업자 뿐만 아니라, 가령 얼마 전
화제에 올랐던 에멜리안 사시크도……."

"그래요!" 슈르빈의 한쪽 손은 오레크의 어깨를 더욱 무겁게 짓눌렀다.
"그것은 즉 올바른 사회주의가 아니기 때문이오. 사회가 급격하게 변했을
때, 우리는 생각했지요. 생산 수단을 바꾸는 것만으로도 충분하다, 인간은
쉬 변하니까, 라고! 그런데 그렇지 못했어요. 인간도 생물의 일종이니까.
그것을 바꾸는 데는 몇 천 년이 걸리거든!"

"그렇다면 어떤 사회주의라야 할까요?"

"바로 그 점이지요, 어떤 사회주의가 좋을지. 민주주의적 사회주의라고도
흔히 말하는데 그것은 표면적인 지적에 지나지 않아요. 사회주의의 본질이
아니라 도입 형태를, 국가 기구의 질을 지적하고 있을 뿐이에요. 그것은
함부로 사람의 목을 쳐서는 안 된다는, 말하자면 권리의 주장이며 그 사
회주의가 무엇 위에 세워지느냐 하는 점에 대해서는 아무런 말도 없었어요.
사회주의는 물자의 과잉 상태에서는 건설할 수 없어요. 들소처럼 되어버린
인간들은 그 물자까지도 짓밟아버리니까요. 그리고 지치지도 않았는지 증
오에 찬 말만 내뱉는 사회주의 또한 좋지 않아요. 사회 생활을 증오의 터전
위에 세운다는 것은 불가능한 일이니까. 그리고 해마다 증오를 불태우고

있는 인간은 어느날 갑자기 이젠 그만두겠다! 오늘부터는 증오하지 않겠어, 앞으로는 사랑하겠다고 말할 리는 없을 테니까. 그래, 그 인간은 언제까지나 증오하고 가까이서 증오의 대상을 찾아내지요. 헤르베크(19세기 독일 의 정치 시인.)의 다음 과 같은 시를 당신은 알고 있는지 모르겠군요.

　　재가 되어 흩날릴 때까지
　　우리는 손에서 검을 놓지 않으리 ——."

오레크는 그 뒤를 이었다.

　　……사랑은 이제 그만
　　이제 우리는 증오할 때다!

　물론 알고 있습니다. 학교에서 암송케 했거든요."
　"학교에서 외우게 했군요! 그런데 이 시는 소름이 끼쳐요. 학교에서는 이 시의 반대되는 것을 가르쳐야 했어요. 과거의 증오는 이제 그만두고 우리는 지금부터 사랑해야 한다! —— 이런 사회주의라야 해요."
　"그렇다면 크리스트교적 사회주의인가요?" 오레크는 그렇게 생각해 보았다.
　"크리스트교적 사회주의와는 달라요. 히틀러나 무솔리니의 압제에서 벗어난 사회에는 그런 이름을 가진 정당이 있지만 도대체 누가 누구의 손을 잡고 그러한 사회주의를 건설하려는 것인지 분명치 않아요. 전세기 말에는 톨스토이가 이 사회에 실제로 크리스트교를 심어보려 했으나 톨스토이가 제창하는 복장은 현대에는 전혀 어울리지 않았으며 그 설교는 현실과는 아무런 연관도 갖지 못했거든요. 내가 생각하기로는 다른 나라라면 몰라도 이 러시아, 우리들의 온갖 회환과 고백과 반란의 나라, 도스토예프스키나 톨소토이나 크로포트킨을 낳은 이 러시아에서 올바른 사회주의는 하나밖에 없어요. 즉 도덕적 사회주의! 이것만이 현실적인 것이지요."

코스토글로토프는 얼굴을 찡그렸다.

"그런데 그 도덕적 사회주의란 어떻게 이해하고 어떻게 설명해야 할까요?"

"설명은 아주 간단해요!" 슈르빈은 다시 신나게 말을 시작했으나 그 당황해하는 큰 까마귀나 방앗간 주인 같은 표정은 찾아볼 수 없었다. 더욱 밝은 표정으로 코스토글로토프를 설득하려고 했다. 그래서 학교 교사처럼 한 마디 한 마디를 또렷하게 발음했다. "모든 인간 관계, 모든 원리, 모든 법률이 도덕에서만, 오직 도덕에서만 나올 수 있는 사회를 전세계에 보여주면 되지요. 모든 문제, 가령 어린 아이를 어떻게 기를 것인가, 아이들에게 무엇을 가르칠 것인가, 어른들은 무엇을 목적으로 하여 노동을 하는가, 여가는 어떻게 보낼 것인가 하는 문제는 모두 도덕이 명하는 바에 따라 결론을 짓지 않으면 안 됩니다. 학문? 그것은 도덕을, 그리고 무엇보다도 우선 학자 자신에게 상처를 입히지 않는 학문이 되어야 해요. 외교 문제만 해도 그래요! 다른 어떤 분야의 문제도 마찬가지지요. 이 행위가 우리를 얼마나 풍부하게 해주며 얼마나 힘을 주는지, 얼마나 우리의 위신을 높여주느냐 하는 식으로 생각하는 것이 아니라 그 행위가 얼마나 도덕적이냐 하는 것만 생각하는 거지요."

"그것은 실현할 가능성이 희박해요. 앞으로 2백 년은 걸려야 하지 않을까요? 그런데 잠깐 기다리십시오." 코스토글로토프는 이마에 주름을 모으면서 말했다. "아직 이해가 되지 않는 점이 있어요. 물질적인 기반은 어떻게 되지요? 경제 문제는 무엇보다도 먼저 생각해야 되지 않겠습니까?"

"맨먼저? 그것은 사람 나름이에요, 가령 블라디미르 솔로비요프는 도덕의 기반 위에 경제를 세워야 한다고 상당히 납득할 만한 이론을 펴고 있으니까요."

"뭐라구요? ……우선이 도덕이고 다음이 경제란 말입니까?" "코스토글로토프는 어안이 벙벙해진 것 같았다.

"그래요! 당신은 러시아 인인데도 블라디미르 솔로비요프에 대해서는 한 줄도 읽어보지 않은 것 같군요."

코스토글로토프는 입술을 우물거렸다.

"그런데 이름은 들어봤겠지요?"

"네, 수용소에서 들었어요."

"크로포트킨에 대해서는 좀 읽어봤겠지요? 《상호 부조론》이라도?"

코스토글로토프의 움직임은 여전했다.

"아니요, 크로프트킨은 옳지 않으니까 당신이 읽었을 리가 없겠지! …… 그럼 미하일로프스키는? 아 그렇군, 그도 반론이 나와서 금서로 되어 절판되고 말았었지."

"읽을 여가가 없었어요! 책도 없었고!" 코스토글로토프는 화가 난 듯이 말했다. "자기는 노동의 연속이었는데 주위에서 이것도 읽었느냐 저것도 읽었느냐 하고 다그치듯 말했지요. 군대에 있을 때는 1년 내내 삽자루를 들어야 했고, 수용소에서도 마찬가지였어요. 지금은 추방된 몸이라서 작업복 차림이고요, 그런데 책 같은 것을 언제 읽겠습니까?"

그러나 눈이 둥그렇고 눈썹이 짙은 슈르빈의 얼굴에는 드디어 중요한 순간에 이르렀다는 듯 흥분의 빛이 번쩍이고 있었다.

"어쨌든 도덕적 사회주의란 그런 것이에요! 인간은 행복을 지향하는 것이 아니라 —— 행복이란 것도 역시 시장(市場)의 우상이니까 —— 서로 도와주도록 하지 않으면 안 돼요. 먹이를 찾아다니는 동물도 행복은 있게 마련이요. 서로를 아껴줄 수 있는 것은 인간뿐이에요! 이것이야말로 인간이 할 수 있는 최고의 것이지요!"

"아니 행복은 좀 남겨두시지요!" 오레크가 격렬한 어조로 말했다. "비록 죽기 전의 몇 달만이라도 행복은 남겨두고 싶어요! 그렇지 않다면 무엇 때문에……."

"행복은 환상일 뿐이요." 최후의 힘을 짜내기라도 하듯이 슈르빈은 말했다. 그의 얼굴은 창백했다. "아이들을 기르고 있을 무렵, 나는 행복했어요. 그런데 아이들은 내 마음에 침을 뱉기 시작했어요. 그런 행복을 위해서 나는 진실한 책들을 페치카에 쳐넣었어요. 하물며 이른바 '미래 세대의 행복'이란 것을 누가 알 수 있겠어요. 시대와 더불어 행복의 개념도 많이 달라졌으니 미리 행복을 준비하려면 상당한 용기가 필요하겠지요. 흰 빵을 발꿈치로 짓밟고 우유를 마음껏 마셨다고 해서 행복해지는 것은 아니지요. 그러나 굶주린 사람에게 빵을 나눠주면, 지금 당장이라도 우리는 행복해질 수 있어요! 행복과 번식만 생각하고 있다면 인구는 무의미하게 증가해서 무서운 사회가 될 겁니다……. 아 어쩐지 기분이 좋지 않아……. 좀 누워야겠어요."

코스토글로토프는 미처 눈치채지 못하고 있었으나 보통 때도 고통스러워 보였던 슈르빈의 얼굴은 마치 임종 직전에 있는 사람처럼 혈기를 잃고 있었다.

"알렉세이 필리피치 씨, 내 손을 잡으세요. 자, 어서……."

슈르빈은 벤치에서 일어나기도 괴로운 것 같았다. 두 사람은 천천히 걷기 시작했다. 주위는 완연한 봄 기운이었으나 두 사나이는 지구의 인력에 괴로워하고 있었다. 뼈도, 아직 남아 있는 살도, 의복도, 신발도, 두 사람에게 내려 쬐는 햇볕까지도 무거운 짐이었으며 압력이었다.

이야기에 지쳐서 두 사람은 말없이 걷고 있었다.

암병동 입구의 계단 앞까지 와서 이미 건물의 그늘 안으로 들어선 슈르빈은 오레크에게 몸을 기댄 채 머리를 들어 맑게 개인 하늘을 쳐다보면서 말했다.

"메스 밑에서는 죽고 싶지 않아. 무서워요……. 앞으로 얼마나 더 살 수 있건, 어떤 비참한 여생을 보내든 역시……."

두 사람은 대합실로 들어갔다. 탁한 공기, 퀴퀴한 냄새. 천천히 한 계단씩, 두 사람은 계단을 올라가기 시작했다.

오레크가 물었다.

"아까 말한 것은 25년 동안 생각해온 것인가요? 굴욕을 참고 후회해하면서…… ？"

"그래요, 후회하면서 생각한 것이지요." 슈르빈은 나지막한 목소리로 공허하고 무표정하게 대답했다. "책을 페치카에 집어던졌을 때도 생각하고 있었어요. 그렇지 않다면 나는 너무 비참했을 거요. 그처럼 괴로워하고 그토록 배신한 나인데, 다소 생각해볼 가치는 있지 않을까요……."

32. 안쪽에서

수없이 되풀이했으며 종횡으로 다 알고 있는 줄만 알았던 사실이 이렇게 갑작스레 전혀 새롭고 보지도 못한 것으로 변모해 버리라고는 돈초바로서는 생각지도 못했던 일이었다. 30년 동안이나 남의 병을 치료해 왔으며 그중 20년간은 X선의 스크린 앞에 앉아서 스크린을 관찰하고, 필름을 살펴보고 애원하는 듯한 찌푸린 눈을 바라보고, 검사 결과나 문헌상의 데이타를 참조하여 논문을 쓰고, 동료와 논쟁을 펴고, 환자와 다투는 사이에 돈초바의 경험이나 관찰력은 더욱 확고해졌고, 의학 이론은 보다 정연해지게 되었던 것이다. 병에는 원인이 있고, 증상이 있고, 진단이 있고, 경과가 있고, 치료가 있고, 예방이 있고, 예후가 있으며, 한편으로는 환자의 저항, 의혹, 공포감 같은 것은 인간의 당연한 약점으로서 의사의 동정을 사기는 했지만 방법적으로는 제로에 가까운 데이타이며 논리적으로는 무시될 수밖에 없었다.

돈초바로서는 지금까지 인간의 육체는 모두 똑같은 구조로 알고 있었다. 하나의 해부도가 모든 것을 해명해주었었다. 일상 생활의 생리도, 감각도 모두 같은 것이었다. 정상적인 모든 것은 권위 있는 책에 의해서 합리적으로 설명할 수 있었다.

그런데 갑자기 지난 며칠 사이에 돈초바 자신의 육체가 그 질서 있는 위대한 시스템으로부터 튕겨져나와서 딱딱한 땅바닥에 굴러 떨어지고 말았다. 그리하여 지금 육체는 갖가지 장기를 쑤셔담은 하나의 자루에 지나지 않았다. 어떤 장기가 언제 발병하고 언제 비명을 지를 지 아무도 알 수 없었던 것이다.

며칠 사이에 모든 것이 뒤죽박죽이 되었으며 이미 다 알고 있는 요소로 이루어져 있던 것이 갑자기 미지의, 섬뜩한 대상으로 모습을 바꾸어버린 것이다.

아들이 아직 어렸을 때, 돈초바는 아들이 그린 그림을 보고 놀란 적이 있었다. 흔히 있는 실내의 물체 —— 주전자나, 스푼이나 의자가 이상한 시점에서 묘사되어 이상한 모양으로 변모해 있었다.

자기 병의 진행 상황이나, 치료에 있어서 자기의 새로운 입장 같은 것이 지금의 돈초바에게는 마치 그 아들의 그림처럼 아주 이상하게 보였다. 이제 돈초바는 지도적인 힘을 가지고 치료에 임할 수는 없었다. 이제는 한낱 지치고 무분별한 고기 덩어리에 지나지 않았다. 최초의 발병은 돈초바를 개구리처럼 짓밟았다. 그리고 병과 함께 지내는 나날은 견디기 어려운 일이었다. 세계가 뒤집히고, 세계의 질서가 엉망이 되어버린 것이다. 아직 죽지도 않았는데 남편을, 아들을, 딸을, 손자를 버리고 일도 버려야 했다. 똑같은 일이 앞으로는 돈초바의 체내를 꿰뚫고 있는 것이다. 하룻밤 사이에 생활의 모든 것과 인연을 끊고 창백한 그림자로 되어 고통을 받지 않으면 안 되었다. 죽을 때까지 계속 고통을 받을 것인가, 또는 생활에 복귀할 수 있을 것인지 그것조차 아직 알 수 없는 일이었다.

돈초바의 과거 생활에는 화려한 것도, 기쁜 것도 전혀 없었으며 오직 일과 불안, 일과 불안의 반복 같은 것이었으나, 지금 생각해보면 그 생활은 얼마나 멋진 것이었던가. 그 생활에 작별을 고하기란 울고 싶을 정도로 쓰라린 일이었다.

일요일은 이제 휴일이 아니었다. 이튿날에 있을 X선 검사에 대비해서 마음의 준비를 하지 않으면 안 된다.

약속 대로 월요일 오전 9시 15분, 오레시첸코프와 벨라 간가르트, 그리고 또 한 사람의 여의사는 X선 검사실의 불을 끄고 어둠에 눈을 익히고 있었다.

돈초바는 옷을 벗고 스크린 뒤로 들어갔다. 잡역부에게서 바리움 용액이든 컵을 받아들 때 여의사는 자칫하면 엎지를 뻔했다. 이 똑같은 방에서고무장갑을 끼고 무수한 환자들의 복부를 촉진하던 돈초바의 손이 지금은떨리고 있었던 것이다.

너무나 잘 알고 있는 갖가지 진찰 방법이 돈초바에 대해서 되풀이되었다. 촉진, 압박, 몸의 방향을 바꾸는 것, 손을 들게 하는 것, 심호흡. 그리고돈초바를 침대에 눕히고 여러 각도에서 사진을 찍었다. 다음에는 바리움이소화 기관에 좀더 잘 퍼질 때까지 기다려야 했다. 그 사이에 X선 장치를놀려서는 안 되므로 젊은 여의사는 대기중인 환자를 불러들였다. 돈초바는곁에 앉아서 거들어주려 했으나 어쩐지 머리가 멍해서 도와줄 수가 없었다. 이윽고 시간이 되어 다시 스크린 뒤에 서서 바리움을 마신 다음 누워서사진을 찍었다.

평상시 진찰할 때는 사무적으로 조용한 가운데 이따금 짧은 명령 소리가들릴 뿐이었다. 오늘의 오레시첸코프는 계속 젊은 여의사들이나 돈초바를놀리면서 농담을 했다. 그리고 자기가 학생 시절에 모스크바 예술극장에서쫓겨났던 이야기를 늘어놓았다. 《어둠의 힘》을 상연하던 첫날, 아킴(^{어둠의} _힘에 나오는 늙은 농부)이 지독하게 자연주의적으로 코를 풀고 각반을 감아매고 있어서 오레시첸코프는 친구와 둘이서 야유를 퍼부었다. 그 이래 예술 극장에 갈때마다 자기의 얼굴을 알아보고 또 내쫓기지 않을까 하고 조마조마했다는것이었다. 노의사만이 아니라 모두 잡담을 하면서 진찰하는 동안의 무료함을달래려 했다. 그러나 간가르트는 어딘지 가냘프고 잠긴 목소리였다. 돈초바는젊은 여의사의 기분을 손바닥 펴보듯이 잘 알 수 있었다!

돈초바도 우울한 기분을 감추고 싶었다! 바리움을 마신 입을 닦으면서돈초바는 모두에게 다시 한 번 말했다.

"환자는 모든 것을 알고 있어서는 안 된다는 것이 철칙이니까요! 나의의견은 전혀 달라지지 않았어요. 그러니 당신들이 상의하는 동안 나는 방에서나가 있겠어요."

모두들 동의했으므로 돈초바는 밖으로 나가 무언가 시간을 보낼 일거리를 찾으려 했다. X선 검사원의 지도나 카르테의 정리 등, 일은 산더미처럼 많았으나 오늘 돈초바는 어느 일이고 마음이 내키지 않았다. 이윽고 다시 불러 여의사는 가슴을 두근거리며 검사실로 들어갔다. 모두 입을 모아 축하한다고 말하고, 벨라 간가르트는 한 시름 놓았다는 듯이 자기를 껴안을 것인가. 그러나 그러한 일은 전혀 일어나지 않았으며, 다시 투시와 촉진이 시작되었다.

진찰하는 사람의 명령에 일일이 따르면서도 돈초바는 그 명령의 의미를 생각하며 무언가 자기의 의견을 말하지 않을 수 없었다.

"아까부터 진찰하는 것을 보니 위치를 찾고 있는 모양이군!" 하는 말이 저절로 튀어나왔다.

아무래도 위의 출구쪽이 아니라 입구쪽에 종양이 있는 것이 아닌가 하고 의심하는 것 같았다. 그렇다면 이것은 가장 어려운 증세의 하나가 아닌가. 그러면 수술할 때 흉부를 부분적으로 절개하지 않으면 안 된다.

"아니야, 류드치카!" 하고 어둠 속에서 오레시첸코프의 목소리가 울렸다. "당신은 조기 진단을 주장하고 있겠지. 그래서 진찰 방법도 달라지는 거야! 한 석달쯤 기다려요, 그러면 결론이 날 테니까."

"좋아요 기다리지요!"

이윽고 큼직한 X선 사진이 완성되었으나 돈초바는 그것을 보려 하지 않았다. 평상시의 남성적인 활달한 동작은 어디로 사라지고 빨간 램프 아래 있는 의자에 멍청하게 앉은채 오레시첸코프의 결론을 기다리고 있었다. 진단이 아니라 결단의 말을!

"자, 돈초바 선생, 그럼 결론을 말하지." 오레시첸코프는 부드럽게 말했다. "명의인 우리들의 의견은 일치하지 않았네."

노의사는 모가 난 눈썹밑으로 당혹해하는 돈초바를 지그시 관찰하고 있었다. 그것은 이런 시련 앞에서 굽힐 줄 모르는 돈초바가 초인적인 힘을 발휘해주기를 기대하고 있는 것처럼 보였다. 한편 돈초바가 갑자기 멍청해지게 된 것은 오레시첸코프의 평소의 지론을 뒷받침해주는 것이었다. 즉 현대인은 죽음 앞에서는 무력하며 사신(死神)을 맞이할 마음가짐이 전혀 되어 있지 않다는 의견이었다.

"비관적으로 생각하고 있는 것은 누구지요?" 돈초바는 억지로 미소를 지어 보였다.

'노의사가 아니기를 바랐다.'

오레시첸코프는 손바닥을 폈다.

"비관적으로 생각하는 것은 당신의 딸들이었어. 이것은 바로 당신의 교육의 성과야. 나는 어느 쪽이냐 하면 낙관적인 입장을 취했지만." 노인의 입술이 호의적으로 일그러졌다.

간가르트는 마치 자기의 선고를 기다리고 있는 것처럼 창백한 얼굴로 앉아 있었다.

"정말 고맙습니다." 돈초바는 약간 마음이 가벼워진 것 같았다. "그러면 결국 어떻게 될까요?"

이렇게 한숨을 돌리고 나서 환자들이 돈초바에게 결론을 내려주기를 요구하던 일들이 얼마나 많이 되풀이되었던가! 결론은 언제나 논리적이고 수자에 바탕을 둔 것이었다. 그것은 논리적으로 구명되고 움직일 수 없는 결론이었다. 그런데 그 한숨을 내쉬는 순간에 얼마나 큰 두려움이 담겨 있는지 이제사 비로서 알게 되었다!

"그것은 즉 이런 거야, 류드치카." 오레시첸코프는 달래듯이 말했다. "세상은 불공평하기만 해서, 자네가 나와 가까운 사람이 아니었다면 양자택일식의 진단서를 첨부해서 외과로 보냈을 거요. 그러면 외과에서는 어딘가 적당한 곳을 잘라냈을지도 모르지. 무능한 외과 의사는 배를 째면 무언가 어떤 선물이라도 떼내지 않고는 견디지 못하니까. 어쨌든 수술해 보면 누구의 진단이 옳은지 알 수 있지. 그러나 당신은 나와는 가까운 사이야. 모스크바의 방사선 연구소에는 자네도 알고 있는 레노치카나 세료자가 있어. 그래서 우리가 내린 결론은 당신이 모스크바로 가보면 어떨까 하는 거였어. 어떤가 거기서는 우리가 내린 진단을 보고 새로 진찰해 줄거야. 그러면 데이타가 더 늘어나겠지. 만일 수술을 하게 된다 하더라도 그곳이라면 유능한 외과 의사도 있을 것이고 설비도 좋아. 어떤가?"

'만일 수술을 하게 되더라도'라고 노인은 말했다. 그것은 수술은 하지 않아도 된다는 의미일까……아니면……더 좋지 않다는 의미일까…….'

"그렇다면 결국." 돈초바는 그렇게 추리했다. "수술이 너무 복잡해서 여기서는 할 수 없다는 것인가요?"

"아니, 그런 것은 아니야!" 오레시첸코프는 얼굴을 찡그리며 조금 더 큰소리로 말했다. "내 말에 다른 뜻이 있는 건 아니야. 우리는 당신을…… 뭐라고 말해야 좋을까……특별 취급을 하고 있을 뿐이야. 믿지 못하겠으면 저것을……." 노인은 책상을 턱으로 가리켰다. "사진을 직접 살펴보라구."

그래, 그것은 아주 간단한 일이었다! 손만 뻗치면 돈초바도 쉽게 분석할 수 있는 재료가 거기에 있었다.

"아니, 아니에요." 돈초바는 X선 사진을 밀어내는 시늉을 하면서 말했다. "보고 싶지 않아요."

이렇게 해서 결론을 내리게 되었다. 이 결론은 곧 의국장에게 전달되었다. 돈초바는 이 공화국의 후생성으로 갔다. 어찌된 셈인지 그곳에서는 지체없이 출장 허가를 내주었다. 그리고 갑자기 느끼게 된 일이지만 20년 동안 일해왔던 이 도시에서 돈초바를 붙잡는 것은 생각해 보면 무엇 하나 없었다.

자기의 병을 감추고 있던 무렵 돈초바가 예상했던 것이 그대로 들어맞았다. 즉 누군가 한 사람에게라도 이것을 밝히면 모두 전력을 다해서 움직이게 되고 이쪽은 이제 아무런 할 일도 없게 될 것이라는 것을. 일상적인 모든 관계, 항구적인 것으로 보였던 인간 관계는 며칠이 아니라 몇 시간 사이에 허물어지고 말았다.

병원에서나 가정에서나 없어서는 안 될 사람, 바꿀 수 없는 사람으로 여겨졌던 돈초바가 불필요한 존재로 되어가고 있었다.

아무리 이 땅 위에 집착해도 영원히 존속할 수 없는 우리 인간들!

그렇다면 앞으로 미룰 필요가 어디 있겠는가. 같은 주 수요일 돈초바는 방사선과 주임직을 인계받은 간가르트와 함께 최후의 회진에 나섰다.

이 회진은 아침부터 시작해서 거의 점심때까지 계속되었다. 돈초바는 벨라 간가르트를 무척 의지하고 있었으며, 간가르트는 돈초바와 거의 같을 정도로 입원 환자에 대해서 소상했으나 환자들의 침대를 돌면서 적어도 앞으로 한 달 동안 환자들과 만나지 못할지도 모른다. 아니 두 번 다시 만나지 못할지도 모른다고 생각하니 돈초바는 머리가 개운해지고 기운이 솟아남을 느꼈다. 그러자 환자에 대한 관심도, 생각하는 능력도 되살아났다.

아침에 출근했을 때는 가급적 빨리 일을 인계해주고 서류 정리를 마친 후 집으로 돌아가야겠다고 생각했었으나 그런 생각은 어느새 사라져버리고 말았다. 돈초바는 무슨 일이고 자기 혼자 챙기는 데 익숙해져 있어서 오늘도 환자 한 사람 한 사람에 대해서 앞으로 한 달 동안 병의 진척이나 필요할지도 모를 새로운 치료법이나 예상되는 불행한 사태 등을 생각해보지 않을 수 없었다. 돈초바의 회진 방법은 전에 해오던 그대로였다. 그리고 이 회진은 지난 며칠 사이에 처음으로 가져보는 즐거운 시간이었다.

이 사람은 다른 사람의 불행에 익숙해질 수 없었던 것이다.

그러나 동시에 지금의 돈초바는 그 어떤 용서할 수 없는 행위로 해서 자격을 상실한 인간, 의사로서의 권리를 잃은 인간이었으나 다행히 환자들에게는 그것이 알려지지 않았었다. 돈초바는 귀를 기울이며 지정하고, 지시하고 허세에 찬 눈길로 환자를 바라보면서 등줄기로 차가운 기운이 스치고 지나가는 것을 느꼈다. 이제 다른 사람의 생사를 판단할 수는 없다. 며칠 후면 자기도 가련하고 어리석은 환자의 한 사람으로 병원의 침대에 누워 외모 같은 것에는 신경도 쓰지 않게 될 것이다. 그리고 선배나 경험자의 얘기를 들으면서 통증을 두려워하겠지. 또 좋지 않은 병원에 입원했다고 후회하면서 올바른 치료를 받고 있는지 의심하게 될 것이다. 그리고 병원의 파자마는 입고 싶지 않다거나, 매일 밤 집으로 돌아가고 싶다든가, 그런 자질구레한 일상 생활의 권리를 마치 최고의 행복인양 꿈꿀 것이다.

그런 것을 생각하기 시작하자 명석한 판단은 당장 흐려져 버렸다.

한편 간가르트는 이렇게 희생을 치르면서까지 차지해야겠다고는 생각해보지도 않았던 책임 있는 지위를 억지로 떠맡게 되었다. 그녀는 책임 있는 직위를 얻어야겠다는 생각은 단 한 번도 해본 적이 없었다.

돈초바에 대한 '마마'라는 호칭은 벨라로서는 의미없이 그렇게 부른 것은 아니었다. 마마의 병에 대해서 벨라는 세 사람의 의사 중 가장 비극적인 진단을 내렸으며 만성 방사선 장해에 지쳐버린 마마의 몸이 도저히 감당할 수 없을 만큼 무서운 수술을 예상하고 있었던 것이다. 벨라는 오늘 마마와 함께 회진을 하면서 어쩌면 이것이 마지막이 될지도 모른다고 생각하고 있었다. 앞으로 벨라는 몇 년이고 이 침대 사이를 누비면서 자기를 의사로 길러준 사람을 생각하며 가슴 아파할 것이다.

벨라는 살며시 손끝으로 눈물을 닦았다.

그런데 오늘의 벨라는 종래의 어떠한 경우보다도 정확하게 병세를 파악해야 하고 중요한 질문은 하나도 빼놓아서는 안 된다. 이 50여 명의 생명은 앞으로 오로지 벨라의 어깨에 매달려 있었으며 더 이상 누구에게 물어볼 수도 없게 되었다.

이처럼 불안과 허탈감이 뒤섞인 회진은 반나절이나 계속되었다. 처음에 두 여의사는 여환자의 병실을 돌았다. 그리고 계단의 층계참과 복도에 누워 있는 환자들을 진찰했다. 시브가토프의 침대에도 물론 들렀다.

이 얌전한 타타르 인에게는 얼마나 많은 정성을 기울였던가! 그러나 결과는 매달 질질 끌고만 있었다. 이 입구의 침침하고 통풍도 좋지 않은 구석에서 가엾은 생활이 계속되고 있었다. 이제 엉치뼈에는 전혀 힘이 없어서 시브가토프는 튼튼한 두 팔을 뒤로 돌려 겨우 상체를 지탱하고 있었다. 산책은 옆에 있는 병실로 가서 환자들의 이야기를 듣는 것이 고작이었다. 공기는 멀리 떨어져 있는 환기창으로 들어오는 정도였으며 머리 위로는 천장밖에는 보이지 않았다.

그러나 이 비참한 생활 —— 진찰과 잡역부들의 욕지거리와 좋지 않은 식사와 도미노 놀이 이외에는 아무것도 없었다. 이 비참한 생활에 감사라도 하듯이 그는 등이 아픈데도 불구하고 시브가토프의 지친 눈은 진찰할 때마다 반짝이고 있었다.

돈초바는 생각했다. 자기의 평소의 기준에서가 아니라 시브가토프의 기준으로 보자면 자기는 아직 행복한 사람이 아닐까.

시브가토프는 돈초바가 오늘을 끝으로 병원을 그만둔다는 것을 이미 어디선가 들어 알고 있었다.

두 사람은 말없이 서로 바라보았다. 두 사람 다 지쳐 있었지만 서로 믿는 동지였다. 머지 않아 승리자의 채찍에 쫓기어 그들은 뿔뿔이 흩어지지 않으면 안 된다.

'알겠지요, 샤라프?' 하고 돈초바의 눈은 말하고 있었다. '할 수 있는 것은 최선을 다했어요. 하지만 나도 결국 쓰러지고 말았어요.'

'알겠어요, 어머니.'라고 타타르 인의 눈은 대답했다. '저를 낳아주신 분도 당신 이상으로 돌봐주지는 못했어요. 하지만 지금의 나로서는 당신을 구해줄 수가 없군요.'

아흐마잔의 결과는 매우 훌륭했다. 병의 발견이 빨라서 모든 것이 순조롭게 이루어져 효과가 나타나고 있었다. 치료에 사용된 방사선의 총량을 계산하더니 돈초바는 말했다.

"퇴원이에요!"

수간호사한테 부탁해서 보관소에서 옷을 찾아오려면 아침 일찍 이 일을 알려주어야 한다. 지금은 좀 늦었지만 그래도 아흐마잔은 목발을 짚지 않고 아래층의 미타가 있는 곳으로 뛸 듯이 걸음을 서둘렀다. 그는 하룻밤이라도 더 이곳에서 지내기는 싫었다. 구시가에 친구가 살고 있으니 오늘밤은 거기서 잘 수 있었다.

바짐도 돈초바가 방사선과 근무를 그만두고 모스크바로 간다는 것을 알고 있었다. 그것은 이러했다. 어젯밤 어머니한테서 수신인 이름이 둘 적힌 전보가 —— 바짐과 돈초바 앞으로 왔다. 드디어 콜로이드 금이 이 병원으로 발송되었다는 전문이었다. 바짐은 곧 다리를 절룸거리며 1층으로 내려갔는데, 돈초바는 후생성에 가고 없었으며, 간가르트는 이미 그 전보를 읽어서 축하한다고 하면서 마침 와있던 방사선 기사인 엘라 라파일로브나를 소개해 주었다. 콜로이드 금이 이 병원의 방사선 물질 관리소에 도착하는 대로 이 사람이 바짐의 치료를 담당하게 된다는 것이었다. 그때 매우 지쳐 보이는 돈초바가 돌아와서 전보를 읽어보고 얼빠진 표정으로 잘 됐다는 듯이 고개를 끄덕였다.

어제는 너무 기뻐서 잠도 제대로 자지 못했으나 오늘 바짐은 아침부터 생각에 잠겨 있었다. 그 콜로이드 금은 언제쯤 도착할까. 만일 어머니한테 직접 전해졌다면 오늘 아침에는 이미 도착했을 것이다. 사흘쯤 걸릴까? 아니면 1주일쯤 걸릴까. 우선 그 점에 대해서 지금 자기에게로 다가온 두 여의사에게 물었다.

"3, 4일이면 오지! 3, 4일이면 오고 말고!"라고 돈초바가 말했다.

'그러나 그 3, 4일이라는 것이 믿을 수가 없었다. 돈초바가 알고 있던 한 예로서, 모스크바의 연구소에서 조직 견본을 리야잔 병원으로 보낼 때 발송계 여직원이 '카잔'이라고 써버렸다. 그것을 관리 사무소에서 —— 이러한 이야기에는 반드시 관리 사무소가 등장한다 —— '카자흐'로 잘못 읽어 알마 아타로 보내버린 일이 있었다.'

기쁜 소식은 사람을 어떻게 바꾸어놓을까. 요즈음 우울했던 검은 눈이 지금은 희망에 빛나고 불만에 차 있던 입술은 다시 생기를 되찾았다. 깨끗하게 수염을 깎고 몸단장을 한 바짐은 아침부터 선물 더미에 둘러싸여 생일을 맞이한 어린 아이처럼 기뻐하고 있었다.

지난 2주 동안 어째서 그처럼 의기소침하고 의지가 약해졌을까! 구원은 의지 속에 있다. 의지는 모든 것이 아닌가! 암세포가 30센티미터의 거리를 전이하는 것보다도 빠르게 콜로이드 금이 3000킬로미터의 길을 날아와 주기를! 그 경주에 이기기만 한다면 콜로이드 금은 바짐의 서혜부를 지켜줄 것이고 나머지 몸 전체를 지켜줄 것이다. 다리는 —— 그래, 하나쯤은 희생시켜도 좋다. 어쩌면 —— 결국 믿을 수 없는 과학이란 어디에도 없다 ——
—— 방사능을 갖고 있는 금은 그 위력을 발휘해서 다리까지도 치료해줄지도
모르지 않는가.

바짐이 살아 남는다는 것은 정당하며 합리적이다! 죽음과 타협하는 것,
검은 표범에게 잡아먹힌다는 것은 생각만 해도 어리석은 일이다. 자기의
재능의 반짝임에 의해서 바짐은 살아남을 것이라고 생각하기로 했다. 살아
남아야 한다. 바짐은 솟아오르는 기쁨으로 잠을 이룰 수가 없었다. 콜로이드
금을 담은 납 상자는 지금 어디쯤 와있을까 하고 바짐은 상상해 보았다.
화차 안일까, 아니면 비행장으로 운반하는 중일까, 아니면 이미 비행기에
실려 있을까, 바짐은 3000킬로미터의 공간을 상상해보면서 어둠 속을 응
시했다. 빨리, 좀더 빨리. 만약 천사 같은 것이 있다면 운반을 도와달라고
부탁하고 싶다.

지금 회진차 온 의사들이 진찰하는 것을 바짐은 의심스러운 듯 지켜보고
있었다. 의사들은 불길한 말은 한 마디도 하지 않았고 얼굴은 어디까지나
무표정했으나 그래도 바짐을 촉진했다. 간장뿐만 아니라 여러 곳을 만져보고
두세 마디 의견을 교환했다. 다른 곳보다도 간장에 중점을 두고 촉진하지
않는지 바짐은 유심히 보았다.

'여의사들은 이 환자가 무척 신경질적이며 섬세한 관찰을 하는 사람이
라는 것을 잘 알고 있었으므로 전혀 그럴 필요도 없는 비장 부분까지 만
져보였던 것이다. 그러나 이 촉진의 진짜 목적은 역시 간장의 변화를 조
사해보는 것이었다.'

루사노프의 진찰도 간단하게 끝낼 수는 없었다. 이 사나이는 언제나 의
사의 특별한 배려를 기대하고 있었다. 최근 루사노프는 여의사들에게 호감을
갖게 되었다. 이곳 의사들은 명예 교수도, 교수도 아니었지만 루사노프의
종양을 치료해주는 것은 사실이었으니까. 목의 종양은 훨씬 작아지고 납
작해졌으며 제멋대로 흔들렸다. 어쩌면 처음부터 별 위험은 없었을지도
모른다. 공연히 지레 겁을 집어먹었는지도 모른다.

"잠깐만." 하고 루사노프는 여의사들에게 말했다. "주사에 지쳐버렸어요. 벌써 20회 이상이니까요. 이젠 충분하지 않을까요. 아니면 나머지는 집에서 주사를 맞으면 어떨까요?"

수혈을 네 번이나 받았으나 루사노프의 혈액 상태는 별로 좋지 않았다. 안색은 누렇고 피로한 것 같았으며 머리에 쓴 타타르 풍의 둥근 모자는 멋없이 크게 보였다.

"어쨌든 고맙습니다, 선생님! 입원 당시의 저는 잘못 생각했어요." 루사노프는 정색을 하면서 돈초바에게 말했다. 이 사나이는 자기의 잘못을 솔직하게 시인하기를 좋아했다. "선생님 덕분에 회복되었으니까요, 정말로 고맙습니다."

돈초바는 애매하게 고개를 끄덕였다. 그것은 겸손해서도, 당황해서도 아니었으며 이 환자가 어리석게도 되지도 않은 소리를 하고 있기 때문이었다. 이 사나이의 종양은 어느 임파선으로 전이할지 알 수 없었다. 수명이 앞으로 1년 남았을지 어떨지는 전이의 속도에 달려 있었다.

그것은 돈초바 자신의 경우도 마찬가지였다.

돈초바와 간가라트는 루사노프의 겨드랑이밑과 쇄골 윗부분을 촉진했다. 그 압박이 너무 강해서 루사노프는 몸을 오므렸다.

"아니 그쪽은 괜찮아요!" 루사노프가 말했다. 생각해 보니 의사들은 협박을 한 것이 분명했다. 그러나 루사노프는 참을성이 많은 사람이었으므로 그 위협을 용케 참아냈다. 그리고 자기가 얼마나 참을성 있는 사람이란 것이 자랑스럽게 느껴졌다.

"괜찮다니 다행이지만 아주 조심해야 해요, 루사노프 씨."라고 돈초바가 말했다. "앞으로 한두 번 더 주사한 다음 퇴원하도록 합시다. 하지만 한 달에 한 번씩 꼭 와서 진찰을 받아야 합니다. 또 어떤 이상을 느꼈으면 한 달이 되지 않았더라도 와야 해요."

기쁨을 감추지 못한 루사노프는 자기의 경험으로 안이하게 해석할 수 있었다. 정기 검진이란 형식적인 것이며 통계상의 필요에서 하는 것이다.

루사노프는 이 기쁜 소식을 전해주려고 집으로 전화를 걸러 나갔다.

코스토글로토프의 차례가 되었다. 오레크는 복잡한 기분으로 의사들을 기다리고 있었다. 의사는 오레크를 구해준 것도 같고 더 나쁘게 만든 것 같기도 했다. 말하자면 통 속의 벌꿀이 타르와 반반 혼합되어 그것을 식용으로 쓸 수도 없고 차바퀴에 바를 수도 없게 되었던 것이다.

간가르트 혼자서 진찰하러 왔다면 무엇을 물어보거나 어떤 지시를 해도 오레크는 오직 그녀의 얼굴만 쳐다보면서 넋을 잃고 있었을 것이다. 자기의 몸을 기형으로 만드는 주사를 집요하게 되풀이하고 있었건만 어쩐된 일인지 1주일쯤 전부터 그 점에 대해서는 베가를 용서해주고 있었다. 자기의 육체를 자유롭게 처리할 수 있는 권리를 벨라에게 인정해준 것은 무척 유쾌한 일이었다. 그리고 회진할 때마다 오레크는 여의사의 작은 손을 만지거나 아니면 개처럼 코끝을 그 손에 대고 비벼대고 싶다고 생각하는 것이었다.

그러나 오늘의 회진은 두 여의사가 함께 했으므로 돈초바도 간가르트도 일에 얽매인 단순한 의사에 지나지 않았다.

"기분이 어때요?" 침대에 걸터앉으면서 돈초바가 물었다.

베가는 돈초바의 등 뒤에 서서 살며시 미소를 보였다. 만날 때마다 조금이나마 미소를 보여준다는 배려나 불가피한 습관이 다시 벨라에게 돌아와 있었던 것이다. 그러나 오늘의 미소는 안개 너머에서 보내는 것처럼 희미했다.

"그저 그래요." 침대 밖으로 내려뜨렸던 머리를 다시 베개 위로 올려 놓으면서 코스토글로토프는 지친 목소리로 대답했다. "조금 잘못 움직이거나 하면 누가 꽉 잡는 것 같은 느낌이……이 흉곽 안쪽에 느껴집니다. 하지만 대체로 나은 것 같은 기분이에요. 이젠 나은 것으로 해줄 수 없을까요?"

그 말에는 전 같은 열의가 없었으며, 마치 남의 일처럼, 또는 강조할 필요도 없는 당연한 이야기를 하고 있듯이 무관심하게 들렸다.

돈초바도 지친 목소리로 거리낌없이 말했다.

"당신의 기분이 어떻든 아직 치료는 끝나지 않았어요."

여의사는 X선을 조사한 부분의 피부를 살피기 시작했다. 피부의 상태로 보자면 치료가 거의 끝나가고 있었다. 표피의 반응은 조사가 끝난 다음에도 강해질 가능성이 있었다.

"X선은 이제 하루에 두 번씩 받지는 않지요?" 돈초바가 물었다.

"네 이젠 한 번씩 받습니다." 하고 간가르트가 대답했다.

'이제는 한 번씩 받습니다.'라는 단순한 말을 발음할 때 간가르트의 목소리는 아름답게 떨려서 무언가 상냥한 말, 영혼에 와닿는 말을 발음할 때처럼 느껴졌다.'

생명이 통하는 기묘한 실오라기가 여자의 긴 머리카락처럼 벨라를 이 환자에게 붙들어 매어놓고 있었다. 그 실오라기가 잡아당기거나 끊어졌을 때 아픔을 느끼는 것은 벨라쪽이고, 오레크는 조금도 아픈 것 같지 않았으며 주위 사람들은 아무도 그것을 느끼지 못했었다. 조야와 오레크가 밤마다 만난다는 소문을 들었던 날, 그 실은 완전히 끊겨진 것처럼 생각되었다. 그때 정말 완전히 끊어졌더라면 좋았을지도 모른다. 남자는 같은 세대의 여자가 아니라 더 젊은 여자를 원한다는 법칙을 벨라는 불현듯이 생각해내고 있었다. 자기는 이미 결혼 적령기를 놓쳤다는 것을 벨라는 잊어서는 안 되었다.

그런데 그후 오레크는 벨라를 길가에서 몰래 숨어서 기다리고 있다가 붙잡고 느러져서 다정한 눈길을 보내면서 말했었다. 그리고 그 머리카락 같은 실오라기는 다시 이어졌었다.

이 실오라기는 대체 무엇일까? 그것은 설명이 불가능한 아무런 목적도 없는 것이었다. 오레크는 머지 않아 퇴원할 것이다. 이곳에는 다시 돌아오지 않을 것이다. 여간 사태가 악화되기 전에는, 사신(死神)에게 쫓기지 않는 한 돌아오지는 않을 것이다. 건강하면 할수록 이곳으로 돌아올 가능성은 희박해지고 결국은 제로로 될 것이다.

"지금 시네스트롤의 양은 어느 정도지요?" 돈초바가 동료에게 물었다.

"필요 이상의 양이에요." 간가르트가 입을 열기도 전에 코스토글로토프가 심술궂은 눈초리를 하며 말했다. "이젠 평생 동안 주사를 맞지 않아도 될 정도의 양입니다."

평소의 돈초바였다면 환자가 이런 버릇없는 말을 했다면 결코 용서하지 않았을 것이며 야단을 쳤을 것이 분명했다. 그러나 지금 돈초바는 몹시 지쳐 있었다. 그리고 일에서 손을 떼려는 지금, 개인적으로는 코스토글로토프에게 반대할 필요도 없었다. 뭐니뭐니 해도 이것은 야만스런 치료 방법이니까.

"한 가지 충고하겠지만, 코스토글로토프 씨." 다른 환자는 알아들을 수 없는 낮은 소리로 타이르듯이 돈초바가 말했다. "당신은 가정의 행복을 바라지 않는 편이 좋아요. 아직도 몇 년간은 남들처럼 가정을 이룰 수는 없으니까."

간가르트는 눈을 내리 깔았다.

"그것은 병을 너무 오랫동안 방치해두었기 때문이에요. 이곳을 찾아온 것이 너무 늦었던 거지요."

코스토글로토프는 자기의 상태가 좋지 않다는 것은 알고 있었으나 돈초바가 이렇게 정색을 하고 말하니 자기도 모르게 입이 떡 벌어졌다.

"그래, 그럴 겁니다." 코스토글로토프는 신음 소리를 냈다. 그리고 자기 자신을 달랬다. "가정을 만드는 것은 어차피 정부 당국도 허락해주지 않을 테니까요."

"간가르트 선생, 이 환자에게는 테잔과 펜탁실 주사를 계속 놔주도록 해요. 하지만 퇴원해서 휴식을 취할 필요도 있어요. 그럼 이렇게 합시다, 코스토글로토프 씨. 퇴원할 때 3개월분의 시네스트를을 처방해 놓겠으니 그 약을 약국에서 사서 자가 치료를 계속하세요. 만약 집에 주사 놓아줄 사람이 없거든 정제를 사세요."

코스토글로토프는 그 말에 대답하려고 입술을 움직였다. 첫째 코스토글로토프에게는 집 같은 것도 없고, 둘째로는 돈도 없고, 셋째로는 서서히 자살을 할 만큼 바보는 아니라고 말해주고 싶었다.

그러나 너무 지쳐 잿빛이 다 된 여의사의 얼굴을 보고 생각을 고쳐먹고 아무 소리도 하지 않았다.

회진은 끝났다.

아흐마잔이 달려왔다. 얘기가 잘 되어 보관소에서 옷을 찾게 되었다고 했다. 오늘밤에는 친구와 한 잔 나눠야지! 진단서는 내일 받으러오면 된다. 이제까지 한 번도 본 적이 없을 정도로 아흐마잔은 흥분하고 큰소리로 떠들고 있었다. 몸놀림도 지난 두 달 동안 이 병실에 있었다고는 생각되지 않을 정도로 힘이 있어 보였다. 짧게 깎은 검은 머리와 중유(重油)처럼 눈썹 밑에서 눈은 술취한 사람처럼 번쩍거렸고 등은 사회 생활에 대한 기대로 떨고 있었다. 그래서 자기의 짐을 챙기면서 문득 생각이 나서 달려나가 점심은 아랫층에 가서 먹을 테니 그리로 갖다달라고 소리치기도 했다.

코스토글로토프는 방사선실로 불려갔다. 거기서 잠시 기다리다가 기계 아래 누웠다. 그것이 끝나자 정면 현관쪽으로 잠시 나갔다. 오늘은 왜 이렇게 침침할까.

하늘에는 온통 잿빛 구름이 흐르고 다음에는 큰 비를 약속하는 보랏빛 구름이 나타나기 시작했다. 그러나 기온이 높아졌으니 비가 내린다 해도 따뜻한 봄비임에 틀림없을 것이다.

산책을 하기에는 날씨가 좋지 않아 코스토글로토프는 2층 병실로 되돌아 갔다. 흥분한 아흐마잔의 큰 목소리가 복도에까지 들려왔다.

"그자들의 식사는 군대보다도 더 좋단 말이야! 더 좋다고까지는 할 수 없더라도 결코 못하지는 않아. 전부 2백킬로그램이나 소비한다니까! 그런 놈들에게는 여물이라도 먹이는 것이 좋을텐데!, 그러면서도 제대로 일도 하지 않아! 출입금지 구역(수용소의 철조망 양쪽 2미터 폭의 지대.)까지 데리고 가면 다음에는 뿔뿔이 흩어져 으슥한 곳에 숨어서는 하루 종일 잠만 잔다니까!"

코스토글로토프는 살며시 문을 열었다. 시트와 베개잇을 벗긴 침대 위에 준비한 짐을 손에 든채 아흐마잔이 서서 한 손을 휘저으며 흰 이빨을 번쩍이면서 병실 환자들에게 자신 있게 마지막 잡담을 하고 있었다.

병실의 구성 인물은 모두 바뀌어 있었다. 이제 페데라우는 없었으며, 철학 강사도 슈르빈도 없었다. 이전의 환자들이 그대로 있었더라면 아흐마잔은 결코 이런 이야기는 하지 않았을 것이다. 적어도 오레크는 한 번도 그런 말을 들은 기억이 없으니까.

"그런데도 아무것도 세워놓지 않았다는 말인가?" 코스토글로토프는 낮은 목소리로 물었다. "출입금지 구역에 무슨 높은 것도 세우지 않았다는 말인가?"

"그야 뭐." 아흐마잔은 약간 당황해서 말했다. "하지만 놈들의 일은 형편 없었어."

"당신들이 좀 도와주었더라면 좋았을 텐데……." 코스토글로토프는 힘이 다 빠진 듯이 낮은 목소리로 말했다.

"우리들이 하는 일은 소총, 놈들은 삽을 잡는 일이다!" 아흐마잔은 힘있게 대답했다.

오레크는 지금 처음으로 보는 것처럼 아흐마잔의 얼굴을 바라보고 있었다. 아니 이미 몇 년 동안이나 모피 외투의 깃 속에 파묻혀 자동소총을 겨냥하던 그 모습을 보아왔는지 모른다. 도미노 놀이 외에 아무런 즐거움도 모르는 아흐마잔은 성실하고 솔직한 사나이였다.

앞으로 몇 십 년 동안 그곳의 실정을 이야기하지 않고 있다면 인간의 기억은 돌이킬 수 없을 만큼 희미해져서 같은 나라 사람의 기분을 이해하는 것이 화성인을 이해하는 것보다도 어려워질 것이다.

"그런데 도대체 어떻게 된거지?" 코스토글로토프는 계속 추궁했다. "사람에게 여물을 먹이라고 했는데 그것은 농담이겠지?"

"아니, 농담이 아니야! 놈들은 인간이 아니니까! 절대로 인간이 아니야!" 아흐마잔은 열과 확신을 담아서 말했다.

다른 환자들도 진지하게 들었으니 코스토글로토프도 설득시킬 수 있을 것이라고 생각했던 모양이었다. 물론 오레크가 유형수라는 것을 아흐마잔은 알고 있었으나 수용소에 있었다는 것은 전혀 알지 못했었다.

코스토글로토프는 루사노프의 침대를 흘끔거렸다. 어째서 녀석은 아흐마잔에게 가세하지 않을까. 그러나 루사노프는 이따금 이 병실에 없었다.

"당신은 군인인줄만 알았었지. 그랬었군. 그런 군대에 근무하고 있었군."
코스토글로토프가 천천히 말했다. "그럼 당신은 베리야의 졸개란 말인가?"

"베리야는 알지도 못해!" 아흐마잔은 화를 내면서 얼굴이 빨개졌다.
"높은 곳에 누가 있든 나와는 관계가 없어. 나는 선서를 하고 근무를 했
으니까. 배치된 부서에서 근무했을 뿐이야……."

33. 해피 엔드

그날은 비가 내리기 시작했다. 비는 하루 종일 계속되었으며 바람도 강
해지고 그 바람 때문에 기온이 떨어져서 목요일 아침에는 진눈깨비로 바
뀌었다. 봄을 예상하고 이중 창문을 열었던 사람들은 코스토글로토프도
포함해서 한 마디도 입을 열지 않았다. 그러나 목요일 낮부터는 진눈깨비가
그치고 바람도 잠잠해졌으며 어둡게 가라앉은 을씨년스런 오후였다.

그러나 저녁때는 서쪽 하늘에 황금빛 햇빛이 기다랗게 모습을 드러냈다.

루사노프가 퇴원하는 금요일 아침, 하늘에는 구름도 한 점 없었으며, 이른
아침 태양은 아스팔트 위의 큰 물 웅덩이나 잔디밭 사이를 가로지르는 비에
젖은 오솔길을 말리고 있었다.

이제야 말로 봄날이었으며 다시는 겨울로 되돌아가지 않을 것은 분명했다.
누구나 다 창문에 발랐던 문풍지를 뜯고 이중 창문을 활짝 열었다. 바닥에
떨어진 퍼티는 잡역부들이 쓸어버릴 것이다.

파벨 니콜라예비치는 보관소에 물건을 맡겨놓지 않았으며 병원에서 빌린
물건도 없었으므로 언제나 퇴원할 수 있는 태세를 갖추고 있었다. 가족들이
데리러 온 것은 아침 식사가 끝난 직후였다.

차를 몰고 온 것은 놀랍게도 라브리크였다! 바로 어제 면허를 땄다고
했다! 어제부터 학교는 휴교여서 라브리크는 파티를, 마이카는 피크닉을

잔뜩 기대하고 있었다. 카피톨리나 마트베예브나가 두 큰 아이는 집에 남겨두고 한창 장난이 심한 아래 두 아이를 데리고 왔던 것이다. 라브리크는 아버지를 집으로 모셔다 드리고 친구들과 곧 드라이브를 하겠다고 했다. 유라가 없더라도 너끈히 차를 몰 수 있다는 것을 보여주고 싶었던 것이다.

퇴원은 필름을 되감듯이 무엇이고 입원할 때와는 정반대로 진행되었다. 그러나 이번에는 얼마나 즐겁게 진행되었던가! 파벨 니콜라예비치는 파자마 차림으로 수간호사의 작은 방으로 들어가서 회색 양복으로 갈아입고 나왔다. 명랑한 라브리크는 새로 맞춘 파란 양복을 입고 있었다. 몸매가 늘씬한 소년이었으며 입구에서 마이카와 시시덕거리며 장난을 치지만 않았더라면 어엿한 성인으로 보아도 좋았다. 허리띠에 매단 자동차 열쇠를 라브리크는 자랑스럽게 손가락으로 빙빙 돌리고 있었다.

"차문은 잘 닫고 왔어?"라고 마이카가 물었다.

"물론 잘 닫고 왔지."

"창문도 닫고?"

"가서 살펴보라구."

검은 머리채를 흔들면서 마이카가 달려갔다가 곧 다시 돌아왔다.

"닫혀 있었어." 그러더니 갑자기 생각이 난 듯이 말했다. "트렁크는 잘 닫았어?"

"가서 확인해 봐."

소녀는 또 달려갔다.

아래층 대합실에서는 여전히 누런 액체를 넣은 유리 용기를 검사실로 갖고 가는 사람이 있었다. 또 지친 얼굴로 순번을 기다리다 벤치에 길게 누워 잠을 자는 사람도 있었다. 파벨 니콜라예비치는 그러한 광경을 느긋한 기분으로 바라보고 있었다. 결국 자기는 역경을 극복해낸 강인한 인간이었으니까.

라브리크는 아버지의 트렁크를 운반했다. 모랫빛 스프링 코트를 입고 기쁨으로 더 젊어보이는 구리빛 머리의 카파는 자기의 용건은 다 끝났다는 듯이 수간호사에게 머리를 끄덕여 보이더니 남편의 팔을 부축했다. 아버지의 반대쪽 팔에는 마이카가 매달렸다.

"보세요, 이 모자! 어때요, 새 모자예요. 줄무늬가 예쁘죠?"

"파샤, 파샤!" 누군가가 뒤에서 불렀다.

그들은 모두 뒤돌아보았다.

수술실로 통하는 복도에서 찰루이가 걸어오고 있었다. 이제는 안색도 누렇지 않고 무척 건강해 보였다. 병원에서 내주는 파자마를 입고 슬리퍼를 신지 않았다면 전혀 환자로 보이지 않을지도 모른다.

파벨 니콜라예비치는 쾌활하게 찰루이와 악수를 하면서 말했다.

"카파, 병실의 영웅을 소개하지. 위를 잘라내도 미소를 잃지 않는 사람이야."

카피톨리나 마토베예브나를 소개받자 찰루이는 우아한 동작으로 두 뒤꿈치를 모으고 머리를 약간 기울였는데 그 모습은 겸손해 보이기도 했고 익살스러워보이기도 했다.

"파샤, 전화 번호를 가르쳐주게! 전화 번호를 적어달라구!" 찰루이가 조르듯이 말했다.

파벨 니콜라예비치는 문을 여는 데 시간이 걸리는 듯한 시늉을 하면서 상대방의 말을 못들은 체했다. 찰루이는 확실히 좋은 사람이지만 생활 환경이 다르고 사고 방식도 달랐다. 너무 가까이 하지 않는 것이 현명할 것 같았다. 좋게 거절할 말을 루사노프는 찾고 있었다.

일행이 정면 입구의 계단으로 나가자 찰루이는 곧 모스크비치(승용차)에 시선이 멎었다. 라브리크는 벌써 차에 시동을 걸코 있었다. '자네 찬가?' 하고 묻지도 않은채 찰루이는 그 값부터 따져보는 눈치였다.

"몇 킬로미터나 뛴 차지?"

"아직 1만 5천킬로도 뛰지 못했어."

"그런데 벌써 타이어가 이렇게 닳았나?"

"타이어가 질이 나빴던 모양이야……품질이 좋지 않아서 그래……."

224

"내가 좋은 걸로 구해줄까?"

"정말인가, 막심?"

"그야 아주 간단하지! 그럼 내 전화 번호를 적어두게!" 찰루이는 손가락으로 루사노프의 가슴을 찔렀다. "퇴원하면 일주일 안에 구해주겠어!"

거절할 구실을 찾아낼 필요는 없었다! 파벨 니콜라예비치는 수첩을 찢어 근무처와 자택 전화 번호를 적어 막심에게 주었다.

"좋아! 그럼 전화할게!" 막심은 손을 흔들었다.

마이카는 앞 좌석에 올라타고 부모들은 뒷좌석에 탔다.

"건강하게!" 막심이 소리치면서 군대식으로 거수 경례를 했다.

"그런데." 하고 라브리크는 마이카를 떠보듯이 말했다. "곧 출발할까?"

"아니야! 우선 기어의 상태를 살펴봐야 해!" 마이카가 거드름을 피우면서 대답했다.

차는 아직도 곳곳에 남아 있는 구덩이의 물을 튀기면서 정형외과 병동의 모퉁이를 꼬부라졌다. 가는 쪽의 아스팔트 길 한복판에 꾀죄죄한 가운 차림에 장화를 신은 키가 큰 환자가 천천히 걷고 있었다.

"클랙슨을 눌러!" 파벨 니콜라예비치가 그를 보자 주의를 주었다.

라브리크는 짧게, 그러나 요란스럽게 클랙슨을 울렸다. 키가 큰 사나이는 깜짝 놀라 옆으로 비켜서더니 뒤돌아보았다. 승용차는 배기 개스를 뿜어내면서 그 사나이의 10센티미터쯤 옆으로 스쳐갔다.

"저 자에게는 오글로예트라고 별명을 붙였었지. 아주 심술궂고 욕심이 많은 녀석이었어. 얼굴을 봤지, 카파?"

"어쩔 수 없잖아요, 여보!" 카파는 한숨을 쉬었다. "행복한 사람이 있으면 언제나 질투하는 사람도 있기 마련이에요. 행복해지려고 하면 반드시 질투하는 사람과 부딪치게 되니까요."

"그 자는 계급의 적이었어." 하고 루사노프가 중얼거렸다. "이곳이 만약 병원만 아니었더라면……."

"차로 깔아뭉갤 걸 그랬군요. 왜 클랙슨을 울리라 하셨지요 ? " 라브리크가 웃으면서 뒤돌아보았다.

"한눈 팔면 안 된다 ! " 카피톨리나 마트베예브나가 겁을 내면서 소리쳤다. 아닌게 아니라 차가 크게 흔들렸다.

"한눈 팔면 큰일나 ! " 마이카가 웃으면서 되풀이했다. "나는 한눈 팔아도 돼죠. 엄마 ? " 그러더니 일부러 머리를 이리저리 돌렸다.

"당분간 너는 여자 아이를 태우고 드라이브 같은 것을 해서는 안 된다, 알았지 ? " 차가 병원 구내를 빠져나가자 카파는 차창을 내리고 무슨 가루 같은 것을 뒤로 뿌리면서 말했다.

"앞으로는 두 번 다시 이곳에 오게 되지 않도록 ! 아무도 뒤돌아보지 말아요 ! "

한편 코스토글로토프는 그 차를 향하여 마구 욕설을 퍼부었다.

그러나 동시에 이것은 매우 현명한 방법이라고 감탄해 했다. 자기가 퇴원할 때도 아침 일찍 퇴원하도록 하자. 남들처럼 낮에 퇴원하면 어디로 가기 전에 해가 저물 테니까.

오레크는 내일 퇴원할 예정이었다.

햇볕이 따사로운 화창한 아침이었다. 모든 것이 차츰 따뜻해지고 건조해지기 시작했다. 우시 테레크에서도 요즘에는 밭을 갈거나 관개용 수로를 청소하거나 하겠지.

오레크는 어슬렁 어슬렁 걸으면서 생각했다. 얼마나 다행스런 일인가. 살을 깎는 듯한 엄동설한에 반죽음이 다 된 몸으로 이곳에 왔으나, 지금 봄이 무르익는 시기에 집으로 돌아가서 자기의 자그마한 채소밭에 씨앗을 뿌릴 수 있는 것이다. 땅에 작은 씨앗을 뿌리고 싹이 돋아나는 것을 지켜보는 기쁨보다 더한 것이 어디 있겠는가 ?

다만 누구나 다 둘이서 밭일을 한다. 그런데 오레크는 혼자 하지 않으면 안 된다.

걸어다니는 동안 문득 수간호사를 만나보고 싶은 생각이 들었다. 미타가

이 병원에는 비어있는 침대가 없다고 오레크에게 쌀쌀하게 말했던 것은 이미 과거의 일이 되어버렸다. 지금 두 사람은 친구처럼 가까운 사이가 되었다.

미타는 큰 계단 아래 창도 없는 작은 방에 전등을 켜놓고 앉아 있었다. 문을 열고 안으로 들어가니, 이 방은 폐나 눈이 견디기 어려울 정도로 답답했다. 수간호사는 어떤 조사 카드를 한 더미에서 다른 더미 쪽으로 옮겨놓고 있었다.

코스토글로토프는 허리를 구부리고 윗쪽을 비스듬히 잘라낸 문 안으로 들어가서 대뜸 큰소리로 말했다.

"미타, 부탁이 있어요. 매우 중요한 거요."

미타는 딱딱한 긴 얼굴을 쳐들었다. 그 얼굴은 태어날 때부터 추했기 때문에 마흔 살이 된 지금까지 아무도 그 얼굴을 끌어당겨서 키스를 하거나 손으로 만지지도 않았으며 그 얼굴에 생기가 돌 만한 부드러운 빛은 한 번도 표현해보지 못하고 오늘에 이른 것이다. 미타는 그래서 일만 하는 말처럼 되어버리고 말았다.

"무슨 일인데요?"

"나는 내일 퇴원해요."

"참 잘 됐네요!" 일견 잔뜩 화를 내고 있는 사람처럼 보이지만 미타는 좋은 사람이었다.

"내일 저녁 기차로 떠나는 데, 낮에 시내에서 해야 할 일이 많아요. 그런데 보관소에서 옷을 찾아 입으려면 시간이 많이 걸리거든. 그러니 미타가 좀 도와줘야겠어. 내 짐을 오늘 꺼내어 어디다 좀 감춰두었다가 내일 일찍 갈아입을 수 있게 해줘요. 아침 일찍 갈아입고 갈 수 있도록 말야."

"그건 규칙 위반인데……." 미타는 한숨을 쉬었다. "만약 의국장이 안다면……."

"의국장이 어떻게 알겠어! 나도 규칙 위반이라는 것은 알고 있어요. 하지만 미타, 사람은 규칙을 위반하지 않고는 살아갈 수 없잖아!"

"만약 내일 퇴원하지 못하게 되면 어쩌지요?"

"간가르트 선생이 확실하게 약속해주었다니까."

"하지만 일단 간가르트 선생한테 확인해 봐야 해요."

"좋아, 그럼 내가 지금 가서 다시 확인하고 오겠어."

"그건 그렇고 뉴스 들었어요?"

"아니 무슨 뉴슨데?"

"금년 안에 우리는 모두 자유롭게 된데요. 상당히 확실한 뉴스예요!" 그 말을 할 때만은 미운 얼굴도 제법 사랑스럽게 보였다.

"우리들이라니 누구를 말하는 거지? 당신 같은 사람을 가리키는 거요?"

"우리들도, 당신 같은 사람들도! 당신은 내 말을 믿지 않나보군요?" 미타는 불안스럽게 상대방의 의견을 기다렸다.

오레크는 머리를 긁적이면서 얼굴을 찡그리더니 한쪽 눈을 찡긋해 보였다.

"믿어도 좋겠지, 그럴 수도 있을 거야. 하지만 그따위 소문은 수없이 들어왔으니 무턱대고 기뻐할 수만은 없어."

"이번에는 확실한 모양이에요, 정말이에요!" 미타는 믿고 있었다. 믿지 않을 수가 없었다.

오레크는 아랫입술로 윗입술을 물고 생각에 잠겼다. 물론 시기는 성숙해 있었다. 최고 재판소의 판사들도 경질되지 않았던가. 하지만 사태의 진전이 너무 느리다. 벌써 한 달이 지났으나 아무런 일도 일어나지 않았다. 그러니 또 믿을 수 없게 된다. 우리들의 생명에 있어서, 우리들의 마음에 있어서 역사의 발걸음은 너무 느렸다!

"참 고마운 일이군." 하고 오레크는 미타를 위해서 말했다. "만약 그렇다면 당신은 어떻게 하겠소? 그리로 돌아가겠소?"

"글쎄, 어떻게 할까?" 손톱이 큼직한 손가락으로 조사 카드를 정리하면서 거의 속삭이듯이 미타는 말했다.

"당신은 살리스크(러시아의 남부에 위치한 로스토프 자치주의 도시) 사람이지요?"

"네, 그래요."

"역시 그곳이 더 좋지요?"

"그야 자유스러우니까." 미타는 중얼거렸다.

그러나 좀더 정확하게 말하자면 고향으로 돌아가서 결혼하려는 것은 아닐까.

오레크는 간가르트를 찾으러 갔다. 여의사는 방사선실에 있는가 하면 외과에 가 있거나 해서 곧 만날 수가 없었다. 이윽고 레프 레오니도비치와 함께 복도를 걸어가는 것을 보자 얼른 뒤쫓아갔다.

"간가르트 선생! 1분간만 시간을 내줄 수 없을까요?"

간가르트에게, 간가르트한테만 말을 건네는 것은 기분이 나쁘지 않았다. 자기의 목소리가 다른 인간에게 말할 때와는 달라지는 것을 오레크는 느끼고 있었다.

여의사는 뒤돌아보았다. 그 몸을 기울이는 모습이나 손의 위치나 걱정스런 표정에는 분주함의 타성 같은 것이 나타나 있었다. 그러나 여의사는 곧 평소의 상냥한 얼굴로 되돌아가 걸음을 멈추었다.

"무슨 일이지요?"

코스토글로토프 씨라고는 말하지 않았다. 의사나 간호사 등 제3자가 있을 때만 간가르트는 오레크를 그렇게 불렀던 것이다. 단둘이 있을 때는 이름을 전혀 부르지 않았다.

"간가르트 선생, 꼭 부탁할 것이 있어요……. 제가 내일 틀림없이 퇴원한다는 것을 직접 미타에게 말해줄 수 없을까요?"

"그건 왜요?"

"그럴 필요가 있어섭니다. 즉 내일 저녁 기차로 떠나는데, 그렇게 하려면 ……."

"료바(레프의 애칭.) 먼저 가세요. 곧 갈테니까."

레프 레오니도비치는 두 손을 가운 앞주머니에 집어넣고 묶은 끈이 벗겨질만큼 팽팽한 등을 보이며 몸을 흔들면서 걸어갔다. 간가르트는 오레크에게 말했다.

"내 방으로 오세요."

그리고 앞장서서 가벼운 발걸음으로 걸어갔다.

간가르트는 언젠가 오레크가 돈초바와 언쟁을 벌렸던 소형 X선 장치가 있는 방으로 들어갔다. 그리고 대패질만 한 허술한 책상 앞에 앉더니 오레크에게 의자를 권했다. 그러나 오레크는 앉지 않았다.

방에는 그들 밖에는 아무도 없었다. 방문을 통해 비스듬히 내려비치는 금빛 햇빛 속에서 미세한 먼지가 춤추고 있었다. 그 빛을 X선 장치의 니켈 도금을 한 부분이 반사하고 있었다. 눈이 부시도록 밝고 쾌적한 기분이었다.

"만약 내일 퇴원이 되지 않을 경우에는 어쩌지요? 최종 진단서를 써야 하거든요."

오레크는 도무지 이해할 수가 없었다. 여의사는 사무적으로 그렇게 말하는 것인지 아니면 골려주려고 농담을 하는 것인지 알 수가 없었다.

"최종이라고요?"

"최종 진단서, 치료의 최종적인 결론이지요. 그것이 작성되지 않으면 퇴원할 수 없습니다."

여의사의 작은 어깨에 이렇게 많은 일이 걸려 있을 줄이야! 여기저기서 그녀를 기다리고, 불려가고, 지금은 또 오레크에게 시간을 빼앗기고 최종 진단서를 써야 하는가.

그러나 여의사는 밝은 표정으로 앉아 있었다. 우정에 넘친 상냥한 눈길을 한 간가르트가 거기에 있었으며 밝은 빛이 여의사의 몸을 부채꼴로 감싸고 있었다.

"내일 꼭 출발해야 하나요?"

"그렇지는 않습니다. 이 고장에 남고 싶을 정도예요. 하지만 묵을 곳이 없어요. 역에서 자기는 싫고……."

"그렇군요, 당신은 호텔에서는 묵을 수 없겠군요." 여의사는 고개를 끄덕이면서 얼굴을 찌푸렸다. "공교롭게도 항상 환자를 재워주는 아주머니가 마침 휴가중이군요. 어떻게 한다지요?" 여의사는 윗입술을 깨물면서 종이 위에 무언가 롤 빵 같은 것을 그리고 있었다. "그래……혹시 괜찮다면…… 우리 집에서 묵어도 좋아요."

뭐라고? 간가르트가 그런 말을 해? 혹 잘못 들은 것은 아닐까. 다시 묻는다면 웃음거리는 되지 않을지.

여의사의 볼이 장미빛으로 변했다. 그러나 여전히 눈을 내리깐채, 마치 환자가 의사의 집에 묵는 것은 흔히 있는 일이라는 듯이 간가르트는 아무렇지도 않게 말했다.

"내일 나의 예정은 평소와는 달리, 아침에 병원에서 두 시간만 근무하고 집에 있을 거예요. 그리고 저녁 식사를 한 후 다시 외출합니다……. 나는 아는 사람의 집에서 자는 것쯤 아무렇지도 않아요."

그리고 간가르트는 오레크의 얼굴을 똑바로 쳐다보았다!

얼굴은 붉었으나 눈은 밝고 천진스럽게 빛나고 있었다. 지금 그녀가 한 말을 액면 그대로 받아들여도 괜찮을까. 오레크에게는 이러한 제의를 받아들일 자격이 있을까.

도무지 이해가 가지 않았다. 여자가 이런 말을 꺼낼 줄이야……매우 의미심장한 일일지도 모르며, 또 어쩌면 아무런 의미도 없는 것일지도 모른다. 그러나 오레크에게는 생각할 겨를이 없었다. 여의사는 진지한 표정으로 기다리고 있었다.

"고맙습니다." 오레크는 말했다. "그것은 물론 고마운 일이지요." 여성에게는 정중하고 상냥하게 대답해야 한다고 배운 것은 언제였던가. 이미 백 년이나 지난 옛날 일만 같았다. 이젠 완전히 잊고 있었다. "그것은 고맙기는 하지만……. 하지만 선생의 잠자리를 빼앗는다는 것은……부끄러운 일이군요."

"그런 걱정은 필요 없어요." 베가는 격려하듯이 미소를 지었다. "2, 3일 중에 어떤 좋은 방도를 찾아보도록 해보지요. 당신은 이 고장에서 떠나고 싫지 않으시겠지요？ ”

“네, 물론 그렇지요！ ” 그러나 그럴 경우 퇴원 일자는 내일이 아니고 모래로 해야 해요！ 그렇지 않으면 왜 떠나지 않느냐고 감독 조사국이 의심할 테니까요. 그럼 또 붙잡혀가게 될 거예요”

“알았어요. 잘 해봅시다. 오늘 미타에게 통지해 두고 내일 퇴원 수속을 하고 진단서 날짜는 모래로 하지요. 당신이란 사람은 참 복잡하군요！ ”

그러나 여의사의 눈은 이런 번잡함을 싫어하는 기색은 전혀 보이지 않고 여전히 미소짓고 있었다.

“복잡한 것은 내가 아니지요, 간가르트 선생！ 바로 제도예요！ 그리고 보통 사람에게는 진단서가 한 통이면 되지만 저에게는 두 통이 필요합니다.”

“어째서죠？ ”

“한 통은 여행 이유를 설명하는 것으로 감독 조사국에 제출해야 하고, 한 통은 내가 갖고 있어야 합니다.”(감독 조사국에는 한 통밖에 없다고 하고 예비로 남겨두어야 한다. 진단서 때문에 지금까지 얼마나 시달림을 받았던가…….)

“그러면 철도역에 제출할 진단서가 또 있어야겠군요.” 여의사는 종이쪽지에 무언가 적어넣었다. “이것이 우리 집 주소예요. 약도를 설명해 드릴까요”

“아니, 제가 물어서 찾아가지요, 간가르트 선생！ ” 역시 농담은 아니었군. 진심으로 나를 초청해준 것이다…….

“그리고…….” 미리 준비해 두었던 긴 종이쪽지를 여의사는 주소와 함께 주면서 말했다. “이것은 돈초바 선생이 말하던 그 처방이에요. 분량이 줄어들었을 뿐 지금까지 쓰고 있던 약과 같은 거예요.”

똑같은 처방이다！ 똑같은！

그것은 아무래도 좋다는 투였다. 주소를 알려주는 김에 겸해서 말해둔다는 느낌이었다. 두 달 동안 오레크를 치료하는 사이에 간가르트는 그 일에 대해서만은 한 번도 입을 연 적이 없었다.

그것도 역시 교묘한 수단일지도 몰랐다.

여의사는 이미 자리에서 일어나 있었다. 료바가 기다리고 있는 것이다.

방안을 가득 채운 부채꼴 모양의 빛 속에서 오레크는 여의사를 찬찬히 바라보았다. 마치 처음 보는 것처럼 희고 가벼운 날씬한 허리의 그 모습. 이해와 우정이 넘치는 그 모습! 처음 보는 듯한 그 모습.

오레크는 갑자기 밝은 마음으로 물었다.

"간가르트 선생! 선생은 어째서 오랫 동안 저에게 화를 내셨지요?"

여의사는 빛 속에서 밝은 미소를 지으면서 오레크를 바라보았다.

"당신은 아무런 나쁜 짓도 하지 않았다는 말입니까?"

"나쁜 짓을 한 것은 없습니다!"

"잘 생각해 보세요."

"생각나지 않는데요, 힌트를 줘보세요!"

"아, 이제 가야 해요."

여의사는 열쇠를 꺼냈다. 문을 잠가야 한다. 그리고 가야 한다. 이 짧은 한때가 즐거웠다! 이런 기분이라면 24시간 서있어도 좋을 것만 같았다.

여의사의 모습은 복도 안쪽으로 사라져 버렸다. 오레크는 물끄러미 그녀의 뒷모습을 바라보고 있었다.

그리고 또 곧 산책에 나섰다. 봄날의 공기는 아무리 들이마셔도 싫지 않았다. 두 시간쯤 무작정 걸으면서 따뜻한 공기를 마음껏 들이마셨다. 자기를 잡아두고 있는 이 집에서 이제는 떠나고 싶지 않은 마음마저 들었다. 아카시아 꽃이 피는 곳도, 떡갈나무의 싱그러운 잎도 이제 더 이상 볼 수 없는 것이 아쉬웠다.

오늘은 메스꺼운 기분도 전혀 느끼지 않았으며 탈력감도 없었다. 이제는 농사 일이라도 할 수 있을 것만 같았다. 한 가지만이 무언가 모자라는 것 같은 기분이 드는데 그것은 무엇일까. 문득 생각이 들어 보니 엄지손가락과 집개손가락을 무의식중에 비벼대는 것이 담배를 피우고 싶어 하는 것 같았다. 아니, 꿈 속에서라도 피우면 안 된다, 금연이다, 금연!

정신을 가다듬고 오레크는 미타가 있는 곳으로 갔다. 미타는 해주었다. 오레크의 보따리를 벌써 보관소에서 찾아내어 욕실에 감춰놓고 있었다. 욕실의 열쇠는 야근을 하는 잡역부에게 맡겨놓았었다. 남은 것은 저녁 때 외래 진찰실로 가서 진단서를 받기만 하면 된다.

오레크의 퇴원은 더 이상 뒤로 미룰 수 없을 만큼 구체화되어 있었다.

오레크는 큰 계단을 올라갔다. 이것이 마지막은 아니지만 이 계단을 오르내리는 것도 앞으로 몇 번이면 끝날 것이다.

계단을 다 올라갔을 때 조야와 마주쳤다.

"안녕하세요, 오레크." 조야가 가볍게 말했다.

그 꾸밈새 없는 말투는 극히 자연스러웠으며 몸에 배어 있었다. 두 사람 사이에는 아무 일도 없었던 것 같았다. 서로 생각해낸 다정한 별명도, '방랑자'의 춤도 산소통도.

조야의 태도는 옳았는지도 모른다. 언제까지나 과거에 집착해서 샐쭉해서 무엇하겠는가?

조야의 몇 번째의 야근 때부터 오레크는 더 이상 조야의 곁을 서성거리지 않고 침대에서 잠을 자기만 했다. 조야도 어느 날 밤을 고비로 하여 주사기를 들고 태연하게 다가오게 되었으며 오레크도 소매를 걷고 주사를 맞았다. 언젠가 함께 운반했던 산소 흡입 고무주머니처럼 두 사람 사이에 팽팽했던 감정도 갑자기 오무라들기 시작했다. 그래서 원점으로 돌아가고 말았다. 남은 것은 친절한 인사 뿐이었다.

"그후 어떻게 지내셨어요?"

오레크는 긴 팔로 의자를 붙든채 흐트러진 까만 머리를 앞쪽으로 느러뜨리고 있었다.

"백혈구 2800. 어제부터는 X선 조사도 받지 않아요. 내일 퇴원하게 되었어요."

"어머!" 조야는 금빛 속눈썹을 꿈벅거렸다. "잘 됐네요! 정말 축하해요!"

"축하할 것까지야 있겠어요?"

"어머, 은혜도 모르는 사람 같군요!" 조야는 책망하듯이 머리를 살래살래 저었다. "처음 이 병원에 와서 층계 아래 누워 있었을 때의 일을 생각해 보세요! 그때는 아마 한 주일도 더 살지 못할 것 같았잖아요?"

그것은 사실이었다.

하지만 조야는 얼마나 멋진 아가씨였던가. 명랑하고, 열심히 일했으며, 진실하고 속이 검은 데라고는 전혀 없었다. 서로가 속이고 있는 듯한 이 어색한 기분만 사라진다면 다시 원점에서 출발하여 두 사람이 친구가 되는 데는 아무런 지장도 없을 것이다.

"아무튼 그렇게 되었어요." 오레크는 미소를 보였다.

"그랬군요." 조야도 따라 웃었다.

뜨개질 실에 대해서는 아무 말도 하지 않았다.

이것으로 끝이다. 조야는 매주 네 번씩 이 병원에 출근할 것이다. 그리고 교과서를 열심히 암기하겠지. 또 이따금 뜨개질도 하겠지. 시내에서는 댄스 파티를 끝낸 뒤에 누구와 으슥한 곳에서 포옹할 것이다.

스물두 살의 조야는 세포의 구석구석까지도, 피 한 방울에까지도 건강으로 넘쳐 있었다. 그런 사실에 화를 낸들 무슨 소용이 있겠는가.

"그럼 잘 있어요!" 오레크는 가벼운 기분으로 말했다.

그리고는 다시 걷기 시작했다. 그런데 갑자기 경쾌하고 솔직한 말투로 조야가 소리쳤다.

"오레크, 잠깐만!"

오레크는 뒤돌아보았다.

"시내에서 잘 곳이 없지요? 내 주소를 가르쳐드릴까요?" 아니 이 여자도?

오레크는 의아스런 눈빛을 했다. 오레크가 상상도 하지 못했던 일이었다.

"전차 정류소 곁이니까. 아주 편리해요. 할머니와 둘이 사는데 방이 둘 이라서 괜찮아요."

"정말 고맙군요." 내민 종이쪽지를 오레크는 멍하니 받아들었다. "그렇지만 자칫하면……아마……."

"갑자기 찾아오셔도 상관없어요." 조야는 방긋 웃었다.

아니 여자의 마음이란 밀림 속보다도 더 복잡하다.

두세 걸음 걸어가자, 시브가토프의 모습이 눈에 띄었다. 입구의 퀴퀴한 냄새가 나는 한 구석에 딱딱한 널빤지를 깔고 그 위에 누워 있었다. 오늘은 날씨가 이렇게 화창한데 이 구석까지 비치는 것은 열 번이나 더 반사하여 희미한 빛 뿐이었다.

시브가토프는 천장을 응시하고 있었다.

지난 두 달 동안 몸은 더 야위어 보였다.

코스토글로토프는 널빤지 끝에 걸터앉았다.

"샤라프! 이건 확실한 정보인데 추방이 해제될 모양이오. 강제 이주된 사람도, 행정 사범도!"

샤라프는 천장만 쳐다본 채 오레크에게로는 시선을 옮기려 하지 않았다. 목소리는 들려도 말 뜻은 전혀 이해하지 못하는 것 같았다.

"들려요? 당신들이나 우리도 다 말이야. 확실한 것 같아."

상대방은 아직도 알아듣지 못하는 것 같았다.

"믿지 않아요? 집으로 돌아갈 수 있다니까."

시브가토프는 여전히 천장에서 눈을 떼지 않았다. 힘없이 그의 입술이 움직였다.

"나는 이미 늦었어."

오레크는 시브가토프의 손에 자기의 손을 포개 놓았다. 타타르 인의 손은 죽은 사람처럼 가슴 위에 얹혀져 있었다.

그들 곁을 넬랴가 병실쪽으로 힘차게 지나가고 있었다.

"여긴 남아 있는 접시 없어요?" 그러더니 코스토글로토프에게로 시선을 옮겼다. "아아 당신은 왜 식사를 하지 않지요? 빨리 접시를 비워줘야지요. 언제까지고 기다리고 있을 수는 없잖아요."

아 참! 코스토글로토프는 점심 먹는 것을 깜박 잊고 있었던 것이다. 그토록 마음이 들떠 있었던 모양이다. 그런데 한 가지 납득이 안 가는 점이 있었다.

"그런데 왜 당신이 접시 참견을 하는 거지?"

"왜라니요, 나는 배식계가 됐거든요!" 넬랴가 자랑스럽게 말했다. "어때요. 이 가운 깨끗하지요?"

오레크는 일어서서 최후의 점심 식사를 하러 갔다. 눈에 보이지도 않고 소리도 들리지 않는 X선은 어느 사이에 오레크의 식욕을 완전히 빼앗고 말았었다. 그러나 죄수의 규칙에 따르자면 절대로 식사를 남겨서는 안 되었다.

"자, 빨리 먹어요!" 넬랴가 명령을 내리듯이 말했다.

넬랴는 가운만이 아니라 곱슬머리의 머리형까지 달라져 있었다.

"아주 사람이 달라져버린 것 같군!" 코스토글로토프는 질린 듯이 말했다.

"그야 당연하죠! 350루불의 급료를 받고 언제까지나 바닥을 기어다닐 수만은 없으니까! 배불리 먹지도 못하는 생활은 질색이에요……."

34. 더 괴로운 사람

같은 또래의 친구들이 먼저 세상을 떠나고 혼자 남게 된 노인이 '나도 빨리 죽고 싶다'고 푸념을 하듯이 코스토글로토프는 병실에 있어도 어쩐지 차분하지 못했다. 어느 침대나 이미 꽉차 있었으며 새로 들어온 환자들은 여전히 똑같은 문제로 이야기의 꽃을 피우고 있었다. 암이냐, 아니면 암이 아니냐? 나을 수 있느냐, 나을 수 없느냐? 그밖에 또 효과적인 치료법은 없을까 등등.

마지막까지 남아 있던 바짐도 저녁때는 방에서 나가버렸다. 급기야 콜로이드 금이 도착해서 다른 병동으로 옮겨져서 방사선 기사의 손에 맡겨지게 되었던 것이다.

오레크는 하나하나 침대를 바라보면서 입원 당시의 환자에 대해서 생각해보고 죽어 나간 사람은 몇 사람인가 생각해 보았다. 세어보니 죽은 환자의 수는 그렇게 많지 않은 것 같았다.

병실 안은 후덥지근했고 바깥 공기는 따뜻했으므로 코스토글로토프는 창을 약간 열어놓고 자리에 누웠다. 창문 틈으로 봄의 대기가 흘러 들어왔다. 병원의 담장 밖에 몰려 있는 낡고 자그마한 집들의 안뜰에서 봄날의 시끄러운 소리가 들려왔다. 그러한 집들에 살고 있는 사람들의 생활은 벽돌 담장에 가려서 보이지는 않았지만 문 닫는 소리나 술 취한 사람이 고래고래 지르는 소리나 흥얼거리며 노래를 부르는 축음기 소리 등이 확실하게 들려왔다. 소란한 소리가 잠잠해지고 한참 후에는 여자의 풍성한 낮은 노랫소리가 들려왔다. 어떤 때는 격렬하게, 어떤 때는 유연하게 길게 뽑아대면서 노래를 불렀다.

> 탄광에서 사랑스런 젊은이를
> 우리 집으로 데려와서…….

모든 노래는 그런 것을 노래하고 있었다. 모든 사람들은 그런 일을 생각하고 있었다. 그러나 오레크는 무언가 다른 일을 생각하지 않으면 안 된다.

내일 아침에는 일찍 서둘러야 했으므로 오늘 밤에는 푹 쉬고 힘을 축적해야 했으나 오레크는 좀처럼 잠이 오지 않았다. 중요한 일과 사소한 일들이 뒤섞여서 갖가지 생각이 머릿속을 오갔다. 루사노프와 차분한 토론을 하지 못했던 일, 슈르빈과 미처 이야기를 다 하지 못했던 일, 바짐에게 지적해주지 못했던 여러 가지 사실들, 사살된 주크의 머리. 석유 램프의 노란 불빛에 비친 카드민 부처의 생기 있는 얼굴. 오레크는 이 도시의 인상에 대해서 샅샅이 들려주고, 카드민 부처는 오레크의 부재중에 들었던 음악 방송 이야기를 들려줄 것이다. 납작한 오두막집은 이들 세 사람에게는 온 세계를 가득 채운 용기처럼 여겨질 것이다. 그리고 방심과 오만이 뒤섞인 듯한 열여덟 살의 인나 슈트렘의 얼굴. 그 애에게는 접근하지 않을 것이다. 그리고 이 두 사람의 초대 —— 자러 오라고 두 여자가 권유한 것은 아직도 여전히 속셈을 알 수 없었다. 이것을 어떻게 해석해야 할까.

오레크의 정신을 이루고 낙인이 찍혀 있던 저 냉정한 세계에는 '이해를 초월한 친절한 행위'라는 개념은 존재하지 않았으며 실제로 그러한 행위는 찾아볼 수 없었다. 그래서 오레크는 그런 것들을 완전히 잊고 있었다. 따라서 지금 이 초대를 단순한 친절 이외의 어떤 동기에서라고 설명하는 편이 오레크로서는 편했다.

두 여인은 무엇을 획책하려는 것일까. 그렇다면 이쪽에서는 어떻게 나가야 할 것인가? 오레크로서는 알 수가 없었다.

이리저리 몸을 뒤척이면서 손가락은 담배를 비비는 듯한 짓만 되풀이했다…….

오레크는 자리에서 일어나 밖으로 나갔다.

입구 한구석의 침침한 문 가에서 시브가토프는 여느때나 마찬가지로 선골(仙骨)을 어루만지면서 바닥에 놓인 대야에 엉거주춤 앉아 있었다. 그러나 그 모습에는 전처럼 희망에 찬 참을성은 찾아볼 수도 없었으며 무서운 절망이 엿보일 뿐이었다.

시브가토프에게 등을 돌리고 당직 간호사의 책상 스탠드에 불을 켜고 앉아 있는 것은 가운을 입은 키가 작고 어깨가 좁은 부인이었다. 그러나 그것은 간호사일 리가 없었다. 오늘밤의 당직은 투르군인데 이 청년은 회의실에서 쿨쿨 자고 있음에 틀림없었다. 그것은 저 안경을 쓴 매우 교양이 있어 보이는 잡역부 엘리자베타 아나톨리예브나였다. 초저녁에 이미 일을 다 끝내고 지금 거기에 앉아 책을 읽고 있는 중이었다.

오레크가 입원해 있던 두 달 동안 이 영리해 보이고 부지런한 잡역부는 환자들이 자고 있는 침대 밑에 기어들어가 열심히 바닥을 청소했었다. 그때 오레크가 몰래 감춰두었던 장화에 몇 번이나 부딪쳤으나 잔소리를 한 적은

한 번도 없었다. 그녀는 걸레로 벽을 닦고 타구를 비우고 그것을 윤이 날
정도로 닦았으며 변기를 환자들에게 나누어주었었다. 일반적으로 간호사가
만지기 싫어하는 무겁고 불결하고 귀찮은 일은 그녀가 도맡아 했다.

이런 일을 조용히 하면 할수록 이 사람은 병동 내에서 그 존재가 눈에
띄지 않았다. 이미 2천 년 전부터 있어온 속담처럼 눈은 있으되 보이지
않는 격이었다.

그러나 고된 생활은 시력을 튼튼하게 해주었다. 이 병동에는 얼굴을 마
주치자 마자 서로의 신분을 알아내는 능력을 갖춘 사람들이 있었다. 그런
사람들은 많은 사람들 가운데 있었으며, 특히 견장이나 완장을 두르고 있는
것도 아니며 제복을 입고 있는 것도 아니지만 쉽게 서로의 존재를 식별했다.
그것은 마치 이마에 어떤 낙인이라도 찍혀 있는 것 같았으며 손바닥이나
발뒤꿈치에 어떤 낙인이 찍혀 있는 것 같았다. 실은, 그런 표시는 수없이
많이 있었다. 무심코 내뱉은 한 마디, 그 말을 발음하는 억양, 말을 하다
말고 깨무는 입술, 다른 사람이 진지하게 말할 때 웃는 얼굴, 다른 사람이
웃고 있을 때의 진지한 얼굴. 우즈베크 인이나 카라칼파크 인이 이 병원에서
쉽게 자기들의 동료를 분간해내듯이 이 사람들도 가령 단 한 번이라도 철조망
신세를 진 사람을 곧 알아냈던 것이다.

코스토글로토프와 엘리자베타 아나톨리예쁘나도 훨씬 이전부터 서로를
알아차리고 이해한다는 눈짓으로 인사를 나누었었다. 그러나 서로 이야기
해볼 기회는 없었다.

오레크는 상대방이 놀라지 않도록 일부러 슬리퍼 끄는 소리를 내면서
책상으로 다가갔다.

"안녕하세요, 엘리자베타 아나톨리예브나!"

잡역부는 안경도 쓰지 않고 책을 읽고 있었다. 그리고 그 뒤돌아보는
목의 움직임이 어딘지 모르게 미묘해서 근무중에 불렀을 때 대답하며 뒤
돌아보는 동작과는 달랐다.

"안녕하세요?" 그녀의 웃는 얼굴에는 큰 저택에서 손님을 맞이하는 중년

귀부인의 모습이 엿보였다.

그것은 언제나 서로 힘이 되어주겠다는 기분의 표현이었다.

그러나 실제로 힘이 되어준다는 것은 불가능했다.

오레크는 흐트러진 머리칼을 앞으로 내밀고 그녀가 읽고 있는 책을 기웃거렸다.

"또 프랑스 어 책이군요. 무슨 책이지요?"

이 잡역부는 L자의 발음을 부드럽게 내면서 대답했다.

"클로드 파렐(1876년에 태어난 프랑스의 소설가. 에그조틱한 모험소설을 썼다)."

"그런 프랑스 어 책은 어디서 입수할 수 있지요?"

"시내에 외국 도서 전문 도서관이 있어요. 그리고·외국 책을 많이 가지고 있는 할머니가 계시지요."

코스토글로토프는 개가 허수아비를 바라보듯이 그 책을 바라보았다.

"그런데 어째서 늘 프랑스 어 책만 읽지요?"

부인의 눈이나 입가의 방사선처럼 퍼진 주름은 나이와 생활고와 지혜를 나타내고 있었다.

"이런 것은 읽어도 싫증을 느끼지 않으니까요."라고 부인은 대답했다. 부인의 목소리는 시종 나즈막했고 부드러웠다.

"딱딱한 책은 읽지 않나요?" 오레크는 책망하듯이 말했다.

그러나 오래 서있는 것은 괴로웠다. 부인은 그것을 눈치챈 듯 의자를 권했다.

"우리 나라에서는 언제부터인지, 아마 2백 년은 됐겠지만 모두 파리! 파리! 하고 야단들이지요. 귀에 못이 박힐 지경이에요."라고 코스토글로토프는 중얼거렸다. "거리의 이름이나 술집 이름까지 다 외우고 있을 정도니까요. 그래서 나는 파리 같은 데는 전혀 가고 싶지 않습니다."

"전혀 가고 싶지 않다구요?" 잡역부는 웃었고, 코스토글로토프도 따라 웃었다.

"감독 조사국이 있는 도시가 더 좋단 말인가요?"

두 사람의 웃음에는 공통점이 있었다. 웃음을 터뜨렸는가 했더니 곧 그쳤다.

"네, 그래요." 코스토글로토프는 멍청하게 말했다. "그렇게 말하는 녀석치고 참을성이 있는 녀석은 없어요. 이내 경박하게 유행을 쫓거나 하니까요. 그런 녀석은 골려주고 싶어요. 이봐 너희들 삽자루를 잡아본 적이 있어? 주린 배를 움켜쥐고 일해본 적이 있느냐고 말이지요."

"그것은 너무 가혹한 소리에요." 그런 늙은이들은 이미 현장에서 떠나버렸어요."

"그야 그렇지요. 하지만 골탕을 먹여주고 싶단 말입니다."

코스토글로토프는 의자에 앉자 큰 몸통을 좌우로 흔들었다. 그리고는 느닷없이 화제를 바꾸면서 물었다.

"그런데 당신은 남편 때문인가요, 아니면 자신의 사건 때문인가요?"

그녀는 일에 대한 질문이라도 받은 듯이 즉각 태연하게 대답했다.

"가족 전체예요, 누구 때문인지는 알 수 없어요."

"그럼 지금은 가족과 함께 살고 있습니까?"

"천만에요! 딸은 이주해간 곳에서 죽었어요. 전후에 우리는 이곳으로 옮겨왔습니다. 그리고 두 번째 숙청이 있었는데, 그때 남편이 끌려갔어요, 수용소로."

"그럼 지금은 혼자 사시나요?"

"아들이 있어요, 여덟 살 된."

부인의 차디찬 표정을 오레크는 바라보았다.

사무적인 이야기는 아직도 많이 있었다.

"두 번째 숙청이라면 —— 49년에 있었던 숙청인가요?"

"네."

"그랬었군요. 어느 수용소였지요?"

"다이셰트였어요."

오레크는 다시 고개를 끄덕였다.

"그 호수에 있는 수용소로군요. 레나 강쪽에 있는 수용소 같기도 하고, 우편 주소가 타이셰트라니까."

"당신도 그곳에 있었나요?" 부인은 한 가닥 희망을 버릴 수가 없었다!

"그곳에 있진 않았지만 알고 있어요. 죄수들끼리는 서로 연락을 취했으니까."

"남편은 이름이 두자르스키에요! 혹시 어디선가 만나본 적은 없었나요?"

역시 희망을 버리지 않고 있었다. 연락을 취하고 있었다면……어디선가 만났을지도…….

두자르스키라! ……오레크는 고개를 갸웃거렸다. 그러나 그런 사람을 만난 기억은 없었다. 다 만날 수는 없었으니까.

"1년에 두 통밖엔 편지가 오지 않았어요!" 엘리자베트가 하소연이라도 하듯이 말했다.

오레크는 고개를 끄덕였다. 그것은 정상이었다.

"그런데 작년에는 한 통 밖엔 편지를 받지 못했어요. 작년 5월이었는데 그후엔 한 통도! ……."

엘리자베타의 목소리는 희망을 잃은 듯 떨리고 있었다. 역시 여자였다.

"너무 심각하게 생각할 건 없어요!" 코스토글로토프는 자신 있게 말했다. "한 사람이 1년에 두 통 밖에 편지를 보내지 못한다 하더라도 전체적으로 보자면 몇 만 통이 되지요. 게다가 검열관은 게으르기 짝이 없어요. 스파크의 수용소에서는 난로 수리공인 죄수가 여름에 난로를 조사하러 갔다가 검열관의 집 페치카에서 아직 검열도 하지 않은 편지가 2백 통이나 나왔다지 뭡니까. 소각해버리는 것을 깜박 잊었던 거지요."

코스토글로토프의 말씨는 부드러웠고, 엘리자베타는 이런 이야기에는 익숙해 있었으나, 그래도 부인의 눈에는 놀라움이 나타나 있었다.

인간은 역시 놀라움을 잊지 못하는 모양이었다.

"그럼 아드님은 추방된 곳에서 낳았나요?"

엘리자베타는 고개를 끄덕였다.

"그러면 당신의 봉급만으로 아들을 키워야겠군요? 좀더 조건이 좋은 직장에 취직할 수는 없었나요? 집도 형편없는 곳이겠군요?"

그것은 질문이었지만 질문 같지 않은 말투였다. 모두 대답이 필요없을 정도로 당연한 것이었다.

이 나라의 책과는 종이의 질도 달라서 호화로운 장정의 두툼한 가제본이었으나 이미 오래 전에 가장자리가 다 닳아버린 그 책에 엘리자베타 아나톨리예브나는 가볍게 손을 얹고 있었다. 세탁과 바닥 청소나 부엌 일로 거칠어지고 멍든 손을.

"집이 형편없는 것은 그래도 견딜 수 있어요!"라고 부인은 말했다. "가장 어려운 것은 아이가 차츰 철이 들어 여러 가지 질문을 하는 거예요. 이럴 때 어떻게 대답해줘야 하지요? 모든 것을 사실 그대로 가르쳐주어야 할까요? 하지만 어른들까지도 긴가민가 할 여러 가지 사정이 있어요! 어른들이라도 가슴이 답답할 정도로! 사실을 숨기고 생활에 잘 적응시켜야 할까요? 그렇게 하는 것이 좋을까요? 아버지라면 이럴 경우 어떻게 말할까요? 하지만 이럴 경우 아버지라도 적절하게 말해주진 못할 거예요. 아이들은 자기의 눈으로 다 보고 있으니까요!"

"당연히 사실 대로 가르쳐주어야지요!" 오레크는 책상 위에 깔린 유리판을 손바닥으로 세게 눌렀다. 그것은 대과없이 인생을 살아온 사람이 하는 말처럼 들렸다.

엘리자베타는 두 손을 관자놀이에 대고 불안스런 표정으로 코스토글로토프의 얼굴을 쳐다보았다. 오레크의 말이 이 부인의 신경을 건드렸던 것이다.

"아버지가 없으면 자식을 키우는 것이 여간 어려운 일이 아니에요! 생활의 핵심이라 할지 지침 같은 것을 어디서 찾아야 하지요? 그래서 언제나 어찌할 바를 몰라하고 있어요."

오레크는 잠자코 있었다. 이런 이야기는 전에도 들은 적이 있었다. 그러나 그때는 그 말을 전혀 이해하지 못했었다.

"그래서 오래된 프랑스 소설을 읽는 거예요. 읽는다 하더라도 야근 때만이지만. 이러한 소설이 사실은 본질적인 문제에 대해서 말하고 있지 않다거나, 그 당시에도 격렬한 계급 투쟁이 있었다든가, 그런 것에 대해서는 전혀 모릅니다. 그저 조용히 읽고 있을 뿐이에요."

"마약 같은 건가요?"

"아니 구원이에요." 부인은 수녀의 흰 면사포 같은 머리를 가로 저었다. "하지만 잘 읽어보면 대개 책은 사람들을 불쾌하게 해요. 어떤 책은 독자를 아주 바보 취급하고 있어요. 또 어떤 책은 거짓말은 없지만 작가가 그것을 지나치게 자만하고 있습니다. 대시인이 18××년에 어떤 시골 길을 걷고 있었다거나 그 시집의 몇 페이지에 묘사되어 있는 부인은 실존했던 누구라든가 그런 것을 열심히 연구하는 사람도 있을 거예요. 그런 연구를 하는 것도 무척 어렵겠지만 그래도 안전해요! 그러한 책의 저자는 안전한 길을 택했던 거예요! 현재 살아 있는 사람들, 현재 고통받고 있는 사람들에게는 전혀 아무런 관심도 없는 거예요."

이 부인은 젊은 시절 릴랴라는 애칭으로 불렸을지도 모른다. 그 당시라면 아직 콧잔등에 안경 자국도 없었을 것이다. 젊은 아가씨는 윙크를 하거나, 미소를 짓거나 깔깔대며 웃기도 했을 것이다. 그 생활에는 라일락 꽃이 있고, 레이스가 있고 상징파의 시가 있었을 것이 틀림없다. 멀리 떨어진 아시아의 한 구석에서 잡역부로 생애를 마치리라고는 어떤 집시 여인도 예언하지 못했을 것이다.

"아무리 비극적인 소설이라 하더라도 우리들의 경험에 비한다면 어쩐지 우스꽝스런 이야기군요." 엘리자베타 아나톨리예브나는 말을 계속했다. "아이다는 사랑하는 사람이 갇혀 있는 지하 감옥에 내려가서 함께 죽을 수 있도록 허락을 받았어요. 하지만 우리들에게는 사랑하는 사람의 소식조차 들을 수 없어요. 만약 제가 수용소로 찾아갔다 하더라도……."

"가지 마세요! 가야 헛수고일 테니까요."

"……아이들은 학교에서 안나 카레리나의 불행하고 비극적이며 파멸적인, 그밖에도 많은 수식어가 붙은 생애에 대해서 글짓기를 하게 하지요. 그런데 안나는 과연 불행했을까요? 자기의 정열에 따라 살았으며 그 대가를 치렀지만 행복한 일생이었지요! 자유롭고 긍지 높은 여자였으니까요! 여기에 비한다면 우리는 어떠했지요? 자기가 태어나면서부터 죽 살아온 평화로운 집에 외투를 입고 군모를 쓴 사람들이 느닷없이 밀어닥쳐 24시간 이내에 자기가 들고 갈 수 있는 물건만 가지고 살던 고장과 집에서 떠나라고 명령하는 거예요……."

이미 먼 옛날에 흘렸던 눈물이 다 말라버린 부인의 눈에서는 더 이상 흘러나올 것이 없었다. 아니, 최후의 저주스런 날에, 그 눈은 다시 한 번 말라버린 불꽃을 튀길지도 모른다.

"……문을 열고 길 가는 사람에게 무엇이건 사달라고 말해도 마치 거지에게 자선하듯 동전을 던져줄 뿐이었어요! 그리고는 냄새를 맡은 장사꾼들이 찾아오지요. 세상 일을 너무나 잘 알고 있는 산전수전 다 겪은 사람들이지요. 그들은 언젠가 자기들의 머리 위에도 벼락이 떨어진다는 것을 모르고 있는 것입니다! 그리하여 어머니가 물려주신 피아노를 단 몇 푼의 헐값에 팔라는 거예요. 머리에 나비 모양의 리본을 단 딸 아이는 마지막으로 모차르트를 치겠다면서 피아노의 의자에 앉아 와락 울음을 터뜨리더니 뛰쳐나가 버렸어요 —— 그래도 나는《안나 카레리나》만 몇 번이고 읽어야 할까요? 나는《안나》만 읽고 있으면 되는 것일까요? ……언제쯤이나 우리들에 대한 것이 소설로 씌어질까요. 백 년은 지나야 될까요?"

그녀의 목소리는 거의 절규에 가까웠으나 오랜 세월 동안 공포에 시달려온 이 부인은 큰소리를 낼 수 없었다. 그것은 외치는 소리는 아니었다. 코스토글로토프에게만 들리는 목소리였다.

그 소리는 대야에 엉거주춤하고 있는 시브가토프에게도 들렸을지 모른다.

엘리자베타의 이야기에서 참고가 될 만한 것은 별로 많지 않았으나 그렇다고 해서 결코 적었다고는 할 수 없을 것이다.

"레닌그라드에서였나요?" 오레크가 짐작으로 말했다. "그러니까 1935
년도였지요?"

"알고 있었나요?"

"집이 어느 쪽에 있었지요?"

"푸르슈타트 거리였어요." 엘리자베타 아나톨리예브나는 비통한 목소리
로, 그러나 조금은 기쁜 듯이 말했다. "당신은?"

"자할리예프 거리였어요. 그러니까 우리는 가까이서 살았군요!"

"이웃 사람이었군요……. 그때 당신은 몇 살이었지요?"

"열네 살이었습니다."

"그렇다면 다 기억하진 못하겠군요."

"네, 자세한 것까지는……."

"생각나세요? 정말 대지진 같은 소동이었지요. 어느 집이나 현관 문을
열어 젖히고 사람들이 멋대로 들어와서는 물건을 갖고가기도 했고. 그때
시내 인구의 4분의 1은 추방되었을 거예요. 그런데도 기억이 나지 않다니
요?"

"아니, 조금은 기억이 납니다. 그러나 부끄러운 이야기지만 그 무렵에는
대단한 사건이라고는 생각하지 못했어요. 학교에서는 왜 추방이 필요한지
선생이 설명해 주었거든요."

재갈이 물리기를 싫어하는 암말처럼 늙은 잡역부는 머리를 아래 위로
끄덕였다.

"레닌그라드 봉쇄에 대해서는 모두가 이러쿵 저러쿵 말하겠지요! 봉쇄에
대한 시(詩)까지 나왔으니까요! 그것은 이미 해결이 난 일이지요. 마치
봉쇄 이전에는 아무 일도 없었던 것처럼."

그래, 그때도 시브가토프는 대야에 엉거주춤하고 있었고 조야는 이곳에,
오레크는 여기에 앉아 있었다. 두 사람은 같은 스탠드의 불빛 아래서 이
것저것 이야기를 나누고 있었다. 봉쇄에 대해서……. 그리고 또 무슨 이
야기를 했던가?

봉쇄 이전에 대한 것이었던가? 오레크는 턱을 고인채 서글픈 표정으로 엘리자베타 아나톨리예브나를 바라보고 있었다.

"뿌끄러운 일이지요."라고 작은 소리로 말했다. "자기나 친근한 사람들에게 직접 재난이 닥치지 않는 한 우리는 어찌하여 태연히 있을 수 있단 말인가요? 인간이란 도대체 왜 이렇게 생겨먹었을까요?"

오레크에게는 또 한 가지 부끄러운 일이 있었다. 그것은 다른 것이 아니다. 여자는 남자에게 무엇을 바라고 있느냐 하는 어려운 질문을 파미르 고원보다 더 높은 곳으로 끌어올려 놓는 것이었다. 마치 인생의 어려움은 바로 그 한 가지 점에 집중하기라도 한 듯이. 그밖의 고통이나 행복이 이 나라에는 존재하지 않는 것처럼.

부끄럽기는 했으나 기분은 훨씬 침착해졌다. 다른 사람의 불행에 자기의 불행을 씻어버린 것처럼.

"그 몇 해 전에는……."하고 엘리자베타 아나톨리예브나는 추억을 더듬었다. "레닌그라드에서 귀족이 강제 이주되었어요. 몇 만 명이 추방되었지만 우리는 그것을 알기나 했던가요? 뒤에 남은 귀족은! 의지할 곳 없는 노인이나 아이들뿐이었지요. 우리는 그것을 알고 있었으며 보았는데도 태연했어요. 우리들에게 닥친 재난이 아니었으니까요."

"피아노는 팔아 치웠나요?"

"아마 팔았을 거예요. 네, 팔았지요."

자세히 살펴보니 그 부인은 아직 40대였다. 그러나 거리를 걷고 있으면 노파로 착각할지도 모른다. 흰 삼각 두건 밑에서는 노인 특유의, 이제는 곱슬곱슬한 힘마저 잃은 머리카락이 비죽 튀어나와 있었다.

"당신들이 강제 이주당한 것은 어떤 이유에서였지요?"

"이유요? 유해 분자라는 구실이었을까? SOE —— 사회적 유해 분자라고나 할까? 재판도 아무것도 없었으니까 아마 그런 혐의였겠지요."

"바깥 양반은 어떤 분이었지요?"

"극히 평범한 분이었어요. 오케스트라의 플루트 주자였지요. 그러나 술을 마시면 토론하기를 좋아했지요."

오레크는 돌아가신 어머니 생각을 했다. 어머니도 이 부인이나 마찬가지로 나이에 비해서는 늙어 보였으며 착실한 독서가로서 남편을 잃은 불쌍한 여인이었다.

같은 고장에서 살 수만 있다면 어떻게 해서든지 이 부인에게 힘이 되어주고 싶다. 가령 그녀의 아들에게 공부를 가르쳐줄 수도 있었다.

그러나 각기 다른 상자 안에 핀에 꽂힌 곤충처럼 두 사람은 한 고장에서도 살 수 없었다.

"내가 아는 집에는……." 일단 침묵을 깨뜨리자 그 여인은 그칠 줄 모르고 말을 계속했다. "꽤 장성한 아들과 딸이 있었는데, 두 자녀는 모두 열성적인 공산 청년동맹원이었어요. 그런데 갑자기 가족 전체가 강제 이주하게 되었어요. 두 자녀는 콤소몰의 지구 위원회로 달려가서 '우리들을 지켜주십시오!'라고 부탁했지요. 그랬더니 위원회의 사람이 말했습니다. '지켜주고 말고. 그럼 이 종이에 쓰라구. 오늘부터 아무개의 아들, 혹은 아무개의 딸이라고 보아주지 말아 주시기 바랍니다. 나는 사회적인 유해 분자인 그들과 일체 손을 끊고 앞으로 그들과는 어떠한 관계도 갖지 않을 것을 약속하겠습니다.'라고."

오레크는 등을 구부린채 뼈가 앙상한 어깨를 움츠리며 고개를 떨구었다.

"그런 식으로 쓴 자식들은 많이 있었어요."

"네, 하지만 그집 아들과 딸은 생각해 보겠다고 말하고는 집으로 돌아가서 콤소몰의 신분증을 찢어 페치카에 던져버리고 자기들도 이주 준비를 했어요."

그때 시브가토프가 몸을 움직였다. 침대 모서리를 붙잡고 대야에서 일어섰다.

잡역부는 서둘러 대야의 물을 버리러 갔다.

오레크도 일어서서 자기 전에 가보아야 할 곳을 향해 계단을 내려갔다. 1층에서는 좀카가 자고 있는 작은 방의 문이 눈에 띄었다. 좀카와 한 방을 쓰고 있던 환자는 수술 후 월요일에 죽었기 때문에 그대신 수술을 끝낸 스루빈이 들어와 있었다.

언제나 닫혀 있던 문이 지금은 반쯤 열려 있었으며 방 안은 캄캄했다. 어둠 속에서 고통스런 숨소리가 들려왔다. 간호사의 모습은 보이지 않았다. 다른 환자를 돌보러 갔거나 아니면 잠을 자고 있을 것이다.

오레크는 문을 열고 고개를 들이밀었다.

좀카는 자고 있었다. 고통스런 숨소리는 스루빈이 내는 소리였다.

오레크는 안으로 들어갔다. 복도의 불빛이 희미하게 안으로 비쳤다.

"알렉세이 필리피치 씨! ……."

숨소리가 멎었다.

"알렉세이 필리피치 씨! …… 어디가 좋지 않지요?"

"아!" 그것은 고통스런 숨소리와 같았다.

"어디가 좋지 않으세요? ……무엇을 가져오라 할까요? ……불을 켤까요?"

"당신은 누구요?" 노인은 깜짝 놀라서 숨을 토해 내듯이 기침을 했다. 그 기침이 고통스러워 노인은 다시 신음했다.

"코스토글로토프예요, 오레크란 말입니다." 곁으로 다가가서 몸을 구부리자 베개 위에 놓인 슈르빈의 큰 머리가 보였다. "무엇을 도와드릴까요? 간호사를 불러드릴까요?"

"괜……찮……아……요." 슈르빈이 숨을 토해 내면서 말했다.

이번에는 기침이 나지 않아서 노인은 신음 소리를 내지 않았다. 오레크의 눈에는 조금씩 노인의 얼굴이 보이기 시작했다. 베개 위로 느러진 머리카락까지도 분간할 수 있었다.

"다 죽는 건 아니야."라고 슈르빈이 중얼거렸다. "전부가 아니야, 죽는 것은……."

헛소리를 하고 있었다.

코스토글로토프는 담요 위에 놓인 불덩이 같은 손을 찾아, 그 손을 가볍게 잡았다…….

"알렉세이 필리피치 씨! 안심하세요, 알렉세이 필리피치 씨!"

"부서진 조각이야……조각……." 하고 환자는 중얼거렸다.

문득 오레크는 생각이 났다. 슈르빈은 헛소리를 하는 것이 아니다. 수술 직전에 주고받던 이야기들을 오레크는 여러 가지로 떠올리고 있었다. 그 때 이 노인은 말했었다.

"나의 내부는 전부가 나의 것은 아니지. 나는 이따금 그렇게 느끼고 있어. 무언가 절대로 박멸할 수 없는 것이, 매우 고귀한 것이 내부에 도사리고 있지! 세계 정신의 조각 같은 것이지. 당신은 그런 것을 느껴본 적이 없었나?"

35. 천지창조의 첫날

모두가 아직 잠들어 있는 이른 아침에 오레크는 살며시 자리에서 일어나서 커버를 씌운 담요를 규칙 대로 네 번 접어놓자 무거운 장화를 신은 발끝으로 살금살금 걸어서 병실을 나섰다.

당직 간호사의 책상에서는 펼쳐 놓은 교과서 위에 두 팔을 얹고 그 위에 짙은 검은색 머리를 올려놓은채 투르군이 자고 있었다.

1층의 늙수그레한 잡역부가 욕실 문을 열어주었다. 오레크는 그곳에서 두 달 전에 벗어 맡겼던 자기의 옷으로 갈아 입었다. 승마용 바지처럼 헐렁한 낡은 군복 바지, 혼방(混紡) 작업복 상의, 그리고 외투. 이 옷들은 수용소 시절, 소중하게 보관해 두었던 덕분에 형편없이 낡은 것은 아니었다. 그러나 겨울용 모자는 우시 테레크에 와서 산 민간용 모자인데 사이즈가 좀 작아서 머리를 꽉 조였다. 이 모자를 쓰고 있으면 허수아비처럼 보이는데다가 오늘은 날씨도 따뜻할 것 같아서 오레크는 처음부터 모자를 쓰지 않기로 했다. 그리고 벨트는 외투 위에 매지 않고 외투 속의 작업복에 맸다. 이런 차림으로 거리를 걸으면 해방 농노나 영창에서 도망친 병사 같아 보일 것이다. 모자는 배낭 속에 집어넣었다. 기름 때가 묻고 모닥불에 그을린 자국이 있고 총알에 뚫린 곳을 누덕누덕 기운 이 군대용 배낭은 오레크의 숙모가 감옥에 차입해준 물건이었다. 수용소에는 좋은 물건을 갖고갈 수 없다고 해서 이런 헌 배낭을 차입해 주었던 것이다.

그러나 이런 옷이라도 병원의 환자복을 입었을 때보다는 중후함과 젊음과 건강한 느낌을 갖게 했다.

코스토글로토프는 방해물이 생기기 전에 병원 밖으로 나가야겠다고 서둘렀다. 잡역부는 잠갔던 현관문의 빗장을 벗기고 오레크를 내보내주었다.

그는 계단으로 한 걸음 나가다가 걸음을 멈추었다. 신선한 공기를 마음껏 들이마셨다. 그 공기는 아직 무엇에도 흔들리지 않은 깨끗한 공기였다! 그의 전방에는 신선하고 푸른 세계가 있었다! 머리를 쳐들자 하늘은 장미빛으로 물들기 시작하고 있었다. 다시 머리를 들자 수백 년 전부터 잘 다듬어놓은 듯한 원추형 솜털 구름이 하늘 가득히 퍼져 있었다. 그러한 구름은 이 시각에 하늘을 쳐다보는 몇몇 사람을 위하여—— 어쩌면 이 고장에서는 오레크 코스토글로토프 한 사람만을 위하여 몇 분 동안 존재했다가는 이내 사라져버리는 것이다.

그러한 구름 조각이나, 레이스나 깃털이나 물방울을 가로질러 눈부시게 빛나는 조각배 같은 하현달이 떠가고 있는 것이 아직도 확실하게 보였다.

이것은 천지창조의 아침이었다. 오레크의 복귀를 위하여 세계는 다시 창조되는 것이다. 자! 살아라! 하고 세계는 소리치고 있었다.

거울처럼 맑은 달은 이제 젊지 않았다. 연인들을 위하여 비치는 달은 아니었다.

행복감에 넘친 얼굴로 하늘과 나무들을 향해 미소를 지으면서 노인에게도 환자에게도 한결같이 흘러드는 새봄의 기쁨, 이른 아침의 기쁨에 넘쳐서 오레크는 낯익은 가로수 길을 걸어가기 시작했다. 늙은 청소부 외에는 아무도 보이지 않았다.

오레크는 돌아서서 암병동을 쳐다보았다. 길쭉한 빗자루 같은 포플러에 반쯤 가려져 있는 병동은 70년 동안이나 아무런 변화도 없는 잿빛 벽돌의 살갗을 드러내놓고 있었다.

오레크는 걸어가면서 구내의 나무들에게 작별 인사를 했다. 단풍나무에는 벌써 귀고리 같은 잎이 돋아나 있었다. 다른 어떤 나무보다도 먼저 꽃이 핀 나무는 아루이차(중앙아시아에서 자라는 살구나무의 일종.)였다. 그 꽃은 흰색이지만 나뭇잎 색깔에 섞여서 담록색으로 보였다.

이곳에는 살구나무가 한 그루도 없었다. 사람들의 얘기로는 지금 살구꽃이 만발해서 구시가로 가면 얼마든지 볼 수 있다고 했다.

천지창조의 첫날 아침 누가 분별있는 행동을 할 수 있겠는가. 오레크는 여러 가지 계획을 일거에 변경하고 엉뚱한 생각을 했다. 지금 당장 구시가로 가서 살구꽃 구경을 하자고.

금지된 문을 빠져나가자 인적이 뜸한 전차 종점이 보였다. 지난 1월, 비에 젖은 오레크는 개 같은 기분으로 죽을 각오로 이 문 안으로 들어섰다.

이렇게 다시 병원 문을 나가는 기분은 형무소에서 나올 때 느끼는 감정과 비슷한 것이 아닐까?

지난 1월 이 병원에 올 때는 사람들을 가득 태운 혼잡스런 전차가 오레크를 기진맥진하게 했었다. 그러나 지금 창가에 편안하게 앉아 있는 오레크에게는 삐걱거리는 전차 바퀴의 소리마저 유쾌하게 들렸다. 지금 전차를 탄다는 것은 즉 세상을 바라보는 것, 자유로운 생활을 구경하는 것이다.

전차는 한 다리를 건넜다. 강가에는 버드나무가 늘어서 있었고, 황갈색 급류의 물결에 드리운 가지는 이미 파란 싹이 돋아나고 있었다.

가로수도 초록빛으로 덮여 있었으나 길가의 집들을 가려버릴 정도는 아니었다. 어느 집이나 다 튼튼한 단층 석조 건물이었으며 결코 서둘러 지은 집이라는 인상은 주지 않았다. 오레크는 부러운 듯이 그러한 집들을 바라 보았다. 이런 집에 살 수 있는 사람들은 얼마나 행복할까! 이 부근의 거리는 놀라울 정도로 아름다웠다. 한적한 산책로, 넓직한 거리. 하기야 이른 아침의 장미빛 속에서 바라보아 아름답지 않은 거리가 있겠는가!

거리의 모습이 차츰 바뀌었다. 산책로는 없어지고 도로의 폭도 좁아졌다. 서둘러서 지은 집, 그러나 아름다움과 튼튼하다는 점에서는 결코 뒤지지 않는 집들이 점점 늘어났다. 그 집들은 전전에 지은 것들이리라. 오레크는 여기에서 한 거리의 이름을 읽었는데 그 이름은 어디서 들은 적이 있는 것 같았다.

그것은 조야가 살고 있는 거리였다!

얼른 종이쪽지를 꺼내어 건물 번호를 확인했다. 그리고는 다시 차창밖을 내다보았다. 전차가 속력을 조금 늦추었을 때 그 건물을 확인했다. 창문이 많은 2층집. 언제나 열려 있는, 아니면 영원히 부서져 있는 문. 안뜰에는 또 작은 집이 보였다.

그 건물의 어디에 조야는 살고 있을 것이다. 내릴까?

오레크는 이 고장에서 묵을 곳이 전혀 없는 것은 아니었다. 이 집에 오라고 했었다. 젊은 아가씨가 오라고 했었다!

그러나 오레크는 여전히 좌석에 앉은 채 전차의 진동이나 소음을 즐거운 듯이 몸으로 느끼고 있었다. 전차 안은 아직 혼잡하지는 않았다. 오레크의 맞은편 좌석에는 노교사 같은, 안경을 쓴 우즈베크의 노인이 앉아 있었다. 노인은 차장한테서 받은 차표를 돌돌 말아서 귓구멍에 꽂았다. 그리고 전차에 몸을 맡긴채 흔들리고 있었다. 이런 소박한 생각에 잠겨 전차가 구시가에 이르렀을 무렵, 오레크는 더욱 즐겁고 솔직한 기분이었다.

길은 폭이 더욱 좁아지고, 작은 집들이 어깨를 맞대고 있었다. 창이란 창은 모습을 감추고 길쪽으로 면한 곳은 어디나 다 높은 진흙 담장이었다. 건물이 담장보다 높을 경우라도 길에서는 창도 없는 평평한 진흙 벽밖에는 보이지 않았다. 담장의 군데군데에는 몸을 구부리지 않으면 들어갈 수 없는 작은 쪽문이나 터널이 있었다. 전차의 승강구에서 인도까지는 한 발짝 거리밖엔 되지 않았으며 인도의 폭도 한 발짝 밖에 되지 않았다. 거리 전체가 전차의 발 밑에 누워 있는 것 같았다.

이곳이 구시가인 것 같았다. 살풍경스런 가로에는 살구꽃은 고사하고 나무 한 구루도 눈에 띄지 않았다.

더 이상 타고 가보았자 헛일일 것 같았다. 오레크는 전차에서 내렸다.

그리고 내려선 위치에서 다시 똑같은 풍경을 바라보았다. 전차의 소음이 멀어지자, 다른 소리가 들리기 시작했다. 쇠를 두들기는 소리 같은 것이었다. 검고 흰 무늬의 타타르 모자를 쓰고 검은색 솜옷을 입고 장미빛 장식을 한 띠를 두른 우즈베크 인이 오레크의 눈에 띄었다. 그 우즈베크 인은 길 한복판에 몸을 구부리고 단선의 레일 위에 호미끝을 올려놓고 망치로 두들기고 있었다.

오레크는 감정이 격해져서 걸음을 멈추었다. 이것이 원자 시대일까! 우시 테레크에서도 사정은 같았지만, 이곳에도 쇠붙이가 모자라서 망치로 쇠를 두들기는 받침대로는 전차 레일이 최고였다. 다음 전차가 올 때까지 우즈베크 인이 일을 다 마칠 수 있을지 오레크는 지켜보았다. 그러나 우즈베크 인은 조금도 서두르지 않고 차분하게 일을 계속하여 전차가 눈앞에까지 다가오자 반발짝쯤 물러서서 전차가 지나가기를 기다리더니 다시 몸을 구부렸다.

오레크는 참을성 있는 우즈베크 인의 등을, 그 장미빛 허리띠를 보고 있었다. 이미 파란 빛으로 변해가고 있는 하늘에 남은 장미빛을 그 허리띠가 모조리 흡수하고 있는 것 같았다. 한 마디 얘기도 나누지 않았으나 이 우즈베크 인은 오레크의 일하는 친구요, 형제처럼 느껴졌다.

봄날 아침 호미를 두들기는 것 —— 이거야 말로 인생 복귀가 아니고 무엇이겠는가.

얼마나 멋진 일인가…….

오레크는 천천히 걸으면서 창문이 있는 곳을 찾았다. 담장 안을 들여다 보고 싶었다. 그러나 어느 쪽문이고 다 잠겨 있어서 그 문을 밀치고 안으로 들어가기가 멋적었다. 갑자기 한 통로가 뚫려 있는 것이 보였다. 오레크는 몸을 구부려 안뜰로 들어갔다.

안뜰은 아직 깨어 있지 않았으나 여기서 생활이 이루어지고 있다는 것은 충분히 느낄 수 있었다. 한 그루의 나무 아래 벤치와 테이블이 놓여 있었으며 생각지도 못했던 현대적인 어린이의 장난감이 흩어져 있었다. 그 가까이 급수탑이 있었고 세탁통이 있었다. 모든 창문은 이 안뜰을 향해 열려져 있었다. 길가로 향한 창문은 하나도 없었다.

다시 길가로 나온 오레크는 비슷한 터널로 들어가서 또 다른 안뜰로 들어가 보았다. 그곳도 비슷한 풍경이었으나 연보라빛 모자를 쓰고 긴 검은 머리를 허리까지 늘어뜨린 우즈베크의 처녀가 어린 아이들과 놀고 있었다. 처녀는 오레크를 보았으나 본체만체 했다. 오레크는 안뜰에서 나와 버렸다.

이것은 러시아와는 전혀 달랐다. 러시아의 농촌이나 도시에서는 주요한 방의 창문은 거의 길쪽으로 나 있었다. 그리고 주부들은 마치 숲속에 숨기라도 하듯이 창가의 화분이나 커튼 뒤로 몸을 감추고 낯선 사람이 걸어간다거나 누가 누구의 집에 무슨 볼일로 들어갔는지 일일이 지켜보곤 했었다. 그러나 오레크는 동방 민족의 사고 방식을 곧 이해하고 이를 받아들였다. 즉 당신이 어떻게 살고 있는지는 알고 싶지도 않다, 그러니 당신도 집안을 기웃거리지 말아다오 ! 라는 것이었다.

항상 주목받고 있으며 감시만 받아오던 수용소 생활을 해온 죄수의 몸이었던 사람에게 이보다 더 좋은 생활 형태를 생각해볼 수 있을까 ?

오레크는 이 구시가가 점점 더 마음에 들었다.

이미 보아 알게 된 일이지만 집들의 사이사이에는 인기척이 없는 찻집이 있었으며 찻집 주인이 막 일어나고 있었다. 지금 눈에 뜨인 것은 길보다 높은 곳에 있는 발코니가 딸린 찻집이었다. 오레크는 그곳으로 올라갔다. 진한 빨간색과 파란 무늬의 타타르 모자를 쓴 사나이들이 몇 사람, 그리고 갖가지 색샐로 수놓은 흰 두건을 쓴 한 노인이 테이블에 앉아 있었다. 여자는 한 명도 없었다. 전에도 찻집에서 여자 손님을 본 적이 한 번도 없었던 것을 오레크는 생각해 냈다. 여자는 출입을 금지시킨다는 팻말을 붙여놓은 것은 아니지만 아무래도 여자 손님은 환영하지 않는 것 같았다.

오레크는 생각에 잠겼다. 이 새로운 생활의 첫날에는 모든 것이 새롭고 모든 것이 난해했다. 남자들이 이러한 관례에 따라서 말하려 하는 것은 자기들의 생활을 여자없이 해간다는 것일까.

오레크는 난간 가까이 있는 테이블에 앉았다. 그 자리에서는 길거리가 잘 보였다. 거리는 점차 활기를 띠기 시작했으나 도시 사람들처럼 빠른 걸음으로 걸어가는 사람은 없었다. 통행인들은 리드미컬하게 천천히 움직였다. 찻집 손님들은 언제까지나 조용하게 앉아 있었다.

생각해보면 군에 있을 때 상사였던 코스토글로토프, 혹은 죄수였던 코스토글로토프는 세간에서 요구했던 일들을 충실하게 실행해 왔으며 질병이 요구했던 고통을 신물이 날 정도로 감수한 끝에 이미 지난 1월 세상을 떠났던 것이다. 지금 휘청거리는 다리로 병원에서 나온 것은, 말하자면 새로운 코스토글로토프, 흔히 수용소에서 말하는 '휘청거리고 투명한' 코스토글로토프였다. 그의 앞에는 완전한 생활이 아니라 덤으로 사는 생활, 규정량의 빵에 이쑤시개로 덤으로 붙여놓은 빵 같은 생활이 기다리고 있었다. 그것은 똑같은 빵처럼 보이지만 사실은 전혀 다른 부스러기에 자나지 않은 것이다.

이 여생을 오늘부터 시작하면서, 그것이 과거의 생활과는 전혀 다른 것이 되기를 오레크는 기대하고 있었다. 이제 두 번 다시 실수는 되풀이하지 않아야겠다고 생각하고 있었다.

그런데 차를 주문하는 일부터 실수를 저지르고 말았다. 우쭐해하지 않고 보통 차를 주문했더라면 좋았을 것을 오레크는 이국 정서를 맛볼 생각으로 코크 —— 즉 녹차를 주문했던 것이다. 그것은 전혀 자극이 없는, 차 같지 않은 맛이었으며 찻잔 속에 남은 찌꺼기는 마실 기분이 나지 않아 버릴 수밖에는 없었다.

그러는 사이에도 거리는 점점 번잡해지고 해가 뜨기 시작하여 오레크는 무언가 먹고 싶었다. 그러나 이 찻집에는 두 가지 차, 그것도 설탕을 치지 않은 차 이외에는 아무것도 없었다.

그래도 결코 서두르는 일이 없는 이 고장의 생활 태도를 받아들인 오레크는 곧 자리에서 일어나 먹을것을 찾으러 나가지 않고 의자의 방향을 약간 바꾸어 그대로 앉아 있었다. 그러자 찻집의 발코니에서 보이는 벽으로 가려진 이웃집 안뜰에 직경 6미터쯤 되어보이는 장미빛 민들레 같은 것이 보였다. 그것은 아주 가벼운 장미빛 기구(氣球) 같기도 했다. 그렇게 큰 장미빛 꽃을 보는 것은 난생 처음 보았다!

살구꽃일까?

서두르지 않은 덕분에 그런 것을 보게 되었다고 오레크는 생각했다. 무턱대고 전진해서는 안 된다, 주위를 잘 살펴보아야 한다.

오레크는 난간에 기대어 그 장미빛 기적을 내려다보고 있었다.

천지창조의 날에 받는 선물.

사방이 진흙담으로 둘러싸여 머리 위로 하늘이 펼쳐진 안뜰—— 그 집에 살고 있는 사람에게는 하나의 방 같은 그 안뜰 한가운데에 마치 북국의 집 방안에 장식한 크리스마스 트리처럼 흐드러지게 꽃이 핀 살구나무 한 그루가 서 있었던 것이다. 그 나무 밑에서는 아이들이 놀고 있었으며 검고 파란 플라토크를 쓴 부인이 흙을 파고 있었다.

오레크는 자세히 보았다. 장미빛으로 보인 것은 전체적인 인상에 지나지 않았다. 촛불 비슷한 살구꽃 봉오리는 검붉은 색이고 피기 시작한 꽃의 표면은 장미빛이었으나 다 핀 꽃은 사과꽃이나 벚꽃처럼 흰빛이었다. 그러나 전체의 평균적인 색채는 현란한 장미빛이었으며 오레크는 그 색깔을 기억에 담아두려고 온 신경을 눈에 집중시켰다. 잘 기억해 두었다가 카드민 부부에게 얘기해주어야 한다.

기다리고 기다렸던 기적이 여기에 있었다.

오늘 막 태어난 세계에서는 그밖에도 많은 갖가지 기쁨이 오레크를 기다리고 있을 것이 틀림없다!

조각배 같은 달은 이제 전혀 보이지 않았다.

오레크는 계단을 내려와서 길거리로 돌아갔다. 모자를 쓰지 않은 머리에 내려쬐는 햇볕이 차츰 뜨겁게 느껴지기 시작했다. 흑빵을 400그램쯤 사서 그것을 국물도 없이 먹은 다음 시내의 중심가로 가보자. 전에 입던 옷으로 갈아입은 탓인지 오늘은 전혀 메스꺼운 기분이 들지 않았으며 발걸음도 무척 가벼워졌다.

그때 오레크는 한 노점을 발견했다. 교통에 방해되지 않도록 진흙담이 움푹 들어간 곳에 잇대어 지은 노점이었다. 차양처럼 삐죽하게 튀어나온 아마포(亞麻布)의 지붕은 두 개의 막대로 받쳐져 있었다. 차양 밑에서는 파란 연기가 모락모락 올라오고 있었다. 차양 밑으로 들어갈 때 오레크는 몸을 구부려야 했으며 들어간 후에도 몸을 뻗을 수 없었다.

길쭉한 철제 화덕이 노점 안에 가득 들어 있었다. 화덕의 한 부분에서는 빨간 불이 타올랐으며, 다른 부분은 흰 재로 덮여 있었다. 길고 뾰족한 알루미늄 꼬챙이에는 고기 조각을 꿰어놓은 것이 열다섯 개쯤 불 위에 나란히 놓여 있었다.

이것이 샤시리크구나! 하고 오레크는 생각했다. 이것은 또 막 창조된 세계의 기쁨 중의 하나였다. 수용소에 있을 때 먹는 얘기가 나오면 꼭 듣던 말이었다. 하지만 오레크는 그의 34년간의 생애 중 단 한 번도 직접 샤시리크를 본 적은 없었다. 카프카즈에 가본 적도 없었으며 고급 레스토랑에 들어가본 적도 없었으므로 전전의 대중 식당에는 롤 캐비지와 오트밀 밖에는 없었다.

샤시리크!

그 냄새는 강렬한 유혹이었다 —— 연기와 고기가 뒤범벅이 된 냄새! 꼬챙이에 꿰어놓은 고기는 까맣게 타거나 갈색으로도 변하지 않고 연분홍색 그대로 구워지는 것이었다. 기름이 번드레한 얼굴이 둥근 노점 주인이 천천히 몇 개의 꼬챙이를 뒤집어놓고 몇 개의 꼬챙이는 불 위에서 재가 있는 쪽으로 옮겨놓았다.

"얼마요?" 하고 코스토글로토프가 물었다.

"3." 주인은 졸린 듯한 목소리로 대답했다.

오레크는 영문을 알 수 없었다. 3이란 어떤 의미일까. 3코페이카라면 너무

싸고 3루블이라면 너무 비쌀 것 같았다. 세 개에 1루블이란 말인가. 수용소에서 나온 이래 이러한 불편은 어디를 가나 따라다녔다. 아무리 해도 물가를 짐작할 수 없었다.

"3루블에 몇 대지요?" 오레크가 묘하게 질문했다.

주인은 말하기가 귀찮다는 듯 꼬챙이 하나를 들어 마치 갓난아기라도 얼르듯이 오레크에게 보인 다음 다시 불 위에 올려놓았다.

한 대에 3루블이라고? 오레크는 머리를 저었다! 이것은 너무 비싸다. 5루블로 하루를 살아야 할 처지가 아닌가! 그러나 먹고 싶어서 견딜 수가 없었다! 오레크는 꼬챙이 한 대 한 대를 유심히 살펴보다가 특히 맛있게 보이는 것을 고르려 했다. 하지만 어느 꼬챙이도 나름 대로 매력이 있어 보였다.

그의 곁에는 운전사 세 사람이 기다리고 있었다. 트럭을 가까이 세워놓고 들어온 것 같았다. 그리고 한 부인이 들어왔는데 노점 주인이 우즈베크 어로 뭐라고 말하자 불만스런 표정으로 나가 버렸다. 그러자 주인은 갑자기 모든 꼬챙이를 한 접시에 담아 잘게 썬 파를 손으로 집어 뿌리고 병에 든 소스 같은 것을 뿌렸다. 오레크는 깜짝 놀랐다. 운전사들은 거기 있는 꼬챙이를 몽땅 사버린 것이다. 한 사람이 다섯 대씩!

이것은 우리 나라의 곳곳에 군림하는 그 불가해한 암거래 가격이었으며 이중 수입이었으나 오레크로서는 그런 것은 상상도 하지 못했으며 부르는 값을 깎을 수도 없었다. 이 운전사들은 한 사람당 15루블치의 샤시리크를 먹었으나 이것으로 아침 식사를 끝난 것은 아니었다. 이런 생활이라면 쥐꼬리만한 월급으로는 도저히 감당해낼 수 없는 일이지만 봉급 생활자라고 샤시리크를 사먹지 말라는 법은 없을 것이다.

"이젠 없소." 주인이 오레크에게 말했다.

"없어요, 하나도?" 오레크는 아연해했다. 꾸물거리다가 놓쳐버린 거다! 이것이 최초이자 마지막 기회였는지도 모르는데!

"오늘은 더 이상 갖고 오지 않았으니까." 노점 주인은 뒷처리를 하면서 지붕을 거두려 했다. 오레크는 운전사들에게 사정했다.

"부탁이오! 나한테 한 대만 나누어주구려! 제발 부탁이오! 한 대면 되니까!"

얼굴이 햇볕에 몹시 그을었으나 머리가 아마빛인 젊은 운전사가 곧 고개를 끄덕였다.

"자, 드시오."

운전사들은 아직 돈을 지불하지 않았다. 오레크가 주머니에서 꺼낸 녹색 지폐를 주인은 손에 잡지도 않고 마치 빵 부스러기나 먼지를 쓸어버리듯이 카운터에서 돈궤짝 속으로 쓸어넣었다.

그러나 한 대의 꼬챙이는 이제 오레크의 것이 되었다! 군대용 배낭을 땅바닥에 내려놓자 오레크는 두 손으로 알루미늄 쇠꼬챙이를 잡고 고기 조각의 수를 세어본 다음 —— 고기는 다섯 조각이었고 여섯 개째는 절반밖에 안 되었다 —— 고기를 꼬챙이에서 빼어먹기 시작했다. 물론 한꺼번이 아니라 조금씩 물어뜯었다. 개가 안전한 곳으로 물고 가서 자기 몫을 먹듯이 그는 조심스럽게 먹었다. 그리고 먹으면서 생각했다. 인간의 욕망이란 얼마나 간단하게 생겨나는 것일까. 그러나 그 욕망을 채우기란 얼마나 어려운가. 흑빵 한 조각이 최고의 선물이었던 때가 몇 년이나 계속되었던가! 방금 전까지만 해도 흑빵을 사려 했었는데 그 파란 연기에 끌려서 한 대의 꼬챙이를 먹게 되자 흑빵을 경멸하는 마음이 생겨버렸다.

운전사들은 다섯 꼬챙이씩 뜯고 나자 트럭을 몰고 가버렸으나 오레크는 한 대의 꼬챙이를 아직도 뜯고 있었다. 고기 조각 하나하나의 연한 고기에서 스며나오는 국물의 맛, 그 향기, 알맞게 익은 이러한 고기 조각에도 아직 죽지 않고 스며 있는 동물의 원초적인 힘 같은 것을 입술과 혀로 맛보고 있었다. 그리고 이 샤시리크를 맛보면 맛볼수록 마치 문이 닫히듯이 조야의 집으로 향하던 길이 차단되어버리는 것을 느끼고 있었다. 다시 전차를 타고 그 집 앞을 지난다 해도 이제는 내리지 않을 것이다. 그것은 이 샤시리크 꼬챙이 하나를 먹고 있는 사이에 분명해졌다.

이윽고 그는 아까 왔던 전차를 타고 반대 방향으로 향하여 시내의 중심가로 달리고 있었다. 이번에는 전차 안이 꽤 붐볐다. 오레크는 조야의 집앞 정류장을 보았으나 내리지 않고 두 정거장을 더 지나쳤다. 도대체 어디서 내리는 것이 좋을까. 문득 정신이 들어 보니 차창 밖에서 여자가 손님에게 신문을 팔고 있었다. 오레크는 그 광경을 보기 위해 전차에서 내렸다. 거리의 신문팔이는 어렸을 때 본 이래로 오랫동안 본 적이 없었다. 마지막으로 본 것은 마야코프스키가 자살했을 때였다. 그때 신문팔이 소년은 호외를 끼고 쫓아다녔었다. 그러나 여기서 보는 신문팔이는 동작이 느린 중년의 러시아 부인으로 거스름돈을 제대로 계산하지 못하면서도 전차가 올 때마다 몇 부씩 팔고 있었다. 오레크는 곁에 서서 잠시 그것을 지켜보았다.

"경찰이 뭐라고 하지 않나요?" 하고 오레크가 물었다.

"발각되지 않았어요." 신문팔이는 얼굴의 땀을 닦았다.

오레크는 자기의 몰골에 대해서는 까맣게 잊고 있었다. 만약 경찰이 가까이 왔다면 신문팔이가 아니라 우선 오레크에게 신분 증명서를 보자고 말했을 것이다.

거리의 전기 시계의 바늘은 오전 9시를 가리키고 있었지만 기온은 상당히 올라가서, 오레크는 외투의 목 언저리의 호크를 끌렀다. 느릿한 걸음걸이로 사람들이 앞지르거나 밀어붙이는 사이에 오레크는 광장 근처의 양지바른 인도를 걸어가면서 눈을 가늘게 뜨고 태양을 향해 미소를 지었다.

오늘은 참으로 많은 기쁨이 오레크를 기다리고 있었다…….

이 봄까지 오레크는 살아 남으리라고는 생각지도 못했었는데 지금 그 봄의 태양이 빛나고 있었다. 그리고 지금 그의 주위에는 자기의 인생 복귀를 기뻐해주는 사람은 아무도 없었으나 태양만은 알고 있었다. 그래서 오레크는 태양을 향해 미소짓고 있는 것이다. 어쩌면 다음 봄은 영영 찾아오지 않을지도 모른다. 이것이 마지막 봄이 될지도 모른다. 그러나 이것은 덤으로 맛보는 봄이 아닌가! 감사하지 않을 수 없다!

오레크의 모습을 보고 기뻐해주는 통행인은 한 사람도 없었으나 오레크는 모든 사람들의 모습이 정겹기만 했다! 그런 사람들의 곁으로 돌아온 것 자체가 기쁠 뿐이다! 이 새로 태어난 세계에 재미없는 것, 불쾌한 것, 추악한 것은 아무것도 없었다! 인생이란 기나긴 세월도 바로 오늘, 이 최고의 하루와는 비교할 수도 없다.

종이컵에 든 아이스크림을 팔고 있었다. 이러한 종이컵을 마지막으로 본 것이 언제였던지 오레크는 기억조차 나지 않았다. 값은 1루블 50코페이카, 자, 어서! 불에 그을리고 탄환 자국이 난 배낭을 등에 지고 두 손에는 종이컵을 들고 찬 아이스크림을 작은 나무 주걱으로 떠먹으면서 오레크는 다시 천천히 걷기 시작했다.

쇼윈도에 사진을 내건 사진관이 있었다. 오레크는 쇠난간에 두 팔꿈치를 대고 그 안에 나타나 있는 예쁜 생활을, 수정된 얼굴을, 특히 젊은 아가씨들의 얼굴을 유심히 바라보았다. 젊은 아가씨들의 사진이 가장 많이 걸려있는 것 같았다. 아가씨들은 모두 예쁜 옷차림으로 이곳에 온다. 사진사는 아가씨들의 얼굴을 이리저리 돌리게 하고 열 번이나 더 라이트를 조정하고 셔터를 누르고, 몇 장의 사진 중에서 한 장을 골라서 그것을 수정하고 이런 일을 수없이 반복한 끝에 이렇게 쇼윈도를 꾸며놓게 되었을 것이다. 오레크는 그런 생각을 하면서도 그 사진들을 바라보고 세상은 이런 미녀들로 넘치고 있는 것이라고 생각해 보니 더없이 즐거워졌다. 잃어버린 기나긴 세월을 위하여 잃어버린 수명을 위하여 지금 잃어버린 모든 것을 위하여 오레크는 일부러 더 철면피하게 보고 또 보았다.

아이스크림도 다 먹었다. 종이컵을 버려야 했으나 그것은 너무 깨끗하고 편리해서 오레크는 여행 중 이것으로 물이라도 떠마시려 생각했다. 그래서 배낭 속에 집어넣었다. 나무 주걱도 함께 넣었다. 이것도 무슨 소용이 있을지 모른다.

바로 그 앞에는 약국이 있었다. 약국도 퍽 재미있는 곳이다! 코스토글로토프는 곧 약국으로 들어갔다. 깨끗한 매장에 진열되어 있는 장방형 유리 상자는 하루 종일 보고 있어도 싫증이 나지 않을 것이다. 여기에 진열된 물건들은 수용소에 있던 사람에게는 어느 것이고 다 진기했다. 수용소에서는 몇 십년 있어도 볼 수 없는 것 뿐이었다. 그중 몇 개는 오레크가 수용소로 끌려가기 전에 본 기억이 있었으나 그 명칭이나 용도에 대해서는 전혀 생각이 나지 않았다. 야만인처럼 겁먹은 표정으로 오레크는 니켈 도금이나, 유리나 플라스틱 용기를 살펴보았다. 그 안쪽에는 효능이 기재된 상자가 든 약초가 진열되어 있었다. 오레크는 약초를 굉장히 믿고 있었다. 하지만 그 약초는 어디에 있을까? 다음에는 정제가 들어 있는 유리 케이스가 있었는데, 그 것은 듣지도 보지도 못한 새로운 이름의 약뿐이었다. 오레크는 한숨을 쉬면서 진열장을 둘러보다가 점원에게 물어본 것은 카드민 댁에서 부탁한 온도계와, 소다와, 표백제뿐이었다. 온도계는 품절되었고, 소다도 품절되었다고 했다. 표백제는 정가가 3코페이카였는데 현금으로 지불하라고 했다.

코스토글로토프는 조제실 앞에 선 줄에 끼어서 20분쯤 서 있었다. 배낭은 내려놓았으나 그래도 무더웠다. 약을 사는 문제에 대해서는 망서리지 않을 수 없었다. 계속 복용해야 할 것인가 하고. 결국 어제 베가가 건네준 석 장의 처방전 중 한 잔을 창구로 들이밀었다. 약이 품절되었다면 문제는 한꺼번에 해결되련만. 그러나 약은 있었다. 창구로 58루블 몇 코페이카의 계산서가 나왔다.

오레크는 안도한 나머지 작은 소리를 내어 웃으면서 창구에서 떨어져 나왔다. 앞으로 계속 '58루블'이 따라다니게 될 것은 조금도 놀랄 일이 아니다. 그러나 석 장의 처방전이 합계 175루블이라면 큰 돈이었다. 그만한 돈이라면 한 달은 살 수 있을 것이다. 오레크는 나머지 처방전을 찢어서 타구에 쳐넣을까 생각했으나 베가가 물어볼 때를 생각해서 다시 배낭에 집어넣었다.

바닥을 반짝반짝 닦아놓은 약국에서 나오기는 싫었다. 그러나 오늘 같은 즐거운 하루는 그를 연신 밖으로 불러냈다.

오늘은 아직 많은 기쁨이 기다리고 있을 것이다!

오레크는 결코 서두르지 않았다. 건물의 난간을 잡으면서 윈도에서 윈도로 걸음을 옮겼다. 거의 한 발짝마다 놀라운 일들이 기다리고 있을 것이 틀림없으니까.

아닌게 아니라 갑자기 우체국이 나타나고 그 창문에 '전송 사진을 이용해 주십시오!'라는 광고가 나붙어 있었다. 이것 참 멋있군! 10년 전만 해도 공상 과학소설에나 씌어 있던 것이 지금은 실용화되고 있다는 말인가! 오레크는 안으로 들어가 보았다. 전송 사진을 보낼 수 있는 도시의 이름이 2, 30개나 게재되어 있었다. 오레크는 그것을 읽기 시작했다. 도대체 어디의 누구에게 보낼 것인가? 그러나 넓은 5대륙의 어느 도시에도 오레크의 필적을 받고 기뻐해줄 만한 사람은 없을 것 같았다.

그래도 오레크는 견문이라도 넓히기 위해 창구로 가서 어떤 용지에 어느 정도의 크기로 글씨를 쓰면 좋으냐고 물어보았다.

"지금 기계가 고장났습니다."라고 창구의 여자가 대답했다. "지금은 사용할 수 없어요."

아아, 고장인가! 그렇다면 할 수 없지. 아마 늘 그럴거야. 어쩐지 마음이 편안하여 기분이 좋았다.

오레크는 광고를 읽으면서 계속 걸었다. 서커스와 몇 군데의 영화관 광고가 눈에 띄었다. 어느 곳이나 다 낮 상영을 하고 있었으나 새로운 세상을 구경하기 위하여 주어진 하루를 그런 데다 쓸 수는 없었다. 이 고장에서 며칠 묵게 된다면 서커스 구경도 나쁘지는 않겠지만 오레크는 갓 태어난 갓난아기나 같았으니까.

슬슬 베가의 집으로 찾아가도 좋을 시간이었다.

만일 정말로 그녀의 집을 방문한다면……

아니, 방문해서 안 될 이유가 어디 있겠는가. 베가는 친구가 아닌가. 그녀는 진심으로 초대해주지 않았던가. 베가는 이 고장에서 단 한 사람의 친구이다. 찾아가지 못할 이유가 어디 있겠는가.

사실 오레크는 그 일만—— 베가의 집을 방문하는 일만 생각하고 있었던 것이다. 시내 구경은 집어치우고 곧바로 찾아가도 좋을 정도였다.

그런데 무언가가 오레크를 제지하여 갖가지 구실을 내세우고 있었다. 너무 이른 것은 아닐까? 베가는 아직 병원에서 돌아오지 않았을지도 모른다. 돌아왔다 하더라도 아직 방도 치우지 않았을지도 모른다.

좀더 늦추기로 하자…….

십자로에 이를 때마다 오레크는 걸음을 멈추고 어느 쪽으로 갈 것인지 점이라도 치듯이 잠시 생각에 잠겼다. 그리고 누구에게 묻거나 하지도 않고 마음 내키는 대로 길을 택했다.

그렇게 걷다가 주점으로 들어가게 되었다. 그것은 술병을 진열해둔 소매점이 아니라 술통이 널려있는 진짜 주점이었다. 어둠침침하고, 습기차고 독특한 냄새로 가득찬 그 가게는 옛날의 선술집 그래로였다! 술통 옆구리의 마개를 뽑으면 포도주가 컵으로 따라진다. 싼 포도주는 한 컵에 2루블이었다! 샤시리크에 비하면 아주 쌌다! 코스토글로토프는 주머니에서 10루블 짜리 지폐 한 장을 꺼내고 잔돈을 거슬러 받았다.

그것은 별로 독한 포도주는 아니었으나 한 잔을 다 마시기 전에 벌써 머리가 핑 돌기 시작했다. 그리고 주점에서 나왔을 때는 아침부터 오레크에게 호의적이던 인생이 더욱 친절한 미소를 보내주는 것 같았다. 마음이 가벼워지고 유쾌해져서 그 누구도 오레크의 기분을 흐트러놓을 수는 없었다. 인생의 불행이란 불행을 오레크는 수없이 맛보았고 이미 다 경험해 버렸으므로 이제는 좋은 일 밖에는 남아 있지 않았다.

오늘은 아직도 많은 즐거움이 기다리고 있을 것이다.

가다가 또 술집이 나오면 한 잔 더 마셔야겠다.

그러나 술집은 없었다.

그대신 많은 사람들이 인도를 꽉 메웠고 인파는 차도에까지 밀려나와 있었다. 무슨 사건이 있었던 것이라고 오레크는 생각했다. 사람들은 폭이 넓은 돌계단과 큰 문을 쳐다보면서 무언가를 기다리고 있었다. 코스토글로토프는 고개를 들어 '중앙 백화점'이라는 글자를 읽었다. 이것은 틀림없이 무언가 좋은 물건을 판매하기 시작한 것이다. 그런데 무엇을 파는 것일까?

오레크는 몇 사람에게 물어보았으나, 서로 밀치고 있을 뿐 제대로 대답해주지 않았다. 그러나 개점 시간이 임박해졌다는 것은 알 수 있었다. 이것도 무슨 운명일 것이다. 오레크는 군중 속으로 파고 들었다.

몇 분이 지나자 두 사람이 큰 문을 열고 겁에 질린 표정으로 앞장선 사람들을 제지하려고 했다. 그러자 경기병의 습격을 받은 것처럼 양쪽 옆으로 얼른 비껴 섰다. 초조하게 기다리고 있던 남녀, 그리고 선두에 서있던 젊은이들은 맹렬한 기세로 문 안으로 뛰어들어 화재라도 난 듯이 잽싸게 2층으로 뛰어 올라갔다. 그 뒤를 따르는 군중들도 모두 계단으로 뛰어올라갔다. 1층까지 들어가 더 이상 올라가지 않는 사람들도 있었으나 대개는 2층으로 올라가는 것 같았다. 이러한 격류에 휩쓸리고 보면 천천히 걸어들어가는 것은 불가능한 일이며, 배낭을 짊어진 오레크도 검은 머리카락을 흐트러뜨린채 뛰었다. 이런 잡답 속에서 오레크는 '군인 녀석'이란 욕까지 얻어먹었다.

2층에 이르자 인파의 흐름은 이리저리 분산하였고, 미끄러운 마루바닥 위에서 조심스럽게 방향 전환을 한 사람들은 세 방향으로 흩어져 갔다. 그 순간 어느 쪽으로 갈 것인지 오레크는 망설이지 않을 수 없었다. 그러나 그는 어떻게 판단할 수가 없었다. 그래서 무턱대고 가장 자신있게 달려가는 사람들을 뒤따라서 오레크도 달렸다.

그들 앞에 나타난 것은 메리야스 제품 매장이었다. 그러나 청색 유니폼을 입은 여자 판매원은 이렇게 밀려드는 인파에는 전혀 개의치 않고 오늘도 따분한 하루가 시작되었다는 듯이 태연하게 걸어다니면서 하품을 하고 있었다.

한숨 돌리고 나서 옆사람한테 물어보았더니 부인용 가디건이나 스웨터 같은 것을 사려는 행렬이라고 했다. 오레크는 작은 소리로 욕을 하고는 행렬에서 빠져나왔다.

나머지 두 흐름은 어디로 가버렸는지 보이지도 않았다. 어디를 둘러보아도 사람들이 움직이고 있었고 어느 매장에도 인파로 들끓었다. 특히 한 매장에는

더 많은 사람들이 몰려 있어서 오레크는 그곳으로 다가가 보았다. 그곳에서는
수프 접시를 싸게 팔고 있다고 했다. 손님들 앞에서 수프 접시를 상자 안에서
꺼내고 있었다. 마침 잘 되었다고 생각했다. 우시 테레크에서는 수프 접시는
전혀 팔고 있지 않아서 카드민 부부는 이가 빠진 접시를 쓰고 있었다. 이런
접시를 한 다스만 우시 테레크로 가져가면 짭짤한 돈벌이가 될지도 모르겠다.
도착하기 전에 산산조각이 날지도 모르지만.

그후 오레크는 백화점의 두 층을 자유롭게 구경하며 다녔다. 카메라 매
장이 있었다. 전전까지만 해도 도저히 살 수 없던 카메라가 오레크를 비
웃기나 하듯이 부속품들과 함께 진열되어 있었다. 사진 역시 오레크가 어렸을
때 실현하지 못했던 꿈 중의 하나였다.

남자용 레인코트는 무척 오레크의 마음에 들었다. 전쟁이 끝났을 때부터
오레크는 레인코트를 하나 샀으면 하고 생각해 왔었다. 남성용 복장 중에서
이보다 더 아름다운 것은 없을 것 같았다. 그러나 정가표를 보니 무려 350
루블이나 되었다. 한 달치 봉급이었다. 오레크는 다시 앞으로 나가 보았다.

그는 아무 곳에서도 물건을 사지 않았지만 마치 돈이 가득 든 지갑을
손에 들고 있지만 아무것도 살 필요가 없는 유복한 사람 같은 기분이었다.
아까 마셨던 포도주 기운이 지금도 남아 있는 모양이었다.

화학 섬유로 만든 루바시카도 팔고 있었다. '화학 섬유'라는 말을 오
레크는 알고 있었다. 우시 테레크에 사는 여자들은 이 말만 들으면 앞다투어
마을의 백화점으로 달려갔었다. 오레크는 루바시카를 바라보다가 만져보
기도 했다. 그것은 그의 마음에 들었다. 그리고 마음 속으로 녹색 바탕에
흰 무늬가 있는 것을 한 장 골랐다. 그러나 값이 60루블이라 도저히 살
수는 없었다.

루바시카를 이것저것 고르고 있을 때 멋진 코트를 입은 한 사나이가 화학
섬유가 아니라 비단으로 만든 루바시카가 있는 쪽으로 가서 여사원에게
점잖게 물었다.

"저어, 이 50번의 루바시카로 컬러 사이즈가 37 짜리가 있습니까?"

오레크는 깜짝 놀랐다! 마치 누가 줄로 옆구리를 문질러대는 것 같았다.! 오레크는 난폭한 동작으로 돌아서서 그 사나이를 쳐다보았다. 펠트 모자를 쓰고 흰 와이셔츠에 넥타이를 맸으며 말끔하게 면도를 한 사나이였다. 오레크는 마치 뺨을 한 대 얻어맞고 화를 못참아 상대방을 계단 아래로 밀쳐버리기라도 하듯이 그를 뚫어지게 바라보았다.

뭐라고? 많은 사람들이 참호 속에서 죽어, 공동묘지나 극지(極地)의 툰드라에 파놓은 작은 구덩이 속에 내던져지거나, 두 번이고 세 번이고 수용소로 끌려가고 중계 감옥에서 추위에 떨고, 곡괭이를 메고 지치도록 일하고, 누덕누덕 기운 솜옷 한 벌로 추위를 견뎌내고 있는데 이 사나이는 자기의 루바시카 사이즈는 고사하고 컬러의 사이즈까지 알고 있단 말인가!

이 컬러의 사이즈가 오레크를 아찔하게 했다! 컬러에까지도 여러 가지 사이즈가 있을 줄은 꿈에도 생각하지 못했다! 상처 입은 신음 소리를 내면서 오레크는 루바시카 매장을 떠났다. 컬러의 사이즈라! 무엇 때문에 그런 섬세한 생각을 해야 한다는 말인가? 어찌하여 그러한 생활로 복귀해야 한다는 말인가? 컬러의 사이즈를 알고 있다는 것은 다른 무언가를 잊고 있다는 것이 아닌가! 더욱 중요한 무엇인가를!

컬러 사이즈 때문에 오레크는 갑자기 피로를 느끼기 시작했다…….

오레크는 가정용품 매장에서 특히 사달라는 부탁을 받지는 않았으나 엘레나 엘렉산드로브나가 개량된 가벼운 스팀 다리미를 갖고 싶어하던 것을 생각해 냈다. 그런 것은 이미 품절되어 없으면 좋겠다고 오레크는 생각했다. 품절되었다면 오레크의 양심도, 어깨도, 다리미의 무게에서 해방될 수 있을 것이다. 그러나 판매원은 판매대 위에 개량 다리미를 내놓고 보여주었다.

"이것이 개량된 가벼운 다리미인가요?" 코스토글로토프는 다리미를 들어보고 그 무게를 어림해 보았다.

"제가 왜 거짓말을 하겠어요?" 판매원은 입술을 삐죽거렸다. 이 판매원은 아까부터 어떤 생각에 잠긴 듯이 신비스런 눈을 하고 있었다. 그녀의 눈 앞에서 우왕좌왕하는 것은 현실의 손님이 아니라 손님들의 그림자에 지나지 않다는 듯이.

"뭐 거짓말이야 하지 않겠지만 착오를 일으킬 수도 있으니까."라고 오레크는 말했다.

판매원은 가까스로 현실로 돌아와서 현실적인 물건을 나르는 견디기 힘든 작업을 하여 다른 다리미를 오레크 앞에 내놓았다. 그것만으로도 힘이 다 빠졌는지 설명하기조차 싫은 듯이 다시 신비의 영역으로 빠져들었다.

비교를 통해서 진리에 도달하는 것은 간단한 일이다. 개량된 다리미는 아닌게 아니라 1킬로그램 정도는 가벼웠다. 의무감은 그것을 사라고 명하고 있었다.

다리미를 날라오느라고 아무리 지쳤더라도 판매원은 피로한 손가락으로 전표에 적어넣고 힘없는 입술로 '현금 지불소로 가세요'라고 말하지 않으면 안 된다. 현금 지불소? 그 다음에는 또 무엇을 해야 할지 오레크는 그 순서를 완전히 잊고 있었다. 현실 세계로 복귀한다는 것은 얼마나 거추장스러운 일인가! —— 현금 지불을 하고 나면 다시 한 번 이 아가씨를 귀찮게 하지 않으면 안 된다. 꿈을 꾸고 있는 듯한 이 아가씨를 깨운 것을 오레크는 무척 후회하고 있었다.

다리미를 집어넣은 배낭은 갑자기 무거워졌다. 외투를 입고 있어서 못 견디게 후덥지근했다. 한시 바삐 백화점에서 나가야겠다.

그런데 그때 바닥에서 천장까지 닿는 커다란 거울 속에서 오레크는 자기의 모습을 보았다. 남자가 걸음을 멈추고 자기의 모습을 들여다보는 것은 부끄러운 일이지만 이렇게 큰 거울은 우시 테레크의 어디에서도 찾아볼 수 없을 것이다. 그리고 이런 거울에 비치는 자기의 모습을 보는 것은 10년만의 일이었다. 다른 사람들이 어떻게 생각하든 전혀 개의치 않고, 오레크는 먼 데서부터 가까이 다가가면서 거울 속을 들여다보았다.

자기가 생각하고 있던 군인 티는 이제 거의 남아 있지 않았다. 외투가 외투답게 보이고 장화가 장화답게 보이는 것은 멀찌감치 떨어져서 볼 때 뿐이었다. 특히 어깨가 오므라든 것 같았고 전체의 자세가 어딘지 일그러져

보였다. 만약 모자와 벨트가 없었더라면 군인이라기보다는 오히려 도망쳐 나온 죄수나 아니면 시내로 농작물을 팔러 나온 시골 젊은이처럼 보였을 것이다. 활기찬 데라고는 티끌만큼도 없고 지치고 꾀죄죄한 모습일 뿐이었다.

자기의 모습을 비춰보지 않은 것이 나았을 것 같았다. 자기의 모습을 보지 않았을 때는 씩씩하고 전투적인 인간이라고 자부해 왔었으며 오가는 사람들을 거만하게 내려다보면서 그 누구에게도 뒤지지 않는 남성으로서 여자들을 바라볼 수도 있었다. 그러나 이제는 군인다운 씩씩함은 찾아볼 수 없었으며, 거지의 동냥 자루 같은 배낭을 짊어지고 있어서 길거리에서 손을 내민다면 지나가던 사람들이 잔돈을 던져줄지도 모른다.

베가의 집으로 가야 하는데……이런 꼴로 가도 된다는 말인가?

그 앞쪽에는 장신구나 선물용품, 여성의 액세서리 같은 것을 파는 매장이 있었다.

참새처럼 재잘거리며 물건을 고르고 있는 여자들 틈에서 뺨에 흉터가 있는 군인인지 거지인지도 모를 이 사나이는 망연하게 주위를 두리번거렸다.

판매원은 냉소했다. 이 시골뜨기는 마을의 여자한테 무엇을 사다주려는 것일까. 그리고 무엇을 훔쳐가지는 않을까 하고 잔뜩 경계하는 눈치였다.

그러나 오레크는 무엇을 보여달라고 부탁하지도 않고 무엇을 들고 살 펴보지도 않았다. 그저 멍하니 서서 주위를 두리번거리고만 있었다.

유리나 보석이나 금속이나 플라스틱 제품이 반짝거리는 이 매장은 오 레크의 황소 같은 이마 앞에서 인광(燐光)을 내뿜는 차단기 같았다. 그 차단기는 그의 이마로는 도저히 꺾어버릴 수가 없었다.

오레크는 이해하고 있었다. 한 여인을 위하여 액세서리를 사서, 그것을 여인의 가슴에 달아주거나 목에 걸어주는 것이 얼마나 멋진 일인가를 이 해하고 있었다. 그것을 이해하지 못했을 때는 아무런 책임도 느끼지 못했 었다. 그러나 그것을 뼈저리게 느끼게 된 지금, 이 순간부터 선물을 사들지 않고 베가의 집을 찾아갈 수는 없었다.

하지만 선물을 살 수는 없었다. 값비싼 것은 처음부터 생각할 수도 없었다.

그러나 값이 싼 것을 오레크는 얼마나 알고 있는가? 가령, 이 브로치, 예쁜 무늬가 있는 이 귀걸이, 아니면 반짝거리는 유리 알이 많이 달려 있는 이 육각형으로 생긴 것 —— 이것은 좋은 물건일까?

아니면 싸구려 물건일까…… 취미가 고상한 여성이라면 만지고 싶지도 않은 싸구려 물건이 아닐까? ……아니면 아무도 달고 다니지 않을 유행에 뒤떨어진 것은 아닐까……. 무엇이 유행이며 무엇이 뒤떨어진 것인지 오레크는 모르지 않는가.

그리고 하룻밤을 묵어가기 위해서 얼굴을 붉히고 주저주저하면서 싸구려 부로치를 내밀 수 있을까?

갖가지 의혹이 잇달아 밀어닥쳐서 오레크를 볼링의 핀처럼 쓰러뜨렸다.

그리고 이 세상의 온갖 복잡함이 오레크 앞에 몰려오고 있었다. 이 세상을 살아가기 위해서는 부인의 유행도 알아야 하고, 액세서리를 잘 골라야 하고 거울 앞에 서더라도 창피하지 않은 복장을 입어야 하며, 자기의 컬러 사이즈를 알고 있어야 한다…… 베가는 그러한 세계에 살고 있는 것이다. 모든 것을 알고 있으며 자기 혐오를 느끼지 않는다——.

오레크는 낭패하여 더욱 기력이 쇄약해지는 것을 느꼈다. 베가의 집에 갈 생각이 있으면 지금 당장 가야 한다, 지금 당장!

그러나 갈 수 없다. 기력이 없다, 무섭다.

백화점이 두 사람 사이를 갈라놓았다.

조금 전까지만 해도 어리석은 욕망에 사로잡혀서 시장(市場)의 우상이 명하는 대로 맹렬한 기세로 달려왔던 이 전당에서 오레크는 흠씬 얻어맞은 사람처럼 밖으로 나왔다. 그것은 수천 루불의 물건을 사고 모든 매장을 샅샅이 돌아보고 난 뒤에 느끼는 피로였다. 엄청난 양의 물건을 사서 전부 짊어진 것 같은.

그가 산 것은 다리미 하나뿐이었다.

그것은 오랜 시간을 허비한 끝에 결국 하잘것 없는 것밖에 사지 못했을 때의 피로와 비슷한 것이었다. 그 맑게 개인 장미빛 아침, 새롭고 멋진 생활을 약속했던 그 아침은 도대체 어디로 가버렸을까. 그 정성 들여 다듬어놓은 듯한 가벼운 구름은? 구름 사이를 헤엄치고 있던 조각배 같은 달은? 오늘 아침의 그 신선한 정신은 어디로 사라져버렸단 말인가? 그것은 바로 백화점이다……. 아니 그 전에 포도주를 마셨을 때다. 아니 그 전에 샤시리크를 먹었을 때다.

살구꽃을 보고 싶다. 지금 당장 베가에게로 달려가고 싶다…….

오레크는 속이 메스꺼웠다. 그것은 진열장이나 간판 때문이 아니라 더욱 늘어나는 행인들, 걱정에 싸여 있는 사람이나 아니면 유쾌한 얼굴을 한 사람들 틈에 끼어 있었기 때문이기도 했다. 어딘가 강가의 나무 그늘에 누워 정신을 가다듬고 싶었다. 그러나 이곳에서 갈 수 있는 곳이라면 좀카가 부탁하던 동물원 밖에는 없었다.

동물의 세계라면 어쩐지 이해가 갈 것 같았다. 자기의 수준에 맞을 것도 같았다.

외투를 입어서 더웠던 것도 오레크가 피로해진 이유 중의 하나였으나 그렇다고 벗어들고 다닐 생각은 없었다. 오레크는 동물원으로 가는 길을 물었다. 조용한 길이 —— 돌을 깐 인도가 있고 가지가 늘어진 가로수가 있는 폭이 넓고 조용한 길이 오레크를 인도해주었다. 그 길가에는 상점도, 사진관도, 극장도, 술집도 없었다. 전차 소리는 조금 멀리 떨어진 곳에서 들렸다. 온화한 햇살이 가로수 가지 사이로 쏟아져 들어왔다. 인도에서는 여자 아이들이 돌차기를 하고 있었다. 울타리가 있는 뜰 안에서는 가정 주부가 무엇을 심거나 덩굴이 뻗어갈 수 있도록 막대기를 세우고 있었다.

동물원의 정문 앞은 아이들의 천국이었다. 봄방학에다 날씨까지 화창했으니까!

동물원에 들어가서 오레크가 맨먼저 본 것은 뿔이 나선형으로 구부러진 산양이었다. 산양의 우리 안에는 가파른 바위산이 있었고 벼랑이 있었다. 그 벼랑의 가장자리에 앞발을 올려놓고 산양은 꼼짝도 하지 않고 뽐내듯이 서있었다. 다리는 가늘어도 튼튼해 보였으며, 뿔은 놀랄 만했다. 각질(角質)의

가는 띠를 한 바퀴씩 감아놓은 듯한 길쭉하게 휘어 있는 뿔이었다. 턱수염은
없었으나 멋진 갈기가 두 무릎 언저리까지 마치 물의 요정의 머리카락처럼
늘어져 있었다. 그러나 그렇게 긴 갈기가 있어도 풍기는 위엄으로 보아 이
산양은 여성적이거나 우스꽝스럽게도 보이지 않았다.

이 산양 우리 앞에 서있는 사람들은 물론 산양이 그 튼튼한 발굽으로
미끄러운 바위산을 내려오는 것을 보고 싶었다. 이미 오래 전부터 산양은
마치 조각처럼 바위산의 일부인양 서있었다. 바람이 잔잔해서 갈기가 전혀
움직이지 않고 있을 때는 혹시 죽은 것이 아닐까, 혹은 모형으로 만들어놓은
것은 아닐까 하고 의심스러울 정도였다.

오레크는 5분쯤 서서 보다가 감탄해하면서 자리를 떴다. 그동안 산양은
꼼짝도 하지 않았던 것이다. 인간도 이 정도로 참을성이 있다면 인생의
고통쯤은 능히 견뎌낼 수 있을 것이다!

다른 오솔길 입구에는 사람들이, 특히 어린이들이 많이 몰려 있는 우리가
있었다. 우리 안에서는 무언가가 미친 듯이 한쪽에서 움직이고 있었다.
가까이 가서 보니 그것은 다람쥐가 바퀴를 돌리고 있었다. 그야말로 '다람쥐
쳇바퀴 돌리듯 한다'는 속담 그대로였다. 그러나 사람들은 이 오래된 속
담에서 이런 다람쥐를 상상이나 했을까. 다람쥐는 어찌하여 쳇바퀴를 돌
릴까? 설명문을 써붙인 판에는 본능이라 씌어 있었다. 우리 안에는 굵은
나무 줄기가 있었으며, 그 위쪽으로 가지가 뻗어 있었는데, 그 한 곳에 바퀴를
달아 놓았다. 그것은 북의 북면을 떼어내고 거기에 여러 개의 막대를
가로질러 만든 것인데 말하자면 끝이 없는 무한(無限)의 계단이었다.

. 그리고 지금, 다람쥐는 높은 곳에 있는 작은 나뭇가지를 무시하고, 누가
강제했거나 미끼로 꼬여낸 것도 아닌데 그 쳇바퀴 안에 들어가 있었다.
다람쥐의 마음을 끌게 한 것은 그 허황된 행동, 그 허황된 운동일 것이다.
아마 처음에는 어떤 호기심에서 가볍게 계단에 올라타 보았을 것이다. 그것이
얼마나 잔혹하고 끝이 없는 놀이가 될 것인지 다람쥐는 알지 못했던 것이다.
처음에는 몰랐지만 몇 천번째의 지금은 알고도 남았을 텐데도! 지금도

쳇바퀴는 미친 듯이 돌고 있었다! 이 미친 듯한 질주에 붉은 줄무늬가 있는 방추형 몸통도, 남빛과 붉은 색이 섞인 꼬리도, 몸 전체가 활처럼 휘어 있고 작은 발판은 너무 빨라 하나로 보일 정도였으며 온 정력은 심장이 터질 정도로 집중되어 있었다! 그러나 다람쥐의 앞발은 더 높은 곳으로 올라갈 수는 없었다.

먼저 와 있던 구경꾼들이 계속 지켜보고 있어서 오레크도 몇 분 동안 이것을 보고 있었지만 달음박질은 그칠 줄 몰랐다. 이 우리 안에는 쳇바퀴를 멈추게 하거나 다람쥐를 쳇바퀴 안에서 구출해내는 외적인 힘은 존재하지 않았으며 다람쥐더러 '하지 마! 헛수고야!' 하고 가르쳐줄 생물도 없었다. 그렇다! 불가피한 해결은 오직 하나 —— 다람쥐가 죽는 것뿐이다. 그때 까지 서서 지켜보기는 싫었다. 오레크는 다시 자리를 다른 곳으로 옮겼다. 이 동물원은 이런 식으로 입구의 좌우에 두 개의 의미 심장한 범례를— — 어느 쪽이나 마찬가지로 가능한 두 개의 존재 형태를 갖추어놓고 아이 들이나 성인 관람객을 맞아들이고 있었다.

오레크는 은빛 꿩이나 금빛 꿩, 붉은 색과 푸른 색 꿩 앞을 지나갔다. 터키석 같이 눈부신 공작의 목 둘레의 색깔이나 장미빛과 금빛 술이 달린 1미터나 되는 꼬리를 감탄하여 바라보았다. 단조로운 추방 생활과 단조로운 병원 생활 뒤여서 이것은 더욱 색채의 향연이었다.

이곳은 덥지 않았다. 동물원 안에는 나무가 많았고 어느 나무나 이미 싹이 트고 있었다. 오레크는 걸음을 멈추고 자주 쉬면서 안달루시아산 닭 이며, 툴루즈나 홀모고르이산 거위 등의 작은 우리를 지나 학이나 매를 기르고 있는 언덕으로 올라갔다. 언덕 꼭대기의 바위 위, 이 동물원에서 가장 높은 곳에는 서커스의 천막 같은 거대한 새장이 있었으며, 그 안에는 머리가 하얀 독수리가 살고 있었다. 설명판이 없더라면 일반 독수리로 착각할 것 같았다. 새장은 최대한 크게 만들었으며, 바위의 꼭대기는 천장과 거의 맞닿을 정도여서 이 음흉스레 보이는 새는 마음에 안 찬다는 듯 날개를 펴고 연신 피닥거렸으나 그렇다고 어딘가 먼 곳으로 날아갈 수도 없었다.

고통스러워하는 매를 보는 사이에 오레크는 자기도 모르게 어깨뼈를 빙글빙글 움직이고 있었다. 짊어진 배낭 속의 다리미가 꽤나 무거워서였다.

오레크는 무엇을 보든지 생각나는 것들이 있었다. 한 우리 앞에는 이런 설명이 붙어 있었다. '부엉이는 갇혀 있는 생활을 싫어합니다.' 잘 알고 있으면서 왜 가둬두지 ?

갇힌 생활을 좋아하는 얼간이가 어디 있겠는가.

또 하나의 설명판에는 '고슴도치는 야행성 동물입니다.' 뻔히 다 아는 이야기다. 밤 9시 반에 끌려갔다가 새벽 4시에야 풀려나오는 그런 생활인 것이다.

'오소리는 깊고 꾸불꾸불한 굴 속에서 살고 있습니다.'

우리도 그렇다 ! 힘내거라 오소리야 ! 그밖에 어떤 공통점이 있을까. 그 줄무늬의 콧잔등, 그것도 꼭 죄수를 닮은 것 같다.

오레크는 이처럼 모든 것을 삐딱하게 해석하는 것이었다. 그렇다면 이곳도 백화점이나 마찬가지로 오지 않았던 편이 좋았을지도 모른다.

이젠 시간도 꽤 오래 되어 한낮이 가까웠으나 약속된 기쁨은 좀체로 찾아오지 않는 것 같았다.

오레크는 곰을 보러 갔다. 흰 넥타이를 매고 있는 것 같은 검은 곰이 쇠창살 안쪽의 쇠그물에 코를 대고 있었다. 그러더니 갑자기 뛰어올라 앞발로 쇠창살에 매달렸다. 곰의 흰 넥타이는 승려의 가슴에 매단 하얀 십자가처럼 보였다. 뛰어서는 매달린다 ! 그밖에 어떤 방법으로 자기의 절망을 전달할 수 있겠는가 ?

옆의 우리에는 암곰과 새끼곰이 있었다.

또 그 옆 우리에는 갈색 곰이 고민에 싸여 있었다. 이 곰은 끊임없이 제자리걸음을 하면서 걸어다니려 했으나 몸의 방향을 겨우 바꾸는 일밖에는 할 수가 없었다. 우리의 가로폭이 이 곰의 신장의 3배도 되지 않았다.

곰의 기준으로 보자면 이것은 방이 아니라 상자였다.

곰 구경에 열중한 아이들이 떠들고 있었다.

"저 곰한테 돌을 던져봐, 그러면 먹이인줄 알거야!"

오레크는 아이들이 자기를 이상하다는 듯이 쳐다보고 있는 것을 미처 몰랐다. 오레크 자신도 아이들 눈에는 공짜로 볼 수 있는 한낱 동물로 보였을 것이다. 그러나 그러한 모습을 자기 자신만은 보지 못할 뿐이다.

개울을 따라 있는 내리막길에는 백곰이 있었는데 이번에는 두 마리가 함께 있었다. 그 우리 안에는 관개용수를 끌어들여 연못을 만들어놓았는데 두 마리의 백곰은 번갈아가면서 연못에 뛰어들었다가는 시멘트로 만든 테라스로 올라와 앞발로 콧등의 물을 닦더니 테라스의 가장자리를 왔다갔다 했다.

북극 태생의 곰들은 이 고장의 40°나 되는 여름을 어떻게 넘길까. 그것은 인간이 북극에 갔을 때나 마찬가지일 것이다.

동물들의 유폐 생활에 있어서 가장 큰 모순이라면, 그것은 동물 편인 오레크에게 비록 충분한 힘이 있다고 하더라도 우리를 부수고 그들을 해방시켜줄 수 없다는 점이었다. 왜냐하면 동물들이 고향에서 떠난 순간부터 분별있는 자유라는 개념은 상실하게 되었기 때문이다. 그들을 갑자기 해방시키면 지금 이상으로 무서운 사태가 벌어지리라는 것은 뻔한 일이었다.

코스토글로토프는 이런 무의미한 생각에 잠겨 있었다. 근본적으로 머릿속이 뒤집혀진 오레크는 그것이 무엇이든 솔직하게 받아들일 수가 없었다. 지금은 무엇을 보더라도 거기에서는 잿빛 망령이 보이고 불길한 땅울림 소리가 들리는 것이었다.

다른 어떤 동물보다도 더 뛰어다니고 싶지만 그 공간을 빼앗기고 슬퍼하는 사슴 우리 앞을 지나서 신성한 인도의 혹이 달린 소나 금빛 나는 남미산 들쥐 앞을 지나서 오레크는 다시 언덕으로 올라가 원숭이 우리로 다가갔다.

우리 앞에서는 아이들과 어른들이 떠들면서 원숭이에게 먹이를 주고 있었다. 코스토글로토프는 웃음도 띠지 않고 그냥 지나쳐 갔다. 어느 원숭이나 다 머리를 박박 깎아놓은 것 같았으며 널빤지로 된 자기들의 침대 위에서 원시적인 기쁨이나 슬픔에 젖어 있는 원숭이들은 많은 옛 친지들을 연상케 했다. 오늘도 어디선가 갇혀 있을 친구들을.

유독 한 마리만이 자기들의 무리에서 떨어져 수심에 잠겨 있는 침팬지는 퉁퉁 부어 있는 눈을 하고, 두 손을 무릎 사이에 축 늘어뜨리고 있었다. 오레크는 슈르빈을 연상했다. 그 노인도 이 침팬지 같은 포즈를 취했던 적이 있었다.

이 밝고 따뜻한 날에 슈르빈은 침대 위에서 생사의 고비를 헤매고 있을 것이다.

원숭이 우리에는 재미 있는 일은 있을 것 같지도 않아 코스토글로토프는 한 번 흘끗 보고는 빠른 걸음으로 지나쳐가려고 했으나 그때 조금 떨어진 한 우리 앞에서 설명판을 읽고 있는 사람들이 있었다.

오레크는 그리로 갔다. 우리 안은 텅 비어 있었는데 설명판에는 Macacus rhesus라 씌어 있었으며 서둘러 만든 베너어 판에는 또 이렇게 씌어 있었다.

'여기에서 사육하던 원숭이는 한 구경꾼의 잔혹한 장난 때문에 눈이 멀게 되었습니다. 이 나쁜 사람은 원숭이의 눈에 담배 가루를 넣었던 것이다.'

오레크는 무엇엔가 한 대 얻어맞은 느낌이었다! 조금 전까지만 해도 너그러운 통행인처럼 미소를 지으면서 걷고 있던 오레크는 갑자기 동물원 전체를 향해 소리치고 울음을 터뜨리고 싶었다. 마치 자기의 눈에 담뱃가루가 들어간 것처럼!

왜 그런 짓을 했을까! ……단순한 장난이었을까……도대체 무엇 때문에? ……어째서 그런 무모한 짓을 했을까.

설명판의 문맥은 무엇보다도 그 어린애 같은 단순함이 가슴을 찔렀다. 아무도 모르게 유유히 떠나버린 그 사나이를 비인간적이었다고는 어디에도 씌어 있지 않았다. 미 제국주의자의 스파이였다고는 어디에도 씌어 있지 않았다. 그저 나쁜 사람이라고만 했을 뿐이다. 그것은 놀라운 일이었다. 어째서 그저 나쁜 사람이라고만 했을까. 어린이 여러분! 나쁜 사람이 되어서는 안 됩니다! 어린이 여러분! 약자를 학대해서도 안 됩니다!

설명판을 다 읽고 나서도 어른과 아이들은 텅 빈 우리를 바라보고 있었다.

기름에 절고 그을리고 탄환 자국이 있는 배낭, 다리미가 들어 있는 배낭을 메고 오레크는 터벅터벅 걷고 있었다. 파충류나 맹수들이 우글거리는 세계로.

천산갑과(穿山甲科)의 동물들은 서로 몸을 기대어 모래 위에 비늘이 돋은 돌처럼 누워 있었다. 이 동물들은 어떤 자유로운 운동을 상실했을까?

무쇠 같은 색깔의 중국산 큰 악어가 누워 있었다. 입이 넙죽하고 다리는 한쪽으로 기울어져 있는 것 같았다. 설명에 의하면 이 악어는 날씨가 무더워지면 매일같이 고기를 먹지 않는다고 했다.

동물원이라는 이 합리적인 세계, 먹이 걱정을 할 필요가 없는 이 세계에 이 악어는 만족하고 있을까?

거대한 비단구렁이가 마치 굵은 고목처럼 나무 옆에 나란히 있었다. 그 구렁이는 꼼짝도 하지 않았으며 다만 끝이 뾰족한 혀만 날름거리고 있었다.

유리 덮개 밑에서는 독사가 또아리를 틀고 있었다.

그밖에 살무사도 몇 마리 있었다.

그런 뱀들을 느긋하게 보고 있을 생각은 전혀 없었다. 오레크는 눈먼 원숭이의 얼굴을 떠올리고 있었다.

다시 맹수들이 있는 우리로 오솔길은 이어져 있었다. 제각기 특색 있는 털을 가진 살쾡이나 표범, 잿빛나는 퓨마, 붉은 바탕에 검은 점이 있는 아메리카 표범 등이 있었다. 이 짐승들도 자유를 빼앗긴 죄수들이었지만 오레크는 이들을 도적이라 간주하고 있었다. 역시 세상에는 어디에나 어떻게 보아도 나쁜 놈은 있기 마련이다. 가령 이곳의 설명판에도 씌어 있듯이 아메리카 표범은 하루에 140킬로그램의 고기를 먹어치운다고 한다. 정말 놀라운 일이다! 수용소로 보급되는 1주일치 고기도 그것보다는 적을 것이다. 그것을 아메리카 표범은 하루 사이에!

호송을 마친 마부들이 자기들의 말이 먹는 먹이를 빼앗아 먹었다는 이야기를 오레크는 생각해 냈다. 마부들은 말이 먹는 귀리로 연명했던 것이다.

다음은 거드름은 피우는 듯한 호랑이를 보았다. 그 포악성은 수염에도 나타나 있었다! 그리고 누런 눈…… 머릿속이 혼란해진 오레크는 걸음을 멈추고 증오에 찬 눈으로 호랑이를 쏘아보았다.

그 옛날 투르한스크(에니세 강의 중류 지방.)의 유형지에 있었던 적이 있던 어떤 늙은 정치범은 수용소에서 오레크에게 호랑이의 눈에 대한 이야기를 들려준 적이 있었다. 비로드 같은 검은 눈이란 거짓말이며 호랑이의 눈은 누런 색깔이라고 했었다!

오레크는 증오심에 불타서 호랑이 우리 앞에 서 있었다.

하지만 그저 장난기에서였을까. 도대체 어찌하여…….

오레크는 몹시 기분이 상했다. 이제 이 동물에는 더 있고 싶지 않았다. 여기서 도망쳐 나가고 싶었다. 사자 우리에는 가까이 가려 하지도 않고 오레크는 무작정 출구를 찾아서 걸어가고 있었다.

얼룩말의 모습이 얼핏 보였으나 그는 고개를 돌린채 지나쳐 버렸다.

그러다가 갑자기! 기적 앞에 걸음을 멈추었다.

피에 굶주린 놈들을 보고 난 후인데 이건 또 무슨 기적적인 일인가. 그것은 영양(羚羊)이었다. 밝은 갈색 털, 쭉 뻗은 다리, 그 표정은 무척 조심스러 웠으나 그렇다고 겁내는 표정은 조금도 없었다. 영양은 쇠그물 곁에 서서 오레크를 물끄러미 쳐다보고 있었다. 신뢰에 차있는 크고 사랑스런 눈으로! 그래, 사랑스런 눈으로!

너무나 닮았다. 이젠 도저히 참을 수 없다! 영양은 부드럽게 책망하는 듯한 눈으로 오레크를 보고 있었다. 영양은 이렇게 묻고 있었다. '왜 오지 않았어요. 벌써 반나절이 다 지났는데 왜 오지 않았지요?'

그것은 놀라운 현상이었다. 이것은 영혼의 전이라고나 할까. 분명히 그녀가 거기에 서서 오레크를 기다리고 있는 것이다. 오레크가 다가가자 책망하는 듯한, 그러나 다정한 눈길로 그녀는 묻는 것이다. '왜 오지 않지요? 오지 않을 건가요? 나는 이렇게 기다리고 있는데…….'

그래, 어째서 가지 않는 거지?! 왜 가지 않는 거지?

오레크는 부르르 몸을 떨면서 급히 출구로 향했다.

지금 바로 가면 되겠지!

36. 최후의 날

지금 베가를 생각하는 마음에는 탐욕도 격정도 없었다. 그저 지치고 불쌍한 개처럼 베가의 발밑에 엎드리고 싶을 뿐이었다. 바닥에 엎드려서 개처럼 그녀의 발에 콧잔등을 댄다는 것은 얼마나 즐거운 일이겠는가. 그것은 그가 생각할 수 있는 최대의 행복이었다.

그러나 그 천진스럽고 동물적인 행위 —— 막상 찾아가서 느닷없이 그녀의 발 아래 드러눕는다는 것은 물론 불가능한 일이다. 오레크는 무언가 예의적인 말을 지껄여야 했고 베가도 비슷한 말을 지껄일 것이다. 이것이 수천년래의 관례인 것이다.

어제 그녀가 '괜찮으시다면 우리 집에 와서 묵어도 좋아요.'라고 하면서 얼굴을 붉히던 것은 확실히 기억하고 있었다. 그 홍조 띤 볼에 보상해주지 않으면 안 된다. 웃음으로 얼버무려서라도 베가가 다시 어색해하지 않도록 해주어야 한다. 그래서 예의 바르게 유머가 있는 첫마디를 생각해보지 않으면 안 되었다. 주치의였던 젊은 독신 여성의 방이 오레크가 묵을 수 있다는 어색함을 누그러뜨릴 구실을 말이다. 그러나 사실은 구실 따위는 생각해보고 싶지도 않았다. 그녀를 바라보는 것만으로도 충분했다. 그리고 베가를 부르자 '베가! 내가 왔습니다!'라고.

그러나 병실도 아니고 처치실도 아닌 보통 방에서 베가와 단둘이 무슨 얘기를 나눈다는 것은 생각지도 못했던 행복이었다. 오레크는 몇 번이고 실수를 하고 잘못을 저지르게 될 것이다. 그토록 인간다운 생활에서 오래도록 멀어져 있었던 것이다. 그러나 눈은 모든 것을 웅변적으로 말할 것이다! '나를 불쌍히 여겨 주십시오! 당신 없이는 도저히 살아갈 수 없는 저를 불쌍히 여겨 주십시오!'라고라도.

지금까지 너무나 많은 시간을 허비해 버렸었다! 왜 진작 베가의 집으로 가지않았던가. 벌써 갔어야 했을 것을! 오레크는 이제 주저하지 않고, 베가가 외출해 버려 만나지 못하면 어쩌나 하고 걱정하면서 발길을 재촉했다. 반나절이나 거리를 배회했던 탓으로 대충 이곳 지리는 알게 되어 방향은 짐작이 갔다. 오레크는 계속 걸었다.

서로의 마음을 생각해주는 것만으로도 충분했다. 함께 이야기를 나누는 것만으로도 즐거운 일이다. 만약 그녀의 손을 잡고, 또 어깨를 껴안고 그 눈을 들여다보는 일이 있다 하더라도 그것만으로도 충분하지 않을까. 단순히 그것만으로는 불충분한 것일까…….

물론 조야로서는 불충분할 것이다. 그러나 베가로서는? ……영양 같은 베가로서는?

지금 오레크는 베가의 손을 잡는 것을 상상만 해도 가슴 속의 실 같은 것이 긴장하여 흥분해버릴 것이다.

그래도 불충분하다는 말인가?

베가의 집으로 가까이 갈수록 흥분은 더욱 높아졌다. 그것은 틀림없는 공포였다! 그러나 행복한 두려움, 숨막히는 듯한 기쁨이었다. 자기의 두려움을 의식한다는 것, 그것마저도 지금의 오레크로서는 행복이었다.

거리의 이름에만 잔뜩 신경을 쓰고 상점에도, 윈도에도, 전차에도, 통행인에게도 관심을 두지 않고 걸어가고 있었다. 문득 정신을 차려 보니 혼잡한 길 모퉁이에서 한 노파가 작고 파란 꽃을 팔고 있었다.

더럽혀지고 다시 고쳐지고 순화된 오레크의 기억 속의 어느 구석에도 여자의 집을 방문할 때 꽃을 갖고가지 않으면 안 된다는 것은 적혀 있지 않았다! 그러한 관습이 이 세상에 존재하고 있다는 것을 오레크는 거의 완전히 잊고 있었던 것이다! 누덕누덕 기운 구멍 투성이의 배낭을 짊어지고 아무런 의심도 품지 않고 걷고 있었던 것이다.

그런데 지금 꽃이 눈에 띄었던 것이다! 어떤 이유로 누군가가 사가는 꽃이다. 오레크는 이마에 주름을 모았다. 흙탕물 속에서 익사자가 떠오르듯이 희미하게 기억이 되살아났다. 그래, 그렇다! 오레크의 청춘 시절의 그 꿈 같은 세계에서는 여자에게 꽃을 선사하는 습관이 있었다!

"그것은 무슨 꽃이지요?" 오레크는 머뭇거리며 노파에게 물었다.

"이것 말인가요? 제비꽃도 몰라요?" 노파는 무뚝뚝하게 말했다. "한 다발에 1루블."

제비꽃? ……시에 잘 나오는 그 제비꽃? ……어찌된 셈인지 그의 기억 속에 남아 있는 제비꽃은 이것과는 거리가 멀었다. 줄기는 훨씬 가늘고 길었으며 꽃은 종처럼 생겼었다. 아니 오레크가 착각한 것일지도 모른다. 아니면 이 고장에만 피는 제비꽃일까. 어쨌든 이것 한 종류밖에는 팔고 있지 않았다. 그러나 일단 옛날의 습관을 생각해 내자 꽃다발을 안 들고 갈 수는 없었으며, 지금까지 꽃다발을 들지 않고 태연하게 걸은 것이 부끄럽게 생각되었다.

그런데 꽃은 얼마나 사야 하지? 한 다발? 한 다발은 너무 적은 것 같다. 그럼 두 다발? 그래도 아직 빈약하다. 세 다발? 아니면 네 다발? 그러면 돈이 너무 많이 든다. 그의 머릿속에서는 수용소의 지혜가 주판 알을 튕기기 시작했다. 두 다발에 1루블 반, 또는 다섯다발에 4루블로 깎으면 어떨까. 그러나 그 빈틈없는 계산은 오레크에게는 어울리지 않았다. 결국 오레크는 점잖게 2루블을 내밀었다.

그리고 두 다발을 받아들었다. 꽃 향기가 코를 간지럽혔다. 그러나 그 향기도 청년 시절에 맡아보았던 제비꽃 향기, 시인들이 노래했던 제비꽃 향기와는 조금 다른 것 같았다.

이렇게 향기를 맡으면서 가는 것은 좋았으나 양손에 한 다발씩 들고 있는 모습이 우스꽝스러웠다. 모자도 쓰지 않은 부상병이 배낭을 메고 제비꽃을 들고 있으니 말이다. 어떤 모양으로 꽃을 들어보아도 어울리지 않아서 하는 수 없이 외투의 소매 속에 보이지 않도록 꽃을 감추어버렸다.

베가의 집은 바로 저곳이다!

일단 안뜰로 들어간다고 말했었다. 오레크는 안뜰로 들어갔다. 그리고 왼쪽으로.

'가슴이 조종처럼 두근거리고 있었다!'

시멘트로 된 길쭉한 베란다가 있고 그 위에는 차양이 달려 있었으며 난간 아래는 작은 나무 가지를 엮어서 만든 비스듬한 격자가 있었다. 난간에는 담요나 홑이불이나 베갯잇 같은 것들이 걸려 있었고 기둥과 기둥 사이에 매어놓은 줄에는 속옷이 걸려 있었다.

이러한 광경은 베가가 사는 집으로는 어울리지 않았다. 무겁고 답답한 생활의 냄새가 물씬거렸다. 이것은 그녀의 책임이 아니다. 매달린 세탁물 저쪽으로 문이 하나 있었고 그 문 안에는 베가 한 사람의 세계가 있는 것이다.

몸을 구부려 홑이불 아래로 빠져 나간 오레크는 가까스로 문을 찾아냈다. 그것은 흔히 보는 문이었다. 밝은 갈색 칠이 군데군데 벗겨져 있었다. 그리고 파란 우편함이 달려 있었다.

오레크는 외투의 소맷자락에서 제비꽃 다발을 꺼냈다. 그리고 흐트러진 머리를 손질했다. 가슴이 두근거렸다. 그 흥분이 오히려 기뻤다. 여의사의 흰 가운을 벗고 평상복으로 갈아입은 그녀는 어떤 모습일까…….

무거운 장화를 신고 오레크가 여기까지 걸어온 것은 단순히 동물원에서 이곳까지만은 아니었다! 이 나라의 넓은 구석구석까지 두 차례나 되풀이된 7년이란 세월을 가로질러 온 것이다! 그리하여 지금 해방되어 이 문앞에까지 이른 것이다. 한 여성이 14년 동안 말없이 기다려온 이 방문 앞까지.

가운데손가락 마디를 오레크는 살며시 문에 대어보았다.

그러나 아직 노크도 하기 전에 문이 열리기 시작했다. 베가는 이미 알아차리고 있었을까? 창문으로 내다보고 있었을까? —— 그러나 열린 문으로 오레크를 향하여 나타난 것은 새빨갛게 칠한 오토바이였다. 좁은 문에 비해서 유난히 크게 보이는 그 오토바이를 밀고 나온 사람은 들창코의 건강한 젊은이였다. 오레크에게 무슨 용건이냐고 묻지도 않고 젊은이는 오토바이를 밀고 나왔으므로 오레크는 한 걸음 옆으로 비켜섰다.

그 순간 오레크는 도시 영문을 알 수 없었다. 어찌하여 이 젊은이가 베가의 방에서 나오는 것일까. 아니 사람들이 독립 가옥이 아니라 공동 주택에서 살고 있다는 사실을 아무리 오레크라도 잊고 있지는 않았을 것이다. 그렇다고 꼭 기억하고 있는 것도 아니었다. 수용소에 있는 사람의 입장에서 보자면 세상에 대한 이미지는 수용소의 바라크 생활과는 정반대의 것이며 결코 공동 주택의 이미지는 아니다. 그리고 우시 테레크 같은 곳에서도 마을 사람들은 대개 오두막집에서 살고 있으며, 공동 주택 같은 것에 대해서는 알지 못했다.

"저, 잠깐." 하고 오레크는 젊은이에게 말을 걸었다. 그러나 젊은이는 그냥 오토바이를 끌고 홋이불 밑으로 빠져나가 차 바퀴를 탕탕 부딪치면서 계단을 내려가고 있었다.

문은 열려진 채였다.

오레크는 멈칫거리며 안으로 들어갔다. 어둠침침한 복도 안쪽에는 몇 개의 문이 더 보였다. 어느 문일까. 침침한 가운데 불도 켜지 않고 한 여자가 나타나서 적의를 담은 목소리로 물었다.

"누구를 찾으시지요?"

"간가르트 선생을!" 코스토글로토프는 일상시의 그답지 않게 머뭇거리며 말했다.

"지금 없어요!" 그 여자는 베가의 방에 가서 알아보려 하지도 않고 자신만만하게 불쾌한 말투로 말했다. 그리고 몸으로 밀어내기라도 하듯이 코스토글로토프에게로 다가왔다.

"잠시 노크해봐 주시겠습니까?" 코스토글로토프는 평소처럼 침착하게 말했다. 잔뜩 베가의 모습을 기대하고 있던 터라 마음이 약해졌었지만 만약 이 여자가 큰소리로 떠든다면 자기도 가만 있지는 않을 작정이었다. "오늘은 근무가 없는 날일 텐데요."

"나도 알아요. 하지만 지금은 없어요. 조금 전까지는 있었으나 지금은 외출했어요." 이마가 좁고 얼굴이 움푹한 이 여자는 오레크를 흘끔거리며 쳐다보았다.

그리고 이미 제비꽃 다발도 보았었다. 그것을 감출 여가가 없었다.

이 꽃다발만 갖고 있지 않았더라면 당당하게 직접 문도 노크해 보고,

이 여자에게 언제 나갔으며, 언제 돌아올 것인지, 그리고 전하는 말은 없었는지 물어보았을 것이다. 무언가 오레크에게 전하라는 말을 남겨놓았을 것만 같았다.

그러나 제비꽃 때문에 오레크는 어쩐지 약한 인간으로, 사랑에 빠진 사람의 기분에 사로잡히고 말았다…….

그는 얼굴이 움푹한 여자에게 떠밀려서 베란다로 나갔다.

그 여자는 오레크를 자기의 근거지에서 밀어내자 자세히 그를 관찰하기 시작했다. 이 부랑자 같은 사나이의 배낭에는 무언가가 들어 있다. 여기서 무엇을 훔쳐가려는 것은 아닐까.

안뜰에서는 오토바이가 귀가 째질 듯한 폭발음을 내더니 그 소리는 곧 그쳤고 다시 폭발하더니 또 꺼져버렸다.

오레크는 머뭇거리고 있었다.

그 여자는 질렸다는 듯이 한참 바라보고 있었다.

베가는 자기와 약속하지 않았던가. 그런데 어째서 나가고 없을까? 아니 약속대로 계속 기다리고 있다가 더 이상 기다리지 못하고 어디로 나간 것이리라. 이 얼마나 슬픈 일인가! 이것은 누구의 잘못도 아니며 화낼 일도 아니다. 그러나 슬픈 일이다.

오레크는 제비꽃 다발을 든 손을 마치 절단된 것처럼 외투의 소매에 쑤셔넣었다.

"저, 곧 돌아올까요, 아니면 직장으로 가버렸을까요?"

"아무튼 나갔어요." 그녀는 못을 박듯이 말했다.

이것은 대답이랄 수가 없었다.

그러나 그런 여자 앞에 버티고 서서 기다릴 수도 없는 일이었다.

오토바이가 경련적으로 침을 뱉는 듯한 소리를 내더니 다시 조용해졌다.

난간 위에는 큰 베개, 홋이불, 봉투 모양의 커버를 씌운 담요, 양지바른 곳에는 침구가 걸려 있었다.

"어떻게 하지요? 기다릴 건가요?"

요새처럼 쌓여 있는 침구를 보고 있으려니까 오레크는 좀체로 생각이 다듬어지지 않았다.

얼굴이 움푹한 여자의 탐색하는 듯한 시선도 큰 방해가 되었다.

게다가 그 저주스런 오토바이는 몇 번이고 귀를 찢어놓을 듯한 소리를 내면서도 좀처럼 달려가지 못했다.

베개의 요새에 기가 꺾인 오레크는 뒷걸음질쳐서 처음 위치로 돌아갔다.

저 베개만 없었더라면 —— 한쪽 구석은 찌불어들었으며 두 귀퉁이는 암소의 유방처럼 늘어져 있었고 또 한쪽 귀퉁이는 오베리스크(^첨_탑) 처럼 뾰족했다. 그 베개만 없었더라면 생각을 가다듬어 무언가를 결심할 수 있었을 텐데. 그러나 이대로 당장 돌아가는 것은 좋지 않다. 어쩌면 베가는 곧 돌아올지도 모른다! 그냥 돌아가버리면 베가는 서운해할 것이다! 그럴 것이 틀림없다.

그러나 베게나 홋이불이나 커버를 씌운 담요나 홋이불 깃에는 저 끈질긴 경험, 몇 세기에 걸쳐서 확인된 경험이 잠재해 있었다. 그것을 뒤엎을 만한 힘이 지금의 오레크에게는 없었다. 그것을 뒤엎을 권리도 없었다.

지금은 없다. 오레크에게는 없다.

신념이나 수치심이 가슴에 타오르고 있는 한 독신 남자는 널빤지 위에서나 장작개비 위에서도 잘 수 있다. 죄수는 어쩔 수 없을 때는 아무것도 깔지 않은 널빤지 위에서도 잔다. 그 죄수로부터 억지로 떼어놓은 여자 죄수도 마찬가지다.

하지만 남자와 여자가 함께 살려고 약속한 장소에서는 반드시 이 푹신한 것이 자신 있게 기다리고 있다. 이것들은 자기의 승리를 믿고 있다.

다리미의 무게를 어깨에 느끼면서 한 손을 외투 소매에 쑤셔넣은채 오레크는 이 난공불락의 요새에서 문쪽으로 퇴각했다. 베개의 요새는 기쁜 듯이 오레크의 등을 향해 기관총의 일제 사격을 가했다.

빌어먹을, 그 오토바이는 아직도 엔진이 걸리지 않는 모양이군!

문밖으로 나가자 오토바이 소리가 약간 줄어들어서 오레크는 거기에 서서 조금 더 기다려보기로 했다.

베가가 돌아올 가능성이 전혀 없는 것은 아니다. 만약 돌아온다면 반드시 이곳을 지날 것이다. 두 사람은 미소를 주고 받으며 재회를 기뻐할 것이다.

'안녕! ……' '실은……', '그만 우스운 결과로…….'

그러면 오레크는 구겨지고 시든 재비꽃 다발을 소매에서 꺼내겠지.

그리고 두 사람은 안뜰로 들어갈 것이다. 그러나 그 자신만만하고 푹신한 요새 앞을 지나가지 않으면 안 된다!

그곳은 두 사람이 나란히 서서 지날 수는 없을 것이다.

오늘이 아니라 다른 날에, 베가 역시 ── 날씬한 다리와 상냥한 마음씨와 밝은 커피색 눈을 가진 베가, 이 세상에서 멸망해버리는 자와는 인연이 없어 보이는 베가도 역시 자기의 가볍고 섬세하고 매력적인 침구를 베란다에 널 것이다.

새는 둥지가 없으면 살지 못하고 여자는 침대가 없으면 살아가지 못한다.

가령 영원한 여성, 이 세상 사람이 아닌 여성이라도 무시할 수 없는 것은 여덟 시간의 수면이다.

잠이 들 때다.

잠에서 깨어날 때다.

나왔다! 새빨간 오토바이가 안뜰에서 달려나와 코스토글로토프에게 최후의 폭음을 뒤집어씌웠다. 들창코의 젊은이가 의기양양하게 거리를 둘러보고 있었다.

코스토글로토프는 시름에 잠겨 걷기 시작했다.

제비꽃 다발을 소매 속에서 꺼냈다. 이제는 선물로서의 가치가 없어지기 직전의 상태였다.

까만 머리를 땋아서 전깃줄로 묶은 두 우즈베크 소녀가 저쪽에서 오고 있었다. 오레크는 두 손으로 두 개의 꽃다발을 내밀었다.

"자, 이걸 주지."

두 소녀는 깜짝 놀라 서로 얼굴을 쳐다보더니 우즈베크 어로 뭐라고 서로

이야기했다. 오레크가 술에 취해 있지도 않았으며 놀리는 것이 아니라는 것을 두 소녀는 알게 된 것 같았다. 어쩌면 꽃다발을 주려고 하는 이 군인의 슬픔도 이해하게 되었는지도 모른다.

한 소녀가 꽃다발을 받으면서 인사를 했다.

다른 소녀도 꽃다발을 받고 인사를 했다.

그리고 소녀들은 어깨를 맞대고 무언가 열심히 말을 주고 받으며 빠른 걸음으로 걸어갔다.

오레크의 어깨에는 기름과 땀에 절은 배낭만 남아 있었다.

어디서 잘 것인지 다시 처음부터 고쳐 생각해 보아야 했다.

호텔은 안 된다.

조야의 집도 안 된다.

베가의 집도 안 된다.

아니, 묵으려면 묵을 수도 있다. 그녀는 기뻐할 것이다. 적어도 싫은 얼굴은 하지 않을 것이다.

그러나 그것은 불가능하다기보다는 금지된 일이었다.

베가가 없다면 이 아름답고 풍성한 거리 전체도 오레크에게는 짊어진 배낭이나 마찬가지다. 오늘 아침 이 거리가 그처럼 마음에 들고, 될 수만 있으면 이곳에 오래 머물러야겠다고 생각했던 것이 무척 이상하게 느껴졌다.

또 하나 이상한 것이 있었다. 오늘 아침 오레크는 무엇이 그렇게도 즐거웠을까? 되찾은 건강도 이제 하늘이 내려주신 선물처럼 생각되지는 않았다.

한 구획도 가기 전에 오레크는 시장기를 느끼고, 발이 아프고, 몸이 피로해지고 아직도 조절되지 않은 종양이 체내에서 꾸룩꾸룩 소리를 내는 것만 같았다. 그렇다면 한시 바삐 기차에 올라타는 것이 나을 것 같았다.

그러나 우시 테레크로 돌아간다는 것도 이제는 별로 매력이 없었다. 그 곳으로 돌아가면 고민은 더 많아질 것이라고 오레크는 생각했다.

어쨌든 지금으로서는 장소든, 물건이든 오레크를 즐겁게 해주는 것은 어디에도 보이지 않았다.

베가의 집으로 돌아가는 수밖에는.

그녀의 발 아래 무릎을 꿇고 말하고 싶다. '부탁이오, 나를 내쫓지 말아 주시오! 내가 나쁜 것이 아니오.'라고.

그러나 그것은 불가능하다기보다는 금지된 일이었다.

오레크는 지나가는 사람에게 시간을 물어보았다. 두 시가 지났었다. 이제 어떻게 할 것인지 결단을 내려야 한다.

감독 조사국으로 가는 번호의 전차가 눈에 띄었다. 오레크는 그 전차가 서는 가까운 정류장을 찾기 시작했다.

시끄러운 소리를 내면서, 특히 커브를 돌 때는 찍찍 귀가 따갑게 소리를 내면서 전차는 그 자체가 중병 환자인양 오레크를 태우고 좁은 돌바닥길을 천천히 달렸다. 오레크는 가죽 손잡이에 매달린채 몸을 구부려 창밖의 경치를 구경하려 하였으나 차창을 스쳐가는 것은 나무도 풀도 없는 포장 도로나 낡은 건물뿐이었다. 야외 영화관의 주간 상영 포스터가 눈에 띄었다. 야외 영화관이란 어떤 곳일까. 구경을 하고 싶었으나 무언가가 신기한 것에 대한 관심을 억제하고 있었다.

14년 동안 고독한 생활을 견뎌낸 것을 베가는 자랑으로 여기고 있었다. 그러나 그녀는 알지 못한다. 함께 있으면서도 함께 있는 것이 아닌 반년이란 기간이 얼마나 괴로운 것인가를……

목적지의 정류장에 도착하여 오레크는 전차에서 내렸다. 여기서부터는 살풍경스런 공장 지대의 폭이 넓은 길을 1킬로미터 반쯤은 걸어야 한다. 차도에서는 트럭이나 트랙터가 쉴새없이 오갔고, 인도는 긴 돌담장을 끼고 있었다. 돌담이 끊기자 길은 공장 전용 철로를 가로질러 석탄재를 깔아놓은 곳을 지나 기초 공사를 할 구덩이를 파고 있는 빈터 옆을 지났다. 그 앞은 또 선로가 있고, 다음에는 또 돌담이 있고 목조의 단층 바라크들이 나타난다. 이 바라크들은 명목상으로는 '가건물'이지만 10년, 20년, 30년 동안이나 이 모양 그대로 서있는 것이다. 코스토글로토프가 처음으로 이 감독 조사

국을 방문했던 지난 1월에는 비오는 날이었으나 그때의 진창은 이제 보이지
않았다. 그러나 그 가로수가 있고 그 굵은 떡갈나무나 키가 큰 포플러가
서있고 저 기적적인 장미빛 살구꽃이 피어 있는 이 도시에 이런 음산한
곳이 있으리라고는 좀처럼 믿어지지 않았다.

벨라가 제아무리 이렇게 해야 한다, 이것이 옳다, 이렇게 하면 된다고
자기 자신을 납득시키려 한다 하더라도 결국은 심한 감정의 폭발을 일으킬
것이 틀림없었다.

모든 유형지의 운명을 좌우하는 감독 조사국이 이런 변두리의 신비로운
장소에 위치해 있다는 것은 도대체 어떤 꿍꿍이속이 있어서일까? 그러나
이 바라크의 무리 속에 —— 더럽혀진 도로나 깨진 유리창 대신 베니아 판을
댄 창이나 곳곳에 걸려 있는 속옷들 속에 그것은 버젓하게 존재하고 있는
것이다.

근무 시간에도 좀처럼 나오지 않던 추악한 표정을, 그 자와 만났을 때의
기억을 더듬어낸 오레크는 지금 감독 조사국의 바라크 복도에서 몰래 얼굴
근육을 굳게 하는 연습을 했다. 조사국 사람들이 웃는 얼굴을 보이더라도
이쪽에서는 절대로 웃으면 안 된다는 것은 코스토글로토프의 철칙이었다.
이쪽은 모든 것을 기억하고 있다는 것을 상대방에게 보여주어야 한다는
것 —— 그것이 죄수의 의무이다.

문을 노크하고 오레크는 안으로 들어갔다. 처음 들어간 방에는 가구류가
거의 없었으며, 아무도 없었다. 등받이가 없는 긴 벤치가 두 개 있었고 난간이
달린 간막이 뒤에 책상이 있었다. 그 책상에서는 아마도 한 달에 두 번씩
죄수 등록의 신비적인 의식이 있을 것이다.

이 방에는 사람의 그림자도 없었고, '감독 조사관'이라는 명찰이 붙어
있는 안쪽 방의 문은 열려 있었다. 그 문앞까지 가서 오레크는 위엄 있게
물었다.

"들어가도 좋습니까?"

"어서 들어오십시오." 하고 매우 상냥한 목소리가 그를 들어오라고 했다.

이것은 어찌된 영문인가. 이런 말씨는 여태껏 내무성에서는 들어본 적이 없었다. 오레크는 안으로 들어갔다. 그러나 그것은 이전 사람이 아니었다. 얼굴 표정이 심각하고 바보스런 녀석이 아니고 상냥하고 지적인 용모의 아르메니아 인이었다. 위세 같은 것은 조금도 부리지 않고, 복장도 제복이 아니라 이 바라크에는 어울리지 않는 멋진 신사복이었다. 자기가 하는 일은 극장표를 나눠주는 일이고 오레크에게 좋은 자리를 마련해줄 수 있어 기쁘다는 말이라도 하려는 듯이 아르메니아 인은 상냥하게 미소지었다.

오레크는 수용소에 있을 때의 경험에 비추어보아 아르메니아 인에게는 별로 호감을 갖고 있지 않았다. 수용소에서 아르메니아 인은 수적으로는 많지 않았지만 자기들끼리 똘똘 뭉쳐 일도 잘 하지 않고 언제나 좋은 식료품을 얻어냈었다. 그러나 공평하게 생각해보면 그들이 하는 짓에 화를 낼 이유는 아무것도 없었다. 수용소나 시베리아를 생각해낸 것은 그들이 아니었다. 그렇다면 누구의 이름으로 아르메니아 인들 사이를 이간시키고 암거래를 하지 못하게 하고 땅을 파게 한다는 말인가?

지금 이 명랑하고 호의적인 아르메니아 인이 사무용 테이블에 앉아 있는 것을 보면서 아르메니아 인들의 법망을 벗어나는 빈틈없는 수단을 오레크는 미소를 지으면서 생각해 내고 있었다.

오레크의 이름을 듣고 임시 명부에 등록했다는 말을 듣자 감독 조사관은 곧 얼른 일어나서 한 서류함을 열더니 카드를 뒤적이기 시작했다. 그리고 동시에 오레크를 지루하게 하지 않으려는 듯 끊임없이 무엇인가를 —— 무의미한 감탄사나 명부 속의 다른 이름을 중얼거렸다. 다른 사람의 이름을 함부로 지껄이는 것은 규칙상 금지되어 있었는데도.

"그러면 자 어디 봅시다……칼리포디지……콘스탄치니지……거기 앉으시지요……클라예프……카라누리예프. 아, 카드 모서리가 다 떨어졌군……카지마고마예프…… 코스토글로토프!"

그는 또 내무성 규칙을 무시하고, 오레크에게 묻는 것이 아니라 자기가 오레크의 이름과 성을 말했다. "오레크 필리모니비치군요."

"그렇습니다."

"그렇군요…… 1월 23일 이후, 암종양 병원에서 요양중, 그러면……." 그러더니 생기에 넘치는 인간적인 눈을 들어 올렸다. "어떻습니까, 많이 좋아지셨습니까?"

오레크는 너무나 감동해서 목이 메이는 것을 느꼈다. 이 얼마나 간단한가. 이 저주스런 테이블 저쪽에 인간적인 인간이 앉아 있는 것만으로도 생활은 일변해 버리는 것이다. 오레크는 긴장을 풀고 솔직하게 대답했다. "네, 글쎄 뭐라고 할까……좋아진 데도 있고, 나빠진 데도 있고……(나빠졌다고? 이 무슨 배은망덕한 소린가? 자리에 드러누워 죽음을 기다리는 것보다도 나쁘다면 도대체 어떻다는 말인가…….) 하지만 대체로 좋아졌습니다."

"그것 참 다행이군요!" 감독 조사관은 기쁜 듯이 말했다. "자, 어쨌든 자리에 앉으시지요."

극장표를 발행하려면 역시 다소 시간이 걸리게 된다! 어디에 도장을 찍고 펜으로 날짜를 적어넣고, 두터운 장부에 기입하고, 다른 장부에서는 지워야 했다. 그 모든 수속을 아르메니아 인은 빙글빙글 웃으면서 신속하게 처리해 내고 오레크의 여행 허가증을 돌려주었다. 그것을 돌려주면서 의미심장한 눈짓을 하면서 전혀 관리답지 않은 낮은 목소리로 말했다.

"이젠…… 걱정하지 않아도 됩니다. 이런 일은 곧 끝나버릴 테니까요."

"이런 일이라니요?" 오레크가 깜짝 놀라서 물었다.

"아니, 그러니까 이 등록 말입니다. 추방 말이에요. 내가 하는 일 말입니다!" 아르메니아 인은 즐거운 듯이 미소지었다(이 사나이는 필시 다른 즐거운 일을 갖고 있을 것이다).

"뭐라구요? 그렇다면 이미……지령이 내려졌단 말입니까?" 오레크는 캐내기에 바빴다.

"아니, 지령이 내려온 것은 아니지만." 하고 감독 조사관은 한숨을 내쉬었다. "그럴 예정이지요. 이것은 확실한 정보니까 틀림없어요. 이제 끝났어요! 어서 건강을 되찾도록 하세요. 다시 자유로운 세상으로 돌아갈 수 있으니까요."

오레크는 일그러진 미소를 지었다.

"자유로운 세상에 대해서는 다 잊어버렸어요."

"당신은 무엇이 전문이지요?"

"특별한 것이 없습니다."

"부인은?"

"없습니다."

"그것 참 다행이군요!" 감독 조사관은 친절하게 말했다. "유형수의 부인은 대개 이혼 수속을 밟기 때문에 그것을 다시 복귀시키려면 여간 복잡한 일이 아닙니다. 하지만 당신은 자유로운 몸이 되면 고향으로 돌아가서 결혼하면 되니까요!"

결혼?

"여러 가지로 고맙습니다." 오레크는 인사를 하고 일어섰다.

감독 조사관은 호의적으로 인사했으나 역시 악수를 하려고는 하지 않았다.

두 개의 방을 지나 나오면서 오레크는 생각했다. 저 감독 조사관은 어째서 그러한 태도를 취했을까. 천성 때문일까. 아니면 유행에 뒤떨어지지 않으려고 그러는 것일까? 항상 이곳에서 근무하고 있는 것일까, 아니면 임시직일까? 아니면 특별하게 그러한 사나이가 임명된 것일까. 그런 것을 확인해두는 것은 매우 중요한 일이었으나 다시 되돌아가서 물어볼 수는 없었다.

다시 바라크 집들을 빠져나와 선로를 가로지르고 석탄재를 밟고 오레크는 공장가의 긴 가로를 걷기 시작했다. 이번에는 탄력있는 빠른 걸음걸이로. 더워서 외투를 벗었으나 ── 감독 조사관이 귀띔해준 기쁜 소식은 서서히 오레크의 내부로 퍼져서 물결치기 시작했다. 그것이 되살아나는 속도는 상당히 느렸다.

그런 이유는, 오레크가 그러한 테이블에 앉아 있는 인간을 신용하지 않는다는 습성이 몸에 배어 있었던 것이다. 가령 전쟁 직후 대위니 소령이니 하는 높은 사람들이 많은 정치범들을 특사할 것이라는 헛소문을 의식적으로 퍼뜨렸던 일은 잊을래야 잊을 수 없는 일이었다. 그러한 사람들을 어떻게 믿을 수 있다는 말인가! '대위가 확실히 그렇게 말했어!'—— 그러나 놈들은 단순히 명령을 받고 사기를 북돋아주기 위해서 그랬을 뿐이다! 작업 목표를 완수하기 위하여! 죄수들에게 살아야 한다는 의욕을 돋구어주기 위하여!

이 아르메니아 인도 의심을 하자면 끝이 없었다. 어쩐지 직위에 비해서는 지나치게 정보통인 것 같은 말투였다. 그러나 오레크도 단편적인 신문 기사에서 그러한 것을 기대하지 않았던가?

아, 정말 그렇게 되어도 좋은 시기다! 그 시기가 드디어 온 것이다! 인간이 종양 때문에 죽는다면 수용소나 유형지를 가지고 있는 나라가 어떻게 부지해갈 수 있겠는가.

오레크는 다시 행복한 기분이 되었다. 결국 오레크는 죽지 않았다. 그리고 지금 당장이라도 레닌그라드행 차표를 살 수 있을지도 모른다! 레닌그라드! ……과연 다시 성 이사크 사원의 둥근 기둥을 만져볼 수 있을까? 만약 그럴 수만 있으면 가슴이 찢어질지도 모른다…….

아니, 성 이사크 사원이 다 뭔가! 지금은 무엇보다도 베가다! 머리가 어질어질하다! 만약 정말로……만약 진지하게……하지만 이것은 꿈이 아니다! 이 고장에서 그녀와 함께 살 수도 있을 테니까!

베가와 함께 살아? 살아야지! 함께! 이런 것을 상상하기만 해도 가슴이 벅차다!

지금 당장 찾아가서 이 이야기를 해주면 베가는 얼마나 기뻐해줄까! 그래, 어째서 얘기하면 안 된다는 말인가. 베가가 아니고 다른 누구와 이야기해야 한단 말인가? 오레크의 자유를 기뻐해줄 사람이 또 어디 있을까?

그곳은 이미 정차 종점이었다. 전차를 이용해야 했다. 정류장으로? 베가의 집으로? 서둘러 결정하지 않으면 그녀는 나가버릴 것이다. 이미 해는 서쪽으로 기울어지고 있었다.

오레크는 무척 흥분했다. 그리고 또 베가에게로 이끌리고 있음을 느꼈다!

감독 조사국으로 가던 도중에 생각했던 갖가지 이유는 하나도 남김없이 머리에서 사라져버렸다.

어찌하여 죄인처럼, 천민처럼 그녀를 피해야 한다는 말인가. 오레크를 치료하고 있을 때 그녀도 무엇인가 생각하고 있지 않았던가. 오레크가 항의하고 그 치료를 중단해달라고 부탁했을 때 베가는 잠자코 있지 않았던가. 오레크의 시야에서 사라지지 않았던가?

어째서 가서는 안 된다는 말인가. 어째서 두 사람이 친해지면 안 된다는 말인가. 두 사람이 좀더 높은 데로 올라가서는 안 된다는 말인가? 두 사람은 인간이 아니라는 말인가. 베가도 인간이다, 베가도!

이미 오레크는 전차의 승강구로 뛰어가고 있었다. 정류장에서 기다리고 있던 사람들은 일제히 그 전차로 몰려갔다! 모두가 예외없이 이 전차를 타려는 것일까! 오레크는 한 손에 외투를, 한 손에는 배낭을 들고 있어서 난간을 잡을 수가 없었다. 그러나 군중에게 떠밀려서 오레크는 전차 안으로 들어갔다.

군중들에 밀려서 오레크는 어느새 여학생 같은 두 처녀의 뒤에까지 가서 서있었다. 금발과 까만 머리의 두 처녀는 이쪽의 입김을 느낄 정도로 오레크와 밀착되어 있었다. 오레크가 벌린 두 팔은 처녀들의 몸과 착 달라붙어 있었으므로 짜증스런 여차장에게 돈을 지불할 수도 없었으며 어느 팔도 도저히 움직일 수가 없었다. 외투를 쥔 손은 까만 머리의 처녀를 끌어안는 듯한 자세가 되고 있었다. 한편 금발의 처녀와는 전신이 밀착해 있었으므로 오레크는 무릎부터 턱까지 전체가 이 처녀의 육체를 느끼고, 그 처녀도 오레크의 육체를 느끼지 않을 수 없었을 것이다. 아무리 열렬한 연애 감정이라 하더라도 이 혼잡한 전차 안의 사람들만큼 서로 육체를 밀착시키지는 못할 것이다. 처녀의 목이나 귀나 머리는 생각할 수 있는 한계를 훨씬 초월해서 오레크에게 접근하고 있었다. 낡아빠진 옷의 천을 통해서 오레크는 그 처녀의 체온을, 부드러움을, 젊음을 받아들이고 있었다. 검은 머리의 아가씨는 무언가 학교에서 있었던 일을 이야기하고 있었으나 금발의 아가씨는 대답도 할 수 없었다.

우시 테레크에는 전차가 없다. 이렇게 혼잡한 교통 수단이라면 마차 정
도였는데 마차에는 여자 승객이 그리 많지 않았다. 이 감각! 우시 테레
크에서는 몇 십 년 있어도 맛볼 수 없는 이 감각은 신선했던 만큼 더욱
강열했다!

그러나 이것은 행복이 아니었다. 이것은 역시 슬픔이었다. 이 감각에는
일정한 한계가 있었으며, 아무리 암시를 걸어도 그 한계를 뛰어넘을 수는
없었다.

그래, 오레크는 사전에 경고를 받지 않았던가. 리비도는 남는다, 라고.
리비도밖에는 남지 않는다고!

이런 혼잡한 상태로 전차는 두 정거장 쯤 지나갔다. 그 뒤부터는 혼잡
하기는 해도 아까처럼 심하지는 않았다. 그래서 오레크는 몸을 조금 떼어놓을
수는 있었을 것이다. 그러나 오레크는 그렇게 하지 않았다. 몸을 떼어 이
쾌락과 괴로움이 뒤섞인 것을 중단하고 싶지는 않았다. 이 순간 그대로 있는
것 밖에는 무엇 하나 바라지 않았다. 전차는 이미 구시가로 접어들었으나
알 바가 아니었다. 전차가 발광하여 밤새도록 논스톱으로 달리든, 이대로
세계 일주의 여행을 떠나든 무슨 상관이냐! 오레크는 자기가 자진해서
몸을 떼고 싶지는 않았다! 다만 지금은 그가 바랄 수 있는 최고의 행복을
연장시키면서 처녀의 목덜미를 내려덮은 머리를 기억에 새겨두려고 했다
(처녀의 얼굴은 도저히 볼 수가 없었다).

그때 금발의 처녀가 몸을 앞쪽으로 움직여서 두 사람의 몸은 떨어졌다.

어색하게 구부렸던 무릎을 폈을 때 오레크는 깨닫게 되었다. 베가의 집
에서 기다리고 있는 것은 고통과 착각에 지나지 않을 것이라는 것을.

오레크는 자기가 요구하는 이상의 것을 베가에게 요구하려 하고 있다.

정신적인 교제는 다른 어떤 교제보다도 소중하다는 점에서 두 사람의
고귀한 의견은 일치하고 있었다. 그러나 두 사람의 팔로 이루어놓은 그
고귀한 다리는 지금 이미 느꼈던 대로 오레크의 팔 부분에서 붕괴되고

있었다. 지금 베가의 집으로 간다 하더라도 오레크는 입으로는 단호하게 말하면서도 마음속으로는 다른 생각을 하고 있을 것이다. 그리고 그녀가 외출한 뒤에는 혼자 방에 남아서 베가의 옷이나 향수 냄새가 나는 플라토크나 그밖에 자질구레한 것을 바라보면서 울분을 터뜨리는 것이 고작일 것이다.

아니 여자처럼 감상적으로 되어서는 안 된다. 좀더 현명해져야 한다. 기차 정거장으로 가자.

그래서 두 여학생쪽은 뒤돌아보지도 않고 사람들을 밀치고 사람들의 욕설을 들으면서 뒷쪽 승강구에서 뛰어내렸다.

정류장 옆에서는 여전히 제비꽃을 팔고 있었다.

해는 이미 지평선으로 기울고 있었다. 오레크는 외투를 입고 역으로 가는 전차에 올랐다. 이 전차는 별로 붐비지 않았다.

역앞 광장의 군중 틈에 휩쓸려 이 사람 저 사람에게 물어가면서 오레크는 장거리 열차의 표를 팔고 있는 지붕이 있는 시장 비슷한 건물에 이르렀다.

매표구는 네 개가 있었는데 매표구마다 150명에서 200명쯤 사람들이 줄리어 서있었다. 또 미리 자기 차례를 잡아놓고 줄에 서 있지 않은 사람도 있을 것이다.

오랜 시간 동안 매표구 앞에 줄지어 있는 광경은 오레크로서는 낯익은 것이었다. 시대와 더불어 많은 것이 달라져 있었다── 옷의 유행이 달라졌고, 가로등의 형태가 바뀌고 젊은이들의 풍습도 바뀌었지만 이것만은 그가 기억하는 한 언제나 마찬가지였다. 1946년에도 그랬었고 39년에도, 34년에도, 30년에도 그러했었다. 산더미처럼 상품을 쌓아놓은 윈도는 신경제 정책 시대에도 볼 수 있었지만, 줄지어 서지 않고 차표를 살 수 있는 매표구란 상상할 수도 없었다. 이런 번거로움을 거치지 않고 여행할 수 있는 사람은 특수한 수첩이나 특수한 증명서를 갖고 있는 사람뿐이었다.

지금 오레크는 증명서를 갖고 있었다. 대단한 증명서는 아니지만 이것도 쓸만한 것이었다.

날씨가 후덥지근해서 코스토글로토프는 온몸에 땀을 흘렸으나 그래도 배낭에서 작은 털모자를 꺼내어 억지로 썼다. 그리고 배낭은 한쪽 어깨에 걸쳤다. 그는 레프 레오니도비치의 집도로 수술을 받기 위해 수술대에 누웠을 때부터 아직 2주일도 지나지 않은 표정을 짓고 있었다. 그리고 지친 눈으로 줄지어 서있는 사람들 틈을 헤집고 매표구로 다가갔다. 순경이 서있어서 매표구 가까이서 싸우는 사람은 없었다.

오레크는 피로한 동작으로 웃옷 주머니에서 증명서를 꺼내어 공손하게 순경에게 내밀었다.

순경은 수염을 기른 젊은 우즈베크 인이었는데 젊은 날의 육군대장 같은 느낌을 주었다. 그는 얼굴을 찡그리며 증명서를 읽자 행렬의 선두에 서있는 사람들에게 말했다.

"이 사람을 앞에 세우시오. 수술을 갓 마친 환자요."

그러더니 선두에서 세 번째 자리를 가리켰다.

오레크는 피로에 지친 눈으로 줄지어 서 있는 사람들을 바라보면서 비집고 들어가려 하지는 않고 고개를 숙인채 옆에 서있었다. 접시 같이 큰 차양이 달린 갈색 비로드 모자를 쓴 중년의 뚱뚱한 우즈베크 인이 오레크를 줄에 넣어주었다.

매표구 가까이 서있는 것은 즐거운 일이었다. 매표구 여직원의 손가락이나 내주는 차표가 보였다. 여행자들은 안주머니나 혁대 안쪽에서 조금 여유 있게 꺼낸 돈을 땀에 젖은 손에 꽉 움켜쥐고 있었다. 여행자들의 사정하는 듯한 소리나 매표구 여직원의 거만한 대답 소리가 들려왔다. 일은 척척 진행되고 있었다.

차례가 와서 오레크는 창구에 몸을 구부렸다.

"죄송하지만 한타우까지 3등표로 한 장 주십시오."

"어디요?" 매표구 여직원이 되물었다.

"한타우요."

"들어본 적이 없는데요." 여직원은 어깨를 움츠리면서 커다란 철도 안내서를 뒤지기 시작했다.

"왜 3등표를 사려 하지요?" 뒤에 서있던 부인이 동정하듯이 말했다. "수술 뒤라면서 몸조심해야지요. 지정석 표를 사면 좋을 텐데."

"돈이 없어요." 오레크가 한숨을 쉬었다.

그것은 사실이었다.

"그런 역은 없군요!" 매표구의 여직원은 그렇게 말하면서 안내서를 탕하고 덮어버렸다. "다른 역으로 사세요."

"없을 턱이 없는데." 오레크는 힘없는 웃음을 보였다. "1년 전부터 있던 역인데, 이곳에 올 때도 그 역에서 탔어요." 이럴 줄 알았더라면 그 차표를 갖고 있을 것을."

"그렇게 말해도 소용 없어요. 안내서에 없으면 그런 역은 없다니까요!"

"그래도 기차가 서는 역이에요!" 수술 직후의 환자로서는 너무 지나칠 정도로 힘찬 목소리로 오레크는 항의했다. "매표구도 있는 역입니다!"

"미안합니다. 사지 않으려면 비켜주세요! 그럼 다음 분!"

"그래요, 우리도 빨리 사야 하니까!" 뒤에 선 사람들이 떠들었다. "살수 있는 곳까지만 사면 되잖아! 수술을 받은 사람이라면서 떼를 쓰다니!"

오레크는 여기서 얼마나 논쟁을 벌리고 싶었던가! 매표구의 높은 사람을 부르라, 역장을 불러오라고 호통을 치고 싶었다! 이 자들을 철저하게 혼내주고 자기의 정당성을 증명할 수 있다면 얼마나 기분이 좋을까! 비록 하잘 것 없는 문제라도 정당한 일임에는 틀림없었다. 어떻게 해서라도 자기를 확인하고 싶었다.

그러나 수요 공급의 법칙은 움직일 수 없는 것이며 철도의 수송 계획도 마찬가지로 움직일 수는 없었다! 아까 지정석을 사라고 말했던 친절한 부인은 이미 오레크의 어깨 너머로 자기의 돈을 내밀고 있었다! 조금 전 오레크를 줄에 넣어주었던 순경이 이번에는 오레크를 줄에서 끌어낼 자세를 취하고 있었다.

"그 역에서 집까지는 30킬로미터지만 다른 역에서는 70킬로미터나 됩니다." 오레크는 창구에 대고 다시 한 번 호소했는데, 그것은 수용소식으로 말하자면 이미 싸움에 져버린 개가 짖어대는 소리였다. 그래서 오레크는 급히 타협안을 제시했다. "그럼 추 역으로."

그 역이라면 매표구 여직원은 알고 있었으며 운임도 외우고 있었다. 차표도 있어서 일은 원만하게 수습되었다. 차표를 건네받자 오레크는 창구에서 바로 떠나지 않고 그 표를 밝은 곳에 비춰 펀치를 확인하고, 열차 번호를 확인하고, 운임을 확인한 후 잔돈을 세어보고는 천천히 걷기 시작했다.

오레크를 수술 직후의 환자로 알고 있는 사람들과 멀어지자 허리를 펴고 궁상스런 모자는 벗어서 다시 배낭 속에 집어넣었다. 발차 시각까지는 아직 두 시간 여유가 있어서 차표를 주머니에 집어넣고 시간을 보낸다는 것은 유쾌한 일이었다. 여기서 느긋하게 먹고 마실 수 있는 여유가 있었다. 우시 테레크에는 없는 아이스크림을 먹고 크바스(보리 같은 것으로 만든 러시아의 대중들이 즐겨 마시는 음료의 일종.)를 마시자(이것도 우시 테레크에는 없다). 그리고 여행중에 먹을 흑빵을 사자. 사탕도 잊지 말아야지. 물통에는 따끈한 물도 담아야 한다. 자기의 마실 물을 갖고 다닌다는 것은 중요한 일이니까! 그러나 청어는 절대로 사지 않겠다. 죄수의 호송 열차와는 달리 얼마나 느긋할까! 승차할 때 몸 수색도 당하지 않을 것이고, 경호병의 감시하에 땅바닥에 앉아야 할 일도 없을 것이고, 꼬박 이틀 밤낮 동안 목이 말라 고통받을 일도 없을 것이다! 그리고 만일 맨 윗단의 선반을 차지할 수만 있다면 손발을 쭉 뻗고 잠을 잘 수도 있다! 누워서 종양의 고통도 잊을 수 있으니 이것이 행복이 아니고 무엇이겠는가! 오레크는 행복한 사나이다. 불평할 일은 아무것도 없다!

게다가 감독 조사관은 특사에 대해서도 귀띔해주지 않았는가.

그토록 오래오래 기다렸던 인생의 행복이 찾아온 것이다! 그런데 오레크는 어째서 그것을 바로 알아차리지 못했을까.

그녀에게는 '당신'이라고 부르는 '료바'가 있지 않은가. 그밖에도 다른 사람이 또 있을지도 모른다. 아니, 가능성은 얼마든지 있다! 한 사람의 생활에 또 한 사람의 인간이 홀연히 나타날 수도 있는 것이다.

오늘 아침에 보았던 그 달을 오레크는 믿고 있었다! 그러나 그 달은

이즈러지고 있었다…….

이제 플랫폼으로 나가야 한다. 자기가 탈 열차의 개찰이 시작되기 전에. 그러니까 빈 열차가 들어왔을 때 재빨리 자기가 탈 차량을 찾아내어 맨 앞줄에 서는 것이다. 오레크는 열차 시각표를 보러 갔다. 반대쪽 플렛폼에서 떠날 제75 열차의 개찰은 이미 하고 있었다. 그래서 오레크는 일부러 숨을 헐떡이면서 개찰구로 달려가서 차표를 흔들어보이면서 물어보았다. 물론 개찰하는 계원에게도 물었다.

"제75 열차는 지금이라도 탈 수 있을까요……제75 열차는?"

제75 열차에 늦을 것 같은 연기는 너무나 그럴 듯해서 개찰계원은 차표도 보지 않고 등에 짊어진 블룩한 배낭을 부축해주면서 그를 플랫폼으로 밀어넣었다.

플랫폼으로 나가자 오레크는 천천히 걷더니 걸음을 멈추고 돌층계에 배낭을 내려놓았다. 그리고 그는 예전에도 이것과 비슷한 우스꽝스런 사건이 있었던 것을 생각해 냈다. 1939년의 스탈린그라드. 오레크로서는 최후의 자유로운 나날들이었다. 리펜트로프와 조약을 체결한 뒤였는데 몰로토프의 연설이나 19세의 동원령이 나오기 전의 일이였다. 그해 여름, 오레크는 친구와 같이 배를 타고 볼가 강을 내려가서 스탈린그라드에 도착하면 그 배를 팔고 기차를 타고 모스크바로 돌아오기로 했었다. 배에 실은 물건이 너무 많아서 네 개의 손으로 겨우 들 수 있었는데 오레크의 친구는 그밖에도 시골 가게에서 산 확성기를 갖고 있었다. 그당시 레닌그라드에서는 확성기를 구하기 어려웠다. 그 확성기는 상자가 없는 큰 나팔 모양이었다. 친구는 기차를 탈 때 망가뜨리면 어쩌나 하고 걱정했었다. 스탈린그라드 역에는 트렁크나 부대나 상자를 들고 있는 사람들로 붐비고 있어서 정각보다 빨리 홈으로 나가는 것은 불가능한 일이었다. 그 기차를 타지 못하면 호텔에서 묵을 돈도 없었고 스탈린그라드에서 다시 이틀밤을 보내지 않으면 안 되었다. 그러나 홈으로 나가는 것은 엄격하게 금지되어 있었다.

오레크는 한 가지 꾀를 내어 친구의 귀에 대고 말했다. '맨 늦게 나가

더라도 좋으니 짐을 열차까지 옮겨야 해, 알겠지?' 그리고는 확성기를 집어들자 가벼운 발걸음으로 닫혀 있는 직원용 통로의 입구로 가서 근무중인 여직원에게 그 확성기를 흔들어 보였다. 역무원은 통로의 문을 열었다. '이것만 실으면 다 돼요.'라고 코스토글로토프는 말했다. 하루 종일 확성기를 나르는 것은 여간 힘드는 일이 아니라는 듯이 여자 역무원은 고개를 끄덕였다. 이윽고 열차가 들어왔다. 오레크는 맨먼저 올라타서 선반 두 개를 확보했던 것이다.

16년이 지났는데도 무엇 하나 달라진 것이 없었다.

오레크는 플렛폼을 걸으면서 자기처럼 교활한 녀석이 있음을 발견했다. 역시 다른 열차에 타는 체하면서 플렛폼으로 들어와서 짐을 들고 기다리는 자들이었다. 그 수는 꽤 많았으나 그래도 플렛폼은 대합실이나 역앞 광장보다는 붐비지 않았다. 이미 제75 열차의 지정석을 확보한 잘 차려입은 사람들은 누구에게 자리를 빼앗길 염려도 없이 플렛폼을 유유히 서성거리고 있었다. 선물로 받은 꽃다발을 들고 있는 여자들이나 맥주병을 들고 있는 남자들, 사진을 찍고 있는 사람들도 있었다. 오레크로서는 손이 미치지 못하는 거의 이해할 수 없는 세계였다. 따뜻한 봄날 저녁, 지붕이 있는 이 기다란 플렛폼은 어렸을 때 간 적이 있는 남국의 요양지 —— 아마도 미네라리누이예 보두이 근처를 연상케 했다.

오레크는 플렛폼의 한구석에 우체국이 있으며 네 개의 경사진 책상까지 놓여 있는 것을 보았다.

오레크는 마음이 가라앉지 않았다. 어차피 써야 할 편지였다. 지금 써버리는 것이 좋을 것이다. 인상이 사라져버리기 전에.

배낭을 끌어안고 우체국으로 들어가서 봉투 한 장을 샀다. 아니 봉투 두 장과 편지지 두 장을. 그리고 엽서 한 장도. 그는 다시 플렛폼으로 나왔다. 다리미와 흑방 덩어리가 들어 있는 배낭을 두 발 사이에 끼우고 경사진 책상 앞에 쭈그리고 가장 간단한 엽서부터 쓰기 시작했다.

잘 있었나 좀카!

병원에서 나오는 길로 동물원부터 찾아갔었다! 참으로 가볼 만하더군! 그런 것들은 처음 보았으니까. 너도 꼭 가보기 바란다. 백곰 같은 것을 상상할 수 있겠니? 악어, 호랑이, 사자. 그 안에서는 고기 만두도 팔고 있으니까 하루 종일이라도 구경할 수 있겠더라. 나선형 뿔이 달린 산양을 꼭 보라구. 그 우리 앞에서는 서두르지 말고 잠시 서서 여러 가지를 생각해 보도록. 그리고 영양의 우리 앞에서도……. 원숭이도 많이 있었는데 아주 재롱이 이만저만이 아니야. 어떤 못된 녀석이 원숭이의 눈에 담배 가루를 넣었다더군. 그래서 그 원숭이는 눈이 멀고 말았대.

곧 기차가 떠날 것 같아 이만 줄인다.

어서 빨리 완쾌하여 훌륭한 인간이 되기 바란다! 너한테는 많은 기대를 걸어본다!

알렉세이 필리피치 씨에게도 안부 전해다오. 내가 완쾌를 빈다더라고.

그럼 안녕.

오레크

문장은 술술 나왔으나 펜대를 잡기가 거북해서 펜촉이 멋대로 뻗쳐져 종이에 걸렸고, 잉크병에는 먼지가 들어가서 글씨가 곱게 씌어지지 않았다.

나의 꿀벌 같은 조엔카!

내 입술이 진짜 생명에 닿을 수 있게 허락해준 것을 감사합니다. 그 몇 번의 밤이 없었더라면 나는 그야말로 질식했을 것이라고 생각합니다.

당신은 나보다도 무척 분별이 있었습니다. 그래서 나는 지금 양심의 가책을 느끼지 않고 떠날 수 있게 되었습니다. 모처럼 초대해주었는데 가지 못했습니다.

감사합니다! 하지만 나는 생각했습니다. 지금 그대로가 좋으며 이런 상태를 깨뜨려서는 안 된다고. 당신에 관계된 모든 것을 감사하는 마음과

304

함께 영원히 기억에서 사라지지 않을 것입니다.

당신에게 최고로 행복한 결혼 생활이 찾아오기를 충심으로 기원합니다.

오레크

마치 유치장과 같았다. 신청서를 쓸 때도 지금처럼 나쁜 펜과 잉크가 주어졌다. 종이는 엽서보다도 작았으며 잉크가 번져서 뒷면까지 스미는 종이였다. 그런 종이나 펜으로 아무것이든 쓰고 싶은 것을 쓰라는 것이었다.

오레크는 다시 한 번 읽어보고 편지를 접어서 봉투에 넣고 봉하려는데 (편지를 봉투에 바꿔 넣어서 사건이 일어났던 탐정소설을 어렸을 때 읽은 적이 있었다.) — 붙일 풀이 없었다. 국가 규격의 봉투에는 풀칠을 해야 할 곳에 검은 표지는 있었으나 풀기라곤 전혀 없었다.

세 개의 펜 중에서 되도록 좋은 펜을 골라서 오레크는 마지막 편지를 쓰기 시작했다. 조금 전까지만 해도 책상 앞에 몸을 구부리고 얼굴에는 웃음을 띄우고 있었으나 지금은 모든 것이 흔들리고 있었다. 서두를 '간 가르트 선생'이라고 쓸 생각이었는데 어느새 손은 이렇게 쓰고 있었다.

상냥한 베가!

언제나 당신을 이렇게 부르려고 노력해 왔습니다. 지금도 이렇게 부르는 것을 용서해 주십시오.

솔직하게 써도 되겠지요? 당신과 나는 비록 말은 하지 않았지만 똑같은 것을 생각하고 있지 않았을까요? 의사가 방과 침대를 제공해주겠다는 인간은 보통 환자는 아닐 것입니다.

나는 오늘 당신의 집에 갔었습니다! 한 번은 방 앞까지 갔습니다. 당신의 집을 향해 걸어가면서 성에 눈뜬 중학생처럼 가슴을 두근거렸습니다. 흥분하고 망설임과 들뜸 속에서 한편으로는 두렵기도 했습니다. 하느님이 베풀어준 은총을 이해하려면 상당한 인생 경험이 필요하리라 봅니다!

그렇지만 베가! 만약 오늘 당신을 만났더라면 우리 사이에는 무언가 부정한 일이 시작되었을지도 모릅니다! 집을 나와 걸으면서 결국 당신을 만나지 않은 것이 잘된 일이었다고 나는 생각했습니다. 지금까지 겪어왔던 당신의 모든 괴로움과 나의 모든 괴로움은 적어도 명분이 있었으며, 고백할 수도 있었습니다! 그러나 당신과 나 사이에 시작되었을지도 모를 일은 그 누구에게도 고백할 수 없습니다! 당신과 나 사이의 그것은 어딘지 잿빛의 생기없는, 그러나 계속 자라나는 뱀 같은 것입니다.

나이나 경험에서 보자면 나는 당신보다는 연상입니다. 그러니 믿어 주십시오. 당신은 모든 점에서 옳았습니다! 자기의 과거에 대해서도, 현재에 대해서도 옳았습니다. 그러나 미래를 점친다는 것은 당신으로서는 벅찬 일입니다. 이 말에 찬성하지 않는지 모르겠지만 나는 예언할 수 있습니다. 모든 일에 무관심한 노년에 이르기 전에 당신은 나와 운명을 같이 하지 않았던 오늘이란 날을 축복하게 될 것입니다. 그것은 나의 추방 생활을 말하는 것은 아닙니다 —— 추방 생활은 머지 않아 끝나게 된다는 풍문도 있습니다. 당신은 자기 생애의 전반을 마치 어린 양처럼 희생시켰습니다. 그러니 후반은 더욱 소중히 해야 합니다!

어쨌든 이 고장을 떠나려고 결심한 지금, 만약 추방이 해제되었다 하더라도 앞으로의 검진이나 치료는 당신이 있는 병원에서는 받지 않을 것이므로. 말하자면 영영 이별하게 되는 겁니다. 고백하게 해주십시오. 당신과 정신적인 이야기를 하고 있을 때라도 —— 그 이야기의 내용에 거짓은 없겠지만 —— 나는 끊임없이 당신을 포옹하고 입을 맞추고 싶다고 생각했습니다!

난필을 용서해 주십시오.

지금도 당신의 허락도 없이 키스를 보냅니다.

오레크

두 번째 봉투도 역시 똑같았다. 검은 표지는 있었으나 풀기가 전혀 없었다.

어쩐지 오레크는 이것이 전혀 우연 같지는 않았다.

오레크의 등 뒤에서는 큰 소동이 시작되고 있었다! 조심성이나 교활함은 허사가 되고 말았다. 이미 열차가 플랫폼 안으로 들어와서 사람들은 이리 뛰고 저리 뛰고 있었다!

오레크는 배낭과 봉투를 집어들고 우체국으로 뛰어들어갔다.

"풀은? 아가씨, 풀 있어요, 풀?"

"내놓아도 가져가 버려요!" 젊은 처녀가 큰 소리로 말하다가 오레크의 얼굴을 쳐다보더니 풀통을 내밀었다. "여기서 쓰세요! 저리로 가져가지 말고."

끈적끈적한 검은 풀 속에는 바짝 말라버린 풀과 새로 담은 풀이 엉겨붙은 작은 붓이 들어 있었다. 그밖에 도구는 아무것도 없었으므로 오레크는 그 붓으로 봉투에 풀칠을 듬뿍 하고 검은 표지를 한 곳에서 흘러나오는 풀을 손가락으로 훔쳐낸 다음 봉투를 봉했다.

사람들이 열차로 달려가고 있었다.

그는 풀통을 돌려주고 배낭을 들어올렸다. 그리고 우체통에 편지를 집어넣자 달렸다. 힘이 빠진 것 같았으나 달리지 않을 수 없었다.

무거운 짐보따리를 일단 플랫폼에서 선로로 떨어뜨리고 그것을 제2플랫폼으로 끌어 올려서는 개찰구에서 잇달아 달려 나오는 인파를 가로질러 오레크는 자기가 탈 차량을 향해 달려가서 겨우 20명쯤 뒤에 설 수가 있었다. 물론 뒤따라온 사람들이 계속 늘어나서 순식간에 30명은 되었다. 이제 선반을 두 개나 차지하기란 무리였으나 다리를 오그리고 자면 잘 수도 있을 것이다. 그러자면 다른 사람이 선반에 짐을 올려놓지 못하게 해야 한다.

누구나 다 비슷한 보따리를 들고 있었다. 양동이를 들고 있는 사람도 있었다. 봄 야채가 들어 있을까? 찰루이가 말했듯이 당국의 공급 착오를 정정하기 위하여 카라간다 같은 곳으로 가져가는 것일지도 모른다.

백발의 늙은 차장이 '차량 옆으로 줄을 서시오, 아직 타지 마시오, 다 앉을 수 있으니 안심하시오.'라고 소리치고 있었다. 그러나 그가 한 마지막 말에 대해서는 아무래도 자신이 없는 것 같았다. 오레크의 뒤로는 점점 줄이 길게 뻗었다. 그리고 오레크가 걱정하던 움직임이 시작되고 있음을 알게 되었다. 줄에서 튀어나와 앞으로 나오려는 사람도 있었다. 맨처음 그런 움직임을 보인 사람은 몹시 흥분한 힘상궂게 생긴 사나이로, 사정을 모르는 사람이 보았다면 정신병자로 잘못 볼 그런 인물이었다. 정신병자라면 새치기를 하려 해도 너그럽게 보아주지 않으면 안 된다. 그러나 오레크는 그자의 모습에서 그가 미친 사람이 아님을 알 수 있었다. 그 사나이의 뒤에서는 예상했던 대로 얌전해 보이는 사람들도 덩달아 앞으로 몰려왔다. 그자를 새치기하게 놔둔다면 자기들이라 해서 못할 것이 없지 않으냐는 듯이.

물론 오레크도 그들에게 편승해서 자기의 자리를 확보할 수도 있었으나 과거의 생활을 생각케 하는 철면피한 짓은 하고 싶지 않았다. 늙은 차장이 시키는 대로 공정하게 질서를 지키고 싶었다.

늙은 차장은 흥분한 그 사나이를 단호하게 차에 태우지 않았으나 그 사나이는 노인의 가슴팍을 밀치면서 온갖 욕설을 다 퍼부었다. 줄지어선 사람 중에서 동정 섞인 목소리가 들렸다.

"태워 주시구려, 환자인 것 같은데!"

그때 오레크는 줄에서 튀어나가 성큼성큼 다가가서 흥분한 사나이의 귀에 대고 상대방의 고막이 터져라고 큰소리로 말했다.

"이봐 조용히 해, 나도 거기서 온 사람이라고!"

"거기라니 어디란 말인가?"

지금 그자와 싸울 만한 기력은 없었으나, 만약 싸운다 하더라도 오레크는 두 손에 아무것도 들고 있지 않았으며 그 사나이는 양손에 바구니를 들고 있었다. 그래서 오레크는 그 사나이에게 덤벼들 자세를 취했으며, 이번에는 나직한 소리로 또렷하게 말해 주었다.

"아흔아홉 사람이 울고 한 사람이 웃는 곳 말이야."

줄지어 선 사람들은 영문을 알 수 없었다. 그러자 그 미치광이는 갑자기 냉정을 되찾더니 외투를 입은 키다리 사나이한테 윙크를 보냈다.

"알았소. 아무말도 하지 않을 테니 당신이 먼저 타시오."

그러나 오레크는 그 사나이와 차장 곁에 서있었다. 모처럼 앞으로 나왔으니 지금 타지 않으면 손해다. 그런데 줄지어 선 사람들이 흐트러지기 시작했다.

"여러분 ! " 하고 그 사나이가 소리쳤다. "차례 대로 타요 ! "

바구니나 양동이를 든 사람들은 차례대로 차에 올랐다. 덮어놓은 자루 틈으로 보라빛과 분홍색의 길쭉한 무가 눈에 띄었다. 승객의 세 사람 중 두 사람은 카라간다행 차표를 갖고 있었다. 오레크가 질서를 잡아준 행렬의 사람들은 바로 그런 사람들이었다 ! 일반 여행자들도 타고 있었다. 파란 자켓을 입은 귀티가 나는 부인도 있었다. 오레크가 차에 오르자 그 미치광이 사나이도 뒤따라 탔다.

차 안을 빠른 걸음으로 돌아다니면서 오레크는 거의 비어 있는 선반을 찾아냈다.

"됐어 ! " 오레크는 말했다. "이 바구니를 내려놓으면 된다."

"치워 ? 무엇을 ? " 다리는 나쁘지만 건강해 보이는 사나이가 당황해서 말했다.

"이것 말이야 ! " 하고 코스토글로토프는 높다란 선반 위에서 말했다. "사람이 눕는 데 방해가 되니까."

오레크는 재빨리 선반 위를 정리했다. 배낭에서 다리미를 꺼내어 베개로 삼고 외투는 벗어서 깔고, 작업복을 벗었다. 높은 선반이라서 누구에게도 폐가 되지 않았다. 오레크는 조용히 누웠다. 사이즈가 44인 장화를 신은 오레크의 발은 정강이의 전반부터 통로쪽으로 늘어져 있으나 높은 선반 위라서 통행에 방해가 되지는 않았다.

아래 좌석에서는 모두 짐을 챙긴 후 자리에 앉아 신상 이야기 같은 것을 하고 있었다.

"왜 그 일을 그만두었지 ? " 모두 놀라는 말투로 물었다.

"말 말아요, 양 한 마리가 죽을 때마다 그 사인을 조사하기 위해 재판소에 끌려다녀야 했어요. 노동 불능이라는 신고를 하고 야채 암거래라도 하는 편이 훨씬 더 나으니까！"다리가 나쁜 사나이가 큰 소리로 설명했다.

"그렇겠군요." 파란 코트를 입은 부인이 말했다. "야채나 과일을 갖다 파는 것을 단속한 것은 베리야 시대였으니까. 지금은 일용품만 단속하죠."

이미 해가 질 무렵이었으나 역 건물에 가로막혀서 그것은 보이지 않았다. 차내의 아래쪽은 아직도 좀 밝았지만 높은 곳은 어둑어둑했다. 1, 2등칸의 손님들은 아직도 플랫폼을 서성거리고 있었으나 이 칸에서는 누구나가 자기의 자리에 앉아서 짐을 정리하고 있었다. 오레크는 마음껏 손발을 뻗었다. 얼마나 좋은 기분인가, 죄수 호송 열차에 탔을 때는 이틀 밤낮 동안 발도 뻗지 못해 얼마나 고생했던가. 이것과 똑같은 객실에 열아홉 명이나 탔으니 정말 여간 고생을 하지 않았었다. 하기야 이런 객실에 스물세 명이나 탄 적도 있었지만.

다른 동료들은 살아남지 못했다. 그러나 오레크는 살아 남았다. 그리고 암에 걸렸어도 죽지 않았다. 추방 생활도 이제 달걀 껍질처럼 깨지려 하고 있다.

결혼하는 것이 좋겠다던 감독 조사관의 충고를 오레크는 생각했다. 다른 사람들도 그런 충고를 할 것이다.

그러나 기차가 점점 심하게 흔들리자 심장 근처나 아니면 영혼이 자리잡고 있는 곳을 —— 가슴의 깊은 곳을 누군가가 갑자기 꽉 잡는 것만 같았다. 오레크는 몸을 비틀고 외투 위에 엎드려 눈을 감고 흑빵 덩어리로 울퉁불퉁한 배낭 위에 얼굴을 파묻었다.

기차는 계속 달렸고 코스토글로토프의 장화는 아래로 늘어져 통로 위에서 사체처럼 흔들리고 있었다.

못된 사람이 원숭이의 눈에 담배가루를 뿌렸다.

그저 장난으로……

■ 작품 해설 ─────────────────────

　알렉산드르 솔제니친은 1918년에 코카서스 지방의 키슬로보츠크 시에서 태어나서 러시아 남부인 돈 강 유역의 로스토프 시에서 자랐다. 어렸을 때 아버지를 여의고 어머니의 손에 의해 자랐다는 소개 기사를 읽은 적이 있는데 이것이 사실인지 어떤지는 확실치 않다. 대학 시절의 전공은 수학으로 로스토프 대학의 문리수학과에서 공부했으며, 이 무렵부터 단편 소설을 써서 중앙 문단의 작가에게 보내거나 그 당시 모스크바에 있던 역사·철학·문학 전문학교의 통신교육 과정을 밟거나 했다. 대학을 졸업한 며칠 후에 독·소 전쟁이 발발하자 솔제니친은 군에 징집되었다.

　처음에는 수송 부대의 마부 같은 일을 했으나 곧 청년 장교 양성을 위한 교육을 받은 다음 포병대로 전속되었다. 레닌그라드, 오리요르, 프러시아 등 각지에서 전투에 참가했으며 '조국 전쟁'장(章)과 '붉은 별'장(章)이라는 두 개의 훈장을 받았다. 전쟁 말기인 1945년 1월 포병 대위이던 솔제니친이 속해 있던 대대가 베를린을 향하여 진격을 계속하고 있을 때 동프로이센의 카리닌그라드 부근에서 솔제니친 대위는 돌연 견장과 훈장을 박탈당하고 체포되어 모스크바 형무소로 송치되어 심문을 받은 후 당시의 특별 조치에 따라 재판없이 8년의 실형을 받게 되었다. 이 사건에 대해서 솔제니친 본인은 다음과 같이 말하고 있다(체코의 문학자 파벨 리치코의 인터뷰 기사).

　"나는 어린애 같은 생각 때문에 투옥되었던 것입니다. 전선에서 써보내는 편지는 군사 기밀을 누설해서는 안 된다는 것을 알고는 있었으나 자기의 의견은 쓸 수 있을 것이라고 생각했던 것입니다. 그 무렵 저는 어떤 여인에게 계속 편지를 써보내고 있었습니다. 그 편지에 이름은 들지 않았지만 스탈린에 대한 의견도 썼던 것입니다. 저는 이미 오래 전부터 스탈린에 대해서는

비판적이었습니다. 그는 레닌주의에서 이탈하였으며, 전쟁 초기의 실패는
그의 책임이며, 이론이 빈약하고 비문화적인 말을 사용한다고 생각하고
있었습니다. 저는 젊은 혈기에서 경솔하게도 이런 것을 모두 편지에 썼던
것입니다."

이렇게 해서 죄수가 된 솔제니친은 처음에 모스크바 시나 그 부근의 건설
현장에서 일했으며, 형무소 내의 과학 연구소에서 수인(囚人) 수학자로
일하기도 했다. 형기의 마지막 3년 동안은 중앙 아시아의 카자흐 공화국
북부의 이른바 교정 노동 수용소(라게리)에서 석공과 주조공으로 일했다.
1953년, 35세가 된 솔제니친은 형기를 마친 후 카자흐 공화국 잔풀 주의
코크 테레크라는 벽촌으로 추방되었다(이 소설에 나오는 우시 테레크는 바로
이 마을이다). 정치범은 형기가 끝난 다음에도 다시 추방 처분을 받게 되며,
유형수로서 벽지 생활을 하는 것이 관례였다. 이 마을에서 수학 교사로
일하면서 솔제니친은 희곡《사슴과 통나무집 여인》을 썼으며 장편《제1권
(第一圈)에서》(《연옥 속에서》)를 집필하기 시작했다. 스탈린 비판의 계기가
된 1956년의 소련 공산당 제20회 대회 후 솔제니친은 가까스로 유형지에서
중부 러시아로 돌아올 수 있는 허락을 받았으며 같은 해에 '명예 회복'이
되어 라잔 시의 중학교 교사로서 물리와 수학을 가르치게 되었다.

솔제니친을 일약 세계적으로 유명하게 만든 그의 중편《이반 데니소비
치의 하루》가 씌어진 것은 추방 생활 말기부터 '명예 회복' 직후까지일
것으로 추정된다. 그러나 이 작품이 발표된 것은 훨씬 뒤였으며, 1962년
11월, 〈노비 밀(신세계)〉지가 편집장 트바르도프스키의 '이것은 예술적인
다큐멘터리다.'라는 뜻의 서문을 붙여서 이 작품을 게재했던 것이다. 농민
출신의 퇴역 병사, 무고한 죄로 수용소(라게리)에 감금된 이반 데니소비치
슈호프의 평범한 하루를 묘사한 이 소설은 무엇보다도 스탈린 시대의 비
참하기 짝이 없는 수용소의 실상을 폭로했다는 점에서 세계의 주목을 끌게
되었는데, 전혀 감상적이지 않고 매우 끈끈한 문체는 작자의 만만찮은 문학적
결의를 느끼게 한다.

가장 비인간적인 환경 속에서 인간적인 것의 핵을 꺼내 보인 그 본격적인 자세는 그후 잇달아 〈노비 밀〉 지에 발표된 몇 편의 소설 —— 전쟁 초기의 무참한 밀고 사건을 다룬 《크레체토프카 역에서 있었던 일》이나 작자가 '경건한 사람'이라 부르는 한 농부(農婦)의 생과 사를 묘사한 《마트료나의 집》이나 학생들의 열의를 짓밟는 관료에 대한 분노를 폭발시킨 《공공(公共)을 위해서》 등 —— 에서도 일관되어 있다. 문학사적으로 보자면 한때 비평가들이 '비판적 리얼리즘'이라 불렀던 19세기 러시아 문학의 전통을 현대에 재생시켜놓은 주목할 만한 작가이다.

《암병동》은 1963년 경부터 집필하기 시작하여 제1부는 66년에, 제2부는 67년에 완성되었다. 현재 《연옥 속에서》와 아울러 이 작가의 가장 중요한 장편 소설이다. 솔제니친 자신의 설명에 의하자면(전기한 리치코의 인터뷰), 이 작품은 정확한 때와 장소의 데이타를 갖춘, 폴리포닉하고 주인공이 없는 장편 소설이며 그 '때'란 제1부에서는 1955년 2월 초순의 1주간, 제2부는 그때부터 한 달 뒤인 3월 초순이다. '곳'은 우즈베크 공화국의 수도인 타시켄트 시의 종합병원 암병동(솔제니친 자신이 수용소 생활 중 이 병원에서 종양 치료를 받았다고 한다).

작자의 의도를 이해하기 위해서는 적어도 1953년 3월의 스탈린의 죽음, 동년 12월에 있었던 베리야의 총살, 55년 2월 9일 말렌코프의 사임(그 신문 기사가 19장에 나온다), 56년 2월의 제20차 당대회 등 이른바 '해빙' 무드로 바뀌어가는 소비에트 사회의 개황을 알아둘 필요가 있을 것이다.

그러나 작자는 문학 작품의 액추얼리티에 대해서 다음과 같이 말하고 있다.

"작품이 너무 액추얼해서 작자가 '영원한 형상 아래'(sub specie aeternitatis)라는 점을 상실할 때 그 작품은 결국 사멸하고 맙니다. 그 반대로 영원이라는 것에 많은 주의를 기울여서 액추얼리티를 무시하면 그 작품은 색채, 힘, 분위기 같은 것을 잃게 됩니다. 작자는 항상 스퀼러와 카리브디스 사이에 서있으며 어느 한쪽을 망각한다는 것은 용납될 수 없습니다."(리치코의 인터뷰에서).

《암병동》에서의 '정확한 때와 장소의 데이타'도 그러한 의미에서 받아들이지 않으면 안 된다. 가령 이 소설 속에서 가장 '시사적(時事的)'인 인물인 관료 루사노프는 동시에 어느 세상 어느 나라에서나 볼 수 있는 관료의 표본이며, 이 인물을 묘사할 때 작자의 필치는 가장 '비판적인 리얼리즘'에 접근하고 있다. 또 루사노프와는 대극적(對極的)인 인물인 유형수 코스토글로토프는 이 병원에서는 가장 특수한 인간이지만 추방 생활에서 벗어나기 시작한 사나이의 특수한 열정이나 재생감이 여기서는 회복기로 접어든 환자의 생생한 육감 같은 것을 아울러 갖고 있다. 그밖에 각계각층을 대표하는 환자들이나 여의사, 간호사, 잡역부 등, 수많은 등장 인물 전체가 암과 그 치료라는 숙명 아래 전전긍긍하는 보편적인 인간상이며, 또한 1955년의 소비에트 사회를 살아가는 구체적인 인간들인 것이다. 말하자면 《암병동》은 소비에트 사회의 축소판이며, 동시에 각계각층의 인간 존재의 축도이며 솔제니친 특유의 원근법은 더욱 화면을 입체적으로 떠오르게 한다. 이것은 현대 소비에트 문학의 세계에서는 가장 성공한 리얼리즘 소설의 하나라고 하지 않을 수 없다.

어떤 비평가는 《이반 데니소비치의 하루》를 '반혁명적 작품'이라고 비난했다. 암의 공포에 대해서 이 사람은 냉정하고 리얼리스틱하게 사태를 바로 보았는데 소비에트 작가동맹의 기관지인 〈문학 신문〉은 《암병동》을 '사상적으로 보았을 때 개작이 필요한 작품'이라고 못박았다. 1967년 5월 16일자의 소비에트 작가동맹 제4회 대회에 보낸 솔제니친의 공개장은 '문학적으로 무식한 사람들이 문학가에 대해서 전횡을 휘두르고 있다'면서 검열 제도의 철폐를 요구했으며 솔제니친 자신이 당하고 있는 불법 행위를 일일이 열거하고 있다.

그 공개장에 의하면 《제1권(第一圈)에서》의 원고는 국가 보안위원회에 압수되었으며 희곡 《사슴과 통나무집 여인》은 상연이 금지되었으며, 이미 〈노비 밀〉지에 발표되었던 단편 《이반 데니소비치의 하루》, 《크레체토프카

역에서 생긴 일〉, 《마트료나의 집》, 《공공(公共)을 위하여》, 《전대 다하르》의
단행본은 출판이 거부되고, 자작의 공개 낭독회나 라디오에 의한 방송 낭독도
금지되었으며, 《암병동》은 작가동맹 모스크바 지부의 산문 분과로부터 출판
추천을 받았음에도 불구하고 몇 장(章)씩의 게재는 다섯 개의 잡지에서
거부되었으며 전편 게재는 세 개의 잡지로부터 거부되었다.

소문에 의하면 〈노비 밀〉지는 어느 연로한 작가의 완강한 반대로 이미
조판된 《암병동》의 판을 해판해 버렸다고 한다. 그 사이, 소비에트 국내의
문학 애호가들 사이에서는 《암병동》의 복사물을 돌려보았으며 영국의 보
들리 해드 출판사나 그밖에 두세 군데 유럽의 출판사는 이 작품의 러시아
어판을 출판하여 판권을 주장하기 시작했다. 전날의 《의사 지바고》를 둘러싼
분규와 작자 보리스 파스테르나크의 수난을 연상케 하는 사태였다. 소비에트
사회의 문학 관료나 일부 실력자들이 어찌하여 이토록 솔제니친을 적대
시했을까. 그 이유는 《암병동》 그 자체가, 또는 《이반 데니소비치의 하루》
그 자체가 웅변적으로 말해줄 것이다. 《의사 지바고》도 《암병동》도 이러한
권력의 일시적인 억압을 극복하고 살아남게 된 것은 뻔한 일이지만 살아남게
하는 힘은 작품 그 자체에, 즉 작품 그 자체를 받아들이는 일반 독자들의
감동에 맡겨 있는 것이다. 솔제니친 자신의 자세는 뚜렷하며 전기한 리치코의
인터뷰에서는 이렇게 말하고 있다.

"사회가 작가에게 부당한 태도를 취하더라도 나는 큰 잘못이라고는 생
각하지 않습니다. 그것은 작가로서는 큰 시련입니다. 작가에게 아부할 필요는
없습니다. 사회가 작가에게 부당한 태도를 취했으나 그래도 작가가 그 사명을
다한 경우는 많이 있습니다. 작가는 부당한 취급을 당하는 것을 각오하지
않으면 안 됩니다. 그것은 작가라는 직업이 갖는 부담입니다. 작가의 운명이
편해지는 시대는 영영 오지 않을 것입니다."

그리고 또 작가동맹 앞으로 보낸 공개장에서는,

"나는 아무런 불안도 갖고 있지 않다. 물론 작가로서 자기의 책무를 나는
어떠한 상황하에서도 다할 것이며, 가령 무덤 속에서라도 살아 있는 사람

보다도 더 멋지게 반론을 허용치 않는 방법으로 수행할 것이다. 진실로 향하는 길은 그 누구도 방해할 수 없으며 이 행동을 위해서라면 나는 죽음도 불사할 각오가 되어 있다. 그러나 작가가 살아 있는 한 그의 펜을 멈추게 해서는 안 된다는 교훈을 나는 수없이 배워오지 않았던가."

《암병동》을 읽고 그것을 받아들인 순간부터 우리들 일반 독자들도 이러한 작가의 작업에 어떤 형태로든 가담할 책무를 지게 되는 것이다. 이것이야 말로 문학의 힘이라고 할 수 있을 것이다.

솔제니친의 수난은 더 계속되었다. 1969년 11월, 소비에트 작가 동맹은 2, 3년 전부터 보내온 솔제니친의 몇 통의 공개 질문장에 대한 최종적인 회답으로서 이 작가를 제명하고 말았다.

잘 알고 있듯이 소비에트에서는 작가 동맹에서 제명된다고 하는 것은 모든 작품 발표의 기회를 박탈당하는 것과 같은 것이다. 1970년으로 들어와서 노벨상 전형위원회는 문학상 수상자로 솔제니친을 지명하고, 솔제니친 자신도 수상 의지를 분명히 했으나 갖가지 협박으로 수상식에는 출석할 수 없었다. 그후 솔제니친은 국내의 소수 공감자나 동정자의 원조를 받으면서 집필을 계속하던 중 1974년 마침내 강제 추방되고 말았다.

이처럼 하나의 거대한 국가 권력이 총력을 기울여 한 작가를 박해하는 잔인한 행위를 우리는 목격했던 것이다.

세계명작학술문고　　　　일신 그랜드 북스

판형 / 4·6판＊면수 / 평균 256면

판형 / 4 · 6판＊면수 / 평균 256면

당신을 영원한 감동의 세계로 안내할

完訳版　世界　名作100選

🄤일신서적출판사

121-110 서울·마포구 신수동 177-3호
공급처 : ☎ 703-3001~6, FAX. 703-3009

당신을 영원한 감동의 세계로 안내할

完訳版 世界 名作100選

일신서적출판사
121-110 서울·마포구 신수동 177-3호
공급처 : ☎ 703-3001~6, FAX. 703-3009

암 병 동 II

- 저 자 / 솔 제 니 친
- 역 자 / 반 광 식
- 발행자 / 남 용
- 발행소 / 一信書籍出版社

주소 : 121 - 110
    서울 마포구 신수동 177 - 3
등록 : 1969. 9. 12. (No. 10 - 70)
전화 : 703 - 3001 ~ 6
FAX : 703 - 3009
© ILSIN PUBLISHING Co. 1988.

ISBN 89-366-0356-6   값 10,000원